NOUÉ DANS LES GUIRLANDES

DOUCE ROMANCE OMEGAVERSE

UN ROMAN DE WHISPERING GROVE

HARLEY KNIGHT

Traduction
MEET CUTE MEDIA

TABLE DES MATIÈRES

NOUÉ DANS LES GUIRLANDES

J'ai embrassé le mauvais Père Noël. Maintenant, il veut que je reste sur sa liste des vilaines... pour toujours.

Coincée sous le gui alors qu'un collègue flippant me collait de trop près, j'ai attrapé le premier Père Noël venu pour un baiser de secours.

Grosse erreur.

Parce que l'homme sous la fausse barbe n'était pas un bénévole jovial. C'était l'un des chasseurs de primes qui vivent à la lisière de Whispering Grove. Du genre à pouvoir traquer n'importe qui, n'importe où.

Et ce baiser ? Rien d'innocent. Il m'a retourné le cœur... et rendu mon collègue vert de jalousie.

Maintenant, il essaie de ruiner mon business et de me foutre à la porte de chez moi.

Ma seule option ? Accepter l'aide de trois chasseurs de

primes dangereusement sexy qui me proposent un marché impossible à refuser : ils m'aident à riposter, et je peux rester dans leur manoir décoré pour les fêtes — rennes inclus.

Mais entre les plans nocturnes, les regards brûlants, et les caresses qui durent un peu trop longtemps, je commence à me demander si le vrai risque n'est pas de tout perdre… mais de tomber amoureuse.

Je suis officiellement sur la liste des vilaines.

Et je n'aurais jamais cru aimer ça autant.

CHRIS

La neige tombe en gros flocons paresseux, assez jolis pour mentir sur le froid glacial qui règne vraiment ici.

La grand-rue est parée de toutes ces conneries de Noël dignes d'une carte postale. Des guirlandes lumineuses tendues entre les lampadaires, des couronnes sur chaque vitrine, des familles emmitouflées comme des figurants dans un téléfilm Hallmark.

Trop propre. Trop mièvre.

Cette ville oublie que les monstres ne se cachent pas toujours sous le lit.

Parfois, ils sont en liberté sous caution.

— Rappelle-moi pourquoi on fait ça au beau milieu de la grand-rue ? dis-je en m'adossant au siège passager de notre F-250, observant une mère maîtriser ses three gosses devant un magasin de jouets. Le pick-up est chaud, le chauffage à fond, et j'ai une bonne vue sur la boulangerie d'en face. Flour & Fable Bakery, indique l'enseigne en lettres tarabiscotées.

— Parce que Declan le déchet a décidé de pointer le bout de son nez à la boulangerie, dit Kane au volant. Il tapote le volant de deux doigts, comme s'il battait la mesure d'une musique que lui seul peut entendre. Et parce que tu aimes l'argent.

— Il s'appelle Declan Krail, dit Noel depuis la banquette arrière. Il est penché sur sa tablette, faisant défiler le dossier pour ce qui doit être la énième fois. Ce type pousse la préparation à un tout autre niveau. Deux chefs d'accusation pour effraction. Tentative de vol. Incendie criminel. Deux chalets incendiés. Une famille a failli y passer. Voies de fait sur le policier qui a essayé de l'arrêter la première fois. Il a manqué deux fois sa comparution au tribunal. Le garant offre une belle somme.

Je sors mon téléphone, faisant défiler jusqu'au texto arrivé ce matin.

— Cinquante mille balles à se partager en trois. Le sourire de Kane est celui d'un prédateur, sans once de sympathie. Ça nous paiera du nouveau matos. Peut-être enfin améliorer l'équipement de surveillance.

— On n'a pas besoin de nouveau matos. On a besoin de lui passer les menottes avant qu'il ne brûle la moitié de la ville. Je fais craquer mes phalanges en regardant la porte de la boulangerie. C'est une habitude que je n'arrive pas à perdre, un truc qui arrive avant chaque mission. Le crac-crac-crac familier des articulations qui se remettent en place.

— Tu crois qu'il est assez stupide pour s'enfuir ? Kane se redresse. Tout son comportement change, moins détendu, plus comme un ressort tendu.

— Ben, il est assez stupide pour se pointer dans sa ville natale après avoir planté le juge deux fois. J'entrebâille la fenêtre. De l'air froid s'engouffre, transportant une odeur de neige fraîche et quelque chose de sucré, des brioches à la cannelle peut-être, ou ces pâtisseries chics pour lesquelles les riches paient une fortune. Alors ouais, je pense qu'il est exactement aussi stupide que ça.

Noel bouge déjà, vérifiant les menottes à sa ceinture avec une efficacité experte. Pas de mouvement superflu chez lui. Chaque geste est délibéré.

Ça fait vingt minutes qu'on a repéré Declan entrer, se goinfrant comme s'il n'avait rien de mieux à faire que de profiter des fêtes de fin d'année. On agit discrètement, sans faire de scène. La dernière chose dont on a besoin, c'est que tous les téléphones de la grand-rue nous filment.

— Trop tard pour ça. Kane désigne du menton un groupe d'adolescents de l'autre côté de la rue, téléphones déjà sortis, en train de filmer quelque chose. Probablement eux-mêmes, mais il ne faudrait pas grand-chose pour qu'on devienne l'attraction principale.

— Alors on fait ça vite.

La porte de la boulangerie s'ouvre brusquement, et le Père Noël en sort. Ou plutôt, Declan Krail dans un costume de Père Noël qui semble avoir survécu à plusieurs guerres et les avoir toutes perdues. Le velours rouge est brillant là où le tissu est usé, la fourrure blanche jaunit comme de vieilles dents, et la ceinture lui crée une bedaine qui doit être pour le moins inconfortable. Il a des miettes de biscuit dans sa fausse barbe.

— Ho ho ho ! Sa voix monte dans les aigus pour s'adresser à une famille avec two jeunes enfants sur le trottoir, faussement joviale d'une manière qui me donne la chair de poule. Avez-vous été sages cette année ?

Une petite fille, peut-être de six ans, hoche la tête si fort que tout son corps bouge.

Kane ricane. — Rien de tel qu'un costume de Père Noël au rabais pour crier au génie du crime.

— On y va. J'ouvre déjà ma portière, mes bottes heurtant le trottoir enneigé. Le froid me gifle le visage. J'ajuste mon manteau, qui est assez long pour cacher l'équipement à ma ceinture.

On se déploie comme si on l'avait fait cent fois, parce que c'est le cas. J'approche par-derrière, mes pas légers malgré ma carrure. Noel part sur la gauche, les mains dans les poches de sa veste, le visage de marbre. Kane se déplace à droite, coupant la sortie vers la rue par sa seule présence. Le type est bâti comme s'il pouvait retourner une voiture, et les gens reculent instinctivement quand ils le voient arriver.

Declan est toujours en pleine représentation, le dos tourné. — Et que veux-tu pour Noël, ma puce ?

— Un chiot !

— Eh bien, on verra ce que le Père Noël peut...

Je suis à un mètre de lui quand il aperçoit mon reflet dans la vitrine de la boulangerie. Tout son corps se fige, ses épaules se raidissent. L'espace d'un instant, tout s'arrête : moi, lui, la famille qui observe avec des sourires confus.

Puis il détale.

— Merde. Je me jette en avant, attrapant l'arrière de son manteau de Père Noël. Le tissu bon marché se déchire, les coutures cèdent, mais j'ai assez de prise pour le tirer en arrière. Il trébuche, les bras en moulinets, et j'utilise son élan contre lui.

Kane le percute sur le côté, et à nous deux, on le met au sol. On heurte durement le trottoir, la neige amortissant l'impact, mais pas de beaucoup. Je sens le béton sous la neige fondue, impitoyable, et j'ajuste mon poids pour que son crâne ne se fracture pas contre. La dernière chose dont on a besoin, c'est d'un procès.

— Lâchez-moi ! Declan se débat comme un diable dans un bénitier, son bonnet de Père Noël s'envolant dans un banc de neige. J'ai rien fait !

— Bien sûr que non. Je lui plaque les épaules au sol, les genoux de chaque côté de lui. C'est pour ça que tu t'es barré à la seconde où tu nous as vus.

— C'est de la brutalité policière !

Kane rit, d'un rire grave et sombre, et lui brandit son badge d'identification de chasseur de primes. — On n'est pas flics. On est bien pire pour vous. Il tient maintenant les jambes de Declan, contrôlant ses soubresauts. Les flics ont des règles. Nous, on a juste un contrat.

La petite fille qui voulait un chiot pleure maintenant, hurlant à pleins poumons dans le manteau de sa mère. La maman nous regarde avec une expression qui promet que le post de demain sur Nextdoor s'intitulera quelque chose comme : « Des Brutes Violentes Attaquent un Homme Innocent sur la Grand-rue ».

— Circulez, braves gens. Noel est apparu, utilisant

sa carcasse imposante pour bloquer la vue pendant que je passe les poignets de Declan derrière son dos. Sa voix est plate, même lasse, comme si c'était la chose la moins intéressante qu'il ferait aujourd'hui. On ne fait qu'appréhender un fugitif recherché. Tout le monde peut retourner à ses achats.

— PÈRE NOËL ! crie un gamin dans la foule qui s'amasse. POURQUOI ILS FONT DU MAL AU PÈRE NOËL ?

Les menottes se referment avec un cliquetis final et satisfaisant. Je hisse Declan sur ses pieds, et Noel est déjà là, lui époussetant la neige des épaules avec une courtoisie feinte qui est en quelque sorte plus menaçante que s'il l'avait laissé couvert de neige.

— Declan Krail, vous avez manqué votre comparution au tribunal. Deux fois. Noel récite les faits, sa voix aussi stable qu'un métronome. Nous sommes ici pour vous escorter afin que vous puissiez faire face aux conséquences de l'incendie de deux chalets, d'avoir failli tuer une famille, et d'avoir agressé un policier. Vous avez le droit de garder le silence, ce que je vous suggère fortement d'exercer avant de dire quelque chose qui aggraverait la situation.

— Je suis innocent ! La voix de Declan se brise, et de vraies larmes se mettent à couler sur son visage, se mélangeant à la fausse barbe. Le type vise un Oscar, là. C'est une erreur ! Je n'ai pas brûlé ces chalets ! On m'a piégé !

— Les preuves disent le contraire. Noel sort sa tablette, fait défiler des écrans d'une main tout en maintenant Declan de l'autre. Vous avez été identifié sur les lieux par three témoins. Vos empreintes digitales étaient sur le bidon d'essence. La famille Smyth, elle se souvient très bien de vous. Ils vous ont formellement identifié depuis leurs lits d'hôpital.

— C'était… Je peux expliquer…

— Gardez ça pour le juge. Je saisis son autre bras et, ensemble, Noel et moi le faisons marcher vers le pick-up. Kane nous suit, faisant obstruction, maintenant la foule à distance avec rien de plus que sa taille et un sourire. Il est doué pour avoir l'air amical tout en dégageant une aura de « faut pas me faire chier ».

— Il sera de retour en garde à vue d'ici une heure, lance Noel par-dessus son épaule, probablement pour quiconque filme ça sur son téléphone. Tout le monde peut continuer à profiter de son après-midi.

On est presque arrivés au pick-up quand la porte de la boulangerie s'ouvre si violemment que les clochettes tintent avec fracas.

— ARRÊTEZ !

Je me retourne et une femme fonce sur nous. Elle est petite, peut-être un mètre soixante-cinq, des formes moulées dans un jean foncé et un tablier saupoudré de farine, des boucles châtain foncé aux mèches caramel s'échappant d'un chignon dans une quinzaine de directions différentes. Ses yeux sont noisette doré, brillants de détermination, et fixés sur Declan.

Elle dérape pour s'arrêter juste devant nous, le souffle court, et je remarque de la farine sur sa joue, du sucre glace saupoudrant ses avant-bras. Elle sent la vanille et le beurre.

— Qu'est-ce que vous faites ? Sa voix est sèche, accusatrice. Vous ne pouvez pas l'emmener !

— Madame… commence Noel.

— On a BESOIN de lui ! Elle parle vite, les mots se bousculant dans sa précipitation. Il est censé être le Père Noël aujourd'hui pour la Fête de l'Hiver. Toute la ville vient. Ma sœur prépare ça depuis des mois. Vous ne pouvez pas l'embarquer comme ça !

— Si, en fait, on peut. Je change ma prise sur Declan et le confie à Noel. Nous sommes des chasseurs de primes. C'est un fugitif qui a violé sa liberté sous caution. C'est notre travail.

— Lily ! Declan se tortille vers elle. Sa lèvre inférieure tremble. Lily, s'il te plaît, dis-leur que je suis innocent ! Je ne devrais pas être traîné comme ça ! J'aide les gens ! Je suis bénévole au refuge ! C'est un malentendu ! Dis-leur !

— Tu as incendié deux chalets, aboie Kane.

— MENSONGES ! hurle Declan. Que des mensonges ! Les médias, ils déforment tout !

La mâchoire de Noel se crispe, ce qui est sa version de vouloir étrangler quelqu'un.

— Écoute. La femme — Lily — se plante juste devant moi, et elle doit se tordre le cou pour me regarder dans les yeux. Elle m'arrive à peine à la poitrine. Je comprends que vous faites votre travail. J'ai compris. Mais est-ce que vous avez la moindre idée des conséquences ? La Fête de l'Hiver a lieu dans une heure. Ma sœur prépare ça depuis six mois. Il y aura plus de cent familles là-bas. Vous nous laissez sans Père Noël la veille du plus grand événement de l'année.

— Ta sœur aurait dû mieux vérifier les antécédents de son Père Noël. J'essaie de la contourner. Elle se déplace avec moi me barrant le passage.

— Si ! Il avait des références !

— D'autres criminels, probablement, marmonne Kane derrière moi.

— Ce n'est pas notre problème. Je veux que ça sonne comme une sentence finale, mais ma voix est surtout lasse. Nous n'allons pas gâcher Noël. C'est lui qui l'a gâché quand il a décidé de commettre un incendie criminel, de sauter sa caution et de se cacher dans un costume de Père Noël au lieu d'assumer ses actes.

Elle a les mains sur les hanches, nous dévisageant, les lèvres amincies. — Alors l'un de *vous* doit le remplacer !

Les mots flottent dans l'air comme de la fumée.

Le rire de Kane est soudain, fort, rebondissant sur les devantures des magasins. — Oh, merde. Oh, c'est magnifique. Il sourit maintenant, et c'est le genre de sourire qui signifie que quelqu'un est sur le point de souffrir, et ce quelqu'un, c'est généralement moi. — Chris. Toi. Dans un costume de Père Noël. Je paierais cher pour voir ça.

— Pas question. Je secoue déjà la tête, mais je sens où cela mène, et je déteste ça.

— Chris serait parfait, continue Kane, s'enthousiasmant pour l'idée comme si c'était un feu de joie. Tu as la carrure pour ça. La taille. Cette énergie de Père Noël de centre commercial, version sale con. Les enfants croiront que tu es le vrai, tout droit venu du pôle Nord pour juger leurs âmes.

— Je vais te jeter sous une bagnole.

— Je te manquerais.

La bouche de Noel a un soubresaut, ce qui est ce qui se rapproche le plus d'un rire en public chez lui. — Le costume cacherait la plupart de tes traits les plus alarmants. Te rendrait presque accessible.

— Je vais vous tuer tous les deux si vous ne la fermez pas.

Lily s'approche, le menton relevé comme si elle n'avait pas peur de me chercher des noises. Courageuse, la petite. — Vous nous enlevez notre Père Noël. Le moins que vous puissiez faire est de fournir un remplaçant.

— Madame, je suis un chasseur de primes. Je traque les criminels et je les ramène de force pour qu'ils répondent de leurs actes devant la justice. Je ne fais pas dans les soirées.

Son regard se durcit. Elle a beau être petite, elle donne l'impression de pouvoir m'enflammer par la seule force de sa volonté.

— Félicitations, crache-t-elle. Tu viens de décrire littéralement ta fiche de poste. Je ne t'ai pas demandé ça. Je t'ai demandé de régler le problème que tu as causé.

Je la fixe. Personne ne me parle comme ça. D'habitude, les gens écarquillent les yeux, reculent et me laissent de l'espace, en évitant soigneusement mon regard. Pas elle.

— Nous avions un Père Noël, dit-elle. Et tu viens de l'arrêter.

Je jette un coup d'œil autour de moi, m'attendant à

moitié à ce que quelqu'un intervienne pour l'éloigner, mais la foule s'est commodément évanouie. Lâches.

Elle s'approche encore plus, envahissant mon espace personnel. — Écoute, Grand Ténébreux Mal Léchè. Elle ne recule pas, et il y a quelque chose de presque impressionnant là-dedans. Cette femme qui m'arrive à peine à la poitrine, me défiant du regard comme si c'était elle qui avait l'avantage. — Tu as créé une crise très immédiate. Si on ne trouve pas de Père Noël dans l'heure, il pourrait y avoir une émeute. Et tu nous en dois une.

— On ne vous doit rien du tout.

— Tu es en train de ruiner l'événement de ma sœur.

— C'est lui qui l'a ruiné. Je fais un signe de tête vers Declan. Va te plaindre à l'incendiaire.

Mais ce n'est pas Declan qu'elle fusille du regard. C'est moi, et son expression change, s'adoucissant tout en devenant étrangement plus dangereuse. — S'il te plaît, plaide-t-elle, plus bas maintenant. Je ne veux pas être celle qui annonce à ma sœur, Hannah, que sa Fête d'Hiver est gâchée parce que des chasseurs de primes n'ont pas pu sacrifier quelques heures de leur temps.

Et voilà. Le chantage affectif, administré avec une précision chirurgicale.

— C'est de la manipulation, je souligne.

— Ça marche ?

— Non.

Kane me frappe sur l'épaule assez fort pour me faire claquer les dents. — Regarde son visage, mec. Regarde ces yeux. C'est un concentré de mignonnerie offensive. Tu ne peux pas dire non à ça.

— Regarde-moi bien. Non.

— En plus, ajoute Noel, avec un amusement dans la voix qui me donne envie de l'étrangler, tu n'as rien de prévu cet après-midi après qu'on l'aura déposé. Ton agenda est vide. Tu allais juste broyer du noir à la maison de toute façon.

Lily est en train de sortir son téléphone, ses doigts volant sur l'écran. — S'il te plaît. Je t'enverrai l'adresse par texto. On a des costumes de différentes tailles là-bas, on en trouvera un qui t'ira. La fête commence dans une heure. Tu as juste à te pointer, sourire, distribuer quelques cadeaux, et partir. C'est tout. Tu peux sûrement gérer ça, non ?

— Je...

— Les invités attendent ça avec impatience depuis des semaines, continue-t-elle, et elle est douée pour ça, implacable. Elle ne supplie pas exactement, mais applique une pression aux bons endroits. Hannah s'est tuée à la tâche pour que tout soit parfait. Et si le Père Noël ne se montre pas, ça va lui briser le cœur. Je ne peux pas laisser ça arriver.

— Je ne suis pas le Père Noël, j'insiste.

Elle sourit. — Non, tu es mieux. Tu es le Père Noël d'urgence.

Que Dieu me vienne en aide. Je crois qu'elle est sérieuse.

Je lance un regard noir à Kane, qui sourit toujours comme le diable en personne. — Tu veux vivre avec cette culpabilité ? dit-il.

Noel observe toute la situation se dérouler avec un amusement à peine dissimulé. Declan se débat simplement dans sa prise.

— Vous deux, vous embarquez aussi le Père Noël, je fais remarquer à Kane. Ça ne me concerne pas que moi.

— C'est du pareil au même. Kane hausse les épaules, pas du tout dérangé. Mais c'est toi qui as la taille et le look de ténébreux.

— Allez, ajoute Noel. Fais un effort pour l'équipe.

— Je vous déteste tous les deux. Profondément.

Lily est toujours là, son téléphone à la main, attendant. Derrière elle, la foule commence à se disperser maintenant que l'excitation est retombée, mais il y a encore des gens qui regardent, téléphone en main, probablement déjà en train de poster sur toutes les plateformes de réseaux sociaux connues de l'homme.

Je baisse les yeux sur Lily.

— Une heure, je m'entends dire, et j'ai envie de me flanquer un coup de poing. Je me pointe, je fais le truc du Père Noël, puis c'est fini. Et tu me donnes quelque chose en retour.

— Des pâtisseries gratuites, dit-elle immédiatement. Pendant un an. Tout ce que tu veux.

— Des brownies. Le mot m'échappe avant que je puisse le retenir, et Kane émet un bruit qui ressemble étrangement à une tentative de ne pas rire.

Son visage s'illumine. — Marché conclu. Tu te pointes en Père Noël, tu as des brownies pendant un an.

Elle tape déjà sur son téléphone. — Je t'envoie un texto maintenant. Quel est ton numéro ?

Je le récite, ayant l'impression de signer l'abdication de ma dignité à chaque chiffre. Mon téléphone vibre quelques secondes plus tard.

Lily Parker : 447 Maple Ridge. La fête commence à 16 h.

Le nom du garde est John. Je lui envoie un texto tout de suite pour qu'il te laisse entrer et te donne le costume. Merci BEAUCOUP. Tu n'as aucune idée de ce que ça représente.

— Merci, dit Lily en rangeant son téléphone. Contente-toi d'arriver et d'être joyeux.

— Je ne suis pas du genre joyeux.

— Mais si, tu peux. Ho ho ho. Joyeux Noël. Joie sur le monde.

— Je vais avoir besoin de tellement d'alcool après ça.

— Peu importe ce qui peut t'aider à tenir le coup. Elle recule vers la boulangerie, et il y a du soulagement sur son visage maintenant, éclatant et sincère. — Merci. Sérieusement. Contente-toi de réprimer ta colère un petit moment. Tu seras génial ! Puis elle disparaît, de retour dans la boulangerie.

Je reste planté là dans la neige, près d'un criminel en costume de Père Noël, pendant que mes deux partenaires me regardent comme si je venais de leur fournir de quoi s'amuser pour les six prochains mois.

— Montez dans le camion, grogné-je. Vous tous. Maintenant.

Noel est déjà en mouvement, poussant Declan vers le véhicule. — C'est le plus beau jour de ma vie. Je dois immortaliser ça. Des photos. Une vidéo. Peut-être une plaque commémorative.

— Touche à ton téléphone et je le jette dans la rivière.

— Ça en vaut la peine.

Nous nous entassons dans le camion, Declan menotté sur la banquette arrière, moi sur le siège passager irradiant de colère, Kane au volant contenant à peine sa jubilation, et Noel à l'arrière avec notre prisonnier, probablement déjà en train de planifier comment utiliser ça contre moi pour le restant de mes jours.

Le moteur du camion vrombit, le chauffage à fond, et Kane s'engage sur Main Street, en direction du poste du shérif à la lisière sud de la ville.

— Tu vas vraiment le faire, dit Noel après une minute de silence béni.

— La ferme.

— Non, sérieusement. Toi. Portant un costume de Père Noël. C'est vraiment en train d'arriver.

— Je jure devant Dieu…

— Déjà envoyé un texto à Adelaide, annonce Kane, ses pouces volant sur l'écran de son téléphone tout en conduisant. Ta sœur va péter un câble quand elle apprendra ça.

— Si tu le dis à qui que ce soit…

— Trop tard. Déjà dit à tout le monde. Ça va finir dans le chat de groupe. Ça va finir sur la carte de Noël de cette année. Ça va finir sur ta pierre tombale.

Noel se penche entre les sièges. — Pour ce que ça vaut, tu vas traumatiser tous les gosses là-bas. Ton visage n'est pas exactement joyeux.

Je grogne dans ma barbe.

Kane rit toujours, le son remplissant l'habitacle du camion. — Ho ho ho, connard. Bienvenue dans ton cauchemar.

Je lui fais deux doigts d'honneur et regarde par la fenêtre les rues enneigées de Whispering Grove, me demandant comment diable mon après-midi est passé de la traque d'un criminel recherché à l'acceptation de porter un costume de Père Noël.

— J'ai intérêt à avoir de très bons brownies pour ça, je marmonne.

— Des brownies gratuits pendant un an, souligne Kane. Ça fait, quoi, au moins trois à quatre cents brownies ? Plus ?

— Pas assez. Loin de là.

2

HANNAH

*L*a Fête d'Hiver est parfaite.

Et j'entends par *parfaite* ce genre de perfection terrifiante où l'on a orchestré chaque détail et où l'on attend simplement de voir lequel va nous faire faux bond en premier.

Le Pinewood Lodge se trouve à la lisière nord de Whispering Grove, tout en poutres apparentes et en pierre, le genre d'endroit que les photographes adorent et dont le prix est à l'avenant. Je l'ai transformé en un décor de conte de fées hivernal avec des milliers de lumières blanches suspendues au plafond en vagues de cascades, créant l'illusion d'un ciel étoilé. Des guirlandes s'enroulent autour de chaque poutre, entrelacées de rubans bordeaux et d'ornements argentés qui captent la lumière. La grande cheminée en pierre sur le mur est crépite, des chaussettes de Noël sont accrochées le long du manteau, et les flammes projettent des ombres chaudes dans la pièce.

Le sapin de Douglas de près de quatre mètres

domine l'angle nord. J'ai personnellement supervisé l'installation de l'arbre, en m'assurant qu'il soit positionné exactement comme il fallait pour être visible sous tous les angles. Encore plus de lumières, encore plus d'ornements, et une étoile dorée à la cime qui a nécessité une très grande échelle et une prière pour ne pas faire une chute mortelle.

Près de l'arbre, un quatuor à cordes joue un air classique et festif.

La salle est aménagée pour le repas et les échanges entre invités. La moitié de l'espace est remplie de tables rondes — de quoi accueillir trente familles — avec des nappes blanches et des centres de table faits de pommes de pin, de bougies et de verdure hivernale. L'autre moitié est parsemée de mange-debout, hauts et circulaires, parfaits pour que les invités se rassemblent autour d'un verre et d'amuse-bouches. En ce moment, il y a du monde partout.

Sur le mur du fond, un écran de projection fait défiler des photos de l'entreprise. Des exercices de cohésion d'équipe. Des fêtes de bureau. Le pique-nique d'été. Des employés de Cascade Tech à l'air heureux et productifs, le genre de nostalgie d'entreprise qui rappelle à tout le monde pourquoi ils sont ici.

Cet événement est tout ce que j'avais promis.

Six mois. Voilà combien de temps que je travaille pour Confetti & Meatballs Event Planning, que je construis ce partenariat avec Scot Giordano, que je fais mes preuves auprès de son oncle Giuseppe, l'homme qui possède l'entreprise et qui a le pouvoir de nous la vendre s'il décide que nous en valons la peine.

La famille de Scot a lancé cette entreprise il y a vingt ans. La branche maternelle, d'origine italienne, rêvait de créer des événements magiques pour leur communauté. L'affaire a grandi à partir de là, pour devenir la première agence événementielle de la région montagneuse. Une liste de clients qui se lit comme le bottin mondain de la région, un chiffre d'affaires qui fait passer mon salaire de pâtissière pour de l'argent de poche.

Giuseppe m'a engagée il y a six mois en tant qu'associée junior, à titre provisoire, rien d'écrit pour l'instant. *Faites d'abord vos preuves, Hannah. Montrez-moi que vous pouvez trouver des clients et organiser des événements à notre niveau.*

Scot s'est porté garant pour moi. Il a convaincu son oncle que je valais le risque, et jusqu'à présent, celui-ci a approuvé mon travail.

L'accord sur la table — non officiel, une simple poignée de main, le genre de chose qui m'empêche de dormir la nuit — est que Giuseppe nous vende l'entreprise à tous les deux. Un partenariat à cinquante-cinquante. Investissement égal, propriété égale, voix égale au chapitre.

Mais seulement si je prouve que j'ai ma place ici.

Cet événement est une autre de mes preuves. Mon client, mon organisation, mon exécution. Cascade Tech a fait venir trente familles de Seattle pour cette fête de remerciement d'entreprise, et je me suis assurée qu'ils ne l'oublieraient jamais.

Je lisse ma robe, noire avec un subtil fil argenté qui capte la lumière, ajustée mais professionnelle, assortie à des talons qui font hurler mes pieds mais qui rendent magnifiquement en photo. Mes cheveux sont coiffés en ondulations souples, mon maquillage est simple.

Mon téléphone vibre dans ma poche.

Je le sors. Le nom de Lily s'affiche sur l'écran, m'appelant pour ce qui doit être la troisième fois ce soir.

Je coupe la sonnerie et je remets le téléphone dans ma poche. Quelle que soit la crise que ma sœur traverse à la pâtisserie, ça peut attendre. J'adore Lily, mais son chaos et la soirée qui pourrait définir ma carrière ne peuvent pas entrer en collision en ce moment.

— Hannah ! m'interpelle un des serveurs près du bar à chocolat chaud. On est presque à court de chocolat blanc à la menthe poivrée. Je sors les réserves ?

— Oui, et vérifiez la situation des marshmallows. J'ai vu un gamin vider la moitié du bol dans sa tasse.

Il sourit et disparaît en direction de la cuisine.

Je parcours à nouveau la pièce du regard, cochant des cases mentalement. Musique, parfaite. Éclairage, magnifique. Nourriture, qui circule. Invités, heureux. Le Père Noël est près de l'arbre, dos à moi, entouré d'enfants tandis que les parents prennent des photos. Dieu merci, Declan est venu après que mon Père Noël initial m'a lâchée pour un contrat mieux payé.

Puis j'aperçois Scot, mon partenaire en affaires.

Il est appuyé contre le bar, la cravate desserrée, la veste abandonnée sur une chaise voisine, tenant ce qui ressemble à son quatrième whisky de l'après-midi. Ses cheveux blond foncé habituellement parfaits sont en désordre, tombant sur son front. Il a une mâchoire carrée, de petits yeux et une carrure athlétique héritée de ses années de football à l'université, mais en ce moment, il a surtout l'air ivre.

Mon estomac se noue.

Sur le papier, il est exactement le genre de partenaire que je voudrais. Il connaît le secteur sur le bout des doigts, il a les relations familiales, le portefeuille de clients, l'expérience que je suis encore en train d'acquérir. Il est charismatique quand il veut, capable de charmer n'importe qui pour obtenir n'importe quoi.

Le problème, c'est que vers le troisième mois de notre partenariat, il a décidé que nous devrions être plus que des associés.

Ça a commencé doucement. Des commentaires sur mon apparence dans certaines tenues. Des mains qui s'attardaient lorsque nous portions du matériel ensemble. Une invitation à dîner qui ressemblait moins à une réunion de travail qu'à un rendez-vous galant.

J'ai mis le holà. Fermement, professionnellement. Nous sommes des collègues qui montent une entreprise ensemble. Rien de plus. Je ne suis pas intéressée par une relation amoureuse avec lui.

— Hannah ! Scot m'aperçoit et se détache du bar avec trop de force. Il titube, se rattrape, et m'adresse un large sourire. Voilà mon associée ! Le cerveau derrière tout ça !

— Scot. Passez peut-être à l'eau ? Nous travaillons encore, dis-je à voix basse.

— On célèbre ! Il passe un bras autour de mes épaules, me tirant contre lui. L'odeur de whisky émane de lui. Regardez ce que vous avez fait ! C'est incroyable ! Vous êtes incroyable !

— Scot. Je me dégage de son bras, créant de la distance. Nous sommes à un événement client. Reprenez-vous.

— C'est ce que je fais. Sa main trouve ma taille, ses doigts s'y enfoncent. J'apprécie juste ma magnifique et talentueuse associée. Je n'ai pas le droit ?

Je recule d'un pas, mettant un bon mètre entre nous. — Vous avez fini de boire. Je vous mets au sec.

Son expression change, quelque chose de laid scintille sous le charme. — Depuis quand c'est vous qui faites les règles ?

— Allez, Scot, soyons professionnels. Je garde un ton léger, professionnel, même si j'ai envie de l'étrangler. Buvez de l'eau. Dessoûlez. Il nous reste encore deux heures.

Je tourne les talons avant qu'il ne puisse répliquer, me dirigeant vers le buffet des desserts, où je dois coordonner l'arrivée de la deuxième vague de mini-cheesecakes. Les gens les dévorent plus vite que prévu, ce qui est un bon problème, mais un problème quand même.

Pendant les trente minutes qui suivent, je suis constamment en mouvement pour m'assurer que tout se déroule sans accroc.

Je suis en train de vérifier la liste des cadeaux sur mon téléphone, m'assurant que nous n'avons oublié personne, quand Scot réapparaît. Il est à plusieurs pas, se faufilant à travers la foule avec un sourire paresseux qui me donne la chair de poule.

Il lève le menton vers les poutres. — Regarde en l'air, Hannah, dit-il d'une voix pâteuse. Le destin pointe vers le haut, bébé.

Je déteste quand il m'appelle comme ça. Je le lui ai dit une douzaine de fois, mais je lève les yeux quand même, et mon estomac se serre.

Du gui. Suspendu au-dessus de moi, ses baies claires contrastant avec le bois sombre.

Bordel.

— Non, dis-je, le cœur battant. Scot, ne faites pas ça.

Il continue d'avancer, lent et confiant, comme si c'était quelque chose qui lui était dû.

— Tu m'as repoussé tout l'après-midi, dit-il. Tous ces mois. Comme si j'étais un étranger au lieu d'être ton associé. Mais nous voilà. Sous le gui, au moment parfait. Tu connais la règle. Un baiser.

Il continue de se rapprocher. Sans courir. Sans se presser. Il marche juste avec cette certitude horrible que je vais le laisser m'embrasser.

Si ça tourne à la scène, tout ce pour quoi j'ai travaillé ce soir pourrait s'effondrer. — Je travaille, je chuchote. Ce n'est pas approprié. S'il vous plaît, arrêtez.

Son sourire s'accentue. — C'est juste la tradition. Un petit baiser.

La panique me noue la gorge, alors je fais un pas en arrière. Puis un autre. Et je heurte un mur.

Sauf que ce n'est pas un mur ; c'est une personne. Grande. Solide. Immobile.

Je jette un coup d'œil par-dessus mon épaule.

Du velours rouge. Une bordure de fourrure blanche. Un costume de Père Noël. Le soulagement me frappe si vite qu'il m'en donne le vertige. Le Père Noël, Dieu merci. Je peux me servir de ça et m'en sortir sans créer de scène.

Scot se rapproche toujours, se léchant les lèvres, et j'ai presque la nausée.

Mon cerveau passe en mode survie. Je pivote à moitié, j'attrape le devant du manteau du Père Noël, je le tourne vers moi, les yeux rivés sur Scot. — Père Noël, embrassez-moi. Pour la chance de Noël. Juste un petit rapide.

Je n'attends pas sa permission.

Je me hisse sur la pointe des pieds, tire le Père Noël par son manteau, et me prépare à l'embrasser sur la joue, sauf qu'il s'est tourné et que nos lèvres s'entre-choquent.

Pendant une demi-seconde, rien ne se passe.

Puis il me rend mon baiser, lentement, sûrement, et mon monde entier bascule. Des mains chaudes se posent sur mes hanches, fermes et confiantes, et une chaleur me parcourt si vite que j'oublie où je suis.

Mes yeux s'ouvrent en grand.

L'homme en face de moi n'est pas Declan, notre Père Noël. Ses yeux étaient d'un brun boueux lorsque je l'ai rencontré deux jours plus tôt pour régler les détails de la fête. Ceux-là sont vert mousse, vifs et imperturbables, et me dévisagent comme s'il connaissait déjà le moindre de mes secrets.

Et son parfum me frappe un battement de cœur plus tard. Gâteau à la cannelle. Caramel brûlé. Cèdre. Une senteur riche et piquante qui se détache des effluves de sucre et de pin de la fête qui nous entoure.

Declan sentait le grand air et le déodorant bon marché. La sueur et l'air froid. Rien à voir avec ça. Rien qui ne me donne les jambes en coton et me fasse perdre l'usage de la parole.

La pensée s'enregistre quelque part au fond de mon esprit, lointaine et sans importance, parce que, bon sang, cet homme sait y faire. Sa bouche se meut contre la mienne avec une confiance dévastatrice, comme si le baiser était une forme d'art qu'il avait perfectionnée. Une main vient se loger à l'arrière de ma tête, ses doigts se faufilant dans mes cheveux, m'orientant exactement où il me veut. L'autre main se pose sur ma taille, large et chaude même à travers ma robe, me tirant plus près jusqu'à ce que je sois pressée contre des muscles solides.

Je devrais arrêter ça. Reculer. Dire *merci*, m'occuper de Scot et sauver ce qui reste de ma réputation professionnelle.

Au lieu de ça, je lui rends son baiser comme si ma vie en dépendait.

Mes mains glissent sur son torse. Bon sang, il est bâti, rien que des plans durs sous ce costume ridicule, et il émet un son rauque dans sa gorge qui court-circuite toute pensée logique dans mon cerveau. Tout en lui est enivrant, et je me presse plus près, j'inspire plus profondément, je me noie dans son parfum.

Personne n'embrasse comme ça.

Sa langue effleure ma lèvre inférieure, à la fois question et exigence, et je m'ouvre à lui sans réfléchir, sans hésiter. La main dans mes cheveux se resserre très légèrement, possessive, et j'émets un son que je n'ai jamais produit de ma vie — je ronronne contre lui.

C'est de la folie. C'est un inconnu. *C'est le Père Noël.*

Je m'en fiche.

Je lui rends son baiser avec tout ce que j'ai, des semaines de stress et de tension qui se dissolvent en pure sensation. Sa bouche est chaude contre la mienne, exigeante et généreuse à la fois, et je me noie dans son goût, quelque chose de sombre et de légèrement sucré, addictif.

Lorsque nous nous séparons enfin, je suis haletante, étourdie, les lèvres picotantes et mon cerveau peine à se reconnecter.

Je lève les yeux vers lui.

C'est là que la réalité me frappe de plein fouet.

La barbe du Père Noël pend mollement autour de son cou, oubliée, et le visage au-dessus de moi me coupe le souffle pour une tout autre raison.

Ce n'est vraiment, absolument, à cent pour cent pas Declan.

Cet homme est magnifique d'une manière qui devrait être vendue avec une mise en garde. Une mâchoire acérée couverte d'une barbe de quelques jours. Des pommettes hautes. Une bouche actuellement étirée en un sourire en coin qui me laisse toute frémissante. Et ses yeux, fixés sur moi avec une expression à la fois amusée et brûlante.

Ses cheveux sombres tombent sur son front comme s'il venait de sortir du lit. Associé au costume de Père Noël tendu sur ses épaules, c'est à la fois absurde et injustement séduisant.

— Vous êtes… — Ma voix sort rauque, et je dois m'éclaircir la gorge. — Vous n'êtes pas le Père Noël que j'ai engagé.

Son sourire en coin s'élargit, et il y a une pure satisfaction masculine dans ses yeux verts. — Clairement pas Declan. Mais je dois dire que c'est une sacrée façon de dire bonjour. Tu as l'habitude d'embrasser les inconnus comme si tu essayais de les enflammer ?

Mon visage devient écarlate. — Je… ce n'était pas… j'avais besoin de…

— SALOPE ! — La voix de Scot déchire l'instant comme une lame.

Je me retourne vivement, et l'expression sur son visage me glace le sang. La fureur et l'humiliation tordent ses traits en quelque chose de laid, quelque chose que je n'avais jamais vu auparavant. Les gens nous regardent maintenant, les conversations s'éteignent tandis que les têtes se tournent dans notre direction.

— Scot. — Je fais un pas vers lui, les mains levées, essayant de calmer le jeu. — Baisse la voix. Allons parler en privé, nous sommes à un événement.

— Je me contrefous de la fête ! — Il titube, le whisky et la rage rendant ses mouvements saccadés, imprévisibles. — Tu ne veux pas m'embrasser, moi, mais tu embrasses un connard au hasard que tu ne connais même pas ?

J'ai mal au ventre. — Nous sommes des partenaires professionnels. C'est tout. Je te l'ai répété à maintes reprises. — Je tends la main vers son bras, essayant de le calmer, de l'éloigner du public grandissant. — Scot, s'il te plaît, pas ici.

Il me repousse si fort que je trébuche, me rattrapant à une table voisine. — Partenaires professionnels ? C'est moi qui t'ai fait entrer dans cette entreprise ! Je me suis porté garant pour toi quand mon oncle voulait engager quelqu'un avec une réelle expérience ! Et c'est comme ça que tu me rembourses ?

Le Père Noël se rapproche derrière moi. Je le sens là, solide et protecteur, une barrière physique entre moi et la colère grandissante de Scot.

— Scot, tu es saoul. Tu fais une scène.

Il fait un pas de plus vers moi, et plusieurs invités s'écartent rapidement de son chemin. — Tu m'as mené en bateau pendant des mois. Tu m'as fait croire que nous construisions quelque chose ensemble, et pas seulement l'entreprise. Et maintenant tu m'humilies ?

— Je ne t'ai jamais mené en bateau. J'ai été parfaitement claire sur les limites dès le premier jour.

— N'importe quoi. — Le mot sort indistinctement. — Tu me souriais. Tu riais à mes blagues. Tu travaillais tard avec moi. Qu'est-ce que j'étais censé penser ?

— Que j'étais professionnelle ! — Ma voix monte malgré tous mes efforts. — Que j'étais une collègue correcte ! Ça ne veut pas dire que je veux sortir avec toi !

— C'est fini. — Scot recule maintenant, me pointant du doigt avec la main qui tient toujours son verre. Le whisky déborde, éclaboussant le sol. — Tu m'entends ? Fini. Trouve-toi une nouvelle affaire, parce que je me casse. Mon oncle va entendre parler de ça. Tu seras finie dans cette ville avant le Nouvel An. Retiens bien mes putains de mots, Hannah. Tu vas le regretter.

— Scot, attends…

Mais il se retourne déjà, bousculant les invités confus qui se précipitent pour lui laisser le passage, et se dirige vers la sortie. Je le regarde partir, mon partenariat et mon avenir qui franchissent la porte.

La pièce est devenue silencieuse, à l'exception de la musique. Tout le monde me dévisage. La soirée parfaite que j'avais organisée s'effondre en temps réel, et je ne peux rien faire pour l'arrêter.

Ma gorge se serre. Mes yeux commencent à me brûler.

Je vais pleurer. Ici même, devant tout le monde, lors de l'événement le plus important de ma carrière.

— Quelle première impression. — La voix derrière moi est basse, rauque, et d'une douceur inattendue. — J'ai l'impression que mon baiser m'a fait atterrir dans un feuilleton télévisé.

Un rire m'échappe, mi-sanglot, complètement sincère. — C'est une façon de voir les choses.

— Ça va ?

Je secoue la tête, ne faisant pas confiance à ma voix, et me tourne pour faire face au Père Noël.

— Viens. — Une main, grande, calleuse, étonnamment prévenante, s'enroule autour de mon coude. — Sortons-toi de la lumière des projecteurs.

Il me guide loin de la salle principale, parvenant à donner l'impression que c'est décontracté, comme si nous nous déplacions simplement à travers la fête au lieu de fuir les décombres de ma vie professionnelle. La foule s'écarte facilement, les gens se mettant de côté pour lui sans même sembler s'en rendre compte.

Nous nous retrouvons au bar niché dans le coin sud-ouest, partiellement caché par des guirlandes de pin décoratives. Le barman jette un coup d'œil à mon visage et commence à me préparer quelque chose sans qu'on le lui demande.

Le Père Noël se positionne entre moi et le reste de la pièce, me masquant à la vue de tous, me donnant un espace pour m'effondrer en privé.

La boisson apparaît, un chocolat chaud, mais quand je prends une gorgée, il y a clairement du whisky dedans. Peut-être du rhum. Quelque chose d'assez fort pour me brûler la gorge en descendant.

— Je me suis dit que tu en avais besoin, dit-il.

Je vide la moitié de la tasse, sentant la chaleur se répandre dans ma poitrine, desserrant la panique qui m'oppressait les poumons.

— Respire, dit le Père Noël, son ton posé, comme s'il faisait ça tout le temps. — Inspire par le nez. Retiens. Expire par la bouche. Encore une fois.

Je suis ses instructions, aspirant de l'air dans mes poumons, le forçant à sortir lentement. Une fois. Deux fois. Trois fois.

L'hyperventilation se calme.

Mes mains arrêtent de trembler.

— C'est mieux. Ça va aller.

— Pas vraiment. — Ma voix faiblit. — Je viens de tout détruire. Mon partenariat, ma carrière, probablement tout cet événement.

— Regarde la pièce.

Je jette un coup d'œil par-dessus son épaule. La fête continue. Les conversations ont repris et le quatuor n'a jamais cessé de jouer. Les gens mangent, boivent, rient.

— Tout le monde s'en fiche, dit-il. — Dans dix minutes, ils auront oublié ce qui s'est passé. Un type saoul a fait une scène, s'est fait rembarrer et est parti. C'est tout. L'événement se porte bien.

— Scot ne va pas oublier.

— C'est un connard qui ne supporte pas le rejet. — Il dit cela de manière factuelle, comme si c'était un simple calcul. — C'est son problème, pas le tien.

Je soupire. — C'est mon partenaire. *C'était* mon partenaire. Maintenant, je ne sais plus ce qu'il est. — Je me mets à rire, mais le son est brisé. — Mon Dieu, quel désastre. Six mois de travail, anéantis. Giuseppe ne nous vendra jamais l'entreprise maintenant, pas après ce fiasco. Scot s'en assurera.

Le Père Noël m'observe de ses yeux verts intenses, et je remarque pour la première fois sa posture, son poids en équilibre, prêt à bouger, comme quelqu'un qui a l'habitude de voir les choses déraper rapidement. Il y a en lui une immobilité presque prédatrice, mais qui, étrangement, me rassure au lieu de m'effrayer.

— Qui êtes-vous ? — je demande enfin. — Et où diable est Declan ?

Sa bouche se tord en un sourire et j'aperçois l'ébauche d'une fossette. — C'est une drôle d'histoire, en fait. Il s'avère que votre Père Noël, Declan, est recherché pour incendie criminel. Deux chalets, il a failli tuer une famille. Et aussi, tentative de vol, voies de fait sur un policier et non-respect de sa liberté sous caution. Deux fois.

Je cligne des yeux. J'analyse. — Quoi ?

— Mes partenaires et moi l'avons embarqué cet après-midi sur Main Street. Il était devant la pâtisserie de ta sœur en costume de Père Noël, en train de manger des cookies comme si de rien n'était. — Il croise les bras et le costume de Père Noël se tend sur son torse d'une manière profondément troublante. — On l'embarquait dans notre camion pour l'emmener au poste quand ta sœur… Lily, c'est bien ça ? Elle est sortie en courant, paniquant à l'idée que la fête n'ait plus de Père Noël. Elle ne nous a pas laissé partir avant que j'accepte de le remplacer pour ne pas gâcher ton événement.

Je le dévisage.

Il me dévisage en retour, attendant.

— Attends. — Je lève une main, mon cerveau peinant à suivre. — Tu es en train de me dire que tu n'es pas un acteur. Tu n'es pas un comédien. Tu es, quoi, des forces de l'ordre ?

— Chasseur de primes.

— Tu traques des criminels pour gagner ta vie ?

— Ouais.

— Et Lily t'a convaincu de jouer au Père Noël pour moi ?

— Elle m'a plutôt fait culpabiliser pour que je le fasse, mais en gros, oui.

Je le dévisage. Il est immense, au moins un mètre quatre-vingt-cinq, probablement plus, avec des épaules qui semblent taillées pour plaquer les gens. Le costume de Père Noël craque aux coutures, la fourrure blanche de la garniture semblant absurde sur ses muscles évidents. Ses mains — je me souviens de leur sensation, l'une dans mes cheveux, l'autre sur ma taille — ne sont certainement pas des mains de Père Noël de centre commercial. Elles sont larges, balafrées sur les phalanges, les mains de quelqu'un qui s'en sert.

Un rire monte des profondeurs de ma poitrine. J'essaie de le retenir, mais c'est impossible. Il m'échappe, mi-hystérique, mi-sincèrement amusé.

— Je suis désolée, — je halète, la main sur la bouche. — C'est juste que, tu es énorme. Ce costume te va à peine. On dirait que tu pourrais briser quelqu'un en deux. Et tu... — Je m'interromps, mais il me regarde de nouveau avec ce sourire en coin.

— Et je quoi ?

— Rien.

— Finis ta phrase.

— Non.

— Allez. Je veux l'entendre.

— Très bien. — Le whisky me rend audacieuse. — Tu embrasses comme si tu l'avais fait mille fois et tu savais exactement ce que tu faisais.

Son sourire en coin devient éclatant. — Pour information, c'est toi qui m'as embrassé en premier.

— J'étais désespérée.

— Tu as été phénoménale. — Il le dit simplement, comme si c'était un fait. — Ce n'était pas du désespoir. C'était... tout autre chose.

Une chaleur me monte au cou. — Je n'aurais pas dû faire ça. C'était complètement déplacé. Tu rendais service à ma sœur, et je t'ai pratiquement sauté dessus...

— Je ne m'en plains pas.

— Tu devrais.

— Crois-moi, ce n'est pas le cas. — Il bouge légèrement. Je capte une autre bouffée de son odeur, et une partie de moi a envie de presser mon visage contre son cou et d'inspirer.

Il reste silencieux un instant, m'étudiant. — Tu veux que je parle à ton associé, Scot ?

— Lui parler comment ? — dis-je. — Genre, poliment ? Autour d'un chocolat chaud ? Ou avec tes poings ? Peut-être le jeter dans une rivière ? Ou simplement le liquider et le laisser attaché à un pin ?

Il rit pour de vrai, un son grave qui rend la pièce plus petite. — Toutes des options très viables, — dit-il, l'amusement traversant son visage. — Mais je trouve que la subtilité fonctionne généralement mieux.

J'imagine un chasseur de primes chuchotant et souriant poliment pendant que Scot se crispe sur son collier de perles. — Bien sûr. Comme dans un téléfilm de Noël où le bel inconnu explique gentiment les limites à ne pas franchir.

Son sourire devient prédateur et très sincère. — Sauf que je ne suis pas dans le business des explications douces. Je suis dans celui des résultats.

Mon estomac fait cette stupide cabriole. — On parle de quel niveau de gravité ? De un à dix ?

Il se penche, ses yeux sans expression et sérieux une seconde. — Ça dépendra du niveau de sa bêtise. Un bon huit. Peut-être neuf s'il insiste pour faire son mélodrame.

Je renifle. Ça sort comme un rire. — Il devient très mélodramatique quand il boit. Il est un dix au karaoké et un neuf pour les décisions terribles.

— Alors neuf, sans hésiter, — dit-il. — Je préfère l'efficacité.

— C'est la même chose, — dis-je.

Il penche la tête, amusé. — Pas faux.

Nous sourions tous les deux, et pendant une seconde, la panique se dissipe. Avec lui, j'ai l'impression que je peux survivre à Scot.

Mais je devrais m'éloigner et aller me cacher dans la cuisine jusqu'à ce que j'arrête de trembler.

Son regard glisse sur moi, stable et sans hâte. Il n'y a rien de doux dans ses yeux. Il regarde les gens comme un loup cherche les issues. Et pourtant, je me sens plus en sécurité à côté de lui que je ne l'ai été de toute la soirée.

— Je connais les hommes comme Scot, — explique-t-il. — Si tu as besoin d'aide, tu peux me contacter n'importe quand, — propose-t-il.

Je l'étudie, cet étranger qui vient de faire dérailler toute ma soirée de la meilleure et de la pire des manières. Il y a quelque chose chez lui qui ne colle pas tout à fait au costume de Père Noël, quelque chose de brut et de compétent sous le velours rouge.

— Merci. Je m'appelle Hannah Parker, au fait, — dis-je finalement. — Même si on a largement dépassé le stade des présentations.

Son rire est rauque, surpris. — Chris Merrick, de l'agence Evernight Retrieval. Et ouais, on a clairement sauté quelques étapes.

— C'est une façon de voir les choses.

— Alors, — dit-il, sa voix baissant d'un ton, si intime que je la sens sous mes côtes. — Une chance qu'on se tire d'ici ? De vrais verres au lieu de chocolat chaud arrangé.

Mon pouls s'emballe.

Une partie de moi, la partie responsable, sait que

c'est une idée terrible. Je viens de le rencontrer. Ma carrière est en train de se consumer dans une benne à ordures derrière la salle. Ce n'est absolument pas le moment de partir avec un bel inconnu qui embrasse comme un péché et qui sent tout ce que je ne savais pas désirer.

L'autre partie de moi, celle qui tremble encore de ce baiser, celle qui est épuisée de tout faire tenir, hurle oui.

— Je ne peux pas. — Je vérifie ma montre, parce que le regarder est trop tentant. — C'est mon événement. Je dois rester jusqu'à la fin et m'assurer que tout est correctement rangé. Surtout après avoir causé ce désastre.

— Ce n'était pas ta faute.

— Question de point de vue. — Je lève les yeux vers lui et le regrette aussitôt. Ces yeux verts font virevolter mon estomac. — J'en ai encore pour quatre-vingt-dix minutes avant que tout soit démonté.

— Et tu dois rester tout ce temps ? — demande-t-il.

— Malheureusement. — Ma gorge se serre. — S'il te plaît, ne pars pas. Pas encore. J'ai besoin d'un Père Noël pour la distribution des cadeaux.

Quelque chose change en lui. Pas doux, exacte-ment... mais concentré. Comme si je venais de devenir une priorité.

— Ouais, — dit-il doucement, le coin de sa bouche se relevant. — Je reste.

— Vraiment ?

— Le Père Noël reste jusqu'à la fin de la fête. — Il fait craquer ses phalanges. — Et puis, il faut bien que quel-qu'un s'assure que cet abruti ne revienne pas.

Une vague de chaleur me traverse lentement. Je devrais lui dire que je peux gérer ça. Que je n'ai pas besoin de protection et que c'est extrêmement déplacé.

Aucun de ces mots ne franchit mes lèvres. Tout ce que j'arrive à dire, c'est : — Merci.

Son attention se pose de nouveau sur moi, lourde et sans hâte. Il m'étudie comme s'il décidait jusqu'où il est prêt à aller. Et le plus terrifiant, c'est que… je veux connaître la réponse.

— Allez. — Chris désigne la foule d'un signe de tête. — Retournons au travail avant que les gens commencent à se demander si le Père Noël a enlevé l'organisatrice de l'événement.

J'étouffe un rire, tremblant. — Ça ferait un sacré titre.

Sans réfléchir, je touche son bras. Un muscle solide sous du feutre bon marché. Mes doigts picotent. Je retire ma main rapidement et prie pour qu'il ne l'ait pas remarqué.

Il l'a remarqué. Son regard file vers l'endroit que j'ai touché, puis revient sur mon visage, comme s'il ajoutait ce détail à une liste.

Nous nous dirigeons vers la salle principale. J'essaie de rassembler mes esprits avant de me noyer dedans. — Je devrais y retourner, — dis-je. — Faire comme si tout allait bien.

Il me regarde de haut. — Je serai juste là. Si quelque chose s'en prend à toi, il devra d'abord me passer sur le corps.

Ma respiration se bloque. Ça devrait m'effrayer. Au lieu de ça, la sensation s'installe au creux de mon ventre comme une chaleur qui s'enroule sous mes côtes. Je hoche la tête et me force à m'éloigner, puis je me faufile parmi les invités, souriant, ajustant les décorations, vérifiant que les prestataires n'ont besoin de rien.

Du moins, en apparence.

À l'intérieur, tout s'effiloche.

Scot était furieux. Je l'ai vu dans ses yeux avant qu'il ne disparaisse. Si Scot raconte des mensonges sur moi à son oncle, je perdrai le partenariat, le financement, la confiance du secteur. Tout ce pour quoi j'ai travaillé.

Je redresse une pile de brochures avec des mains tremblantes.

J'ai embrassé un inconnu. Un geste imprudent et tout est en péril.

Il n'existe aucun univers où cela se termine bien.

Je jette un coup d'œil de l'autre côté de la pièce. Chris est toujours là. Il m'observe à travers la foule, les bras croisés, comme s'il avait déjà décidé que je devais être sous sa protection.

Je me dis de détourner le regard. De me concentrer. De travailler. De réparer ça. De faire en sorte que cette soirée soit impeccable pour que le client n'ait rien à redire. Mais mon pouls ne se calme pas, et la vérité s'insinue comme un murmure que je ne peux faire taire.

Je ne sais pas qui il est vraiment.

Et pire encore… une partie dangereuse et stupide de moi veut le découvrir.

3

HANNAH

À huit heures du soir, la boulangerie Flour & Fable embaume comme si le paradis s'était épris de Noël.

Même depuis le trottoir, j'entends des rires et le bourdonnement des voix ; la soirée du club de lecture maintient les lumières allumées et fait tourner les fours à plein régime.

Je pousse la porte, et les clochettes tintent au-dessus de ma tête. Une vague de chaleur et de sucre m'enveloppe. Cannelle. Chocolat. La bougie citron-vanille que Lily fait toujours brûler et qui sent la neige fraîche. La boulangerie ne compte que quelques clients, contrairement au café littéraire, qui est bondé.

Puis Chris me suit à l'intérieur.

Ce qui donne l'impression que la pièce est encore plus petite.

Il a troqué son costume de Père Noël. À la place, il porte un jean noir qui semble avoir du vécu et une chemise foncée qui lui va un peu trop bien au niveau du torse et des avant-bras. Ses tatouages disparaissent sous les manches, et ses cheveux sont humides, comme s'il les avait lavés pour chasser les derniers vestiges de la fête. Il a l'air plus dangereux comme ça. Moins drôle. Plus… réel.

Je me dis de ne pas le dévisager. Ça ne marche pas.

— Je suis venu pour des brownies, murmure-t-il, la voix basse tandis qu'il balaie la pièce du regard. Et peut-être pour m'assurer que tu ne t'es pas éclipsée chez toi pour piquer une crise toute seule.

— Ce n'est pas mon genre, dis-je. Je préfère avoir mes crises de nerfs dans les toilettes publiques, comme une dame.

Il rit.

Lily nous repère, ses yeux se plissant comme si elle évaluait qui j'ai amené avec moi. Elle s'essuie les mains sur son tablier et s'approche d'un pas décidé. — Toi, dit-elle en pointant Chris du doigt. J'espère que tu as été un Père Noël extraordinaire.

Son rire se fait plus fort. — Je n'avais pas vraiment le choix, mais je suis content de l'avoir fait. Il me jette un regard, et Lily nous observe tous les deux.

— Bon, qu'est-ce que j'ai manqué ?

— Je te raconterai plus tard. En tout cas, on dirait que tu as survécu à une tornade de sucre pailleté et de bêtises, dis-je.

— J'ai eu une nuit courte. Les jumeaux, Sage et Blake, viennent d'avoir cinq mois, et ils ne dorment pas très bien. Ils nous tiennent éveillés toute la nuit. Ensuite, ça n'a pas arrêté de la journée, et le club de lecture cartonne. Elle désigne d'un signe de tête la salle du café littéraire attenante à la boulangerie, où une foule a rempli chaque siège disponible. Archer, l'un des amants de Lily, se tient à l'avant, tenant un énorme livre relié comme si c'était une écriture sainte. Il parle en gesticulant d'une main, plein d'entrain et complètement dans son élément. Les quelques clients qui traînaient dans la boulangerie sont tous allés les rejoindre.

Les gens sont suspendus à ses lèvres.

Depuis qu'il a lancé le club, la fréquentation a presque doublé. Ça n'aide certainement pas qu'Archer soit ridiculement séduisant, avec sa voix de velours et son aura de bibliothécaire fantasmatique. La moitié de la salle le dévore des yeux comme s'il s'apprêtait à leur lire des poèmes d'amour plutôt que de la poésie gothique.

Je suis honnêtement surprise que Lily n'ait arraché les yeux de personne. Elle a l'air étonnamment calme pour une femme qui regarde d'autres femmes reluquer ouvertement son homme.

Chris s'appuie sur le comptoir, et je prends conscience avec une angoisse grandissante que mon cœur s'est mis au cardio. Il s'intègre trop facilement ici. Comme s'il était à sa place.

— Alors, dit Lily en haussant les sourcils, tu nourris le chasseur de primes ou tu te contentes de l'admirer comme une décoration de Noël ?

J'ai les joues en feu tandis que Chris me fait un clin d'œil, adorant l'attention.

Je l'admire, *absolument*.

Il m'offre à nouveau ce quasi-sourire, celui qui donne l'impression qu'il fait tomber mes défenses sans même essayer. — Je suis là pour les brownies. Et pour la tenir à l'écart des ennuis.

Je déteste la facilité avec laquelle tout cela se passe. La chaleur qui émane de lui sous la lueur des guirlandes lumineuses enroulées autour de la vitrine. Le fait que chaque cellule de mon corps soit à l'écoute de sa présence alors que je devrais me concentrer sur la façon de sauver ma carrière.

Mon estomac se tord, mais Chris se rapproche, juste assez pour que sa chaleur m'atteigne. Il ne me touche pas, mais il est assez près.

Lily ricane. — On ne perd pas de temps pour réclamer son paiement pour avoir joué les Pères Noël, hein. Elle me jette un coup d'œil. — Je paie en brownies parce qu'ils sont vraiment excellents. Elle sourit en fouillant sous le comptoir. — Tu es sûre de ne pas vouloir quelque chose de plus fort ? Tu as l'air à bout. Comment s'est passée la Fête de l'Hiver ?

Mon souffle se coupe. — L'événement a été pire que ce que je pensais. Je crois que Scot va me virer du partenariat. Je lui ai envoyé une vingtaine de messages et je n'ai eu aucune réponse. Donc, soit il m'évite, soit il est mort dans un fossé, et honnêtement, je ne sais pas quelle option me soulage le plus.

— Mort dans un fossé, c'est très dramatique, dit Chris.

Lily secoue la farine de son poignet et me lance son regard d'experte. — Très digne d'un *cliffhanger de l'épisode huit.*

— J'ai étudié tes marathons de docu-crimes. Je m'appuie contre le comptoir. — S'il est mort dans un fossé, tu crois que je pourrais faire passer ça pour un accident ?

— Facilement, dit Lily. J'ai vu au moins six cas qui pourraient s'appliquer. Elle roule une autre boule au rhum dans de la noix de coco derrière le comptoir. — Il te faudrait un alibi. Je me porterais bien volontaire, mais je craque pendant les interrogatoires.

— Tu m'as menti droit dans les yeux il y a trois jours en disant que tu n'avais pas mangé le dernier croissant, je rétorque.

— C'était différent. Je mourais de faim.

Je pouffe.

Ce n'est qu'à ce moment que je remarque que Chris nous observe de son regard sombre et indéchiffrable. — Tu veux que je fasse comme si je n'avais pas entendu parler de projet de meurtre ? demande-t-il.

Je lui lance un regard. — Tu es chasseur de primes. Je suis sûre que parler de meurtre, pour toi, c'est juste… un mardi comme les autres.

Sa bouche s'étire en un sourire, aussi tranchant qu'une lame. — Enfin, si tu as besoin que ce soit fait…

Lily se redresse. — Eh bien, on sait déjà que tu acceptes les pâtisseries en guise de paiement.

— On m'a déjà payé avec pire, ajoute-t-il.

Je lève un sourcil. — Comme quoi ?

— Une chèvre, dit-il sans ciller. Une fois.

Je m'étouffe avec mon café. — Tu as reçu une chèvre en paiement pour un contrat ?

— Et elle a essayé de me tuer, corrige-t-il.

— On dirait une vendetta personnelle, dis-je.

— C'en était une. Il penche légèrement la tête. — Ce

que je veux dire, c'est que si ton partenaire est retrouvé mort, j'essaierai de ne pas avoir l'air trop impressionné.

Lily hoche la tête, approbatrice. — Tu vois ? Raisonnable.

Je me frotte le front. — J'adore le fait qu'aucun de vous n'essaie de m'en dissuader.

— On pèse le pour et le contre, réplique Chris. Tes arguments sont en train de gagner.

James sort de la cuisine du café, grand, les cheveux cuivrés, un T-shirt noir, des avant-bras à tomber. Sa présence alourdit l'air, le rend plus protecteur. James est un autre des trois Alphas de Lily. J'ai vu la façon dont les gens le regardent, comme s'ils ne savaient pas s'ils devaient le draguer ou s'enfuir. Le type a fait un séjour en prison, donc il a ce côté brut qui lui colle à la peau. Il me rappelle un peu Chris.

— Hannah.

— James, je réponds. Tu fais du café ou tu prépares un coup d'État ? Difficile à dire avec cette tête.

Un fantôme de sourire. — Pourquoi me limiter ?

Je jette un regard à Lily. — Comment tu fais pour vivre avec un homme qui pourrait intimider un mur de briques ?

— Les murs de briques sont des lâches, dit James.

Lily rit et se dirige vers lui sans réfléchir. Il dépose un baiser sur sa tempe, une de ses mains glissant brièvement sur sa taille avant qu'il n'aille disposer les pâtisseries sur une assiette. Naturel. Intime. Comme une respiration.

J'admire la façon dont ses hommes l'*adorent*. Tous les trois. Sans question, sans hésitation. Je me souviens de l'époque où j'étais terrifiée à l'idée de dire à Lily que je voulais quitter la boulangerie pour l'organisation d'événements, alors je l'ai gardé secret pendant longtemps. Je pensais qu'elle me détesterait. Au lieu de ça, elle m'a serrée dans ses bras, m'a tendu une boîte de biscuits et m'a dit qu'elle était fière de moi.

Et maintenant…

Maintenant, je suis sur le point de tout perdre avant même d'avoir commencé. Parce que Scot est un connard. Parce que peut-être que je n'ai pas été assez ferme. Parce que je pensais que c'était un ami.

Lily lève soudain les yeux.

— Ah, James, voici Chris. C'est le type qui a arrêté Declan aujourd'hui. Et qui a ensuite pris sa place en tant que Père Noël à la fête de Hannah.

James s'arrête, ses yeux balayant Chris, l'évaluant, le jaugeant.

— Vraiment ?

Chris hausse les épaules. — On aurait dit qu'elle avait besoin d'un Père Noël.

— En fait, intervient bruyamment Lily, il ne l'a fait que parce que je l'ai soudoyé avec un an de brownies après qu'il a arrêté le premier Père Noël.

Je m'étrangle. — Un an ? Lily, c'est…

— Le tarif standard pour un acte d'héroïsme, dit-elle solennellement. Et je l'ai fait pour toi.

Mon cœur fond.

Chris sourit narquoisement. — Je l'aurais fait pour six mois, mais elle négocie comme un démon.

— Un démon avec un tablier, confirme James,

embrassant à nouveau le sommet de sa tête avant de poser un plateau de pâtisseries sur le comptoir.

Je secoue la tête, riant malgré le brasier qu'est en train de devenir ma vie.

— Eh bien, tu as fait une excellente affaire, parce que ses brownies sont pratiquement une monnaie d'échange, j'ajoute.

— Bien, dit Chris, d'une voix basse et rauque. Un peu de douceur me ferait du bien.

Et c'est moi qu'il regarde en disant ça.

Pas les pâtisseries.

Moi.

Une chaleur se répand dans ma poitrine. Je ne devrais pas aimer la façon dont il me fixe, mais Dieu me pardonne… j'adore ça, vraiment.

— Bref. Lily attrape son téléphone sous le comptoir. — En parlant de Père Noël, j'ai essayé de t'appeler une cinquantaine de fois aujourd'hui. Et si ça avait été une urgence ?

— Ça l'était ? J'attrape un biscuit en forme de flocon de neige sur le plateau de présentation du comptoir, j'en prends une bouchée et en offre un à Chris, qui l'accepte. Beurre et vanille et juste ce qu'il faut de croquant. Parfait, comme tout ce que fait Lily. — J'étais en mode gestion de la concentration.

— Tu es toujours dans ce mode. Elle fait défiler l'écran de son téléphone, me le tourne pour me le montrer, contournant le comptoir où se trouve James. Quinze appels manqués. Vingt-trois textos. Tous d'elle.

Je parcours rapidement les textos.

Lily : LES FLICS ONT ARRÊTÉ LE PÈRE NOËL

Lily : ok, pas les flics, des chasseurs de primes

Lily : Declan est un CRIMINEL

Lily : Incendie criminel !!! Il a brûlé des chalets !!!

Lily : j'ai trouvé un remplaçant mais il est TERRIFIANT

Lily : canon aussi mais c'est pas la question

Lily : HANNAH, RÉPONDS À TON TÉLÉPHONE

— D'accord, ça aurait eu plus de sens. Je glousse encore en tendant le téléphone à Chris pour qu'il puisse lire le fil de messages délirants de Lily. Il a l'air beaucoup trop satisfait de lui.

Il pose le téléphone, son regard se posant sur moi. — Est-ce que ça aurait changé quelque chose ? Si tu *avais* vu les messages ? M'aurais-tu quand même embrassé ?

Le silence se fait dans la pièce.

Les sourcils de Lily fusent vers le haut. — Attends… *c'est toi qui l'as embrassé ?*

Mon visage chauffe si vite que je suis étonnée que le glaçage des cookies ne fonde pas. — Ce n'était pas… Je n'ai pas… Je fais un geste impuissant. — Scot venait vers moi sous le gui et j'ai cru que Chris était Declan, d'accord ? C'était censé être un rapide baiser sur la joue. Une diversion. Et puis… J'avale ma salive. — Eh bien. Les choses ont dégénéré.

James jette un coup d'œil à Chris par-dessus la tête de Lily. Un unique hochement de tête complice et masculin.

Traître.

Les lèvres de Chris s'étirent en un sourire lent et satisfait.

— Oh, ma belle. Ce n'était pas une diversion. Sa voix baisse, devenant assez grave pour vibrer à des endroits auxquels je ne veux pas penser. — Tu m'as embrassé comme si tu essayais de m'entraîner par le fond. Comme si tu voulais voir si je me noierais avec toi.

Une rougeur ardente me monte au cou et aux joues.

Lily en suffoque presque. — HANNAH !

— La. Ferme, je siffle.

Chris se contente de s'adosser au comptoir comme s'il ne venait pas de me mettre verbalement K.O. pour la semaine. — Pour la petite histoire, on m'a déjà frappé plus fort, mais jamais par quelqu'un d'aussi délicieux.

— Je déménage en Alaska. Ne me contactez pas.

— Non, dit Lily, enchantée. — Nous allons vivre ici pour toujours. Dans cet instant. Je vais l'encadrer.

James fait glisser un latte frais vers elle alors qu'elle retourne derrière le comptoir avec lui. Il se penche, dépose un baiser sur sa tempe et murmure quelque chose qui la fait sourire. Les regarder ensemble est un pur bonheur.

— Tu peux mettre une demi-douzaine de brownies dans une boîte pour Chris, demande-t-elle à James, qui sourit et se met au travail.

Vingt-six ans, et je ne me suis même pas approchée de trouver ma meute. Pendant ce temps, ma petite sœur a trois Alphas qui la regardent comme si elle avait décroché la lune.

Je suis sincèrement heureuse pour elle.

J'aimerais juste croire que je pourrais avoir quelque chose de semblable un jour. Puis je me surprends à fixer

Chris, qui n'a pas cessé de me regarder. Bien sûr, nous avons échangé un baiser amusant, mais les hommes comme lui ne veulent pas d'Omégas comme moi. Surtout les hommes extrêmement beaux qui peuvent avoir n'importe quelle fille. On dirait qu'il sort tout droit d'une séance photo pour *Hommes des Montagnes Magazine*.

C'est pourquoi, le mois dernier, j'avais pris rendez-vous avec cette marieuse du centre-ville, Evelyn… quelque chose, l'Oméga qui aurait un sixième sens pour les meutes compatibles. Je me suis présentée à son bureau, j'ai attendu vingt minutes dans la salle d'attente, puis je me suis enfuie avant qu'elle puisse appeler mon nom.

Parce que et si elle ne trouvait personne pour moi ? Et si j'étais une de ces Omégas qui… ne sont compatibles avec personne ? Et que j'étais destinée à rester seule ?

James tend les brownies à Chris quand mon téléphone sonne avec une notification. Je l'ouvre et remarque que c'est un message de Scot. Mes entrailles se tordent jusqu'à me faire mal.

— Qu'est-ce qui ne va pas ? demande immédiatement Lily. — Tu es devenue blanche comme un linge.

J'avale ma salive avec difficulté et lève les yeux. — Je viens de recevoir un e-mail de Scot.

— Et ?

— Je ne l'ai pas encore lu.

Lily est à mes côtés. — Laisse-moi faire. Elle prend le téléphone, et j'essaie de me recroqueviller, sachant que ce ne sera pas bon.

Chris est de l'autre côté, me frottant le bras. — Ça va aller.

— « Avec effet immédiat, je dissous notre accord de partenariat », lit-elle à voix haute. — « Vous n'êtes plus affiliée à Confetti and Meatballs Event Planning. Toutes les relations clients me reviennent. Toute tentative de contacter les clients existants de l'entreprise sera considérée comme une ingérence. » Elle lève les yeux. — Ce connard ! Mais il y a plus, dit Lily. — Il a mis en copie un certain Giuseppe. Son avocat ?

— C'est son oncle. J'ai soudain la nausée et je reprends le téléphone, ayant besoin de lire ce qu'il dit d'autre. — Et apparemment, il a passé les dernières heures à envoyer des e-mails à ses clients, leur disant que je ne suis plus dans l'entreprise et qu'il s'occupera personnellement de tous les futurs événements.

— Il a le droit de faire ça ? Lily est indignée.

— Je ne sais pas. Peut-être. Nous n'avons jamais officialisé le partenariat par écrit, donc son oncle est toujours propriétaire de l'entreprise. Je n'ai rien d'écrit. Ma gorge se serre. — Tout n'était que poignées de main, promesses verbales. L'oncle de Scot a dit que nous travaillerions ensemble pendant six mois, que nous ferions nos preuves, et qu'ensuite il nous vendrait l'entreprise à cinquante-cinquante.

— C'est moche, dit James à voix basse.

— C'est catastrophique. J'attrape un autre cookie, un sapin de Noël cette fois, et je croque dedans. — Ma réputation sera probablement ruinée le temps que Scot finisse de raconter sa version.

Chris regarde toujours l'e-mail par-dessus mon

épaule. — Il mentionne un événement à venir dont tu es responsable. Donc tu as toujours ceux que tu as trouvés, non ?

Je fais défiler le long e-mail. — J'ai un événement de mini-ferme de Noël dans deux jours. Fête privée, client riche, énorme opportunité. Je l'ai trouvé, je l'ai décroché, j'ai tout planifié. Mais Scot a déjà dit aux fournisseurs d'animaux — toute la partie mini-ferme — que je suis partie et de ne pas traiter avec moi, car je vais causer des problèmes. Connard. Je tremble. — Je suis une nobody qui pensait pouvoir jouer à l'organisatrice d'événements.

— Hé. La voix de Chris tranche ma spirale, vive et ferme. — Ne fais pas ça. Ne dénigre pas ce que tu as construit.

— Je n'ai rien construit. J'ai emprunté l'entreprise de quelqu'un d'autre en prétendant qu'elle était à moi.

— Tu as ramené de nouveaux clients, ajoute Lily. — Tu as fait tes preuves.

Chris se penche en avant, une main posée sur le comptoir. — Ce crétin se sent menacé par toi parce que tu es douée dans ce que tu fais. Ce n'est pas rien.

Lily me serre le bras. — Il a raison. Tu es incroyable dans ce domaine. Scot le sait. C'est pour ça qu'il panique.

— Paniqué ou non, c'est lui qui gagne. J'attrape un autre cookie. — Je suis sur le point de me retrouver face à un client les mains vides, sans animaux pour une fête avec mini-ferme. Ce n'est pas vraiment une position de force.

Je reste là, figée, pendant que mon monde entier

s'écroule autour de moi. Puis je tends la main vers un autre cookie, mais Lily éloigne le plateau.

— Tu manges à cause du stress, observe-t-elle à voix haute.

— J'ai besoin de me noyer dans les cookies.

— Finis, les cookies. Tu vas te rendre malade.

Je traverse la pièce et m'affale sur une chaise à une table près de la fenêtre, la tête entre les mains. — Je serai blacklistée avant Noël.

— Je peux peut-être aider. La voix de Chris perce le bruit grandissant de ma panique alors qu'il se dirige vers moi.

Je lève les yeux et le regrette aussitôt.

Il est assis en face de moi, les avant-bras appuyés sur la table, l'air bien trop calme pour un homme qui a passé la soirée à jouer au Père Noël justicier. La chemise qu'il a enfilée moule des épaules larges and des bras marqués de légères cicatrices, indices d'une vie qui devrait me terrifier bien plus qu'elle ne le fait.

Je déteste qu'il me voie comme ça, complètement déboussolée, anxieuse, à deux doigts de hurler de déses- poir. Je voulais être confiante et maîtresse de moi ce soir. Pas... cette flaque d'échec professionnel.

Mais il n'a pas l'air rebuté. Il semble intéressé. Ce qui, d'une manière ou d'une autre, aggrave la situation.

— À moins que tu ne connaisses quelqu'un avec un zoo mobile, j'arrive à dire en essayant d'avoir l'air désin- volte, — je suis fichue.

Un sourire lent et assuré étire ses lèvres. — C'est possible. Je connais des gens qui ont des animaux. Il s'adosse à sa chaise, décontracté, comme s'il parlait de la

météo. — Des petites fermes. Des ranchs de loisir. Et…
Il fait une pause, et ses lèvres tressaillent. — J'ai des
rennes.

Silence.

Je le dévisage.

Lily le dévisage.

James émet un son étranglé qui pourrait être de la
surprise.

— Tu as quoi ? j'arrive enfin à articuler.

— Nous avons des rennes.

Il le dit si calmement que je pense momentanément
avoir halluciné.

Je cligne des yeux. — Tu es un chasseur de primes…
qui possède des rennes.

— C'est ce que je suis en train de te dire.

Je le fixe. — Tu continues de le dire comme si c'était
une phrase normale.

— Techniquement, dit-il, — je suis un chasseur de
primes qui *a hérité* de rennes. C'est la grand-mère de
Noel qui les lui a laissés. On a essayé de leur trouver un
nouveau foyer, mais… Il hausse les épaules. Des épaules
larges. Injuste. — On s'y est attachés.

— C'est qui, Noel ? je demande.

— Un membre de ma meute. On traque des sales
types ensemble, dit Chris en haussant les épaules.

Lily vibre pratiquement en se précipitant vers notre
table. — Attends, vous avez des rennes.

— Ouais. Huit.

— Genre… qui vivent sur votre propriété.

— Dans le pâturage du fond. Grange, clôtures, tout
le toutim.

Un rire m'échappe, trop vif, trop las, trop ravi. — Ils ont des noms ? Je ne sais pas pourquoi c'est la question que je pose. Mon cerveau est en train de fondre.

— Ouaip. Noel a nommé la plupart d'entre eux d'après des pièces d'échecs. Tour, Fou, Cavalier… bref. Kane voulait en appeler un Paillettes. On a mis notre véto.

— RIP Paillettes. Je pose une main sur ma poitrine. — Parti avant l'heure.

Sa bouche se relève et, bon sang, ça ne devrait pas lui aller aussi bien. Il me regarde comme ça depuis le début de la soirée.

— C'est parfait, lance Lily. — Tu as besoin d'animaux. Chris a des animaux. L'univers te dit : *Tiens, banane, prends les rennes.*

— Écoute, je peux arranger ça, ajoute Chris. — Les rennes, et en plus je peux contacter des gens qui ont des petites fermes – chèvres, moutons, peut-être un poney ou deux. Te monter une véritable mini-ferme en quarante-huit heures.

Je le fixe, essayant de digérer l'information. — Tu ferais vraiment ça ? Je te paierai, bien sûr.

— Je le ferais pour toi, Hannah. Et parce que Scot est un connard qui mérite d'échouer. Et que tu as besoin d'une chance de faire tes preuves.

— Chris…

— Vois ça comme un service rendu. Lily m'a donné des brownies gratuits pendant un an. Je te donne des rennes et quelques animaux pour un week-end. Son sourire devient coquin. — Ça me semble juste.

Lily me serre le bras si fort que ça fait mal. — Dis oui. Hannah, pour l'amour de Dieu, dis oui.

Je regarde la boîte de brownies sur la table devant Chris. Ma sœur. James, qui hoche légèrement la tête comme si tout cela était parfaitement logique. Chris, qui est assis là, offrant de sauver un de mes contrats. Et je ris de la bizarrerie de cette soirée.

— Bien sûr que j'accepte ton aide, je m'entends dire. — Parlons des détails.

Le sourire de Chris devient brûlant et infiniment dangereux. — J'attendais que tu le demandes.

Lily glousse de nouveau, et cette fois, James rit pour de bon. Je suis assise dans la pâtisserie de ma sœur, en train de planifier une mini-ferme avec un homme que j'ai embrassé, alors que ma carrière est en jeu.

C'est soit la meilleure décision que j'ai jamais prise, soit la pire.

Vu mes antécédents, probablement les deux.

4

———

KANE

Ce matin, les rennes organisent une rébellion.

Je me tiens dans le pâturage du fond avec un seau de grain, observant notre troupeau décider collectivement que le petit-déjeuner peut attendre pendant qu'ils déconnent dans la neige fraîche. Bishop, l'un de nos mâles les plus âgés qui a perdu ses bois il y a trois semaines, donne des coups de tête à Knight pour absolument rien. Rook est seul près de la lisière de la forêt, fixant les bois comme s'il envisageait un plan d'évasion. Queen creuse dans la neige, cherchant la végétation qu'elle pense trouver en dessous, ses bois toujours bien en place, car c'est une femelle et elle a le droit de garder les siens jusqu'au printemps.

— Allez, bande de connards, je leur lance. Il est huit heures du matin. Je me les gèle. Vous serez nourris, que vous coopériez ou non.

Bishop m'ignore complètement et continue sa campagne de coups de tête. Le reste des rennes ne semble pas non plus m'obéir.

— Ils ne vont pas t'écouter, dit Noel dans mon dos. Il transporte un autre seau de grain, ses longs cheveux attachés, son souffle formant un nuage dans l'air froid. Ils ne t'écoutent jamais.

— Si, quand j'ai de la nourriture.

— Ça, c'est un instinct de survie primaire.

Je déverse le grain dans la première mangeoire, et Pawn s'approche immédiatement au trot. C'est la plus jeune femelle, âgée de trois ans et demi. Elle aussi a ses bois, et elle n'a pas encore appris à être une connasse. Ma préférée, pour être honnête, même si je ne l'avouerais jamais aux autres.

Elle me donne un petit coup de museau sur le bras, son souffle chaud contre ma veste.

— Oui, oui, je sais. Je lui gratte derrière les oreilles, et elle s'y abandonne. Tu meurs de faim. Totalement négligée. Tu n'as rien mangé depuis douze heures entières.

Pawn émet un léger bruit, contente, et commence à manger.

Le reste du troupeau décide finalement que la nourriture est plus importante que le drame qu'ils étaient en train de s'inventer. Même Castle, notre femelle la plus distante, daigne s'approcher de la deuxième mangeoire que Noel est en train de remplir.

Nous en avons huit au total. Quatre mâles, quatre femelles. Hérités de la grand-mère de Noel à son décès il y a trois ans, et nous allions leur trouver un nouveau foyer jusqu'à ce que nous réalisions que nous nous y étions attachés. Maintenant, ce sont des résidents permanents, qui mangent notre argent et occupent deux hectares de pâturage de premier choix.

Mais ça en vaut la peine. Ils sont de bonne compagnie. Mieux que la plupart des gens.

Le terrain s'étend derrière notre propriété, clôturé avec du matériel sérieux. Trois mètres de haut, des poteaux renforcés, un fil électrique courant le long du sommet. Ce n'est pas seulement pour garder les rennes à l'intérieur. Quand on passe ses journées à traquer des types qui ont sauté leur caution et à les ramener pour qu'ils répondent de leurs actes, on se fait des ennemis. La clôture maintient ces ennemis à l'écart s'ils parvenaient à nous retrouver.

Au-delà du pâturage, des bois épais grimpent dans les montagnes, enneigées et immaculées. Une campagne magnifique, même s'il y fait assez froid pour se geler les couilles six mois par an.

La maison se trouve à une centaine de mètres devant. Trois étages de pierre et de bois, qui respirent l'argent de famille et la vie de ranch. Le grand-père de Noel l'a construite à l'époque où il élevait du bétail et faisait de gros bénéfices. Maintenant, elle est à nous, et nous y avons ajouté nos propres touches. Des caméras de sécurité à chaque coin. Des portes renforcées.

Chris sort de la maison et s'approche pour nous rejoindre. Il doit venir de se réveiller, vu qu'il ne nous a rien dit hier soir et qu'il est allé directement dans sa chambre en rentrant. Maintenant, il s'appuie contre la clôture, une tasse de café à la main, et il a cette expression sur le visage. Celle qui signifie que quelque chose s'est passé et qu'il est en train de décider comment nous le dire.

— Alors. Je finis de verser le grain, en regardant Pawn manger avec une concentration sans faille. Tu vas nous dire ce qui te fait sourire comme ça, ou on joue aux devinettes ?

Chris prend une longue gorgée de café, délibérément. — La prestation de Père Noël a mal tourné, mais de la meilleure putain de façon qui soit.

— Continue. Noel s'est déplacé vers les abreuvoirs, pour vérifier la glace. Tu as fait peur à des enfants ? Dis-moi que tu en as terrifié au moins un.

Le sourire de Chris s'élargit. — L'événement était chiant à mourir pendant la première heure. J'ai fait les conneries de « ho ho ho », souri pour les photos. Les merdes habituelles de Père Noël de centre commercial.

— Ça a l'air passionnant.

— Ça ne l'était pas. Jusqu'à ce que la femme la plus torride que j'aie jamais vue m'entraîne sous le gui et m'embrasse comme si elle voulait que je la déshabille et que je lèche chaque centimètre de son corps, là, devant quatre-vingts personnes.

Je m'arrête au milieu de mon geste.

Noel se redresse, se retournant lentement.

Chris se contente de sourire plus largement, en attendant.

— Espèce de veinard, je finis par dire, parce qu'hon-nêtement, tant mieux pour lui. On parle de quel niveau de torride ?

— Des cheveux noirs qui lui tombaient jusqu'ici. Chris fait un geste vers le bas de son dos. Des formes qui me font bander comme un putain de roc. Une taille fine qui tenait si bien dans mes mains quand je l'ai attrapée. Les seins les plus doux contre moi. Sa bouche… Il s'arrête, passe une main dans ses cheveux. Putain, sa bouche devrait être vendue avec un avertissement.

— Et elle t'a juste embrassé ? Noel est sceptique. Venue de nulle part ?

— Elle essayait d'éviter un connard bourré qui était son associé et qui ne la lâchait pas. Elle a vu le gui, elle m'a vu, elle a pris une décision. L'expression de Chris change, s'enflamme. Sans aucune hésitation.

Chris pose sa tasse sur le poteau de la clôture. — Je jure devant Dieu que j'ai failli l'arracher à cette fête sur-le-champ.

— Mais tu ne l'as pas fait.

— Je suis pas un putain d'animal. Il y avait des enfants. Il marque une pause. Mais je me suis à peine retenu.

Noel observe Chris avec ce regard expert qu'il a quand il est en train de lire quelqu'un. — C'était qui ?

— L'organisatrice de l'événement, Hannah Parker. La sœur de Lily. Chris prononce son nom comme si c'était important, et je note ça pour plus tard. Elle a planifié tout cet événement toute seule. Chaque détail était parfait, elle a géré ça comme un général commandant ses troupes. Intelligente, compétente, elle ne se laisse emmerder par personne.

— On dirait ton genre de femme, je fais remarquer, en versant le reste du grain.

— Putain, ouais, c'est clair. Le genre que je ne savais même pas exister avant hier soir.

J'échange un regard avec Noel. Chris ne parle jamais comme ça. Chris, c'est le stable, celui qui a les pieds sur terre, le mec qui enchaîne les coups d'un soir et passe à autre chose sans s'attacher. C'est un nouveau territoire.

— Et après le baiser ? je demande.

— Ce crétin bourré, son associé, a pété un câble. Il a fait une scène, lui a hurlé dessus devant tout le monde, et il est parti en trombe en menaçant de détruire sa carrière. La voix de Chris se durcit. Elle tremblait après son départ. Je l'ai éloignée de la foule, je l'ai aidée à se calmer pour éviter une crise de panique.

— Le coup du chevalier blanc, dit Noel. Un classique.

— Va te faire foutre. Elle avait besoin d'aide.

— Je ne critique pas.

Chris l'ignore. — Le fait est que je me suis approché. Vraiment approché. J'avais mes mains sur elle, ma bouche sur la sienne, j'ai respiré son parfum pendant qu'on s'embrassait, et... Il s'arrête, et quelque chose dans son expression change. Devient sérieux. Je crois que c'est ma correspondance olfactive.

Les mots restent suspendus dans l'air froid du matin. J'attends la chute.

Elle ne vient pas.

— T'es sérieux, je finis par dire.

— Putain, ouais.

La mâchoire de Noel se crispe. — Chris. Il y a deux mois, tu étais convaincu que cette Oméga à Seattle était ta correspondance olfactive. Tu as passé trois semaines à la retrouver, à faire des plans, puis tu as réalisé qu'elle portait juste le même parfum qu'une fille avec qui tu avais couché à la fac.

— C'était une erreur.

— Une grosse.

— Ce n'est pas pareil. La voix de Chris devient ferme. Je sais ce que j'ai ressenti. Son odeur était comme un éclair. Ça a fait hurler chacun de mes instincts qu'elle est à moi. Je bande depuis que c'est arrivé, je n'arrête pas de penser à elle, je n'arrive à me concentrer sur rien d'autre.

Je l'étudie du regard. Il ne plaisante pas. Il n'exagère pas, il y croit vraiment.

— Tu vas la revoir ? je demande en essayant de ne pas paraître indiscret.

La bouche de Chris s'étire en un sourire, comme s'il attendait cette question. — Après-demain. Son salaud de partenaire commercial, Scot, lui a piqué ses fournisseurs d'animaux pour une sorte de zoo pour enfants pour les fêtes. Elle est aux abois, sa carrière est en jeu.

Je marque une pause. — Ah oui ? Les mots sortent, faussement neutres, mais à l'intérieur, quelque chose se crispe en moi. Chris est un tendre sous tous ses muscles et cette sale attitude. Il l'a toujours été. Une jolie Oméga avec une lueur de détresse dans les yeux… ouais, c'est exactement le genre de piège dans lequel il foncerait tête baissée, le sourire aux lèvres. Sa loyauté passe avant sa raison. Je l'ai déjà vu se faire avoir et, putain, si on lui fait du mal, je briserai les genoux de quelqu'un.

— Nos rennes, répète-t-il comme si le contrat était déjà signé. On les amènera à son événement. Plus tous les extras qu'on pourra dégoter.

Noel s'appuie sur la clôture du pâturage, les bras croisés. — Tu as proposé notre bétail à une femme que tu viens de rencontrer ?

— Ouaip.

— Eh bien, dit Noel lentement en roulant des épaules, si elle peut s'en occuper, elle peut les emprunter. Il hausse les épaules. Ils aiment les gens. La plupart du temps. Si quelqu'un perd un gant, ce n'est pas mon problème.

— C'est ça, l'esprit, dit Chris. On va tout déchirer.

Noel lui jette un regard. — Attends, tu nous as portés volontaires ?

Le sourire de Chris est un pur péché. — Je me suis dit que c'était là que vous interveniez, tous les deux.

Je grogne. — Ah, absolument. Parce qu'on n'a pas survécu à deux heures de voiture avec huit connards à bois dans la remorque le mois dernier. Remettons ça, mais avec des bambins qui hurlent.

— Pense à la joie, dit Chris. Si quelqu'un meurt, Noel pourra écrire l'éloge funèbre. Il est poétique quand il est déprimé.

— Va te faire foutre, dit Noel avec calme.

Je ris dans ma barbe. C'est ça, le problème avec nous. On ferait à peu près n'importe quoi si on nous le demandait gentiment. Ou si Chris le demandait, tout court.

— Et, ajoute Chris en nous pointant du doigt, vous me la devez, tous les deux.

— Pour quoi ? je demande.

Il me fusille du regard. — Tu m'as fait porter ce

putain de costume de père Noël. En public. Avec des enfants. Il y en a un qui m'a mordu.

— Conséquences naturelles, propose Noel avec un petit rire.

Chris écarte les bras. — Maintenant, c'est votre tour. Aidez-moi à transporter des rennes à une fête et assurez-vous que Hannah ne se fasse pas écraser par son connard de partenaire. Facile.

— Les fameuses dernières paroles, je marmonne.

Noel se passe une main dans ses longs cheveux. — Si c'est une arnaque, Kane va te tuer. Et moi ensuite.

— Détends-toi, déclare Chris. Elle n'est pas comme ça.

Je plisse les yeux. La voilà. Cette note calme et assurée dans sa voix qui me dit qu'il est déjà attaché. Putain. Il soutient mon regard, droit dans les yeux, résolu, têtu.

— Elle est... bien, dit-il simplement. Mauvaise journée. Mauvaises personnes. Elle mériterait une victoire.

Cela réveille quelque chose de vieux en moi, ce sentiment de vouloir être le type qui se pointe quand personne d'autre ne le fait. Je soupire. — D'accord. J'en suis.

Le visage de Chris s'illumine comme un putain de lever de soleil.

Noel grogne. — Vous êtes tous les deux des idiots.

— Alors tu te portes volontaire aussi, je dis.

Il me fait un doigt d'honneur mais ne proteste pas.

Parce que nous sommes le genre d'imbéciles qui rampent dans l'obscurité pour des étrangers.

Chris tape dans ses mains. — Super ! Je vais envoyer un texto à des amis pour leur emprunter leurs animaux.

Je pointe un doigt vers lui. — Mais si un de ces rennes chie à nouveau dans mon camion, c'est toi qui nettoies avec ta brosse à dents.

Chris se contente de sourire. — Ça en vaut la peine.

Noel soupire. — Ça va être amusant.

— Probablement, j'admets, sentant une étincelle d'intérêt réticent pour cette mystérieuse Oméga. Mais sous les taquineries, mes pensées prennent une tournure plus nette, plus protectrice.

Si elle sème le trouble et le blesse, j'y mettrai un terme.

Mais si elle en est digne ? Que Dieu lui vienne en aide. Car quand Chris choisit quelqu'un, il ne lâche jamais prise. Et moi non plus.

Nous finissons de nous occuper des rennes, en nous assurant que tout le monde a mangé et bu. Bishop est retourné donner des coups de tête à Knight, mais c'est sans conviction maintenant, plus une habitude qu'une véritable agression. Rook a trouvé un coin au soleil et s'y est installé. Castle se dirige déjà vers la grange, il en a fini avec le grand air.

— Allez, tout le monde à l'intérieur. Je ferme la barrière, vérifie le verrou une deuxième fois. La grange est ouverte s'ils veulent rentrer. Elle est chauffée, isolée, avec largement assez de place pour les huit, plus l'équipement. Nous l'avons reconstruite il y a deux ans spécialement pour eux, en nous assurant qu'elle soit assez solide pour supporter les hivers en montagne. On a cette mission de recherche de fugitif demain matin.

Nous retournons vers la maison. — Le type en liberté sous caution de la semaine dernière qui pensait que quitter l'Idaho pour les montagnes résoudrait ses problèmes.

— Exact. Chris fait craquer ses doigts. On part à cinq heures, on devrait l'avoir en garde à vue d'ici midi si les infos sont bonnes.

Nous atteignons la maison, tapant nos bottes pleines de neige sur le porche arrière. Le panneau de sécurité clignote en vert, aucune alerte, aucune tentative d'effraction du périmètre pendant la nuit. À l'intérieur, il fait chaud, ça sent le café que Noel a fait à l'aube.

— Adelaide rentre pour Noël, n'est-ce pas ? je demande à Chris alors que nous entrons dans la cuisine.

— Je crois bien, mais elle ne m'a pas recontacté pour confirmer. Il attrape une tasse propre, se verse du café.

— J'espère qu'elle pourra venir. Ça fait un moment qu'elle n'est pas passée.

— Moi aussi. Il y a de l'affection dans sa voix. Elle va probablement se pointer avec un animal errant qu'elle a sauvé ou une nouvelle idée de business qui nécessite un financement.

— Ou un nouveau petit ami, suggère Noel.

— Putain, j'espère pas. Le dernier était un connard.

Je grogne. Puis nous nous installons autour de la table de la cuisine, et Chris commence à passer des appels pendant que Noel affiche des cartes sur son ordinateur portable. Je prends le mien, je commence à faire des recherches sur les réglementations des zoos pour enfants et les exigences en matière d'assurance, parce que quelqu'un doit bien penser à ces merdes pratiques et ennuyeuses.

Ça fait des années qu'on fait ça, tous les trois, à travailler ensemble, à se couvrir les uns les autres. Ça a commencé quand on était gamins, on est allés à la même école et on s'y est trouvés. C'est devenu une meute qui fonctionne comme une machine bien huilée. La chasse à la prime paie les factures, nous donne un but, nous permet de faire un peu de bien dans le monde.

Et maintenant, on ajoute « gérants de zoo ambulant » à notre CV.

Même si je suis curieux d'en savoir plus sur cette Oméga dont Chris est déjà follement épris.

5

HANNAH

— Tu es sûre que tu devrais y aller toute seule ? La voix de Lily crépite dans les haut-parleurs de ma voiture, empreinte d'inquiétude et d'un léger jugement, ce qui est son état naturel quand je fais quelque chose qu'elle estime discutable.

— Oui, ça va aller. Je resserre ma prise sur le volant, en regardant Main Street défiler à travers les flocons de neige intermittents. J'ai juste besoin de vérifier qu'il a vraiment des rennes. C'est tout.

— Tu aurais pu lui demander de t'envoyer une photo.

— On peut truquer une photo. J'ai besoin de les voir de mes propres yeux. Je m'arrête à un feu rouge et regarde une famille traverser la rue, emmitouflée dans des écharpes assorties. Après Scot, je ne peux pas… Je ne peux pas me permettre de refaire confiance aussi facilement. Je dois savoir si c'est réel avant demain. Je l'ai aussi cherché sur Google, mais il n'y a presque rien sur lui en ligne.

Il y a un temps de silence à l'autre bout du fil.

— D'accord. C'est juste. Et c'est une bonne idée d'apporter les brownies comme excuse.

— Évidemment. La couverture parfaite. Je passe juste lui apporter des pâtisseries pour le remercier de son aide, en toute décontraction, pas du tout en train de le stalker pour vérifier ses dires sur son bétail.

— C'est juste un tout petit peu flippant.

Le feu passe au vert et j'avance doucement. — Et puis, ça ne le dérangera pas. Pas vrai ? Je veux dire, qui refuserait des brownies qu'on lui apporte à domicile ?

— Quelqu'un qui a une ordonnance restrictive contre toi, peut-être.

— Ça ne m'aide pas, Lily.

Elle rit, et je peux l'imaginer dans la pâtisserie, probablement les mains jusqu'aux coudes dans la pâte à biscuits, le téléphone coincé entre son épaule et son oreille. — D'accord. Mais je veux que tu me tiennes au courant de tout.

— Tu regardes trop de documentaires sur des meurtres.

— Et toi, tu es sur le point de te rendre dans une propriété isolée pour faire face à un chasseur de primes que tu connais à peine. L'une de nous deux est sensée, ici.

— L'une de nous deux est parano.

Je traverse maintenant le cœur de Whispering Grove, et même en milieu de matinée un vendredi, la ville est bondée. Des touristes partout, des familles qui font du lèche-vitrines, des couples qui sirotent un café sur des terrasses chauffées, des enfants qui collent leur visage contre les vitrines des pâtisseries. La parade de Noël a lieu demain, suivie de chants près du sapin de la ville le soir, et tout le monde veut être là pour ça.

Au téléphone, j'entends Lily travailler. Nous sommes souvent au téléphone sans rien dire, et c'est comme si nous étions proches l'une de l'autre lorsque nous allons quelque part seules.

Autour de moi, la ville entière ressemble à une carte de Noël qui aurait comme par magie pris vie. Des guirlandes enroulées autour de chaque lampadaire, des lumières tendues entre les bâtiments, des couronnes sur chaque porte. Les vitrines des magasins exposent des scènes de Noël élaborées : l'atelier du Père Noël au magasin de jouets, un paysage hivernal féerique à la boutique, des villages en pain d'épices dans les pâtisseries concurrentes qui essaient de se surpasser.

Des haut-parleurs sont montés sur des poteaux, et un groupe de chanteurs de Noël en costumes victoriens se tient devant la librairie, chantant quelque chose de classique et de magnifique.

Malgré tout, malgré Scot, malgré ma carrière qui implose et l'anxiété qui me tord les entrailles, j'adore cette ambiance. J'adore Noël à Whispering Grove. L'énergie, la magie, la façon dont toute la ville se transforme en quelque chose tout droit sorti d'une boule à neige.

De gros flocons se collent à mon pare-brise avant que les essuie-glaces ne les balayent. C'est le temps idéal pour une carte postale, pittoresque sans être dangereux.

— Je sors de la ville, maintenant, dis-je à Lily en tournant sur Mountain Pass Road. Je quitte la civilisation. Si je ne reviens pas, dis à tout le monde que je suis morte en faisant quelque chose de courageux.

— Comme vérifier l'existence de rennes ?

— Exactement. Très noble. Mets-le sur ma pierre tombale.

— Ci-gît Hannah Parker, tuée lors d'une vérification suspecte de bétail. Ça sonne bien.

Je renifle, négociant le virage qui m'éloigne de Main Street pour me diriger vers la chaîne de montagnes. La route se rétrécit, les arbres se resserrent de chaque côté, la neige est plus épaisse ici où les chasse-neige ne sont pas encore passés.

— Alors, comment as-tu eu l'adresse, au fait ? demande Lily.

— M. Walsh. Au bureau de poste.

— Le type qui tient cet endroit depuis que les dinosaures parcouraient la Terre ?

— Il n'est pas si vieux. Peut-être soixante-dix ans ? Je ralentis pour une plaque de verglas. J'y étais ce matin pour envoyer des cartes de Noël, parce que je suis une adulte qui fait les choses à temps, et je lui ai demandé s'il connaissait quelqu'un en ville qui possédait des rennes.

— Et il te l'a… dit, comme ça ?

— Il a dit qu'il y en avait un couple. Greg et Mary Saxon. Ils avaient une petite ferme d'agrément sur leur propriété, ils élevaient des rennes. Mais ils sont tous les deux décédés il y a quelques années, et les rennes sont allés à quelqu'un d'autre. De la famille, peut-être ? Il n'était pas sûr. Mais il avait l'adresse parce qu'il y livre encore du courrier.

— Donc tu te rends sur la propriété d'un couple

décédé pour trouver des rennes qui existent peut-être ou pas.

— Quand tu le dis comme ça, ça a l'air terrible.

— Parce que c'est terrible, Hannah.

— C'est bon. C'est de la recherche. Une vérification préalable. Je prends un autre virage, et la route devient encore plus étroite et se met à grimper.

— Ou bien tu es sur le point de t'introduire sans autorisation sur une propriété privée appartenant à des chasseurs de primes armés.

— Il faut vraiment que tu arrêtes de regarder ces émissions sur les meurtres.

— Et il faut vraiment que tu commences à les regarder. C'est éducatif.

Les arbres s'éclaircissent légèrement, révélant des aperçus de la vallée en contrebas. Whispering Grove s'étale comme une ville de jouets, toutes ces lumières de Noël scintillant même en plein jour. Au-delà, les montagnes se dressent dans toutes les directions, enneigées et spectaculaires.

C'est magnifique. Complètement isolé, mais stupéfiant.

— Ok, je crois que j'approche. Je vérifie le GPS sur mon téléphone. M. Walsh a dit que c'est à environ vingt kilomètres du centre-ville, une allée privée sur la gauche marquée par un pilier en pierre.

— Marquée comment ? Avec des panneaux « *Toute intrusion sera punie par balle* » ?

— Tu n'aides pas mon anxiété, là.

— Je te prépare à la réalité.

— Ta version de la réalité implique que je me fasse

assassiner par des chasseurs de primes propriétaires de rennes.

— Il est arrivé des choses plus étranges.

Je repère le virage, un pilier en pierre d'environ un mètre vingt de haut où sont gravés les mots « Domaine Saxon », partiellement masqués par la neige. L'allée s'enfonce dans les arbres, disparaissant de la vue.

— Je l'ai trouvé. Je ralentis, puis je mets mon clignotant même s'il n'y a personne derrière moi. Je m'engage.

— Si quelque chose te semble bizarre, pars. Ne sois pas polie. Ne t'inquiète pas d'être impolie. Pars, c'est tout.

— Je le ferai. Promis.

— Je suis sérieuse.

— Moi aussi. Je m'engage dans l'allée privée, les pneus crissant sur le gravier sous la neige. Mais ça va aller. Qu'est-ce qui pourrait arriver de pire ?

— Tu veux la liste par ordre alphabétique ou par probabilité ?

— Au revoir, Lily.

— Reste au téléphone !

— D'accord. Je la garde en haut-parleur pendant que je conduis, suivant l'allée sinueuse à travers les arbres denses. Mais si ça se transforme en une conversation de trois heures sur tes théories du complot, je raccroche.

— Marché conclu.

L'allée semble s'étirer à l'infini, ou du moins sur quatre cents mètres, ce qui paraît une éternité quand on se dirige vers une catastrophe potentielle. Les arbres se pressent de part et d'autre, épais et sombres, leurs branches lourdes de neige. C'est calme ici, paisible d'une manière qui est soit sereine, soit sinistre, selon votre point de vue.

Actuellement, je penche pour sinistre.

Puis les arbres s'écartent, et je le vois. — Oh, putain, je souffle.

— Quoi ? Qu'est-ce qui te fait dire « oh, putain » ? Hannah, qu'est-ce que tu vois ?

— Le portail. J'ai arrêté la voiture à une vingtaine de mètres, bouche bée. Il y a un portail. Un vrai de vrai. Il est immense, peut-être trois mètres de haut, fait de barreaux de métal épais. Les barreaux sont courbés en haut, décoratifs mais clairement conçus pour empêcher les gens d'entrer. De chaque côté, une clôture en pierre s'étend dans les deux directions, d'au moins deux mètres de haut, avec des pointes de métal sur le dessus.

Pas de simples pointes. De véritables dispositifs de dissuasion en métal fortifié qui semblent assez aiguisés pour faire des dégâts.

— Eh bien, ce n'est pas du tout flippant, marmonne Lily.

— C'est ce que je suis en train de dire. J'avance la voiture, essayant de voir au-delà du portail. Je vois une allée qui continue de l'autre côté. Un terrain dégagé. Il a l'air bien entretenu, mais aucune trace de rennes. Il y a une maison au loin, énorme, comme un manoir, et sur la gauche, une grande grange.

— Peut-être que les rennes sont dans la grange ?

— Peut-être. Je m'approche du portail, je me gare. Bon, je sors. C'est l'heure de vérité.

— Fais attention.

— Je fais toujours attention.

J'attrape ma veste sur le siège passager, je glisse mon téléphone dans ma poche, toujours connectée à Lily, et je sors dans le froid. La neige se colle immédiatement à mes cheveux, à mes épaules, et je resserre ma veste autour de moi.

Le portail a un interphone monté sur un pilier en pierre. Je m'approche, j'appuie sur le bouton.

Rien.

J'attends dix secondes, puis j'appuie à nouveau.

Toujours rien.

— Bonjour ? Je crie, me sentant ridicule. Il y a quelqu'un ?

Silence.

Je regarde à travers les barreaux du portail. L'allée continue sur au moins cent mètres avant d'atteindre la maison. La propriété a l'air immense, avec des hectares de terrain clôturé et ce qui pourrait être des jardins ou des pâturages enfouis sous la neige.

Et pas le moindre signe de qui que ce soit.

— Personne ne répond, dis-je à Lily.

— Alors rentre à la maison. Tu as essayé.

Mais je regarde fixement le portail, et quelque chose d'imprudent bouillonne dans ma poitrine. La clôture est haute, oui, mais ce n'est pas impossible. Les barreaux de métal ont des volutes et des motifs décoratifs avec de nombreux endroits où prendre appui. Et les pointes en haut ont l'air intimidantes, mais il y a de l'espace entre elles.

— Hannah, dit Lily, et sa voix est devenue suspicieuse. Tu es déjà dans la voiture ?

— Je suis juste en train… d'évaluer la situation.

— Évaluer quoi ?

— Si je pouvais l'escalader.

— HANNAH.

— Juste pour un coup d'œil rapide ! Je longe déjà la clôture, l'examinant. Je vais l'escalader, marcher jusqu'à la grange, vérifier que les rennes existent, puis repartir. Cinq minutes, maximum.

— C'est de la violation de propriété !

— J'emprunte leur allée sans permission. C'est totalement différent.

— C'est un crime !

— Seulement si je me fais prendre. Je trouve un bon endroit — les décorations en métal sont particulièrement élaborées ici, avec plein de prises sur le portail. Et puis, quel mal y a-t-il ? Je jetterai un coup d'œil, confirmerai que Chris ne mentait pas, et je serai repartie avant même que quiconque sache que j'étais là.

— C'est comme ça que les gens finissent aux infos. Et s'ils ont un énorme chien à la Cujo ?

— Il m'aurait entendue maintenant et serait déjà là en courant. J'attrape le barreau le plus bas, je teste mon poids. Solide. Je le fais.

— Mon Dieu, sois prudente.

Je commence à grimper. C'est plus facile que prévu, et mes bottes trouvent des appuis sur les courbes et les volutes. Je monte, main après main, en essayant de ne pas penser à quel point c'est insensé.

À mi-chemin, je fais une pause. — Tu es toujours là, Lily ?

— Malheureusement.

— Je voulais juste m'assurer que tu ne m'avais pas abandonnée au moment où j'ai besoin de toi.

— Je documente tes mauvais choix de vie pour pouvoir dire à la police exactement à quel point tu as été stupide.

— Ça, c'est bien la sœur que je connais et que j'aime.

J'atteins le sommet, naviguant prudemment entre les pointes de métal. Elles sont décoratives mais aiguisées, et je n'ai pas envie d'expliquer à une infirmière des urgences comment je me suis empalée en m'introduisant chez un chasseur de primes.

Alors que je suis à califourchon sur le sommet, essayant de trouver le meilleur moyen de descendre, le portail tout entier est secoué d'une violente embardée.

Je pousse un cri et m'agrippe à la pointe la plus proche pour ne pas tomber.

Le portail bouge. Il s'ouvre. Quelqu'un l'a activé.

— Oh, merde, je halète.

— Quoi ? Pourquoi « oh, merde » ?

— Le portail s'ouvre. Il y a quelqu'un. Quelqu'un m'a vue.

— BAISSE-TOI !

— J'essaie ! Mais le portail continue de bouger, je suis toujours perchée dessus, et c'est officiellement le moment le plus embarrassant de toute ma vie.

Je descends en vitesse, mes bottes glissent sur le métal, mes mains s'écorchent, et je suis sûre que je déchire ma veste sur quelque chose de tranchant. Mais je parviens à atteindre le sol, atterrissant dans la neige avec un bruit sourd et peu gracieux.

— Tu es morte ? demande Lily.

— Pas encore. Je respire fort, le visage brûlant d'humiliation. Mais quelqu'un m'a vue, c'est certain.

— Alors, COURS.

— Je ne peux pas ! Je suis venue jusqu'ici. J'époussette la neige de mon jean en essayant d'avoir l'air décontractée. Comme si j'escaladais tout le temps des portails et me faisais prendre. Une activité tout à fait normale. Je vais juste… aller chercher ma voiture et passer le portail comme si j'étais invitée.

— Tu es folle.

— Probablement.

Je retourne à ma Honda en trottinant, je monte dedans et je franchis le portail désormais ouvert comme si le domaine m'appartenait. Faire semblant jusqu'à ce que ça devienne vrai, n'est-ce pas ?

L'allée continue à travers d'autres terrains ouverts, certainement des pâturages sous toute cette neige. La maison grandit à mesure que j'approche, et, mon Dieu, elle est énorme. Trois étages, une construction en pierre et en bois, le genre d'endroit qui a sa place dans un ranch pour gens riches qui veulent prétendre être des durs à cuire tout en ayant le chauffage au sol.

Je m'arrête devant l'entrée, je passe en mode parking et je reste assise là une seconde.

— Bon, dis-je à Lily, mon téléphone à la main maintenant. Je suis arrivée. Quelqu'un sait clairement que je suis là, puisqu'ils ont ouvert le portail. Donc je vais aller frapper à la porte, m'expliquer, et espérer qu'ils ne me tirent pas dessus.

— S'il te plaît, sois prudente.

— Je ferai de mon mieux. Si tu n'as pas de nouvelles de moi dans une heure, appelle les flics.

— Ce n'est même pas drôle.

— Allons, fan de docus sur les meurtres. Je pensais que tu adorerais cette mise en scène dramatique.

— J'adore ça quand ça arrive aux autres, pas à ma sœur.

— Pas faux. Je marche maintenant vers la porte d'entrée, mes bottes crissant dans la neige. Bon, je frappe. Souhaite-moi bonne chance.

— Bonne chance pour ne pas te faire arrêter.

— Ta confiance est une source d'inspiration. Bon, il faut que j'y aille. Je t'appelle plus tard.

— Tu as intérêt.

Je termine l'appel avant qu'elle puisse discuter davantage, je fourre mon téléphone dans ma poche et je frappe à la porte d'entrée en bois.

Rien.

J'attends, je frappe à nouveau.

Toujours rien.

La maison a l'air fermée, les fenêtres closes, aucune lumière visible, aucun mouvement. Mais quelqu'un a ouvert ce portail.

Je jette un œil à l'allée. Le portail est toujours ouvert derrière moi, comme une invitation. Ou un piège.

— Allô ? je crie, en frappant une fois de plus. Chris ? Il y a quelqu'un ?

Silence.

OK. C'est bizarre.

Je me détourne de la maison, examinant la propriété, et je me dirige vers le côté. La grange est sur ma gauche, à une cinquantaine de mètres. Je ne vois aucun renne dans les pâturages visibles, mais il y a un grand enclos clôturé derrière la grange, et ce qui ressemble à un potager enfoui sous la neige.

Peut-être qu'ils sont dans la grange ?

Je me dirige dans cette direction, avançant péniblement dans la neige, mon souffle formant un nuage de buée dans l'air froid. La grange est immense, assez grande sans problème pour accueillir de nombreux animaux, avec une structure solide qui semble avoir été récemment reconstruite. Une traverse en bois barre la porte, la maintenant fermée.

Et j'entends des bruits à l'intérieur. Des mouvements. Des animaux.

Mon rythme cardiaque s'accélère, alors je saisis la traverse en bois, la soulève et j'ouvre la porte de la grange en la poussant.

Un renne sort soudain en chargeant.

Je pousse un cri et je recule en trébuchant, atterrissant lourdement sur les fesses dans la neige alors qu'une masse floue de fourrure brune et de pattes agitées passe à toute allure à côté de moi.

— Mais qu'est-ce que…

Il y a d'autres rennes à l'intérieur. Au moins sept, qui me dévisagent tous depuis la pénombre de la grange avec des expressions qui disent clairement : « Vous êtes qui, vous ? ».

Oh, mon Dieu. Il disait la vérité. Chris a vraiment des rennes.

Le soulagement m'envahit, immédiatement suivi par la panique. Parce que l'un d'entre eux est maintenant en liberté, et je me suis introduite sur sa propriété.

— Merde, merde, merde. Je me relève en vitesse, je referme la porte de la grange en claquant avant que les autres ne s'échappent. Reviens ici ! Tu ne peux pas juste… où est-ce que tu vas ?

Le renne, plus petit que les autres, manifestement plus jeune, sans bois, ce qui signifie qu'il s'agit d'un très jeune ou d'une femelle, s'éloigne de moi au trot pour se diriger vers la maison.

— Hé ! Arrête-toi !

Il n'écoute pas.

Je le poursuis, mes bottes glissant dans la neige. Reviens ! S'il te plaît, reviens ! Je suis désolée de t'avoir fait sortir !

Le renne m'ignore, se dirigeant droit vers un tas de bois de chauffage empilé près du côté de la maison. Derrière le tas de bois, un grand sapin est appuyé contre la maison, attendant probablement d'être installé quelque part pour Noël, encore partiellement enveloppé dans un filet.

Le renne grimpe sur le tas de bois avec une agilité surprenante.

— Non. Non, non, non, n'ose même pas…

Il atteint le sommet du tas de bois, utilise le sapin penché comme une rampe, et soudain le voilà sur le toit.

Je le regarde, abasourdie.

Le renne me regarde en retour, l'air bien trop content de lui.

— Tu te fiches de moi, c'est ça ? ce n'est même pas… Comment tu… Descends de là !

Il cligne des yeux, sans s'inquiéter.

— Je suis sérieuse ! Tu vas te faire mal ! Je fais les cent pas maintenant, les mains dans les cheveux. Ou tomber à travers le toit ! Ou rester coincé là-haut, mourir, et après Chris me tuera pour avoir tué son renne !

L'animal s'assoit dans une pose délicate sur le toit, se mettant à l'aise.

— Oh, tu veux rire.

C'est un désastre. C'est une erreur de jugement catastrophique que je vais devoir expliquer à trois chasseurs de primes qui sont probablement en train de me regarder sur une caméra en ce moment même, se moquant de la folle qui s'est introduite sur leur propriété et a libéré leur bétail.

Je tapote mes poches comme un lapin nerveux. Rien que mon téléphone, mes clés, des peluches. Pas de scone d'urgence. Mon cerveau panique pendant exactement deux secondes avant que je me souvienne où j'ai laissé le butin : la voiture.

— Reste, je dis au renne comme s'il comprenait l'anglais et le bon sens. Il me fixe, peu impressionné, mâchant dans le vide. OK. Je décolle, filant à travers la pelouse givrée vers l'allée. Le froid me frappe si fort les joues que mon nez me pique. J'ouvre la portière de la voiture en grand, je plonge à l'intérieur et je vise le plateau ouvert de brownies et de muffins à la carotte. Je casse un petit morceau du muffin, les rennes aiment les carottes, non ?

Puis je reviens en sprintant. Le renne est toujours sur le toit, parce que bien sûr qu'il y est.

J'agite la friandise comme un drapeau. — Hé, toi, je crie, essoufflée. Descends, Rudolph. Oui, toi. Tu te prends pour un des rennes du Père Noël ou quoi ? Parce que je ne partirai pas tant que tu ne seras pas descendu et que tu ne te comporteras pas bien.

Il renâcle et agite une oreille. Je lui offre un morceau de muffin sur mes deux paumes, telle une sorte de prêtresse de la pâtisserie. — Regarde-moi. Il est frais de ce matin. Pas du genre rassis et triste, mais la spécialité de Lily. Tu regretteras d'avoir refusé ça.

Le vent tourne, et l'odeur doit atteindre le renne de plein fouet. Ses narines se dilatent. L'espoir s'allume dans ses yeux, ce qui est ridicule, car c'est une bête, pas un golden retriever. Il descend le long de l'arbre avec la même agilité qu'il a utilisée pour monter, ses sabots heurtent ensuite le tas de bois, et il saute au sol avec une grâce terrifiante. C'est à ce moment-là que je remarque une hache plantée dans une des bûches, et mon cœur s'arrête une seconde, mais le renne atterrit net, indemne, et trotte droit vers moi.

Je pleure presque de soulagement. — Oui ! Bien, Rudolph. C'est ça. Viens le chercher.

Il bondit en avant et renifle le morceau de muffin à la carotte dans mes mains avec un son qui pourrait être confondu avec un ronronnement si l'on a un talent professionnel pour l'illusion. Des miettes recouvrent mes doigts. Je ris en les essuyant sur mon jean. — Espèce d'énorme voleur de pâtisseries.

Le renne mâche solennellement. Je lui caresse le museau, parce que le moment me semble propice pour nouer une amitié. Mais il me donne un coup de tête, plus doux cette fois, comme s'il jouait.

— OK, non. On ne joue pas. On retourne à la grange. Je tente d'attraper ce que je pense être un collier autour de son cou, mais ce n'est que de la fourrure, et le renne s'éloigne de moi en dansant. Viens ici !

Il détale plutôt vers le pâturage.

— Non ! Mauvaise direction !

Je le poursuis, et nous nous retrouvons dans une parcelle boueuse où la neige a fondu en gadoue. Mes bottes s'enfoncent, je glisse, et le renne s'amuse comme un fou à tourner en rond autour de moi.

— S'il te plaît, je halète en tentant une autre prise. S'il te plaît, coopère juste cinq secondes.

Cette fois, j'arrive à agripper la fourrure de son cou. Il essaie de se dégager, je tiens bon, et nous glissons tous les deux dans la boue.

Je tombe lourdement, les genoux les premiers, la boue éclaboussant partout. C'est froid, humide et dégoûtant, et je la sens s'infiltrer à travers mon jean.

— C'est de ta faute, je dis au renne, qui se tient maintenant calmement à côté de moi comme si de rien n'était. Tu le sais, n'est-ce pas ? C'est entièrement de ta faute.

Il cligne de ses grands yeux innocents.

— Ne me fais pas ce regard. Tu es une menace. Je me relève avec difficulté, couverte de boue partout, sur mon jean, ma veste, mes mains. Je la sens sur mon visage. Et tu viens avec moi à la grange tout de suite avant que...

— Qu'est-ce que vous faites à Corn Dog ? Une voix d'homme, grave, vient de derrière moi.

Je me fige, je me retourne lentement, et il y a un homme qui se tient à environ trois mètres, à moitié caché par le coin de la maison.

Et, mon Dieu, il est magnifique.

Grand, un bon mètre quatre-vingt-dix, avec de longs cheveux châtain clair qui lui tombent sur les épaules. Il est tout de noir vêtu — pantalon tactique, bottes, une sorte de gilet qui pourrait être en Kevlar. Des yeux bleus qui sont en train de m'étudier.

Ce doit être l'un des partenaires de Chris. C'est obligé. Personne d'autre ne serait sur cette propriété, n'est-ce pas ?

— Est-ce que je vous connais ? Sa voix est calme. Qu'est-ce que vous faites ici ?

J'essaie de trouver mes mots. N'importe quels mots. Mais mon cerveau peine à traiter le fait que je suis couverte de boue, que je m'accroche à un renne nommé Corn Dog, et que je fais face à un homme qui semble tout droit sorti des bois après avoir lutté à mains nues avec un ours et gagné.

— Je… Chris… renne… je voulais vérifier… je bafouille, faisant des gestes inutiles. Je pensais qu'il était là. Je ne voulais pas… le portail s'est ouvert et je… je m'appelle Hannah.

Corn Dog choisit ce moment pour s'échapper de ma prise, détalant à nouveau vers le pâturage.

— Bon sang ! Je me lance à sa poursuite, mais l'homme se déplace plus vite, coupant la voie de fuite de Corn Dog. À nous deux, nous parvenons à coincer le renne et à le diriger vers l'enclos clôturé derrière la grange.

L'homme ouvre le portail et Corn Dog entre au trot comme s'il avait planifié toute cette évasion juste pour me tourmenter. Le portail se referme avec un clic sonore.

J'expire en m'appuyant contre la clôture. — Oh, mon Dieu. Ce renne est épuisant.

— Ils sont tous épuisants. L'homme me regarde, et il y a clairement de l'amusement dans ses yeux maintenant. Mais surtout lui.

— Pourquoi il s'appelle Corn Dog ?

— C'est une longue histoire. Il croise les bras, et le mouvement fait bouger son gilet, révélant davantage d'équipement tactique en dessous. Laissez-moi deviner. Vous êtes l'organisatrice d'événements qui a embrassé Chris hier.

La chaleur m'inonde le visage. — Oh. Il vous a raconté ça.

Le sourire de l'homme s'élargit. — Je suis Noel Saxon, au fait, et ici c'est chez moi.

Saxon. Comme les propriétaires d'origine. — Vous êtes de la famille de Greg et Mary ?

— Mes grands-parents. Il penche la tête, m'étudiant. Comment est-ce que vous saviez pour eux ?

— M. Walsh, au bureau de poste. J'ai demandé qui possédait des rennes en ville. J'essaie d'essuyer la boue de mon visage, mais mes mains sont aussi boueuses, alors je ne fais probablement qu'empirer les choses. Je suis vraiment désolée de m'être introduite sur votre propriété. J'avais juste besoin de vérifier que Chris avait bien des rennes avant l'événement de demain.

— En vous introduisant par effraction. La voix de Noel est sèche. C'est une façon de faire.

— Pour ma défense, personne n'a répondu à l'interphone à l'entrée.

— Parce que je te regardais sur mon téléphone. Il sort son téléphone et me montre l'écran. Les images des caméras de surveillance. De moi. En train d'escalader la clôture. — J'ai ouvert le portail quand je t'ai vue suspendue, car j'avais peur que tu ne tombes et que tu nous fasses un procès.

Oh, mon Dieu. Il a tout vu.

— Tu n'aurais pas pu prévenir ? je marmonne, en essayant de ne pas mourir de honte.

— Je n'ai pas l'habitude que des gens s'introduisent par effraction sur ma propriété. D'habitude, ils frappent et attendent.

— D'habitude, moi aussi. Aujourd'hui, c'est une exception. C'est profondément injuste à quel point il est séduisant. Et comment il reste là, impassible, pendant que je fonds mentalement en face de lui.

Son parfum m'effleure dans la brise. Aiguilles de pin broyées et chocolat noir. C'est divin, ce qui est mauvais. Très mauvais. Je ne peux pas être attirée par l'ami de Chris aussi. C'est la recette parfaite pour un désastre.

Mais bon sang, l'air de la montagne doit avoir un effet spécial sur les hommes d'ici, parce qu'ils ont tous les deux l'air d'avoir été sculptés par des dieux très généreux.

— Écoute. J'essaie de retrouver mon calme, ce qui est

difficile quand je suis couverte de boue et que j'en ai probablement dans les cheveux. — Je vais être franche. J'ai eu quelques problèmes de confiance ces derniers temps. Mon associé m'a trahie, et j'avais besoin de savoir que Chris ne mentait pas à propos des rennes avant de me pointer demain sans plan B.

L'expression de Noel s'adoucit légèrement. — C'est légitime, en fait. La confiance est importante. Il m'étudie, et je suis terriblement consciente de mon apparence dégoûtante. — Mais tu es couverte de crasse. Entre te nettoyer. J'ai des vêtements qui seront trop grands, mais mieux que la boue.

— Je ne peux pas. Je suis dans un état lamentable. Je vais salir toute ta maison.

— La maison en a vu d'autres. Il se dirige déjà vers la porte d'entrée. — Viens. À moins que tu ne veuilles rentrer chez toi couverte de boue ?

Il n'a pas tort.

Je le suis, laissant mes bottes boueuses sur le porche. La porte s'ouvre sur une immense entrée, et je m'arrête net, bouche bée.

Cet endroit est incroyable.

L'entrée donne sur une immense pièce à vivre avec des plafonds cathédrale et des poutres apparentes. Une cheminée en pierre massive domine un mur. Le mobilier est entièrement en cuir foncé et en bois, avec des canapés surdimensionnés disposés autour de la cheminée, et un coin bar dans un angle avec des bouteilles à l'aspect coûteux bien en évidence.

Des peaux d'animaux sont accrochées aux murs — élan, cerf, ce qui pourrait être un ours. Il y a une immense télévision à écran plat montée au-dessus du bar. Des étagères de livres couvrent un autre mur.

La cuisine communique par une arche ouverte, tout en acier inoxydable et en comptoirs de granit, avec des appareils de qualité professionnelle.

À droite, un large escalier monte en courbe vers le deuxième étage. Plusieurs couloirs partent dans différentes directions, suggérant que la maison s'étend à l'infini.

Ce n'est pas une maison. C'est un chalet. Un chalet très masculin, très cher.

— Putain, je souffle.

Noel se retourne pour me regarder. — Ouais, mon grand-père avait la folie des grandeurs. Par ici.

Il me conduit en haut des escaliers, qui sont assez larges pour que trois personnes puissent marcher côte à côte, et dans un couloir avec plusieurs portes. Il en ouvre une, m'invite à entrer d'un geste.

— Salle de bain des invités. La douche est par là. Les serviettes sont propres. Prends ton temps.

— Merci. J'apprécie vraiment.

— Pas de problème. Il s'arrête sur le seuil. — Je vais te chercher ces vêtements. Quand tu auras fini, descends.

Puis il disparaît, et je me retrouve seule dans une salle de bain plus grande que ma chambre.

Je me douche rapidement, frottant pour enlever la boue de mes cheveux, de ma peau, regardant l'eau brune s'écouler dans le siphon. Même mes sous-vêtements ont de la boue, alors je rince tout sous la douche, en essorant du mieux que je peux.

Quand j'émerge enroulée dans une serviette, moelleuse et chère, j'entrouvre la porte et trouve une pile de vêtements bien pliés par terre. Un pantalon de survêtement, un t-shirt.

Je les attrape et me change rapidement, roulant le bas du pantalon aux chevilles, serrant fermement le cordon pour qu'il ne tombe pas. Le t-shirt m'arrive à mi-cuisse, alors je le noue sur ma hanche pour me donner une vague silhouette. C'est ample et ridicule, mais c'est propre et sec, alors ça me va.

Je fourre mes vêtements mouillés et boueux dans le sac en plastique que Noel a laissé.

La journée la plus folle de ma vie. Mais le bon côté des choses, c'est que je sais maintenant que Chris ne mentait pas. Les rennes sont réels. Tout cela est réel.

Je descends pieds nus, en suivant le son des voix.

Il y a trois hommes dans la grande pièce à vivre. Noel, Chris, et un troisième homme. Ils sont debout près de la cheminée qui crépite maintenant de mille feux.

Le troisième homme est immense, au moins un mètre quatre-vingt-quinze, large et musclé, portant la même tenue tactique noire que Noel. Cheveux blond foncé, yeux noisette-vert, un sourire qui suggère qu'il trouve tout hilarant.

Ils rient lorsque j'apparais, et ils se tournent tous pour me regarder.

Je me fige en bas des escaliers.

Trois Alphas magnifiques à l'air dangereux, tous en train de me fixer alors que je porte des vêtements empruntés, que je suis pieds nus et que j'ai probablement encore de la boue quelque part.

Mon corps a envie d'onduler vers eux, une chaleur soudaine et inattendue montant dans mon bas-ventre, ce qui est troublant.

— Vêtements, je lâche, parce que c'est apparemment le seul mot que mon cerveau peut produire.

Le sourire de Noel s'élargit. — Ils te vont bien.

— Bien sûr. Si mon but est d'avoir l'air « noyée dans le tissu ». J'avance dans la pièce, consciente de leurs regards sur moi. — Je suis Hannah, au fait. Puisque je ne vous ai pas tous rencontrés officiellement.

— Kane Reed, dit le troisième homme en s'approchant de moi avec une bouteille d'eau à la main, qu'il me tend. Je la prends avec reconnaissance et en avale la moitié d'une traite. — Chris nous a parlé de toi, mais c'est bien de te rencontrer enfin.

Chris sourit maintenant, appuyé contre la cheminée, les bras croisés. — Ravi de te revoir, Hannah. Mais je dois dire que je suis impressionné. Tu as trouvé où j'habite et tu t'es introduite par effraction sur la propriété. Ça, c'est de la détermination.

— C'est flippant, n'est-ce pas ? J'ai le visage en feu. — Mais pour ma défense, j'avais juste besoin de vérifier que les rennes existaient. Je ne te harcelais pas.

— Elle te harcelait, c'est certain, dit Noel. — Attends que je te montre la vidéo d'elle aux prises avec Corn Dog. Noel glousse déjà, et je plisse les yeux en le regardant.

— Rien d'excitant, je dis, mais ils hochent déjà la tête

en direction de Noel. Merveilleux — je suis devenue leur clown.

Tous les trois sourient encore, et je fais l'erreur de m'approcher au lieu de m'éloigner.

Regret instantané.

L'odeur de Kane est nouvelle pour moi — pain d'épices, fumée de feu de camp et zeste d'orange — et elle se mélange à celles de Chris et Noel, m'enveloppant d'un seul coup. La chaleur se propage sous ma peau, et mon pouls s'emballe si fort que je le sens dans ma langue. Mes genoux ne flageolent pas, mais je deviens soudainement, ridiculement consciente de ma propre respiration, de mon propre corps, comme si chaque parcelle de moi s'était réveillée en même temps.

Je n'ai jamais ce genre de réaction avec des Alphas. Jamais. Et certainement pas avec trois en même temps. Mon corps n'a manifestement pas reçu le mémo. Je force mon visage à prendre une expression normale. Professionnelle. Faussement adulte-qui-maîtrise-la-situation.

— Alors. Je finis ma bouteille d'eau comme si ça pouvait noyer le problème. — On est bons pour demain ? L'événement ?

Chris hoche la tête. — Ouais. On a les rennes, plus des chèvres, des moutons et un cheval miniature. Ainsi que des poules et des lapins. Le transport est réglé. On arrivera tôt et on s'occupera de l'installation.

— Parfait. Merci beaucoup. C'est... parfait. Laisse-moi t'envoyer par texto tous les détails sur l'endroit où il faut aller. Je lui tends mon téléphone, il entre son numéro puis je vous envoie un message avec tous les détails. Ensuite, je recule délibérément d'un pas. Puis un autre. La distance aide. Pas beaucoup, mais assez pour respirer. — Je devrais y aller. Vous avez l'air occupés, vous devez probablement, je ne sais pas… réorganiser des tableaux de preuves ou ce que font les chasseurs de primes après avoir attrapé des criminels.

Ils échangent des regards, clairement amusés.

Je me couvre de ridicule. — Merci de m'avoir laissée me nettoyer, j'ajoute, en reculant toujours vers la porte. — Et votre maison est incroyable. Vraiment magnifique. Très… spa pour bûcherons. Tais-toi. Il faut que je me taise. — Oh ! je lâche. — J'ai apporté des brownies. Ils sont dans ma voiture. Pour Chris. En guise de remerciement.

— Des brownies ? Kane se redresse, intéressé. — Quelle sorte ?

— Chocolat noir. La recette de Lily. Les bons.

— Je suis déjà amoureux de ta sœur.

— Comme tout le monde. Je secoue la tête, amusée malgré moi.

Tous les trois me raccompagnent dehors, et je remets mes pieds dans mes bottes encore boueuses, et je me fige.

Il y a un renne sur mon siège avant, et ma portière est ouverte. J'ai dû oublier de la fermer quand j'ai pris un brownie tout à l'heure.

— Corn Dog, aboie Chris derrière moi, la voix chargée d'un avertissement.

Le renne lève la tête. Son museau entier est barbouillé de miettes. Il cligne des yeux vers nous, imperturbable, puis replonge nonchalamment la tête.

— Non. Non, non, non — TU TE FOUS DE MOI ? je crie.

Cela fait réagir tout le monde.

— Mais qu'est-ce que… Kane avance au pas de course juste au moment où Corn Dog renifle profondément le plateau de friandises.

Noel et Kane ne disent pas un mot, ils agissent. Vite. Précisément.

Ils sont aux côtés du renne en quelques secondes, une grande main sur le garrot de Corn Dog, le guidant vers l'extérieur avec le genre d'autorité qui, étrangement, fonctionne.

— Mon pote, dit Kane au renne, les mains posées autour de son cou, — ce n'était pas pour toi. Et tu ne peux pas les manger dans sa Honda. Où sont tes manières ?

Corn Dog lui renifle des miettes au visage.

Je recule, mortifiée, en regardant ces hommes maîtriser un renne qui n'a clairement aucune honte et une nouvelle dépendance.

Le plateau est de travers sur le siège passager, les muffins aux carottes à moitié dévorés, chaque sommet proprement croqué. Les brownies juste à côté sont intacts. Mais ils ont peut-être été recouverts de bave.

Chris jette un œil au carnage et soupire avec le chagrin authentique d'un homme qui vient de perdre quelque chose qu'il aimait.

Noel et Kane ramènent Corn Dog vers la grange, toujours en riant, et je reste là, près de ma voiture, me sentant mortifiée, avec Chris. — Mon Dieu, je suis tellement désolée. Je t'apporterai de nouveaux brownies tout frais.

— Hé, ce n'est pas ta faute. Personne ne peut contrôler Corn Dog. Malgré tout, il rit.

— D'ailleurs, je suis curieuse. Pourquoi l'appelez-vous Corn Dog ? J'ai demandé à Noel, mais il ne m'a pas répondu.

Chris sourit. — Il s'est introduit dans notre cuisine quand il était petit. Il a trouvé une assiette de beignets de maïs que Noel prévoyait de faire frire pour un barbecue. Il en a mangé une douzaine avant qu'on ne l'attrape.

— Oh, merde.

— Son estomac a gonflé comme un ballon, ajoute-t-il. — On a cru qu'il allait mourir. Visite d'urgence chez le vétérinaire, toute une histoire dramatique. Mais il a survécu, et le vétérinaire a commencé à l'appeler Corn Dog, et c'est resté.

Je ris maintenant. Je ne peux pas m'en empêcher. — C'est la meilleure histoire d'origine que j'aie jamais entendue.

— C'est un fléau, dit Chris. — Mais il fait partie de la famille.

Je me tourne vers Chris, et le rire s'estompe. — Écoute. Je suis désolée pour l'effraction, pour l'avoir laissé s'échapper, pour tout ça. De ne pas t'avoir fait confiance. Je fais la moue.

— Hé. Sa voix s'adoucit. — Je comprends. Je fais des vérifications d'antécédents avant de travailler avec quelqu'un de nouveau. Il te fallait une preuve. C'est malin.

— J'aurais juste dû demander.

— Honnêtement ? Je respecte l'engagement.

— Tu n'es pas en colère ?

— Je suis amusé, et j'ai hâte de voir les images.

Un soulagement m'envahit, bien que je sois en partie mortifiée. — D'accord. Bien. C'est bien. Je monte sur mon siège conducteur, qui sent le renne maintenant, et je démarre le moteur. — Je devrais y aller. Avant de causer d'autres ennuis.

— À demain, dit Chris.

— Demain. C'est vrai. L'événement. Où je serai professionnelle et ne violerai aucune loi.

— Tu places la barre haut.

— Je vise l'excellence.

Je m'éloigne quand mon téléphone sonne. Lily. Je réponds. — Je suis vivante.

— Oh, Dieu merci. J'étais sur le point d'appeler la police. Que s'est-il passé ? Raconte-moi tout.

Je jette un œil dans mon rétroviseur. Les trois hommes sont debout devant la maison, me regardant m'éloigner en voiture.

— J'ai tellement de choses à te raconter, je dis.

— Alors, accouche.

Et c'est ce que je fais...

6

NOEL

J'ai traqué des fugitifs à travers trois États, plaqué au sol des suspects armés dans des ruelles sombres, et j'ai même passé dix-huit heures dans une camionnette de surveillance glaciale à attendre qu'un type en liberté sous caution se montre.

Rien de tout ça ne m'a préparé à me retrouver dans une ferme pédagogique.

Le site du festival est bondé, rempli de familles. Des enfants courent partout entre les stands de nourriture qui vendent du pop-corn caramélisé et des beignets, et au loin, des châteaux gonflables sont pleins à craquer. De la musique de Noël s'échappe à tue-tête des haut-parleurs, rivalisant avec le brouhaha général des conversations joyeuses. Le genre de scène que j'évite normalement. Trop de monde, trop de bruit, trop de variables que je ne peux pas contrôler. Quand on passe ses journées à traquer des criminels, on apprend à préférer les endroits calmes où l'on peut voir les menaces arriver.

Mais je ne sais comment, je suis là.

Et étonnamment, ce n'est pas aussi terrible que je l'imaginais.

Peut-être parce que je n'arrive pas à détacher mon regard de Hannah.

Elle est partout à la fois, vérifiant la clôture autour de la ferme pédagogique, ajustant les panneaux peints à la main que nous avons accrochés ce matin, parlant à l'adolescente qui tient la billetterie. Elle porte un jean sombre qui lui va à la perfection et un pull couleur crème. Ses cheveux sont relevés en queue de cheval, et quelques mèches sombres se sont échappées pour encadrer son visage.

Chaque fois qu'elle bouge, je perçois une bouffée de son parfum dans la brise. Biscuits sucrés, café et guimauve, une odeur faible mais reconnaissable entre toutes. Assez délicieuse pour la croquer.

Ça me rend fou depuis hier.

La ferme pédagogique elle-même a l'air correcte. Nous l'avons installée à l'aube : un grand enclos commun avec des clôtures d'un mètre cinquante, des portails renforcés pour contrôler les entrées et les sorties, tous les animaux au même endroit. Deux rennes sont dans le coin du fond pour l'instant, attirant déjà les regards des passants. Nos chèvres sont partout, les moutons que nous avons empruntés sont blottis les uns contre les autres, l'air nerveux, et ce cheval miniature que Kane a insisté pour amener vit sa meilleure vie près de l'entrée. Et puis, il y a les poules et les lapins qui s'éclatent à courir dans tous les sens. Bien que la foire ait commencé, les portes de la ferme pédagogique ne sont pas encore ouvertes.

— Noel ! Hannah m'interpelle depuis l'entrée du petit bâtiment attenant à la ferme pédagogique, qui fait office de bureau improvisé. Vous pouvez venir à l'intérieur une seconde avant qu'on ouvre ?

J'attire l'attention de Chris — il est en train de vérifier les abreuvoirs — et je fais un signe de tête en direction du bâtiment. Kane est déjà en chemin, abandonnant sa surveillance des chèvres.

De l'extérieur, la structure est absurde. Quelqu'un l'a peinte pour qu'elle ressemble à une maison d'elfe de dessin animé, avec des décorations de sucres d'orge surdimensionnés de chaque côté de la porte et un toit en bardeaux. Il y a une couronne sur la porte avec des clochettes qui tintent quand Hannah la pousse pour l'ouvrir.

L'intérieur est mieux.

Une grande pièce, d'environ quatre mètres cinquante sur six, avec des murs en bois peints en blanc et un plafond aux poutres apparentes. Contre le mur du fond, une table pliante est couverte de fournitures — trousse de premiers secours, bouteilles d'eau, nourriture supplémentaire pour les animaux, presse-papiers avec de la paperasse. Quelques chaises pliantes sont éparpillées et il fait chaud. Quelqu'un a accroché un miroir au mur, probablement pour vérifier les costumes ou pour des retouches de dernière minute.

C'est fonctionnel. Voire confortable.

Et à la seconde où la porte se referme derrière nous,

le parfum de Hannah m'envahit de plein fouet. Je dois serrer la mâchoire pour ne pas inspirer profondément comme une sorte de pervers.

J'ai passé des années à apprendre à contrôler mes réactions. La chasse aux primes l'exige. On ne peut pas laisser un suspect voir qu'on est déstabilisé, on ne peut pas laisser la peur, l'attirance ou la colère se lire sur notre visage quand on essaie de convaincre quelqu'un de se rendre.

Mais là, c'est différent. Je me force à me concentrer sur son visage au lieu de me noyer dans son parfum.

— Ok. Hannah se tourne vers nous, joignant les mains. D'abord, merci à vous trois. Je sais que ce n'est pas votre boulot habituel, et que vous le faites gratuitement, ce qui est… je ne peux même pas vous dire à quel point ça compte pour moi.

— Pas de problème, dit Chris en s'appuyant contre le mur, l'air de rien. On est heureux de t'aider.

Je suis toujours mitigé à ce sujet.

— N'empêche. Je vous suis redevable. Énormément. Elle est nerveuse. La façon dont elle se tord les mains, le léger tremblement dans sa voix. Alors, j'ai une autre faveur à vous demander. Et je comprendrai tout à fait si vous dites non, mais je me suis dit que j'allais au moins essayer parce que…

— De quoi as-tu besoin ? l'interrompt doucement Kane.

Elle prend une profonde inspiration, puis attrape sous la table un paquet de ce qui semble être des vêtements.

Oh, non.

— Le client a adoré l'idée d'avoir du personnel à thème pour la ferme pédagogique, dit Hannah rapidement, les mots se bousculant. Et je me suis dit que ce serait amusant et festif, vous voyez. Elle déplie le paquet, révélant un costume de Père Noël tout en fixant Chris.

Il grogne.

— Tu plaisantes.

— Une de plus pour l'équipe, qu'est-ce que ça change ? ajoute Kane avec un sourire en coin.

— Tu étais parfait en Père Noël à la Fête de l'Hiver ! Les enfants t'ont adoré ! Hannah est maintenant au bord de la supplication. Et le client annonce ta présence sur tous les panneaux du festival.

Pourtant, Chris est déjà en train de prendre le costume, la résignation se lisant clairement sur son visage.

— Très bien. De toute façon, je commence à m'habituer à ce rôle.

Je n'ai jamais été aussi reconnaissant que Chris se soit porté volontaire pour être le Père Noël, parce que ça veut dire que Kane et moi, on n'aura pas à le faire.

Puis Hannah sort deux autres paquets, un sourire narquois aux lèvres en nous regardant, Kane et moi.

Des costumes d'elfes. Tuniques vertes avec des ourlets en zigzag. Collants rouges. Chapeaux pointus avec des clochettes cousues au bout.

— Absolument pas, dis-je immédiatement.

— Pas question, acquiesce Kane, et je suis content qu'on soit sur la même longueur d'onde sur ce point.

— Allez ! Hannah brandit une version plus petite du

costume. J'en porte un aussi ! Tout le personnel de la ferme pédagogique doit être assorti. Ça fait partie du thème !

— C'est humiliant, j'ajoute.

— C'est festif !

— Ce sont deux choses très différentes.

Elle nous fixe avec ses grands yeux chocolat, et je sens ma résistance commencer à s'effriter. Ce qui est exaspérant. Je ne fais pas dans les costumes. Je traque des criminels et je les ramène devant la justice, et je porte des couleurs sombres pour que le sang ne se voie pas.

C'est tellement en dehors de ma zone de confort que c'est dans un autre fuseau horaire.

— S'il vous plaît ? La voix de Hannah se fait douce. Je vous promets que vous serez superbes. Et j'ai vraiment besoin que ce soit parfait. Scot rôde probablement dans le coin, attendant que quelque chose aille de travers pour pouvoir rapporter à son oncle que je ne suis pas capable de gérer des événements toute seule.

C'est ce qui me décide. L'idée que ce connard essaie de la saboter réveille mon instinct protecteur.

— D'accord, je m'entends dire. Mais si quelqu'un que je connais me voit là-dedans, ce sera de ta faute.

— Alors, c'est un oui ! Hannah sautille sur la pointe des pieds, excitée, et mon regard plonge sur sa poitrine avant que je puisse me retenir. C'est pas juste. C'est vraiment pas juste. Elle va gagner toutes les disputes si elle continue à faire ça.

— On va le faire, dit Kane, l'air résigné. Mais ça ne me fait pas plaisir.

— Vous n'avez pas à être contents. Vous devez juste être adorables. Elle nous tend les costumes, un large sourire aux lèvres. Changez-vous ! Je reviens dans cinq minutes !

Puis elle disparaît, la porte se referme derrière elle avec un tintement de clochettes, et je me retrouve avec du feutre vert et des collants rouges dans les mains.

Il y a un moment de silence.

— Putain ! On va vraiment faire ça ? aboie Kane, fixant son costume comme s'il allait le mordre.

— Apparemment. Je pose le mien sur la table et commence à enlever ma veste.

Chris est déjà en train d'enfiler le pantalon de Père Noël, en secouant la tête.

— Ça pourrait être pire. Elle a mentionné hier qu'elle avait un costume de renne de rechange. Une combinaison intégrale. Des bois. Une queue.

Je m'arrête au milieu de l'enlèvement de ma chemise.

— Sans blague.

— Ouais.

— Je brûle ce costume dès que je le trouve, dit Kane.

— Fais la queue, j'ajoute.

Je finis de me déshabiller jusqu'à être en boxer et en T-shirt, examinant le costume d'elfe avec une profonde méfiance. La tunique a l'air large — Hannah a dû commander des tailles pour hommes costauds — mais ça va être moulant.

Je l'enfile. Ça passe, de justesse. Le tissu s'étire sur mes épaules, l'ourlet m'arrivant à mi-cuisse. Les collants sont pires, un tissu rouge fin qui ne laisse absolument rien à l'imagination.

Je m'aperçois dans le miroir et j'envisage sérieuse-ment de sortir d'ici et d'assumer les conséquences.

Kane se bat avec son propre costume, marmonnant des jurons à voix basse.

— Comment les gens peuvent-ils porter ce genre de trucs volontairement ? C'est de la torture.

— Quelqu'un a inventé ces costumes spécifiquement pour punir les hommes baraqués.

— Je vais porter plainte.

— Auprès de qui ?

— Du Père Noël. C'est lui qui a commencé tout ce bordel.

Chris renifle de l'autre côté de la pièce. Il est mainte-nant entièrement habillé, costume rouge, bottes noires, barbe blanche parfaitement ajustée.

— Vous avez l'air ridicules tous les deux.

— Tu es littéralement déguisé en Père Noël, dis-je.

— Je suis magnifique. Il y a une différence.

J'enfile le chapeau pointu, les clochettes tintent à chaque mouvement, et je croise le regard de Kane. Il a l'air tout aussi absurde que je me sens.

— Hé. Je garde la voix basse. Tu t'es approché assez près pour sentir son odeur, toi ?

Kane se fige, son expression change.

— Quoi ?

— Me raconte pas de conneries, dis-je. Hier, quand elle nettoyait. Et maintenant, entassés dans ce placard à balais avec elle. Tu as senti son odeur, non ?

La mâchoire de Kane se crispe si fort que je peux entendre ses molaires grincer.

— J'allais rien dire.

Je lâche un rire sec.

— Et pourquoi pas, bordel ?

Son regard croise le mien, vif, inquiet d'une manière qu'il n'admet jamais. — Parce que si j'ai raison, si elle est vraiment ce que je pense qu'elle est, ça change tout.

Chris arrête de faire semblant de ne pas écouter et passe une main sur sa barbe, cet enfoiré suffisant. Son sourire s'élargit lentement, un vrai sourire de loup, comme s'il l'imaginait déjà pressée sous lui. — Je vous avais dit que c'était ma partenaire d'odeur. Je l'ai su à la seconde où elle m'a embrassé.

Je jure que mon dos se raidit. — Vous êtes beaucoup trop putain de calmes à ce sujet.

Kane se met à faire les cent pas – enfin, autant qu'on peut le faire dans une pièce de la taille d'un cercueil. — Nous trois qui sentons la même Oméga ? Ça veut dire qu'elle est à nous.

— Alors, c'est quoi le plan ? je demande.

— On découvre si elle le ressent aussi, dit Chris en se penchant en arrière comme s'il réglait une note de bar, pas notre putain d'avenir à tous. — Puis, on lui fait la cour. On lui montre qu'on en vaut la peine, malgré le bordel.

Je me pince l'arête du nez. — Elle est submergée par ses emmerdes de carrière et ses problèmes de confiance. Tu crois qu'elle va entendre trois Alphas chasseurs de primes lui dire « Tu es à nous » et applaudir des deux mains comme si c'était Noël ?

Chris hausse les épaules. Kane a un demi-ricanement.

J'ai envie de les frapper tous les deux.

— Je pense que la biologie va décider avant que son cerveau ait le temps de le faire, ajoute Kane. Il croise les bras, une véritable armoire à glace, bloquant la seule sortie. — Ses chaleurs se déclencheront tôt ou tard. Mieux vaut qu'elle soit avec nous que seule. Ou pire, qu'elle tombe sur un connard au hasard qui ne sait pas ce qu'il fout.

L'image pulvérise la moindre pensée rationnelle de mon crâne. Les mains d'un Alpha inconnu sur elle. Elle, en chaleur. Je grince des dents assez fort pour que Chris lève un sourcil.

— Du calme, lance-t-il d'une voix traînante, en réprimant un sourire. — Je croyais que c'était toi, le patient.

— Depuis quand ? rétorque Kane.

— Depuis que... dis-je en rajustant ce stupide chapeau, dont les clochettes tintent comme une putain de moquerie, ... j'ai réalisé que la faire fuir serait la chose la plus conne qu'on puisse faire. Elle est craintive. Un faux pas et elle se carapatera.

Kane hoche la tête. — Alors on y va doucement. On se rapproche. On la laisse s'habituer. On attend le bon moment.

Je déteste à quel point ça sonne raisonnable. — Exactement, admets-je à voix haute. Mais à l'intérieur, tous mes instincts me hurlent de la trouver, de la marquer de mon odeur, de m'assurer que le monde entier sache qu'elle n'est pas une proie disponible.

Chris nous lance un regard, à l'un et à l'autre.

— Alors... doucement ?

Je hausse les épaules. — Plus ou moins. C'est une

Oméga, pas une poupée en porcelaine. Mais oui. Assez lentement pour qu'elle ne pense pas qu'on la chasse.

Un coin de la bouche de Kane se relève, comme s'il était déjà en train de ruiner le plan. — Nous *sommes* des chasseurs.

— Ouais, je dis. — Mais pas pour elle. Pas à moins qu'elle ne nous le demande très gentiment.

Chris siffle doucement. — Putain, elle va nous tuer.

— Probablement, je marmonne. — Et je lui tiendrai quand même sa putain de main pendant qu'elle le fera.

Kane laisse échapper un rire, et la tension se relâche un peu. Mais en dessous, sous les blagues, les pas en rond, les jurons, nous pensons tous la même chose. Si elle est à nous... on s'assurera qu'elle le devienne.

La porte s'ouvre, et Hannah entre, tout sourire. Toutes les pensées dans ma tête s'évaporent.

Elle porte le costume d'elfe, elle n'a aucune idée à quel point il lui va bien.

La robe est verte, ajustée à partir d'un décolleté en cœur qui met en valeur sa poitrine, cette taille incroyablement fine. Elle s'évase aux hanches, la jupe s'arrêtant à mi-cuisse et dévoilant des jambes couvertes de collants à rayures rouges et blanches. De petites bottes à clochettes complètent la tenue.

Ses cheveux sombres sont détachés, des vagues tombant sur ses épaules, et elle a mis des paillettes sur ses joues. Elle ressemble à tous les fantasmes que je ne savais pas avoir, emballés dans un paquet cadeau festif.

Je la dévisage. On la dévore tous des yeux.

— Alors ? Elle fait une petite pirouette, les clochettes

tintent, et la jupe s'envole assez pour montrer plus de cuisse. — Qu'est-ce que vous en pensez ?

Aucun de nous ne peut répondre.

Ma bouche est grande ouverte. Mon cerveau est complètement déconnecté. Chacun de mes instincts me hurle de traverser la pièce et de...

— C'est si réussi que ça, hein ? Son rire est nerveux, et elle rougit maintenant, ce joli rose lui montant aux joues. — Allez, on doit y aller. Le client est sur le point d'ouvrir les portes.

Elle jette un regard rapide à Chris dans son costume de Père Noël, puis à Kane et moi dans nos costumes d'elfes. Son regard s'attarde sur nos corps, s'écarquille légèrement, puis se détourne brusquement.

Ce qu'elle voit lui plaît. Je souris largement.

— Allons-y, lance Hannah depuis l'embrasure de la porte, nous rendant notre sourire. — Il est temps de répandre la joie de Noël.

Nous sortons en file indienne dans la zone de la mini-ferme, et immédiatement le chaos éclate.

— PÈRE NOËL !

— REGARDE, DES ELFES !

— CE SONT DE VRAIS RENNES ?

Les enfants hurlent, les parents rient, et tout le monde essaie de passer les portes en même temps. Hannah gère le flux, dirigeant les familles vers différentes zones, expliquant les règles concernant les caresses douces et le nourrissage supervisé.

Je suis posté près de la section des rennes. Mon travail consiste à m'assurer que les enfants surexcités ne tirent pas sur les queues ou n'essaient pas de monter sur leur dos. Rook et Bishop tolèrent l'attention, probablement parce que Hannah leur a glissé des friandises supplémentaires plus tôt.

Les deux heures suivantes passent dans un flou de faits expliqués sur les rennes, de catastrophes évitées, et de tentatives pour ne pas penser à quel point j'ai l'air ridicule dans ce costume.

Un petit garçon tire sur ma tunique. — Monsieur l'Elfe, ce sont les rennes du Père Noël ?

Je m'accroupis à sa hauteur. — Ils sont à l'entraînement.

Ses yeux s'écarquillent. — Pour tirer le traîneau ?

— Exactement. Un programme d'entraînement très intensif. Ils doivent réussir plusieurs tests.

— Comme quoi ?

Merde. Je me suis trop avancé. — Le vol. La navigation. La dégustation de cookies.

— Des cookies ?

— Comment crois-tu que le Père Noël sait quels cookies valent la peine d'être mangés ? Les rennes les testent d'abord.

Il court le raconter à ses parents, et je remarque Kane qui me regarde depuis la section des chèvres, en souriant.

Vers midi, je remarque le changement démographique des visiteurs.

Moins d'enfants passent les portes. Plus de femmes dans la vingtaine et la trentaine, se déplaçant en groupe, gloussant et nous montrant du doigt.

Nous.

L'une d'elles s'approche de moi alors que je remplis

un abreuvoir pour les rennes. — Salut ! Je peux prendre une photo avec vous ?

Je me redresse. — Désolé, pas de photos.

— Pourquoi pas ?

— Les règles du syndicat des elfes. Le mensonge vient facilement. — Nos images ne peuvent pas être postées en ligne. Ça gâche la magie.

— Oh. Elle a l'air déçue. — C'est dommage. Vous êtes vraiment sexy.

— Merci ? je recule, créant de la distance. — Profitez bien des rennes.

Elle s'attarde une minute de plus, espérant claire-ment que je changerai d'avis, puis s'en va quand je ne le fais pas.

Cela se reproduit quatre fois de plus dans l'heure qui suit.

Chris se fait assaillir près du cheval miniature, des femmes faisant la queue pour s'asseoir sur les genoux du Père Noël. Kane est entouré par elles, et elles sont prétendument intéressées par les chèvres mais trouvent sans cesse des excuses pour lui toucher les bras et lui poser des questions sur son programme d'entraînement.

Je surprends Hannah en train de nous observer de l'autre côté de l'enclos, et je jurerais qu'il y a de la jalousie dans son expression. De la possessivité.

J'aime ça.

Beaucoup.

Elle passe devant moi pour vérifier les chèvres, faisant semblant de ne pas faire attention, mais son regard continue de dériver vers moi, comme si elle suivait une menace sans avoir décidé s'il fallait la fuir ou l'affronter. Je me penche juste assez pour frôler son espace personnel. — Tu n'arrêtes pas de me regarder, je murmure. — Je suis flatté, mais tu vas te faire mal si tu me fixes aussi intensément.

Ses joues s'échauffent immédiatement, ce qui me dit tout. — Détends-toi, dit-elle en brandissant son porte-bloc comme un bouclier. — Je m'assurais juste que tu ne perdais aucun enfant.

— Je suis quasi certain que ce n'est pas ce que tu remarquais, dis-je en souriant parce qu'elle est mignonne quand elle essaie de faire comme si de rien n'était.

Elle expire comme si je l'épuisais, puis marmonne : — C'est un petit enclos. Tu es bruyant. Mes yeux n'avaient nulle part où aller.

— Ils auraient pu aller n'importe où, ma belle. Ils m'ont choisi moi. Je lui fais un clin d'œil, et elle me lance le regard que les femmes adressent aux hommes juste avant de les embrasser ou de les menacer de violence physique. Pour elle, ces deux options ne sont peut-être pas mutuellement exclusives. Elle secoue la tête et s'éloigne, les hanches raides, comme si elle était trop consciente que je la regarde.

Deux heures plus tard, je m'accroupis pour aider un gamin qui a fait tomber son gobelet de nourriture. Au moment où je me penche, je sens le tissu de mes collants se tendre, puis il cède avec le genre de déchirure catastrophique qui ne demande pas la permission. Il explose.

Je me fige. Du vent partout où le vent ne devrait pas être.

Je me relève lentement, la colonne vertébrale droite,

pleinement conscient que l'arrière de mon pantalon est maintenant une scène de crime. Plusieurs têtes se tournent. Une mère halète et couvre les yeux de son enfant comme si j'avais invoqué Satan.

Quelque part derrière moi, Hannah émet un son comme si elle venait de se mordre le poing pour s'empêcher de rire. J'entends un « Oh, non » étouffé, mais elle est absolument ravie.

Chris, qui officie comme Père Noël contre son gré, perd toute contenance. Son rire éclate comme s'il avait reçu une balle. — Noel... putain... Il ne peut pas finir. Il est plié en deux. Les clochettes tintent. La barbe tremble. Inutile.

Je ne peux pas bouger. Je suis une statue d'humiliation. C'est comme ça que je vais mourir, le cul à l'air, entouré de bétail et d'enfants aux mains collantes. Pas en poursuivant un fugitif sur un toit. Pas en maîtrisant un criminel recherché dans une voiture en marche. Non. Exposé dans une mini-ferme en portant des collants d'elfe.

Un poulet me fixe comme s'il me jugeait.

Hannah se précipite enfin, se plaçant derrière moi comme si elle protégeait un VIP d'un tir de sniper, même si je suis presque sûr qu'elle rit derrière sa main. — OK. À l'intérieur. Avant que quelqu'un ne diffuse ça en direct.

— Je suis sûr qu'ils l'ont déjà fait, je marmonne, et elle me dirige vers la maison des elfes.

— Marche, dit-elle, la voix un peu haletante. Elle essaie de rester professionnelle, mais elle a les joues roses et se mord la lèvre, et pendant un instant, je ne sais pas si elle est troublée ou à deux doigts de s'étouffer de rire.

— Tu n'aurais pas par hasard un pantalon de rechange dans ton sac de miracles de Noël ?

— J'ai un nécessaire de couture, dit-elle. Tu n'auras pas mieux.

— Je préférerais me vider de mon sang.

— Tu vas survivre, dit-elle en me faisant passer la porte. Mais si tu ne te dépêches pas, je vais exploser de rire, et là, tu devras te débrouiller tout seul.

Je n'en doute pas.

La porte de la maison des elfes se referme juste au moment où Chris me crie : — Bonne nouvelle, ton caleçon est festif !

Je lui fais un doigt d'honneur derrière la porte. Je suis sûr à quatre-vingt-dix pour cent qu'il a pris une photo.

Nous nous engouffrons à l'intérieur, et le silence béni après toute cette folie dehors est presque aussi agréable que l'air frais sur mon visage surchauffé. Puis, j'enlève mes collants d'elfe.

Hannah fouille dans son sac à dos comme si elle désamorçait une bombe. — Aiguille... fil... kit de réparation miracle... oui. Je savais bien que je t'avais emporté. Elle se tourne vers moi et se fige.

Son regard tombe sur mon caleçon. Puis un bruit étranglé lui échappe, à mi-chemin entre un rire et un petit râle d'agonie. — Alors... dit-elle, les yeux pétillants, caleçon festif, hein ?

— C'était la seule paire propre, je marmonne.

— Ils ont des *sucres d'orge* dessus. Elle essaie de

garder son sérieux et échoue en souriant. Ce n'est pas…
le genre que j'attendais d'un dangereux chasseur de
primes.

— Et à quel genre tu t'attendais ? je lui demande en
lui tendant les collants.

— Je ne sais pas. Quelque chose de sinistre. Du noir.
Peut-être du style « Je soulève des motos pour me
détendre ». Pas… un thème de fêtes. Elle s'assied, enfilant son aiguille, les joues roses.

Je ne suis immunisé contre rien. Ni ses rougeurs. Ni la
façon dont elle retient son sourire. Ni le fait qu'elle recouse
ce costume stupide comme si c'était une mission sacrée.

— Alors, dis-je nonchalamment, c'est quoi, ton style
de sous-vêtements ?

— Normal.

— Ce n'est pas une réponse.

— Si.

— Absolument pas. « Normal » pourrait vouloir dire
n'importe quoi. Des pois. Des fleurs. Des dinosaures.

Ses lèvres s'étirent. — Je ne te le dirai pas.

Je me penche un peu plus près, juste assez pour lui
couper le souffle. — Allez. Curiosité professionnelle.

— Ouais, c'est ça, lance-t-elle avec un sourire
effronté.

— Je suis un chercheur dévoué. Je fais un geste
vague. J'enquête sur… les motifs.

Elle essaie de ne pas rire, mais échoue. — Tu es
ridicule.

— Et tu évites la question.

— Parce que ça ne te regarde pas.

— Ça ressemble à un oui pour les dinosaures.

Elle plante l'aiguille dans le tissu avec une force inutile. — Ce ne sont pas des dinosaures.

— Des licornes ?

Elle pince les lèvres comme pour s'empêcher de sourire. — Tu as bientôt fini ?

— Même pas proche.

Elle me tend les collants, effleurant mes doigts accidentellement, bien que cela semble assez intentionnel pour déchaîner quelque chose de famélique sous mes côtes.

— Voilà, dit-elle. Le patch est visible, mais ça ira. Elle se lève, époussetant une peluche imaginaire de sa robe d'elfe. Essaie de ne pas les déchirer à nouveau.

— Je ne promets rien.

Son regard croise le mien, avec une lueur de malice. — Ça ne m'étonne pas.

Et d'un seul coup, la pièce semble trop petite. Trop chaude. Parce qu'elle est toujours proche, sentant le péché à plein nez, et je veux soudain connaître tous les secrets ridicules et adorables qu'elle cache, y compris ce qu'elle porte sous cette robe.

Je lui prends les collants et les remets. Le tissu est moulant, mais la réparation tient bon quand je la teste en faisant plusieurs flexions.

Quand je me retourne, Hannah est debout, et l'espace entre nous est peut-être de cinquante centimètres. Assez proche pour que je voie en détail chaque paillette sur ses joues, pour que je sente son parfum encore plus fort maintenant que nous sommes seuls.

Ses yeux remontent de mon torse à ma poitrine, et je vois ses pupilles se dilater légèrement.

— Tu sais, dis-je doucement, ces gens de JdR avaient vraiment tout compris avec leur truc de fantasmes d'elfes.

Elle cligne des yeux, se reconcentrant sur mon visage. — Peut-être.

Je fais un pas de plus, et elle ne recule pas. Il me faut toute ma volonté pour ne pas combler la distance restante et l'embrasser. — Hannah. Tu aurais cru un jour trouver ton complément olfactif dans un zoo pour enfants ?

Ses yeux s'écarquillent, son souffle se bloque dans un hoquet.

— Ah. Je garde ma voix douce, non menaçante. Tu le sens aussi, alors.

Elle cligne des yeux rapidement, et je peux pratiquement voir son esprit analyser les implications. — Je... ce n'est pas... écoute, je dois me concentrer sur cet événement maintenant. Pas compliquer les choses avec... peu importe ce que c'est.

— Ce n'est pas une complication.

— Permets-moi d'en douter. Elle se dirige vers la porte, mais je fais un pas de côté, non pas pour la bloquer, juste pour la retarder, et je pose ma main contre le bois.

Elle lève les yeux vers moi, et je la vois trembler légèrement. De peur ? D'attirance ? Les deux ?

— Je ne ferai rien que tu ne veuilles pas, dis-je doucement. Mais j'ai besoin que tu sois honnête avec toi-même. Tu le sens. L'attraction. La reconnaissance. Tu sais ce que nous sommes pour toi.

Elle déglutit difficilement. — Je vais y réfléchir.

Ces mots me surprennent et me font rire. — D'accord, alors.

— Noel, je suis en train de gérer le désastre qu'est devenue ma carrière à cause de Scot. Je ne peux pas ajouter à ça les dynamiques de meute, les compléments olfactifs et tout ce qui va avec. Pas maintenant.

— Tu n'as pas à décider aujourd'hui, mais parfois l'univers n'attend pas. Je déplace ma main de la porte, lui laissant l'espace pour partir si elle le veut. Je peux être patient. Penses-y. Nous en reparlerons plus tard.

Elle se précipite dehors avant que je puisse dire autre chose, et je reste seul dans la petite pièce, le cœur battant, tout mon corps vibrant encore de sa présence. Je m'accorde dix secondes pour me calmer, puis je retourne dehors.

Kane apparaît immédiatement à mon coude. — Qu'est-ce que vous faisiez là-dedans depuis si longtemps ?

— Je lui ai dit qu'elle était notre complément olfactif.

Ses épaules se raidissent. — Tu as juste… tu lui as dit, comme ça ?

— Il fallait bien que quelqu'un le fasse. Elle sait que nous savons. Et oui, elle le sent aussi. On doit juste attendre qu'elle l'accepte.

— Chris va être insupportable quand il l'apprendra.

Nous observons tous les deux Hannah maintenant, et il y a quelque chose de différent dans sa façon de bouger, plus consciente de notre position dans l'espace, jetant des coups d'œil plus fréquents dans notre direction.

Une chèvre s'approche d'elle alors qu'elle parle à une famille avec deux enfants. Elle commence à mâcher l'ourlet de sa robe.

Elle ne le remarque pas.

Kane et moi échangeons un regard. — On devrait lui dire ? demande Kane à voix basse.

— Où serait le plaisir ? La chèvre continue de mâcher, le tissu s'effiloche, et Hannah est toujours complètement inconsciente de tout, concentrée à expliquer la bonne façon de caresser une autre chèvre à un enfant de cinq ans très sérieux.

— Elle va perdre cette robe, observe Kane.

— Probablement.

— Et tu ne vas pas la prévenir.

— Pas tout de suite.

Nous regardons la chèvre continuer son festin. Une autre couture sur le côté commence à céder, les fils sautant un par un.

Hannah fait de grands gestes, décrivant quelque chose sur la production de laine, complètement inconsciente que son costume est en train d'être lentement détruit.

— On est des personnes horribles, marmonne Kane.

— Les pires.

Mais aucun de nous ne bouge pour l'aider.

Puis Chris apparaît, voit ce qui se passe et chasse immédiatement la chèvre loin d'Hannah.

Kane et moi lui lançons un regard noir.

Il remarque nos expressions et sourit, sans le moindre remords.

Traître.

Hannah finit par remarquer l'affaire de la chèvre, examine les dégâts sur sa robe et pousse un cri ahuri en voyant le désastre. Puis elle lève les yeux vers nous de l'autre côté de l'enclos, nous surprenant en train de regarder, parfaitement consciente que nous profitions du spectacle. La chèvre bêle, s'étirant à nouveau vers son ourlet alors que Chris la retient, et elle marmonne qu'elle va chercher un seau de grain.

Je devrais détourner le regard et me remettre au travail. Lui laisser de l'espace. Mais mon corps refuse. Mes instincts ont déjà décidé qu'elle est désormais le centre de ma carte. Même si elle n'est pas prête.

J'ai vécu avec assez de vides pour savoir ce que l'on ressent quand quelque chose comble le silence. Trop de sauvetages sont arrivés trop tard. Trop de noms que je n'ai pas pu sauver. Je porte le poids de cela depuis que je suis jeune, et je me suis juré de ne plus jamais échouer.

Alors, quand elle est entrée dans ma vie en sentant le destin, j'ai refusé de détourner le regard. Je ne peux pas. C'est un cadeau que je n'aurais jamais cru qu'on me confierait. Quelqu'un qui pourrait me choisir en retour. Quelqu'un que je pourrais protéger et vénérer comme le ciel à minuit. J'ai assez perdu. Je ne la perdrai pas.

7

HANNAH

L'événement du zoo pour enfants était parfait.

Ce qui est génial. Fantastique. Exactement ce dont j'avais besoin pour prouver que je peux gérer des événements sans avoir le nom de Confetti & Meatballs qui me colle à la peau.

Alors pourquoi ai-je l'impression d'être sur le point de vomir ?

Je m'agrippe au volant de ma Honda comme s'il risquait de s'échapper si je le lâchais, parcourant Main Street à sept heures du matin tandis que mon cerveau repasse en boucle la même conversation.

Aurais-tu jamais pensé trouver ton âme sœur olfactive dans un zoo pour enfants ?

La voix de Noel. Ces yeux bleus intenses. La façon dont il l'a dit, comme si c'était déjà décidé, comme si ma biologie avait fait le choix avant que mon cerveau ne puisse rattraper son retard.

Trois Alphas magnifiques, dangereux et compétents

qui sentent tout ce dont j'ai envie sans même le savoir. Et ma vie est un putain de champ de ruines.

Je viens de quitter la maison de Giuseppe, l'oncle de Scot, dans l'espoir désespéré de lui parler. Sa voiture n'était pas là. Lumières éteintes. Pas de réponse quand j'ai frappé. Son téléphone tombe directement sur la messagerie vocale.

Scot l'a eu. J'en suis sûre. Il a probablement brodé une histoire sur le fait que je serais instable, pas professionnelle, un handicap pour l'entreprise. Et Giuseppe, que j'essaie d'impressionner depuis six mois, m'ignore royalement comme si j'étais une démarcheuse téléphonique vendant des appartements en temps partagé.

Mon téléphone sonne via le Bluetooth de la voiture, et le nom de Papa s'affiche sur l'écran. Je réponds. — Salut, Papa.

— Bonjour, ma chérie. Je t'appelle juste pour te rappeler pour demain soir.

J'ai un trou de mémoire. — Hum. Rappelle-moi.

— Le dîner de Noël de la famille de ta mère. Sa voix est douce, patiente, comme s'il parlait à une enfant. — On en a parlé le mois dernier, tu te souviens ?

Oh, merde. Oh, non. Le rassemblement annuel dans le cauchemar victorien de ma tante, où la famille de Maman fait semblant de se soucier de nous pendant exactement three heures avant de retourner ignorer notre existence pour une autre année.

— Papa, je ne pense vraiment pas pouvoir venir. Le travail a été une folie, et il y a tellement de choses que je dois régler avec…

— C'est quelque chose qu'on fait pour ta mère. Tu le sais.

Le chantage affectif. Celui contre lequel je ne peux jamais argumenter parce qu'il a raison. Un souvenir refait surface, vif et douloureux. Je suis debout sur un tabouret dans notre cuisine, regardant Maman glacer des sablés en forme d'étoiles. Elle fredonne « Douce Nuit », ses cheveux bruns tirés en arrière dans la même queue de cheval que je porte toujours, son tablier rouge saupoudré de farine.

— Pourquoi on va chez grand-tante Martha si elle est toujours méchante avec nous ? avais-je demandé, en la regardant créer des volutes de glaçage parfaites.

Maman avait souri. — Parce que la famille est importante, mon bébé. Même quand ils nous compliquent la vie. Parfois, être présente est la chose la plus aimante qu'on puisse faire.

C'était notre dernier Noël avec elle.

J'avais quatorze ans quand le cancer l'a emportée. Six mois entre le diagnostic et sa disparition, et elle a passé ces dernières semaines à nous apprendre, à Lily et à moi, tout ce qu'elle savait sur la boulangerie. Toutes ces petites astuces qui rendaient Flour & Fable si spéciale, transmises comme un savoir sacré.

Papa s'est tué à la tâche après ça. Doublant ses services au diner local, essayant de nous nourrir et de nous loger tout en jonglant avec deux filles en deuil. Je l'ai vu vieillir de dix ans en un, je l'ai vu choisir entre payer la facture d'électricité et acheter des courses, je l'ai vu pleurer dans la salle de bain quand il pensait qu'on ne pouvait pas l'entendre.

Nous avons survécu. De justesse.

Et maintenant, chaque mois de décembre, nous nous rendons au manoir de grand-tante Martha, où la famille de Maman me demande quand je vais trouver un Alpha, fait des commentaires passifs-agressifs sur la « pittoresque petite boulangerie », et prétend nous avoir toujours soutenues.

Ils ne sont pas venus quand Maman était mourante. Ils n'ont pas aidé quand nous nous noyions. N'ont pas appelé, ne se sont pas souciés, n'ont pas foutu la moindre chose.

Mais Maman les aimait quand même. Alors nous y allons.

— D'accord, m'entends-je dire, la gorge nouée. Je serai là.

— Bonne fille. Lily ne peut pas venir cette année, donc ce ne sera que nous deux.

Je manque de griller un feu rouge. — Attends, quoi ? Lily se défile ?

— Elle a un mariage à l'extérieur de la ville pour un des amis de ses Alphas et ils emmènent leurs bébés. Elle m'a laissé un message ce matin.

— Si elle a le droit de sécher, je devrais avoir le droit de sécher aussi !

Papa glousse. — La vie n'est pas juste, ma grande.

— Je déteste ça.

— Je sais. Tu passes me prendre à cinq heures demain ? Ne sois pas en retard. Je t'aime.

— Je t'aime aussi, Papa.

Il raccroche, et je reste là, bouillonnante de frustration et d'appréhension.

Tout simplement génial. Une soirée avec des parents qui pensent que je suis une ratée, posant des questions indiscrètes sur ma vie amoureuse inexistante.

Ça va être amusant.

Je me gare devant la boulangerie Flour & Fable. Lily a déjà allumé les lumières de Noël qui encadrent les vitrines, illuminant des expositions de maisons en pain d'épices et de biscuits au glaçage élaboré qui lui ont probablement pris des heures.

L'endroit a l'air chaleureux. Accueillant. Sûr.

Je me gare dans la rue, saisis mon sac à main, et pousse la porte d'entrée. Des clochettes tintent au-dessus de ma tête, et l'odeur du pain frais et de la cannelle m'enveloppe.

Mon Dieu, que j'aime cet endroit.

Ce sera toujours comme à la maison. Les recettes de Maman, le rêve de Maman.

Les vitrines sont remplies de spécialités des fêtes. Des biscuits en pain d'épices avec un glaçage complexe. Des sablés en forme de flocons de neige et de cloches. Des scones aux canneberges et à l'orange. Ces petites tartelettes aux pommes épicées qui se vendent avant midi. Des brownies au chocolat à la menthe poivrée. Des macarons citron-framboise avec des feuilles d'or comestibles parce que Lily aime faire dans le chic parfois.

Tout est magnifique. Professionnel. Exactement le genre de qualité qui fait de cette boulangerie la plus populaire de trois comtés.

Lily est derrière le comptoir, vêtue d'un pull rouge avec un renne dessus, si agressivement festif qu'il devrait nécessiter un permis. Ses boucles sont entassées sur sa tête en un chignon désordonné, et elle emballe des biscuits dans de petites boîtes en papier.

Elle m'aperçoit et sourit. — Salut, toi. Comment ça s'est passé hier ? Quelqu'un s'est fait piétiner ?

Je m'effondre contre le comptoir, laissant tomber mon sac à main par terre. — Café d'abord. Gestion de crise ensuite.

— On dirait que quelqu'un a donné un coup de pied à ton chiot. Elle se dirige déjà vers la machine à expresso, une magnifique bête italienne qui fait un café si bon que c'est pratiquement de la drogue. — Qu'est-ce qui s'est passé ?

En quelques instants, elle pose un latte parfait devant moi, la mousse décorée d'un petit cygne presque trop joli pour être bu. — Maintenant, crache le morceau à propos d'hier avant que je meure de curiosité.

Je prends une gorgée, température parfaite, saveur parfaite, le salut liquide dans une tasse. — L'événement était impeccable. Chaque détail a fonctionné. Les rennes ont eu un succès fou, les enfants ont adoré les chèvres, les parents ont été dithyrambiques sur l'organisation. J'ai reçu trois e-mails ce matin de personnes présentes me demandant si je suis disponible pour leurs événements.

— C'est incroyable !

— Eh bien, j'ai décidé que si je ne peux pas continuer à gérer Confetti and Meatballs, je lancerai ma propre entreprise d'organisation d'événements. Ça n'a pas l'air trop difficile à mettre en place en ligne. J'ai juste besoin d'un nom, d'un logo et d'un peu d'autopromotion sans vergogne.

Lily sourit. — Voilà l'esprit. Tu n'as pas besoin d'une fortune, juste du Wi-Fi, de la caféine et ce niveau de détermination effrayant que tu as quand on t'a fait du tort.

— Je préfère appeler ça de la vengeance entrepreneuriale. Je prends une autre gorgée de café, sentant déjà l'étincelle d'énergie. — Maintenant, il me faut juste un nom qui crie "professionnel".

— Okay, vas-y. Elle s'appuie sur le comptoir, à fond. — Qu'est-ce que tu as pour l'instant ?

Je me tapote le menton. — Si je fais ça, je veux quelque chose de sobre et professionnel. Quelque chose dont les gens ne se moqueront pas.

Lily ruine immédiatement cette idée. — Et pourquoi pas *Chaos et Champagne* ?

— Non.

— « *Faire la teuf comme une daronne* » ?

— Absolument pas.

— D'accord, d'accord… Elle fait semblant de réfléchir profondément. « *Hannah-vous-sauve-la-mise Événements* ». Une marque très honnête.

Je la foudroie du regard à travers la vapeur de mon café. — J'essaie d'avoir l'air légitime, pas d'organiser des interventions.

Elle sourit, d'aucune aide. — Très bien. « *Evergreen Events* ». « *Hannah Parker Events* » — oh, celui-là, il déchire.

Je m'arrête. — Ça… c'est pas mal.

— Merci. Mon génie est sous-estimé. Maintenant,

dis-moi comment les gros bras de chasseurs de primes se sont comportés au zoo pour enfants. Et si la réponse n'est pas « torse nu », je serai personnellement offensée.

Je me mets à rire. — Aucun t-shirt n'a été retiré.

— Tragique.

— Mais, je continue, tout s'est parfaitement déroulé. Les animaux se sont bien tenus. Personne n'a pleuré. Et Noel — je commence à rire avant de pouvoir finir. — a complètement pété la couture de son pantalon.

Lily halète, ravie. — Non.

— Oh, si. Juste devant le fauteuil du Père Noël. Exposition totale. Kane a failli s'étouffer en essayant de ne pas rire, et je crois que les rennes l'ont jugé plus durement que les parents.

Elle hurle de rire, maintenant. — Tu plaisantes. Tu les amènes à un seul événement, et ils te donnent déjà du contenu viral. Puis elle sort une assiette, y disposant soigneusement trois parfaits macarons. — Mais tu vas quand même me donner des infos sur les chasseurs de primes pendant que tu manges. Je veux tous les détails.

La partie café du salon de thé est vide en ce moment, c'est trop tôt pour la plupart des clients. Il n'y a donc que nous, debout au comptoir, Lily de son côté, moi du mien, avec des biscuits chers et un bon café entre nous.

— Ils ont été super, dis-je en croquant dans un macaron. Citron acidulé, framboise sucrée, le croquant de la coque qui cède la place au fourrage moelleux. Le paradis. — Vraiment professionnels. Ils ont tout géré à la perfection.

— Et ? me presse Lily en souriant.

— Et quoi ?

— Qu'est-ce qui s'est passé d'autre ? Tu oublies quelque chose. Je le sens.

Je prends une autre bouchée, en évitant son regard. — Noel m'a dit que nous avions une correspondance olfactive.

Lily laisse tomber le torchon qu'elle tenait. Il heurte le sol, et elle me fixe, bouche bée, les yeux écarquillés. — C'est énorme.

— Il a dit que je suis *leur* partenaire olfactive. À tous les trois. J'enfourne le reste du macaron dans ma bouche, ayant soudain besoin de faire quelque chose de mes mains. — Il l'a dit comme ça. Sans préambule. Juste : « Aurais-tu jamais pensé trouver ta partenaire olfactive dans un zoo pour enfants ? »

Lily contourne le comptoir en un éclair et m'attrape par les épaules. — C'est incroyable ! C'est extraordinaire ! Tu te rends compte de ce que ça veut dire —

— Je sais.

— Alors pourquoi tu fais une tête d'enterrement ?

Je pose mon café, soudain épuisée. — Parce que ma vie est en train d'imploser, Lily. Ma carrière est détruite, mon partenariat est terminé, Scot me sabote activement, et maintenant trois Alphas que je connais à peine prétendent que nous sommes des âmes sœurs prédestinées ? Le timing ne pourrait pas être pire.

— Ou au contraire, il ne pourrait pas être meilleur. Elle est retournée de son côté du comptoir. — C'est peut-être exactement le moment où tu as besoin d'eux. Quand tout le reste est un chaos. Pour équilibrer les choses.

— Je ne veux pas qu'ils me voient échouer.

— Ils l'ont déjà vu, et ils sont toujours là. Elle ramasse son torchon. — Hannah, tu ne peux pas contrôler le moment où tu rencontres tes âmes sœurs. La biologie se fiche de ton plan quinquennal.

— Eh bien, la biologie a un timing de merde.

— La biologie a toujours un timing de merde. C'est un peu son truc. Elle sourit maintenant. — Mais sérieusement. Qu'est-ce que tu vas faire ?

— Éviter d'y penser jusqu'à ce que mon cerveau arrête de hurler.

— Excellent plan.

— Merci.

— C'était du sarcasme.

— Je sais.

Je prends une gorgée de mon latte, désespérée de changer de sujet avant que Lily ne se remette à réécrire toute ma vie. — Oh, en parlant de désastres, j'ai parlé à papa ce matin. Il a dit que tu t'étais défilée pour le dîner de Noël de grand-tante Martha demain.

Lily se fige, baisse le regard.

Je lui lance un regard plein de trahison. — Comment as-tu pu me laisser seule à leur merci ? Au moins, quand on est toutes les deux, l'interrogatoire est divisé en deux. Maintenant, ce sera juste moi. En solo. Sans armes. Je vais droit au peloton d'exécution.

Elle grimace. — Ouais… à ce sujet. Un ami de James a un mariage hors de la ville, et on ne peut pas y couper. Désolée.

— Tu m'abandonnes, l'accusé-je en pointant un macaron vers elle comme s'il s'agissait d'une preuve à charge. Puis je dévore le dessert.

— Pour ma défense, dit-elle lentement, j'ai une allergie très réelle au gratin de grand-tante Martha et à sa personnalité.

Elle reste silencieuse un moment, et je peux pratiquement voir les rouages de son cerveau tourner. Ce n'est jamais bon signe.

— J'ai une idée, dit-elle enfin. — Tu vas peut-être la trouver insensée, mais écoute-moi bien.

— Tes idées sont toujours dangereuses. Je saisis un autre macaron. — Est-ce que ça implique que je fasse quelque chose de stupide ?

— Ça implique que tu sois intelligente. Elle a ce regard, maintenant, la lueur de l'entremetteuse, le péché pur distillé sous forme humaine. — Emmène un de ces chasseurs de primes canons au dîner de Noël familial demain.

Je m'étouffe avec mon macaron. — Tu es folle ? J'ai besoin de distance avec les Alphas pour comprendre mes propres sentiments, pas de passer plus de temps avec eux. Je dois savoir ce que je veux avant de plonger dans leur dynamique de meute, leur correspondance olfactive et toutes ces choses compliquées.

— Ou... Lily fait défiler quelque chose sur son téléphone maintenant, et je reconnais ce regard. Elle manigance quelque chose. — Tu utilises ça comme une opportunité pour apprendre à mieux connaître l'un d'entre eux. Sans grand enjeu, sous la surveillance de papa, avec plein de distractions. Voir s'il peut supporter notre horrible famille.

— Ce n'est pas un argument de vente.

— Ça l'est complètement. S'il peut survivre à notre famille, il peut survivre à tout.

Je m'apprête à protester davantage quand elle appuie sur un bouton de son téléphone, et soudain, il sonne en haut-parleur.

Mon estomac se noue. — Qu'est-ce que tu fais ? J'essaie d'attraper le téléphone, mais elle recule en dansant, le gardant hors de ma portée.

— Je résous ton problème.

— Lily, je te jure que —

— Salut, Lily ! La voix de Chris sort du haut-parleur, et tout mon corps réagit. La chaleur m'inonde le visage, se propage dans le bas de mon ventre, fait s'emballer mon pouls comme si j'avais couru.

Merde.

— Salut ! Lily est bien trop enjouée. — Alors, Hannah est dans une situation un peu délicate. Elle a besoin d'un cavalier, ou d'un faux cavalier, si tu préfères, pour une fête de Noël en famille demain soir. Tu serais libre, par hasard ?

— Lily ! sifflé-je, me jetant à nouveau vers le téléphone par-dessus le comptoir.

Elle pivote, toujours souriante.

Il y a une pause. Puis Chris rit, un rire grave, chaleureux et amusé. — Putain, j'aurais bien aimé. Mais Kane et moi, on est sur la piste d'une cible à deux États d'ici, demain. On ne rentrera que super tard.

La déception m'envahit, ce qui est stupide parce que de toute façon, je ne voulais pas qu'il vienne. C'est bien. C'est ce que je voulais.

Alors pourquoi est-ce que ça ressemble à un échec ?

— Merde. Lily a l'air sincèrement déçue. — C'est dommage.

— Ouais. Il faudra me proposer ça à nouveau, par contre. La voix de Chris change, devient plus calme. Intime. — Manquer une chance de passer du temps avec Hannah ? Ça me tue, là, tout de suite.

Mon visage est en feu. Mon corps tout entier est en feu.

— Mais, continue Chris, Noel est libre demain. Il serait parfait pour ça. Et entre toi et moi, il cherchait une excuse pour passer plus de temps avec ta sœur.

Noel. Celui qui m'a dit que nous avions une correspondance olfactive et qui m'a regardée comme s'il pouvait voir à travers tous les murs que j'ai érigés.

Je fais des gestes frénétiques à Lily, en mimant *Dis non* et *Raccroche*, mais elle m'ignore complètement.

— Parfait ! s'exclame Lily, si excitée qu'elle en sautille presque. Noel est génial. Considère ça comme un rencard. Par contre, je te préviens, nos réunions de famille impliquent généralement des interrogatoires. Il risque de se faire passer sur le gril.

— Oh, il est très fort pour improviser et raconter des conneries à la volée. Il s'en sortira.

— J'aime son style, ajoute Lily.

— Alors, Hannah est avec toi, elle écoute ? demande-t-il.

Je me fige.

Lily me regarde droit dans les yeux, le regard pétillant. — Oh, ouais. Elle est juste là, au bord de l'hyperventilation entre l'embarras et l'excitation.

— Lily ! Je vais la tuer. L'assassiner, pour de vrai.

— Hannah. La voix de Chris se fait plus grave, et soudain, j'ai l'impression qu'il est dans la pièce au lieu d'être au téléphone. Je sais que tu as peur. Je sais que ta vie est un bordel en ce moment et que tu penses ne pas avoir besoin de complications. Mais voilà, ma belle. Tu es une révélation. Je ne peux pas m'empêcher de penser à toi ne serait-ce que cinq secondes. Alors arrête de fuir. Laisse Noel t'emmener à cette fête. Laisse-nous te montrer ce que c'est d'avoir des Alphas qui en ont vraiment quelque chose à foutre.

J'ai les genoux qui flageolent. Mon cerveau est hors service. Mon corps tout entier me hurle de dire oui, de céder, d'arrêter de combattre ce que, visiblement, tout le monde sauf moi sait inévitable.

Je ne trouve pas ma voix.

— Demain soir, continue Chris. Noel passera te prendre, Hannah.

Avant même que je puisse formuler une protestation, Lily intervient : — Oh, je t'enverrai les détails par texto. Papa y va avec eux aussi.

Chris laisse échapper un petit rire grave, du genre qui gronde comme s'il était vraiment amusé. — Un chaperon. Sympa. Doit-il s'habiller de manière formelle pour l'occasion ?

Lily agite une main, même si Chris ne peut pas voir son geste. — Je t'en prie. Papa est le cadet des soucis de Noel. Mon père est zen. Une sieste. Une boisson chaude. La grande-tante Martha, c'est le boss de fin.

Chris renifle dans sa barbe. — Ça a l'air… amusant.

— Oh, tu n'as pas idée.

— D'accord, on se reparle plus tard, alors. La ligne se coupe.

Je fusille Lily du regard.

Elle me dévisage en retour, souriant comme un chat qui aurait mangé le canari, puis toute la crémerie avec.

— Je te déteste, chuchoté-je.

— Tu m'adores.

— Je suis en train de reconsidérer la question.

— Trop tard. Tu es coincée avec moi. Elle se prépare déjà un café, totalement imperturbable face à la crise qu'elle vient de déclencher. C'est parfait. Tu vas pouvoir montrer à ta famille que tu n'es pas une pauvre Oméga célibataire, et tu vas passer du temps de qualité avec l'un de tes Alphas. C'est tout bénef.

— Ce n'est pas mon Alpha.

— Pas encore.

— On ne sort pas ensemble.

— Si, à partir de demain soir.

— C'est sous la surveillance de papa !

Lily s'appuie la hanche contre le comptoir, les yeux pétillants d'une joie maligne. — Imagine juste leurs têtes quand tu entreras dans la maison avec lui. Grand. Musclé. Des tatouages. Et ce côté nuage d'orage ténébreux qu'il se donne. Je te jure que la cousine Patty pourrait s'évanouir. Ou pire, essayer de le toucher.

— Lily. Je me pince l'arête du nez. Tu t'amuses beaucoup trop avec ça.

— Oh, absolument.

— Tu oublies le détail où il ne sait rien de moi et où ils vont l'interroger comme un peloton d'exécution.

Son sourire s'élargit, dangereux, jubilatoire. — Ne t'inquiète pas. J'ai un plan pour ça. Laisse-moi tout gérer.

— C'est ça qui m'inquiète, marmonné-je. J'ouvre la bouche pour protester davantage, mais le carillon au-dessus de la porte de la pâtisserie tinte.

Scot entre.

Mon corps entier se glace. Lily se raidit à côté de moi, et l'atmosphère chaleureuse et sécurisante de la pâtisserie s'évapore.

Il porte un jean foncé et une veste en cuir noir. Ses cheveux blonds sont parfaitement coiffés, et il arbore une expression suffisante qui me donne envie de lui jeter mon café à la figure.

En fait, oublions le café. J'ai envie de lui balancer la machine à expresso.

— Je pensais bien te trouver ici. Il me regarde comme si j'étais une merde de chien dans laquelle il aurait marché. Tu cours toujours te réfugier dans ta petite pâtisserie quand les choses se compliquent.

— Qu'est-ce que tu veux, Scot ?

— Je venais juste t'annoncer une nouvelle. Il est maintenant adossé au cadre de la porte, complètement détendu. Comme s'il était chez lui. J'ai emballé toutes tes affaires de l'appartement au-dessus du commerce. Tu ne vis plus là-bas.

Les mots mettent une seconde à faire leur chemin. Puis ils me percutent comme si j'avais foncé dans une montagne. — Tu as fait quoi ?

— J'ai emballé tes merdes. Tu ne peux plus vivre dans mon immeuble. Son sourire est cruel, satisfait.

L'appartement est réservé aux employés de Confetti and Meatballs. Tu n'es pas une employée. Donc tu ne vis plus là. Les serrures sont déjà changées. Il s'écarte de la porte et jette un œil dehors sur le trottoir.

Lily se dirige déjà vers la sortie, et je la suis, les jambes comme paralysées. Dehors, devant la pâtisserie, se trouvent mes affaires. Des sacs-poubelle. Des cartons. Toute ma vie, jetée dans la rue comme des ordures.

Je n'arrive plus à respirer.

— Putain de merde, Scot ? Ma voix tremble. Tu as fouillé dans mes affaires ? Tu n'avais pas le droit...

— C'est mon immeuble. Les bras croisés, il a l'air tellement content de lui. J'ai envie de le tuer. Ne t'inquiète pas. Tu n'avais pas grand-chose. Rien d'intéressant.

— T'es vraiment une ordure, tu sais ? La voix de Lily est glaciale. Une ordure pathétique et rancunière.

— Je suis pragmatique. Scot recule vers sa voiture — une BMW noire et racée garée le long du trottoir. Voilà ce qui arrive quand on fait des choix stupides, Hannah. Les actions ont des conséquences. La prochaine fois, peut-être, tu y réfléchiras à deux fois avant d'embarrasser quelqu'un qui a essayé de t'aider.

Je tremble maintenant, la rage bouillonnant en moi. — Tu as essayé de me forcer ! Tu t'es saoulé et tu as fait une scène ! C'est toi qui as tout détruit !

Son sourire s'élargit. — Profite bien de ta vie de SDF sans emploi.

Il monte dans sa BMW et s'en va, me laissant plantée sur le trottoir, à contempler ma vie éparpillée dans la neige.

Je me sens violée. Exposée. Comme si Scot avait plongé la main dans ma poitrine pour tout arracher. — Ce putain de connard.

Les bras de Lily m'entourent, me serrant contre elle. De colère, de choc, ou des deux, je ne saurais dire.

— Hé. Ce n'est rien. Tu peux rester avec nous. Sa voix est féroce. On a une chambre d'amis à la maison. C'est la tienne. Aussi longtemps que tu en auras besoin. Enfin, je te proposerais bien l'appartement du dessus ici, mais j'ai déjà des locataires.

— C'est trop. Ma voix se brise.

Elle recule, pose ses mains sur mes épaules et me force à la regarder. — Va te faire foutre, Scot. Va te faire foutre, son oncle. Vont se faire foutre tous ceux qui ont douté de toi. Tu vas leur prouver à tous qu'ils ont eu tort.

Quelque chose bascule dans ma poitrine. La peur et l'humiliation commencent à se durcir en quelque chose de plus tranchant.

La rage.

Une rage pure, concentrée, brûlante.

— Tu as raison, dis-je tranquillement. C'est la guerre, maintenant. Et je vais trouver un moyen de le détruire.

— Voilà ma sœur. Lily arbore un grand sourire. Maintenant, rentrons tes affaires avant qu'elles ne soient complètement fichues.

Nous commençons à transporter les cartons et les sacs, et je fulmine sans discontinuer. Chaque carton détrempé, chaque sac-poubelle déchiré, chaque vêtement couvert de neige fondue, tout cela nourrit la fureur qui monte en moi.

Scot pense qu'il a gagné.

Il n'a aucune idée de ce qui l'attend.

138

8

NOEL

*J*e suis au volant de mon pick-up avec Hannah sur le siège passager et son père à l'arrière, et de toute ma vie, je n'ai jamais été aussi déterminé à faire bonne impression.

Chris m'a mis au courant hier. Dîner de famille. Une parentèle dysfonctionnelle qui fait qu'Hannah se sent comme une merde. Elle doit se pointer avec un petit ami canon à son bras pour leur clouer le bec à tous.

Putain, ouais. Ça, je peux le faire.

J'ai mis le paquet ce soir. Les cheveux lâchés, tombant sur mes épaules au lieu d'être attachés comme je les porte d'habitude pour le travail. Je ne me suis pas rasé ce matin — je me suis dit qu'une barbe de quelques jours me donnerait un air plus intimidant. Les gens trouvent les barbes effrayantes, et je veux avoir l'air juste assez dangereux pour que les membres de sa famille y réfléchissent à deux fois avant de poser des questions indiscrètes. Chemise foncée boutonnée sur un t-shirt noir, manches retroussées jusqu'aux coudes pour exhiber les tatouages qui courent sur mes deux avant-bras. Un jean qui tombe bien. Des bottes. Et les bracelets de perles que j'ai achetés à Bali l'année dernière parce que j'aime leur rendu sur ma peau.

Du haut de mon mètre quatre-vingt-treize, je vais me démarquer. C'est tout l'intérêt.

Hannah n'arrête pas de me jeter des coups d'œil à la dérobée. Des regards rapides quand elle pense que je ne fais pas attention, ses yeux passant de mes mains sur le volant à mes bras, puis à mon visage.

J'adore ça. J'adore qu'elle me regarde. J'adore qu'elle essaie d'être subtile et qu'elle échoue complètement.

Le plan de Lily était simple mais brillant. Elle m'a équipé d'une oreillette connectée à son téléphone pour pouvoir me souffler des informations toute la soirée. Me donner des détails sur Hannah, leur relation, des choses qui donneront l'impression que je sors avec elle depuis des mois au lieu de faire semblant le temps d'une soirée. Elle soutenait mordicus que ça marcherait, parlant à cent à l'heure, expliquant qu'elle serait ma source à l'intérieur et qu'elle s'assurerait que je ne me fasse pincer sur aucun mensonge.

Je souris en pensant à la pile électrique qu'elle est. La sœur d'Hannah ne fait jamais les choses à moitié.

L'oreillette crépite et s'anime. « Test, test. Tu m'entends ? »

— Cinq sur cinq, je murmure.

Hannah me jette un regard.

— Quoi ?

— Je confirme juste un truc avec Lily.

— Oh mon Dieu, je n'arrive pas à croire que tu l'as laissée t'embarquer là-dedans !

— Une assurance. Je tapote mon oreille. Elle va me fournir des renseignements toute la soirée pour que je ne contredise pas accidentellement le récit de ta vie.

Hannah grogne.

— Ça va être une catastrophe.

— Ça va être parfait, dit son père depuis la banquette arrière. Alors, Noel. Son père se penche légèrement en avant. Hannah a mentionné que vous êtes chasseur de primes. C'est un métier dangereux.

— Oui, monsieur. Je garde une voix calme et respectueuse. La première impression est cruciale avec les pères, et je l'ai appris à mes dépens avec le mien. C'est pourquoi je travaille en équipe de trois. On se couvre les uns les autres, on fait des recherches approfondies sur chaque cible avant d'intervenir. L'une de nos règles est de ne jamais y aller à l'aveugle. Pas de surprises.

— Approche intelligente. Très intelligente. Il se rassied. En fait, je me suis retrouvé pris dans un braquage de banque une fois. Ça m'a foutu la trouille de ma vie.

Hannah se retourne sur son siège, les yeux écarquillés.

— Papa, quoi ? Tu as été dans un braquage de banque ? Tu ne nous as jamais raconté ça !

« Oh mon Dieu, Papa a été dans un braquage de banque ? » La voix de Lily résonne dans mon oreillette, excitée et forte. « Dis-lui que je veux tout savoir la prochaine fois que je le verrai ! »

Je glousse.

— Lily veut toute l'histoire plus tard.

— Bien sûr, qu'elle la veut. Hannah sourit malgré elle. Elle est probablement déjà en train de prévoir de l'utiliser dans une de ses théories de documentaires sur des meurtres.

Leur père rit.

— Je ne voulais pas vous faire peur, les filles. C'était avant que vous et Lily ne soyez nées, à l'époque où je travaillais à la caisse de crédit au centre-ville. Trois types sont entrés avec des flingues, une vraie prise d'otages. Mais il y avait un chasseur de primes qui s'est retrouvé mêlé à ça, et il a neutralisé le chef. Il l'a juste plaqué comme s'il était en acier. Un grand gaillard, à peu près de la taille de Noel. Très impressionnant.

— C'est dingue, j'ajoute.

— Eh bien, les cousins vont certainement halluciner quand ils te verront, Noel, marmonne Hannah. Mission accomplie.

Son père glousse.

— Il leur faut bien autre chose à raconter que ta vie amoureuse. Ou ton absence de vie amoureuse, selon eux.

— Papa !

— Quoi ? Je ne fais que répéter ce qu'ils disent.

« Bref, continue Lily dans mon oreille, on arrive au mariage, donc je risque d'être silencieuse pendant la cérémonie. Mais je serai de retour pour le plat de résistance. »

— Ça marche, dis-je doucement.

Hannah se tourne vers son père.

— Alors tu connais le topo, hein ? Noel me rend

service ce soir. C'est mon petit ami pour la soirée. C'est juste pour faire semblant.

Je souris, croisant le regard de son père dans le rétroviseur, et je lui fais un clin d'œil.

— Yep. Faux petit ami. Je joue le jeu. On connaît tous la chanson.

Hannah me dévisage.

— Noel.

Son père rit.

— Ne t'inquiète pas tant que ça, ma chérie. Soyez simplement vous-mêmes. Tous les deux. Il fait une pause. Alors, où est-ce que vous vous êtes réellement rencontrés ? Pour de vrai ?

— De manière détournée, grâce à une chasse à l'homme, j'avoue. Mais tout s'est bien terminé.

— C'est une longue histoire, ajoute rapidement Hannah. Je te raconterai plus tard.

Le sourire de son père s'adoucit en regardant Hannah.

— Ta mère aurait adoré ça. Le chaos, l'absurdité. Elle disait toujours que les meilleures histoires naissent des circonstances les plus étranges.

L'expression d'Hannah change, le coin de sa bouche se relève.

— Ouais. Elle aurait adoré.

Nous grimpons maintenant plus haut dans les montagnes, Whispering Grove s'effaçant derrière nous, remplacé par une forêt dense et des routes sinueuses. La neige est plus épaisse ici, recouvrant tout de blanc.

J'observe Hannah et son père badiner, et je sens quelque chose se tordre dans ma poitrine. Quelque chose qui n'est pas tout à fait de l'envie, mais pas loin. Je n'ai jamais eu ça avec mes parents. Chaque conversation se terminait par des disputes, des portes qui claquent, eux me disant que je gâchais ma vie avec de mauvais choix et de pires amis. Adolescent, j'ai ramené les flics à la maison plus de fois que je ne pourrais en compter, pour des bagarres, des conneries que je faisais parce que j'étais en colère et que je ne savais pas comment l'être autrement.

Quand je suis parti à dix-huit ans, ils ont été soulagés. Je l'ai vu sur leurs visages. Et ils n'ont jamais repris contact depuis. Pas d'appels. Pas de messages. Rien.

Chris et Kane sont devenus ma famille. La seule famille qui compte.

Mais en regardant Hannah avec son père, en voyant cette affection si simple, je ne peux m'empêcher de désirer ça. De souhaiter l'avoir eu.

— Ta mère serait fière, dit son père doucement. Qu'on perpétue la tradition. Qu'on soit toujours là même quand c'est difficile.

Hannah tend la main pour prendre la sienne.

— Elle disait toujours qu'être présent était un acte d'amour.

— Elle avait plus de patience que nous tous réunis. Il sourit et s'éclaircit la gorge. Vous deux, vous avez hérité de mon entêtement, malheureusement.

La route tourne, et soudain, des maisons commencent à apparaître à travers les arbres. De grandes maisons. Le genre avec des allées circulaires et un aménagement paysager qui nécessite un personnel à plein temps.

Puis le numéro treize apparaît. La maison de Martha se trouve au bout d'une longue allée, et je ralentis pour assimiler ce que je vois.

La maison elle-même est un manoir victorien, trois étages de bois peint en blanc avec des volets verts et un porche qui en fait le tour. Mais ce n'est pas ça qui attire mon attention.

Ce sont les décorations.

Chaque fenêtre brille de lumières colorées qui font ressembler la maison à une cathédrale de vitraux. Les gouttières dégoulinent de guirlandes stalactites, des milliers d'entre elles, si brillantes que je suis surpris que les avions de passage ne la confondent pas avec une piste d'atterrissage. La pelouse est couverte de structures gonflables, mais ce ne sont pas des bonshommes de neige normaux. Ce sont des chanteurs de Noël grandeur nature avec des bouches mobiles et des yeux qui clignent, disposés en parfaite formation de chœur.

— Oh, misère. La voix d'Hannah est étranglée. Elle a encore monté le niveau depuis l'année dernière.

Les maisons voisines sont visibles à travers les arbres, tout aussi grandes, tout aussi chères, mais leurs décorations semblent presque sobres en comparaison. Couronnes de bon goût. Simples lumières blanches.

— Elle a engagé l'équipe d'un parc d'attractions ? je demande en plaisantant.

Le père d'Hannah rit bruyamment depuis la banquette arrière.

— Je crois qu'elle en est devenue une.

— Je compte huit... non, dix nouveaux rennes

animatroniques. Hannah semble véritablement troublée. Et c'est une crèche en hologrammes ?

Je me gare derrière une rangée de voitures de luxe. Mercedes, BMW, une Porsche, toutes impeccables.

Son père siffle doucement.

— Elle a mis un projecteur sur le toit.

Il s'allume comme sur un signal, projetant un Père Noël lumineux de six mètres qui salue de la main à travers le jardin. La musique rugit des haut-parleurs avec « Jingle Bell Rock » à un volume qui pourrait endommager l'ouïe.

— C'est une machine à neige ? Hannah regarde toujours, fascinée par le spectacle.

Son père soupire.

— Bienvenue dans la famille, Noel.

Nous sortons du pick-up, et je me place immédiatement aux côtés d'Hannah. Elle porte une robe vert foncé qui épouse chacune de ses courbes et lui arrive juste au-dessus des genoux, assortie de collants noirs et de bottes à talons. Ses cheveux sont lâchés en vagues, et elle est magnifique, nerveuse, et donne l'impression qu'elle préférerait être n'importe où ailleurs.

Je lui prends la main, entrelaçant nos doigts.

Elle résiste légèrement, essayant de se dégager.

— Noel…

— Détends-toi, je murmure. On va gérer.

Son père atteint la porte le premier, frappe, et une femme dans la mi-trentaine ouvre. Elle porte une robe en tricot couverte de flocons de neige, et sa bouche tombe littéralement quand elle me voit.

— Bonjour, Patty.

Le père d'Hannah s'avance, son gratin de pâtes à la main.

— Ravi de vous revoir.

Patty ne répond pas. Elle me dévisage, les yeux écarquillés, jaugeant ma carrure, mes tatouages, le tableau complet.

Je m'avance, gardant la main d'Hannah dans la mienne, et me penche légèrement.

— Salut. Je suis Noel. Le petit ami d'Hannah.

Patty émet un couinement.

Hannah ouvre la bouche, probablement pour ajouter quelque chose de diplomatique, mais je me penche plus près d'elle, dépose un léger baiser près de sa tempe et dis, assez fort pour que Patty entende :

— En fait, je suis son partenaire olfactif. Son Alpha.

Hannah lève les yeux vers moi et me murmure avec urgence :

— Pas besoin de préciser cette partie.

Je lui adresse un sourire en coin.

— Oh, si.

Patty recule en trébuchant, heurte quelqu'un derrière elle, et soudain, l'entrée étroite est bondée de monde. Le couloir s'étend en arrière vers ce qui semble être une salle à manger, avec un parquet lustré, des murs couleur crème ornés de photos de famille dans des cadres coûteux. Il y a peut-être une quinzaine de personnes entassées ici maintenant, qui se tournent toutes pour nous dévisager.

Une entrée parfaite.

Je lâche la main d'Hannah, fais glisser ma paume sur le bas de son dos et la serre contre moi.

— Salut tout le monde. Je suis Noel, le chéri d'Hannah.

Je laisse ma voix porter, m'assurant que tout le monde entende.

— Elle est ma partenaire olfactive.

— Oh mon Dieu !

Lily me hurle pratiquement dans l'oreille.

— Tu as intérêt à mémoriser leurs visages ! Rien qu'au silence, je devine qu'ils sont tous sous le choc ! Dis-moi qu'ils sont sous le choc !

Je lève la main, celle avec le micro collé à l'un de mes bracelets en bois, et murmure dans sa direction :

— Tu adorerais voir ça.

— J'en étais sûre ! Je rate tout !

Le père d'Hannah se fraie déjà un chemin à travers la foule, totalement imperturbable face au choc général.

— Bon, tout le monde, allons-y. J'ai apporté un gratin de pâtes.

Il brandit un plat à gratin et se dirige vers la salle à manger.

Hannah m'entraîne à sa suite, et nous sommes immédiatement assaillis. Les gens se pressent, tendent la main pour toucher mes bras, mes épaules, comme si j'étais une sorte de bête de foire.

— Il est réel, murmure quelqu'un.

— Regardez ces tatouages !

— C'est sa couleur de cheveux naturelle ?

Une femme plus âgée s'approche, et Hannah s'avance immédiatement.

— Grand-tante Martha ! Tellement heureuse de vous voir !

Voici donc la fameuse Martha. Elle porte une robe rouge qui crie « C'est moi qui commande ici » avec un collier de perles. Ses cheveux gris sont coiffés en vagues parfaites.

— Hannah, ma chérie !

Elle attire Hannah dans une étreinte qui semble plus possessive qu'affectueuse, puis tourne son attention vers moi.

— Et qui est-ce ?

— Laissez-moi vous présenter Noel, dit Hannah. Mon petit ami.

Martha m'inflige le même traitement agressif d'étreinte et de bise, puis tend la main pour me presser le biceps. Fort.

— Oh, Hannah, tu as enfin mis le grappin sur un bon parti !

Sa voix résonne dans toute la pièce.

— Comment diable as-tu réussi ça ? Tes cousines pourraient bien avoir besoin de quelques conseils.

— En réalité, c'est moi qui l'ai courtisée.

Je parle avant qu'Hannah ne puisse répondre, en gardant un ton décontracté mais ferme.

— La vraie perle, c'est Hannah. Et il n'y a pas que moi. Mes deux amis la revendiquent aussi.

Silence. Un silence complet, total.

Hannah me foudroie du regard.

— Oh, c'est magnifique, murmure Lily à mon oreille. Je peux sentir leur choc d'ici.

— Nous sommes une meute, je clarifie, ce qui, d'une manière ou d'une autre, rend leurs regards encore plus insistants.

Les bouches sont littéralement bées. Puis tout le monde se met à parler en même temps, et on nous dirige vers une immense table de salle à manger.

Bois sombre poli jusqu'à briller, dressé avec de la porcelaine. Verres en cristal à chaque couvert. Serviettes en tissu pliées en formes élaborées. Les murs sont peints d'un bordeaux profond, et un lustre dégoulinant de cristaux pend au-dessus de nos têtes.

Hannah et moi nous retrouvons serrés l'un contre l'autre au milieu d'un côté de la table, son père juste en face de nous, et soudain tout le monde se bat pour les sièges à proximité. Des femmes, pour la plupart.

Hannah se penche tout près, la voix basse.

— Tu te débrouilles super bien, mais restons simples. On ne reste pas longtemps.

— Tout ce que tu voudras, ma belle.

Son père est déjà plongé dans une conversation avec un homme plus âgé, se remémorant quelque chose, tandis que les plus jeunes membres de la famille commencent à apporter les plats à table.

Il y a une énorme dinde, dorée et parfaite. Du jambon laqué avec quelque chose qui sent incroyablement bon. De la purée de pommes de terre. Un gratin de haricots verts. De la sauce aux canneberges. Des petits pains. Un gratin de patates douces aux marshmallows. Trois différents types de tartes visibles sur une desserte. Et oui, ce qui doit être le fameux pain de viande de Martha, d'après la conversation dans la voiture — gris, gélatineux et fumant encore, bien qu'il ait l'air d'être mort depuis des semaines.

Au moins vingt personnes se serrent autour de la

table, et je suis hyperconscient de la proximité d'Hannah, de nos bras qui se frôlent chaque fois que l'un de nous bouge.

Putain, ce que j'aime ça. J'adore être si près d'elle, sentir la chaleur de son corps, capter des bribes de son odeur même avec tous les parfums de nourriture qui se disputent l'attention.

Martha se tient au bout de la table, tapotant son verre de vin avec une fourchette jusqu'à ce que tout le monde se taise.

— Bienvenue à tous ! Je suis si ravie que nous puissions tous nous réunir pour un autre Noël ensemble. C'est merveilleux de voir Hannah et son père se joindre à nous également.

Son sourire se crispe légèrement.

— Bien que nous soyons déçus que Lily n'ait pas pu venir cette année.

— Elle a mieux à faire, marmonne Lily à mon oreille, et je lutte pour garder une expression neutre.

— Prenons un moment pour nous souvenir de ceux qui ne peuvent pas être avec nous.

La voix de Martha s'adoucit.

— En particulier la mère d'Hannah et de Lily, Olivia, qui aimait tant ces réunions.

Hannah s'est tendue à côté de moi, et je glisse ma main sous la table pour la poser sur sa cuisse. Elle ne se dérobe pas. Au contraire, elle s'appuie légèrement contre mon contact.

— Maintenant !

La voix de Martha s'éclaircit artificiellement.

— Mangeons et célébrons cette sainte saison de Noël !

— Oh, bien, la torture commence, dit Lily. Essaie de ne pas manger le pain de viande. Sérieusement. Il y a trois ans, quelqu'un a eu besoin d'un lavage d'estomac.

Les gens commencent à se servir, en se passant les plats dans les deux sens, et je remarque comment tout le monde continue de jeter des coups d'œil dans notre direction. Certaines femmes me dévisagent avec des expressions que je reconnais — l'intérêt, la spéculation, le genre de regard qui dit qu'elles se demandent ce qu'Hannah a de plus qu'elles.

Puis une femme d'une quarantaine d'années se penche en avant, à trois sièges de distance, cheveux blonds en vagues parfaites, maquillage impeccable.

— Alors, vous deux, vous devez nous raconter comment vous vous êtes rencontrés ! Je meurs d'envie de savoir.

— C'est Sasha, dit immédiatement Lily. Une vraie garce. Une fois, elle…

Mais je suis déjà en train de répondre.

— Nous nous sommes rencontrés par l'intermédiaire de la sœur d'Hannah, Lily. J'ai aidé pour un événement qu'elle organisait, et le courant est passé.

— Quel genre d'événement ?

insiste Sasha, en se penchant encore plus. Elle porte un chemisier décolleté, et le mouvement est délibéré.

Hannah intervient avec aisance.

— Une mini-ferme. Sur le thème des fêtes. Noel a amené de vrais rennes, ce qui était incroyable et a sauvé tout l'événement.

— Vous avez des rennes ? demande une femme d'une vingtaine d'années qui sautille presque sur son siège. C'est tellement unique ! Où est-ce qu'on trouve un homme comme vous ?

Elle rit, mais il y a une pointe d'amertume.

— Je veux dire, si Hannah a pu vous attraper, il doit y avoir de l'espoir pour le reste d'entre nous, les Omégas célibataires, n'est-ce pas ?

— C'est Rachel, fournit Lily. Le mot *désespérée* est bien trop faible pour la décrire.

Hannah se raidit à côté de moi, et je la sens se hérisser face à cette insinuation.

— Hannah ne m'a pas attrapé, dis-je, en gardant un ton léger mais en laissant percer une pointe d'acier. Je l'ai courtisée. Sans relâche. Elle est brillante, créative, capable de damer le pion à la plupart des gens que je connais. C'est moi le chanceux, parce qu'elle m'a donné ma chance.

Rachel se dégonfle visiblement.

— Et que faites-vous dans la vie, Noel ? Vous avez l'air très… physique, demande Sasha, sous le regard de toute la table.

— Je suis chasseur de primes.

Ça capte leur attention. Plusieurs personnes se penchent en avant, soudainement intéressées.

— Ça a l'air mortel ! dit Martha du bout de la table.

— Ça peut l'être.

Je prends une bouchée de dinde, qui est en fait bonne.

— Mais c'est un travail satisfaisant. Traduire en

justice des gens qui pensaient pouvoir échapper aux conséquences.

— On vous a déjà tiré dessus ? demande un homme d'une cinquantaine d'années, vraiment curieux.

— Deux fois. Le gilet a arrêté les deux balles.

— Terrifiant, murmure Hannah, et sa main trouve ma cuisse sous la table.

— Quelle est la situation la plus effrayante dans laquelle vous vous êtes trouvé ?

Encore Sasha, tenace.

Je réfléchis un instant.

— Probablement la fois où nous avons traqué quelqu'un jusqu'à un entrepôt abandonné. Les infos disaient qu'il était seul. Ce n'était pas le cas. Il avait trois amis avec lui, tous armés. Ça s'est transformé en une confrontation qui a duré quatre heures avant que les renforts n'arrivent.

— Comment avez-vous gardé votre calme ? demande une autre femme.

— L'entraînement. Et la confiance en mes partenaires. Kane et Chris ont assuré mes arrières tout le temps.

— Ce sont les autres amants d'Hannah ? demande une femme plus âgée. Ceux que vous avez mentionnés plus tôt ?

Hannah s'éclaircit la gorge.

— Oui, madame. Nous travaillons ensemble depuis des années. Ils font partie de la famille.

Hannah me serre la main sous la table, et je la serre en retour.

— Alors, ça fait combien de temps que vous êtes

ensemble, Hannah et toi ? demande Sasha, qui ne lâche pas l'affaire, le regard acéré.

Je jette un regard à Hannah, la laissant prendre les devants. — Quelques mois, dit-elle d'un ton posé. Mais j'ai l'impression que ça fait plus longtemps. Comme si on se connaissait depuis toujours.

— C'est le lien d'affinité olfactive, j'ajoute. Quand on rencontre son âme sœur, le temps n'a pas vraiment d'importance. On le sait, c'est tout.

— Comme c'est romantique, dit Martha, sur un ton qu'on emploierait pour parler de moisissure.

Avant que je puisse répondre, la voix de Lily remplit mon oreille. « Traduction : elle pense que tu mens. Elle pense toujours que les gens mentent. C'est son don spirituel. »

Je cache un sourire narquois derrière mon verre.

— Où avez-vous grandi, Noel ? relance Rachel.

— Ici, dans les montagnes.

— Qu'est-ce que vous faites pour vous amuser ? demande une autre tante.

Avant même que j'aie le temps de réfléchir, Lily me souffle à l'oreille : « Dis la randonnée. Et que tu coupes du bois torse nu. Elles vont adorer. »

Je cligne des yeux. — Je… fais de la randonnée. Et je travaille beaucoup en extérieur.

Lily ajoute : « Fais-moi confiance, elles pensent que couper du bois est une forme d'accomplissement personnel. »

— Que vous a raconté Hannah sur notre famille avant ce soir ? demande Martha en joignant les mains, comme si elle s'apprêtait à mener un interrogatoire.

Lily glousse déjà dans mon oreille. « Oh, je m'en occupe. Dis : elle m'a dit que vous étiez toutes des hôtesses très… enthousiastes. Et très critiques. Surtout sur la vie des autres. »

Je répète avec soin. — Elle m'a dit que vous étiez des hôtesses enthousiastes. Et… très critiques.

Les yeux d'Hannah s'écarquillent. Son père tousse dans sa main pour cacher un rire.

— Critiques, s'indigne Rachel. Nous sommes impliquées.

— C'est la même chose, marmonne Lily.

— Et de quel genre de meute faites-vous partie, Noel ? demande quelqu'un d'autre. Quelles sont vos valeurs ?

Lily saute sur l'occasion. « Dis : la loyauté, l'honnêteté et de nous occuper de nos propres affaires. Mais adoucis la dernière partie. Peut-être. »

— J'accorde de l'importance à la loyauté, dis-je à voix haute. À l'honnêteté. Et au fait de laisser les gens vivre leur propre vie sans les juger.

Le père de Hannah rit franchement, cette fois. Il essaie de le dissimuler en buvant une gorgée de vin. Il échoue.

Une tante plus âgée se penche en avant, plissant les yeux comme si elle sentait l'odeur du sang. — Et les enfants ? Voulez-vous des enfants, Noel ?

— Plus tard, dis-je honnêtement. Quand le moment sera venu.

— Et vous, Hannah ? poursuit-elle sans pitié. Vous ne rajeunissez pas, ma chère.

Hannah se raidit à côté de moi. — J'ai vingt-six ans.

— Exactement. Votre mère vous a eue à vingt-deux ans.

Avant qu'Hannah n'explose, j'interviens. — Hannah est en train de construire sa carrière en ce moment. Elle est talentueuse. Ambitieuse. Et je ne vais pas la presser pour quoi que ce soit.

Les lèvres de la tante s'amincissent. — La biologie n'attend personne.

Lily murmure dans mon oreille : « Dis : alors la biologie peut prendre rendez-vous et attendre dehors. »

Je ne vais pas aussi loin, mais presque. — Hannah n'est pas là pour respecter des échéances fixées par d'autres.

Un silence. Tendu. Tranchant.

Puis le père d'Hannah s'éclaircit la gorge. — Hannah et Lily sont toutes les deux des esprits très libres, tout comme leur mère.

Mais il sourit. Et sous la table, les doigts d'Hannah effleurent les miens — un infime remerciement.

Le silence s'abat sur notre partie de la table.

— Et si nous nous concentrions sur la nourriture ? Cette dinde est excellente, Martha, dit le père d'Hannah.

La conversation bifurque, Dieu merci, et se fragmente en plus petits groupes.

« C'était parfait, me chuchote Lily à l'oreille. Tu viens de rendre la moitié de ces femmes amoureuses de toi, et l'autre moitié déteste encore plus Hannah. Mission accomplie. »

Je réponds maintenant aux questions de quelques hommes sur les techniques de chasse à la prime pendant que Martha interroge le père d'Hannah à propos de la boulangerie. Je garde ma main sur la cuisse d'Hannah tout le temps, une pression constante et rassurante qui lui rappelle que je suis là.

Après ce qui me semble être une heure mais qui n'est probablement que trente minutes, Hannah repousse sa chaise. — Excusez-moi. Je dois aller aux toilettes.

Je suis immédiatement sur mes pieds. — Je viens avec toi.

— Aux toilettes ? Sasha lève un sourcil.

— Pour m'assurer qu'elle ne se fasse pas coincer, dis-je sans détour.

Hannah me guide à travers la maison, passant devant des photos de famille qui relatent des décennies de réunions, puis un salon décoré à l'extrême, et enfin dans un couloir plus calme, plus sombre.

Elle pousse une porte qui donne sur ce qui ressemble à un vieux bureau avec des boiseries sombres, des bibliothèques du sol au plafond et des meubles en cuir qui sont probablement plus vieux que moi.

Je la suis à l'intérieur, et je ferme la porte derrière nous. — C'est donc la planque, je fais remarquer.

Elle se dirige vers les étagères, faisant courir ses doigts le long des dos des livres sans vraiment les voir. — Mon Dieu, je déteste ça. Les questions, le juge-ment, la pression constante.

— Ta famille est intense, je murmure.

Dans mon oreille, Lily ricane. « Intense ? Dis plutôt émotionnellement militarisée. »

Hannah laisse échapper un petit rire. — C'est une façon polie de le dire. Elle se frotte les tempes. Merci de m'avoir défendue pour l'histoire des enfants. J'étais à deux doigts de poignarder un petit pain.

— Je le pensais, dis-je. C'est à toi de décider de ton propre calendrier. Pas à Tante…

Lily intervient. « Tante Regret Reproductif. »

Je m'étouffe avec un rire, le masquant par une toux.

Hannah plisse les yeux. — C'était quoi, ça ?

— Rien, dis-je trop vite. J'ai juste… avalé de travers.

Son regard reste suspicieux.

Nous avançons plus loin dans le bureau, le sanctuaire du moment. — Ma mère m'a eue jeune, dit-elle doucement. Je crois qu'elles s'attendent à ce que je suive la tradition. Mais je ne suis pas prête. Je ne sais même pas si je veux des enfants. C'est horrible ?

— C'est honnête, je lui dis. Il n'y a rien de mal à se connaître soi-même.

Lily intervient : « Dis-lui qu'elle est la personne la plus équilibrée de cette maison, ce qui, la barre est basse, mais quand même. »

Je secoue légèrement la tête. — Ta sœur pense que tu es incroyable et parfaite telle que tu es.

Hannah hausse les sourcils. — C'est ce qu'elle a dit ?

Lily : « Non, je n'ai pas dit ça, mais bien sûr, vas-y avec ça. »

Je souris. — Elle l'a sous-entendu.

Hannah ricane, mais ses épaules se détendent.

— C'est ici que Lily et moi on se cachait tout le temps, dit-elle en se dirigeant vers les bibliothèques. Pour respirer. Et éviter les questions gênantes. Et tout éviter.

Je prends une inspiration pour me calmer. — Tu es magnifique, au fait.

Elle rougit instantanément. — Et toi, dit-elle, les yeux balayant mes cheveux, tu ressembles à un dangereux bûcheron recruté pour un défilé de mode.

Lily : « OK, c'est exact. »

— On ne me l'avait jamais faite, celle-là, dis-je. Mais je prends.

— OH MON DIEU ! QUELQU'UN VIENT DE TOMBER DANS L'ARCHE NUPTIALE. JE RÉPÈTE — NOUS AVONS UN HOMME À TERRE ! explose la voix de Lily dans mon oreille.

— Je pense qu'on est bons maintenant, Lily, dis-je. Profite du mariage. J'arrête là.

— Amuse-toi bien, dit-elle.

Je soupire, lève la main et retire l'oreillette, puis la laisse tomber dans ma poche et regarde Hannah.

Son sourire est lent. Chaleureux. Dangereux.

Nous restons dans le silence chaleureux du bureau, des rires étouffés traversant les murs.

— Alors, dis-je d'une voix plus douce. Tu as… réfléchi à l'histoire de l'affinité olfactive ? À nous ?

— Constamment, admet-elle.

— Et ?

— Et je suis terrifiée. Ses mains se tordent. Et si ça se passe mal ? Et si vous réalisez tous que je n'en vaux pas la peine et que vous partiez ? Je ne peux pas supporter un autre rejet, Noel. Je suis… sur le fil du rasoir.

Ma poitrine se fissure. — Je pense, dis-je doucement en me rapprochant, que tu ne te rends pas assez justice.

Son souffle se coupe.

— Et nous n'irons nulle part, j'ajoute. Ni maintenant. Ni plus tard. Ni jamais. Laisse-nous être ceux qui te soutiennent quand tu es fatiguée.

Elle me regarde comme si elle était à quelques secondes de pleurer ou de m'embrasser. Peut-être les deux. Sa respiration s'accélère, et putain, je sens son parfum devenir plus fort, m'envelopper, tendre chaque muscle au fond de mon ventre jusqu'à ce que je peine à penser clairement.

Je comble la distance entre nous en deux pas, et soudain Hannah est plaquée contre la bibliothèque, les yeux écarquillés, son pouls visible dans le creux de son cou.

— J'ai à peine la force de me retenir, là, tout de suite, je murmure, et ma bite réagit déjà, elle durcit dans mon jean. Ton odeur me rend complètement dingue. Elle me serre les couilles et ne veut plus les lâcher.

— On dirait que c'est *ton* problème. Sa voix est haletante, mais chargée de défi.

— Ça va bientôt devenir *notre* problème.

Elle se faufile le long de moi et file vers la porte, mais je suis plus rapide. Je l'intercepte et ma main frappe le bois au-dessus de sa tête, lui bloquant le passage, et elle pivote pour me faire face.

Nous sommes proches, maintenant. — Alors, tu ne ressens rien ? je me penche et inspire profondément. Parce que ton odeur me hurle dessus, ma belle. Elle me dit exactement à quel point tu as envie de ça.

— Je ne…

— Tu n'as pas idée à quel point j'ai faim de toi. À quel point je veux faire de toi la mienne, te montrer tout ce que tu as manqué. Mais si tu veux que j'arrête, je le ferai. Dis-le-moi, c'est tout.

Elle rougit, mais elle incline la tête en arrière et croise mon regard sans ciller. — Peut-être que je ne manque de rien. Peut-être que tu es juste désespéré parce que tu n'arrives pas à contrôler ce que tu as dans le pantalon.

Puis elle baisse la main entre nous, et enroule ses doigts autour de ma bite à travers mon jean.

Ses yeux s'écarquillent, à la fois choqués et ravis. Et elle ne s'attendait pas à cette taille. Elle retire vivement sa main, mais le mal est fait. Mon self-control est sur le point de s'effondrer.

— Tu n'aurais pas dû faire ça, je chuchote.

Une fureur sauvage gronde en moi, chaque instinct hurlant de la revendiquer, de la prendre, de la marquer. Je sais que je devrais reculer, lui laisser de l'espace, être l'Alpha patient que j'ai promis d'être. Mais je suis déjà trop loin, je me penche et je capture sa bouche avec la mienne.

Elle ne résiste pas. Elle me rend mon baiser comme une putain de lionne, féroce, exigeante et absolument intrépide. Sa bouche s'ouvre sous la mienne, et elle me tire à elle par ma chemise, et je grogne contre ses lèvres.

C'est tout ce que je voulais. C'est ce dont je crève d'envie depuis la première fois que j'ai senti son odeur.

J'approfondis le baiser, une de mes mains glisse dans ses cheveux, l'autre agrippe sa hanche, et elle gémit, un son qui va droit à ma bite. Ma langue balaie la sienne.

Son corps est en feu contre le mien, chaque courbe pressée contre ma poitrine, et elle tremble. Mais c'est de désir, brut et indéniable. Son odeur s'intensifie au point de me submerger.

Je romps le baiser, laisse ma bouche descendre le long de son cou, et elle a un hoquet de surprise.

— J'ai besoin de te goûter, je gronde contre sa peau, laissant mes dents l'effleurer. J'ai besoin de me mettre à genoux et de lécher ta chatte douce jusqu'à ce que tu cries mon nom et me supplies de ne pas m'arrêter.

Elle frissonne, et je peux sentir à quel point elle est mouillée, à quel point elle veut ça malgré sa raideur. Mais ensuite, elle pousse ma poitrine, et je la laisse me faire reculer, perplexe.

Jusqu'à ce qu'elle nous fasse pivoter, me plaque le dos contre la porte, et descende lentement à genoux.

Putain de merde.

— J'adore cette facette de toi, je souffle, en la regardant poser les mains sur ma ceinture.

Elle lève les yeux vers moi, le regard assombri par le désir, et commence à s'occuper de la boucle. Elle l'ouvre. Fait sauter le bouton de mon jean. Descend la fermeture éclair avec une lenteur exaspérante.

— Hannah…

— Chut, murmure-t-elle, et elle me sort de mon pantalon.

Ses yeux s'écarquillent tandis qu'elle me contemple. Je suis gros — je sais que je suis gros — et la regarder m'étudier, la regarder se lécher les lèvres, est la chose la plus excitante que j'aie jamais vécue.

— Ça te plaît ? j'arrive à dire avec un sourire en coin.

Elle ne répond pas avec des mots. Elle se penche en avant, passe sa langue sur toute ma longueur, et je manque de m'évanouir.

Puis elle glisse ses lèvres sur le gland de ma bite, m'attirant dans sa bouche, et je dois appuyer mes mains contre la porte pour rester debout.

Chaleur humide. Succion serrée. Sa langue fait des merveilles. Chaque terminaison nerveuse de mon corps hurle.

— Putain, je siffle. Hannah, c'est tellement bon, putain.

Elle m'enfonce plus profondément, et je lutte contre chaque instinct qui me pousse à la pénétrer, à prendre le contrôle, à baiser cette bouche magnifique. Mais c'est son show, et je vais la laisser faire.

Elle me travaille avec sa langue, me prenant plus profondément, sa main enserrant mes couilles, et je suis sur le point de jouir, tenant à peine le coup. La regarder, la bouche grande ouverte et pleine de moi, est insatiable. Elle continue de sucer, léchant sous mon sexe jusqu'à ce que le gland touche le fond de sa gorge. Je gémis, mes hanches se pressent contre elle. Elle me regarde avec les larmes aux yeux mais n'arrête jamais, et je l'aime déjà, putain.

Puis quelqu'un frappe à la porte.

Nous nous figeons tous les deux.

Sa bouche est pleine de moi, ses yeux immenses et surpris, et j'utilise chaque once de volonté pour ne pas bouger.

— Occupé, je lance, la voix tendue. Revenez plus tard. J'attrape aveuglément le verrou derrière moi et je le tourne.

Elle sourit autour de ma bite, elle sourit vraiment putain, et continue.

On frappe de nouveau. — Je dois prendre quelque chose là-dedans ! C'est la voix de Patty, forte et insistante. Qu'est-ce que vous faites ? Pourquoi la porte est-elle verrouillée ?

Hannah profite de la distraction pour me taquiner, sa langue chatouillant ma bite, et ma vision se brouille, mes jambes tremblent.

— On range, je halète. Les livres. Un classement alphabétique très important est en cours.

— Quoi ? Patty a l'air confuse et méfiante.

Hannah me caresse les couilles, suce plus fort, et je gémis. Putain de merde.

— Ouvrez !

Il fallait que ça tombe maintenant.

— Travail d'organisation crucial ! je crie, la voix cassée alors que Hannah me prend plus profondément. Très délicat ! On ne peut pas être interrompus ! Revenez dans trente minutes !

Le rythme de Hannah s'accélère.

Une autre série de coups, plus secs, plus en colère. — Personne ne range quoi que ce soit si bruyamment !

Je plaque une main sur ma bouche, car je suis à une seconde de gémir assez fort pour être entendu dans toute la vallée.

Hannah fait exprès un bruit bas et obscène autour de ma bite.

Je serre les dents. — Pour l'amour de… Hannah… ma

chérie… pitié… Je suis fini. Complètement foutu. Je jouis et j'explose dans sa bouche avec une force qui manque de me plier en deux, ma main se rattrapant à la porte, mes genoux tremblant.

Elle avale tout, jusqu'à la dernière goutte, comme l'Oméga parfaite qu'elle est, sa gorge se contractant pour tout prendre. Je suis haletant, en sueur, essayant de me souvenir des lois élémentaires de la physique.

Toc, toc, toc. — C'EST EXTRÊMEMENT SUSPECT !

Hannah se retire enfin, me nettoie d'un coup de langue, puis a l'audace de me sourire comme si elle ne venait pas de me provoquer un arrêt cardiaque.

Je la regarde fixement, faible. — Tu essayais de me tuer ?

— Peut-être. Elle se lèche les lèvres d'un air sage.

Toc. — Je *vous entends* chuchoter ! Qu'est-ce qui se passe là-dedans ?!

— On vous préviendra quand on aura fini de ranger, Patty ! dit Hannah.

— Ranger ne fonctionne pas comme ça !

Hannah prend ma main, me laissant la relever.

— Là, vous devenez ridicule ! aboie Patty, et on entend ses pas s'éloigner en martelant le sol.

Je me remets très soigneusement dans mon pantalon tandis que Hannah me regarde comme si elle attendait un rappel.

— Tu penses qu'elle savait ce qu'on faisait ? demande-t-elle.

Je cligne des yeux en la regardant. — Je criais à propos d'un travail d'organisation délicat pendant que tu avais ma bite dans la bouche. Au mieux, Patty pense qu'on classe des magazines pornos par ordre alphabétique.

Elle renifle si fort qu'elle en est presque pliée en deux. — On devrait y retourner avant qu'ils n'essayent d'enfoncer la porte, dit-elle en se tournant vers la sortie.

— Ou… J'attrape son poignet, la tire contre moi, ma bouche effleurant son oreille. Je pourrais te rendre la pareille, tout de suite. Me mettre à genoux. Te goûter. Te faire jouir si fort que tu en oublierais ton propre nom.

Sa respiration se coupe, ce qui est de la musique à mes oreilles.

— C'est tentant, murmure-t-elle, une chaleur naissant sous sa peau. Mais on doit vraiment y aller.

— Très bien. Je la laisse se tourner… puis je la ramène à moi, ma voix se faisant plus basse, sombre et possessive. Sache juste une chose, Hannah.

Elle déglutit.

— Tu peux fuir autant que tu veux. Mais tu es mon âme sœur olfactive. Ce qui fait de toi la mienne. Et je revendique toujours ce qui m'appartient. Mes lèvres effleurent sa gorge. Ce n'est qu'une question de temps avant que tu cesses de te battre… et que tu me laisses te dévorer.

Elle frissonne, son corps entier s'embrase, son excitation atteint un pic, douce et piquante. — On verra bien, souffle-t-elle, essayant — en vain — d'avoir l'air assurée.

Je dépose un lent baiser sur son pouls. — Ne fuis pas, Hannah. Pas loin de moi.

Elle ne se recule pas.

Et je sais, avec une certitude aveuglante, que cette Oméga est sur le point de chambouler mon monde entier, de la meilleure façon possible.

9

HANNAH

ous venons de déposer papa chez lui, et maintenant le pick-up de Noel est à l'arrêt dans la rue sombre, moteur allumé, mais aucun de nous ne bouge.

Le silence s'étire entre nous. J'entends le souffle du chauffage, le cliquetis occasionnel du moteur qui se stabilise. Mes mains sont nouées sur mes genoux, et je les fixe comme si elles détenaient toutes les réponses.

— Alors, finit par dire Noel en se tournant légère-ment sur son siège pour me faire face. Est-ce que je te ramène jusqu'à chez Lily ? C'est à plus d'une heure de route d'ici. Ou alors, tu pourrais dormir chez moi ce soir.

Ma réaction immédiate est de refuser. De décliner poliment, d'inventer une excuse sur le fait de ne pas vouloir m'imposer, de maintenir les limites que j'essaie désespérément de préserver entre nous.

Mais je suis épuisée. La fête m'a vidée de toute mon énergie, et l'idée de ce long trajet, suivi de la tentative de dormir dans la chambre d'amis de Lily sans faire trop de bruit pour ne pas réveiller ses petits, me semble insurmontable.

— Je ne pourrais pas…

— Écoute. Noel me coupe la parole, et sa voix est douce, mais il y a une pointe d'acier dessous. Lily m'a déjà dit ce qui s'est passé avec Scot. Qu'il a emballé tes affaires, changé les serrures, et t'a mise à la porte de ton propre appartement.

Son aveu me glace sur place. Bien sûr qu'elle lui a dit. Mon visage s'embrase et je me détourne, fixant le vide par la fenêtre passager, juste pour ne pas avoir à le regarder en ce moment.

Il sait. Ils savent tous que je me suis fait virer, que je suis si pathétique que je n'ai même pas été capable de garder un travail.

La honte est suffocante.

— Je n'ai pas besoin de ta pitié, parviens-je à dire, et ma voix sort plus sèchement que je ne l'aurais voulu.

— Tant mieux, répond Noel aussitôt. Parce que je n'en ai aucune pour toi.

Cette réplique me fait me tourner vers lui.

Il me regarde et il a raison ; son expression n'a rien de compatissant. Elle est… compréhensive. Peut-être même en colère pour moi.

— Mais tu n'as pas à être si têtue, continue-t-il. Ni à te cacher quand tu as besoin d'aide. Ce n'est pas de la faiblesse, Hannah. C'est juste être humaine.

Ma gorge se noue. Je veux protester, insister sur le fait que je vais bien, que je n'ai besoin de personne. Mais je suis si fatiguée de mentir.

— Qu'est-ce qui se passe ? demande-t-il doucement. Parle-moi.

J'inspire. Je retiens mon souffle jusqu'à ce que mes poumons me brûlent. Je l'expire lentement.

— C'est vraiment dur pour moi, finis-je par dire, et ma voix se brise sur les mots. J'ai toujours été la forte. Toujours. Quand maman est morte, j'avais quatorze ans, et soudain, j'ai dû jouer le rôle de l'adulte pour Lily. Je me suis occupée d'elle pendant que papa faisait des services doubles au restaurant, je m'assurais qu'on mange, je l'aidais avec ses devoirs et je ne me suis pas effondrée. J'ai tenu la boulangerie à bout de bras alors qu'on ne savait pas du tout ce qu'on faisait. J'ai tout fait tourner pour que papa n'ait pas à s'inquiéter, pour qu'il puisse juste se concentrer sur le fait de nous nourrir et nous loger.

Noel n'interrompt pas. Il écoute, simplement, sa main posée sur la console entre nous.

— Et j'étais douée pour ça, je continue. Pour être forte et celle qui avait toutes les réponses. M'assurer que tout le monde allait bien. Mes mains tremblent. Mais maintenant tout s'écroule, et je ne sais pas comment ne plus être cette personne. Je ne sais pas comment demander de l'aide ou admettre que je suis en train de craquer.

— Tu viens de le faire, dit Noel doucement.

Je lui jette un coup d'œil, et il y a quelque chose dans son expression qui me fait sourire.

Il tend la main et la pose sur ma cuisse. Sa paume est chaude, rassurante, réelle. Il serre doucement. — Tu as le droit d'avoir besoin des gens,

Hannah. Ça ne te rend pas faible. Ça te rend courageuse de l'admettre.

— Je ne me sens pas courageuse.

— La chose la plus courageuse que tu puisses faire, c'est de laisser quelqu'un t'aider à porter le fardeau. Son pouce dessine de petits cercles sur ma jambe, et ce simple contact est presque trop intense. Ça fait des années que tu portes tout le monde autour de toi. Laisse quelqu'un te soutenir pour une fois.

Aucun mot ne vient.

— D'ailleurs, poursuit Noel, c'est plus logique que tu restes quelque part à Whispering Grove plutôt qu'en dehors de la ville si tu montes ton entreprise. Lily habite à plus d'une heure de la ville, dans les montagnes. Tu passerais ton temps sur la route, à gaspiller du temps, de l'essence et de l'énergie. En restant avec nous, tu es à dix minutes du centre-ville. Des clients. De tout ce dont tu as besoin pour réussir.

Je le dévisage, et mon cerveau analyse déjà la logistique malgré ma résistance émotionnelle. Il a raison. C'est complètement, frustramment logique.

La maison de Lily est magnifique mais isolée. Chaque rendez-vous client, chaque visite de chantier, chaque consultation de fournisseur exigerait un trajet de plus de deux heures aller-retour. Je serais épuisée avant même de commencer à travailler.

— Est-ce que c'est vraiment une bonne idée ? je demande lentement. Une Oméga non liée vivant avec trois Alphas sous le même toit ?

La question reste en suspens entre nous.

— On se tient tous bien. Son sourire éclate dans

l'obscurité, mais il y a de la sincérité en dessous. Je ne peux pas parler pour Corn Dog, mais le reste d'entre nous a de la maîtrise de soi. On a une chambre-nid, entièrement équipée, totalement privée. On n'y entrera jamais sans ton invitation explicite. Tu aurais ton propre espace, ton propre sanctuaire.

Une chambre-nid ? Très moderne de leur part. Très progressiste. Ce qui m'amène à me demander : prévoient-ils de trouver une Oméga pour leur meute ? Est-ce pour ça qu'ils l'ont construite ? Sont-ils en pleine recherche, et je ne suis qu'une coïncidence pratique ?

Mon estomac se noue inconfortablement.

— Qu'est-ce que tu as à perdre ? demande Noel.

Tout, murmure mon cerveau. Mon contrôle. Mon indépendance. Mes murs soigneusement construits qui me protègent des blessures.

Mais à voix haute, je dis : — Je vais y réfléchir.

— Marché conclu. Il hoche la tête, acceptant. Mais ce soir, reste dormir. Épargne-toi la route. En plus, je viens d'acheter une glace importée incroyable, italienne, vieillie en fûts de bourbon, qui coûte plus cher qu'elle ne le devrait, et je compte bien l'entamer ce soir. Tu peux m'aider à la démolir.

Malgré tout, l'épuisement émotionnel, la peur et la confusion, je souris. — Tu essaies de me tenter avec de la glace ?

— Solide comme stratégie, non ?

Je regarde cet immense Alpha qui a passé la soirée à me défendre face à mes horribles parents, qui est resté près de moi quand je me noyais, qui me voit en diffi-culté et ne s'enfuit pas.

— Merci, dis-je doucement. Pour ce soir. Pour tout. Je vais réfléchir à l'idée d'emménager. C'est promis. Je me tortille les mains. Mais je veux rendre visite à l'oncle de Scot demain matin. Très tôt pour pouvoir le voir. Je n'ai pas ma voiture ici, et je dois le voir avant qu'il ne soit complètement monté contre moi. C'est ma dernière chance de le convaincre de me vendre l'entreprise plutôt qu'à son neveu.

— Je te conduirai, répond Noel. Et je viendrai avec toi. Je me sentirai mieux d'avoir du renfort au cas où Scot se pointerait. Chris nous a dit quel connard il est.

Une chaleur se répand dans ma poitrine, se déployant comme un rayon de soleil. — Ce serait peut-être bien, en fait.

— Parfait. Il démarre le pick-up, et le moteur gronde pour de bon. La glace nous attend. Et crois-moi, ça vaut le coup de rester.

Nous nous éloignons du trottoir, et je le regarde conduire. Les lampadaires glissent sur son visage, soulignant ses pommettes, la ligne forte de sa mâchoire, la façon dont ses cheveux tombent le long de ses épaules.

Il est si différent de tous ceux que j'ai connus. Dangereux et doux à la fois.

— Alors, dis-je, pour combler le silence confortable. Tu as toujours voulu être chasseur de primes ?

Sa mâchoire se contracte légèrement, un tout petit indice. — Non. En fait, j'ai failli tout laisser tomber au début.

— Que s'est-il passé ?

Il reste silencieux un instant, et je le regarde rassembler ses pensées. — Une de mes premières missions.

J'avais vingt et un ans, j'étais stupide, je pensais que je pouvais tout gérer seul. Je me suis lancé à la poursuite d'une cible qui semblait à faible risque, escroquerie à petite échelle, rien de violent dans son casier. Ça aurait dû être facile.

— Mais ça ne l'a pas été.

Ses mains se crispent sur le volant, ses jointures blanchissent. — Je l'ai trouvé dans une station-service près de Denver. J'ai pensé que je n'avais qu'à m'approcher, lui expliquer la situation, le ramener pacifiquement. Mais il a paniqué. Il a sorti une arme que je ne savais pas qu'il avait. Il s'est mis à tirer.

Mon estomac se serre. — Oh, merde.

— Il y avait une employée qui travaillait de nuit. Une femme, peut-être quarante-cinq ans. Elle réapprovisionnait les cigarettes derrière le comptoir. Sa voix devient plate, sans émotion, d'une manière qui signifie qu'il ressent probablement trop de choses. Il lui a tiré dessus. Trois fois. Elle est morte avant l'arrivée de l'ambulance, et je m'en suis voulu pendant des années. Je pensais que si j'avais attendu des renforts, si j'avais abordé la situation différemment, si j'avais été meilleur dans mon travail, elle serait encore en vie.

Sans réfléchir, je tends la main et la pose sur sa cuisse. Le muscle se contracte sous mon toucher, solide, chaud et réel. — Ce n'est pas ta faute, dis-je fermement. Ce n'est pas toi qui as appuyé sur la détente. Ce n'est pas toi qui l'as obligé à prendre une arme. Ce n'est pas toi qui l'as forcé à tirer.

— J'ai mis longtemps à le croire. Il me jette un regard, et il y a une vieille douleur dans ses yeux, des cicatrices qui n'ont pas complètement guéri. C'est Kane qui a fini par me raisonner. On avait déjà commencé à travailler ensemble, et il a passé des semaines à me marteler dans la tête que je ne peux pas contrôler ce que les autres font. Je ne peux contrôler que mes propres actions, mes propres choix. Je ne peux pas prendre la responsabilité de la décision de quelqu'un d'autre de tuer.

— On dirait que Kane t'a sauvé.

— Il l'a fait. Lui et Chris, tous les deux. La tension dans ses épaules se relâche légèrement pendant qu'il parle. Ils m'ont convaincu de ne pas abandonner. Ils m'ont dit que je pouvais soit arrêter et laisser la culpabilité gagner, soit la canaliser vers quelque chose de mieux. L'utiliser comme motivation pour sauver autant de personnes que possible. Honorer sa mort en empêchant d'autres.

— C'est bien que tu sois resté, dis-je.

— Ouais. On a tout changé dans notre façon de travailler, on intervient toujours en équipe maintenant, on ne prend jamais de risques inutiles, on planifie chaque détail avant d'agir. Et ces dernières années, on a ramené plus de deux cents cibles. On a aidé à mettre derrière les barreaux des gens vraiment dangereux. On a rendu le monde plus sûr, même si ce n'est qu'un tout petit peu.

— C'est incroyable. Je serre doucement sa cuisse, voulant qu'il se sente soutenu comme il m'a soutenue. Tu devrais être fier de ce que vous avez construit.

— Je le suis. En grande partie. Il couvre ma main de la sienne, entrelaçant nos doigts, et ce simple geste fait bafouiller mon cœur. Mais je pense encore à elle parfois. Je me demande ce que sa vie aurait été. Si elle avait des enfants, des petits-enfants, des rêves qu'elle n'a jamais pu réaliser.

— C'est ce qui fait que tu es bon dans ce que tu fais, dis-je. Tu t'en soucies. Tu te souviens. Tu ne traites pas les gens comme des statistiques.

Nous restons silencieux un moment, avec seulement le bruit du pick-up et du chauffage, nos mains liées sur sa jambe.

— Alors, quand est-ce que la glace est devenue ta rébellion ? je demande, en essayant d'alléger l'ambiance.

Il rit. — Je n'ai jamais eu le droit d'en manger quand j'étais gamin. Mes parents étaient stricts. Alors la première fois que j'ai eu mon propre argent, mon propre appartement, je suis allé au magasin et j'ai acheté six parfums différents. Je m'en suis rendu malade. La meilleure décision de ma vie.

— Très rebelle.

— Je suis plein de surprises.

— Clairement. Des produits laitiers congelés comme acte de défi.

— Tu te moques maintenant, mais attends de goûter à ce truc. Ça va changer ta vie.

Je me surprends à dévisager ces puissants avant-bras couverts de tatouages, l'encre sombre tourbillonnant sur les muscles et les tendons. La façon dont ses mains agrippent le volant. Il y a quelque chose dans les avant-bras des hommes qui court-circuite mon cerveau. La force visible, la façon dont ils se contractent à chaque petit mouvement.

— À quoi tu penses ? demande-t-il, me surprenant en train de le fixer.

— À tes bras, j'avoue.

— Ah ouais ?

— Ils sont très distrayants.

Son sourire devient malicieux. — Je devrais peut-être les couvrir ? Je ne veux pas être un danger public.

— Trop tard. Déjà distraite.

— Je prends ça comme un compliment.

— Tu devrais. Je rougis maintenant, mais je ne détourne pas le regard. Des bras très efficaces.

— Efficace pour quoi ?

— Des choses.

— Très précis, me taquine-t-il. Ça te dirait de développer un peu ?

— Non. Je reste mystérieuse.

— Tu es adorable.

— C'est le but.

Nous approchons du manoir maintenant, et il sort son téléphone pour y taper quelque chose. Les immenses grilles en métal s'ouvrent sans un bruit, et nous nous engageons dans la longue allée.

— Très high-tech, je remarque.

— C'est nécessaire quand on se fait des ennemis pour gagner sa vie. Il range son téléphone pendant que nous négocions un virage à travers les arbres. La maison apparaît à travers les branchages, une bâtisse de pierre et de bois illuminée de l'intérieur, chaleureuse et accueillante plutôt qu'intimidante.

Mon cerveau devrait hurler des avertissements. Il devrait remettre en question toute cette décision.

Mais tout ce à quoi je parviens à penser, c'est au baiser de tout à l'heure. La sensation de l'avoir dans ma bouche était presque apaisante, comme si mon corps reconnaissait quelque chose dont il avait besoin. Je me sens attirée par lui d'une manière qui me terrifie, car je ne sais pas comment faire confiance à cette attraction.

Mais peut-être que je peux rester professionnelle. Garder mes distances. Profiter d'une glace, d'une conversation, et de rien de plus. Bien sûr. Ça va très certainement marcher.

Nous nous garons devant la maison, et je le suis à l'intérieur. J'enlève mes talons près de la porte, et le soulagement est immédiat. Mes pieds hurlent de gratitude.

— Il est presque dix heures, dit Noel en balayant la maison silencieuse du regard. Chris et Kane sont probablement dans leurs chambres s'ils sont rentrés de leur mission de ce soir.

La maison est paisible, la plupart des lumières sont éteintes, sauf dans la cuisine. La cheminée en pierre dans la grande pièce à vivre flamboie, les flammes dansent et crépitent, projetant des ombres mouvantes sur les meubles en cuir. Je me demande si les deux autres sont là, vu que la cheminée est allumée.

Pourtant, je tuerais pour avoir une maison comme celle-ci.

C'est tout ce dont j'ai toujours rêvé : douillette, chaleureuse et sûre. Parfois, quand je n'arrive pas à dormir, je lance des vidéos YouTube de ces chalets de rêve avec un feu rugissant dans la cheminée pendant que la pluie martèle les fenêtres. Cet endroit pourrait en être un. Le genre de foyer dont je rêve depuis toujours.

Je pose mon portefeuille et le double des clés de Lily sur une table d'appoint et je m'enfonce dans l'énorme canapé face au feu. Mes pieds ne touchent pas le sol, alors je replie mes jambes sous moi.

La chaleur du feu m'enveloppe, et je ferme les yeux une petite seconde, laissant la tension s'échapper de mes épaules.

— Ne t'endors pas tout de suite, dit Noel. D'abord la glace. Ensuite, le dodo.

J'ouvre les yeux et le vois revenir de la cuisine, et j'ai le souffle coupé. Il a retiré sa chemise et ne porte plus qu'un jean et un t-shirt noir moulant qui met en valeur chaque ligne de ses muscles, chaque plan défini. Il a enlevé ses bottes, ses pieds sont nus sur le parquet, et il y a quelque chose d'intime à le voir così à l'aise, détendu, chez lui.

Et il tient un pot de glace noir avec deux cuillères plantées dedans comme des drapeaux.

La lumière du feu danse sur son visage, tout en ombres et en angles, et pendant quelques secondes, je me permets d'imaginer que tout ça est réel. Rentrer à la maison pour les retrouver tous les trois chaque soir. Construire une vie ici. Dire oui pour être leur Oméga et espérer qu'ils ne me briseraient pas le cœur.

Mon pouls bat si fort que je le sens partout : dans ma gorge, à mes poignets, entre mes jambes.

Il s'assied à côté de moi, assez près pour que nos

jambes se touchent, et se penche avec un sourire qui est le péché incarné. — Choisis ton arme.

Je choisis une cuillère.

La glace est magnifique : des tourbillons de crème, des éclats de ce qui pourrait être de vraies gousses de vanille, des filets de caramel partout.

Je prends une bouchée. Oh mon Dieu. Riche. Onctueuse. Le bourbon ajoute de la profondeur sans être écrasant, et le caramel est parfaitement équilibré entre le sucré et le salé, avec des petites poches de noisettes croquantes qui ajoutent de la texture. — C'est incroyable, je gémis en prenant immédiatement une autre cuillerée.

— N'est-ce pas ? Il sourit, me regardant avec une satisfaction évidente. On va finir le pot entier ce soir.

— Je ne regrette même pas.

— Tant mieux. Parce que j'en ai deux autres au congélateur.

Je ris. — Deux autres ? Pourquoi as-tu besoin de trois pots ?

— Quand on trouve quelque chose de bon, on fait des réserves. Pour éviter les regrets futurs. Il prend une autre bouchée, et un peu de caramel reste collé sur sa lèvre inférieure.

Sans réfléchir, je me penche et l'essuie avec mon pouce.

Il attrape mon poignet avant que je ne puisse me retirer, porte mon pouce à sa bouche et aspire lentement le caramel.

Une vague de chaleur me submerge, mon cœur s'emballe.

— C'est de la triche, je murmure.

— À la guerre comme à la glace.

Nos mains tendues vers le pot en même temps, nos cuillères s'entrechoquent, et j'essaie de prendre le meilleur angle, mais il me bloque. Nous nous chamaillons comme des enfants, riant et nous bousculant, et je finis par me retrouver à moitié sur ses genoux, nos visages si proches que je peux sentir son souffle.

Il frotte son nez contre le mien, un geste doux et ridicule, et je souris follement malgré la chaleur qui monte entre nous. J'essaie de lui rendre la pareille, mais il est plus rapide, et soudain il se penche et capture ma bouche avec la sienne.

Je goûte la glace, le bourbon et le caramel sucré-salé, et je gémis contre ses lèvres sans le vouloir.

— Tu es délicieuse avec de la glace, murmure-t-il lorsque nous nous séparons.

— Tu ne joues pas franc-jeu.

— Je n'ai jamais dit que je le ferais.

Je tends la main pour prendre plus de glace, déterminée à reprendre un peu le contrôle, mais il est déjà en train de prendre une cuillerée qu'il dépose directement sur ses lèvres, me souriant avec un défi dans les yeux.

Puis il m'embrasse à nouveau, et je ris contre sa bouche, essayant de le repousser, mais il m'a coincée maintenant. À demi allongé sur moi sur le canapé, une main appuyée sur les coussins, l'autre me tenant le visage.

Le baiser s'approfondit. Sa langue balaie la mienne, avec un goût de promesses que je ne devrais pas croire mais que je désire. Quelque chose de froid touche ma poitrine. Je halète, reculant, et il y a de la glace fondue qui glisse dans mon décolleté, laissant une traînée collante.

— Oh, non, je commence à dire.

— Je m'en occupe, dit Noel, et sa voix s'assombrit. Il pose le pot sur la table d'appoint, puis sa bouche est sur ma poitrine, léchant la trace de glace fondue, descendant de plus en plus bas vers l'ourlet de ma robe. Sa langue est chaude sur le haut de mes seins, et je suis tellement excitée que j'ai à peine le souffle pour respirer.

Ma culotte est trempée. Mon corps est en feu. Chaque terminaison nerveuse réclame à cor et à cri, et je sais exactement où cela va mener.

C'est pourquoi je panique. Je me tortille pour me dégager de sous lui, respirant fort, mes mains tremblantes alors que je pousse contre ses épaules.

Il me laisse partir immédiatement, se redressant, me donnant de l'espace.

Il est maintenant affalé sur le canapé, sa cuillère toujours à la main. Il se lèche les lèvres lentement, délibérément.

— Tu devrais probablement me montrer ma chambre, je lance, attrapant mon portefeuille et mes clés sur la table d'appoint. Je suis épuisée. Longue journée. J'ai besoin de dormir.

Il cligne des yeux, et je le regarde assimiler ce changement brusque. — Oh. Déjà ?

— Ouais. Désolée. Merci pour la glace. C'était délicieux.

Il n'insiste pas. Il hoche simplement la tête, pose le pot sur la table basse et se lève. — Bien sûr. Viens.

Je le suis à l'étage. Le deuxième étage est silencieux.

Noel me mène à une chambre au bout du couloir et ouvre la porte. Le clair de lune entre par de grandes fenêtres, baignant tout d'une lumière argentée et bleue. Le lit est énorme, assez grand pour cinq personnes, avec une gaze vaporeuse drapée au-dessus, des montagnes d'oreillers et de coussins dans toutes les nuances de bleu, de gris et de crème.

C'est un sanctuaire. Un nid.

— Voici ta chambre, dit Noel doucement depuis le seuil. Personne n'y entre sans ton consentement explicite. Jamais. Elle est à toi si tu la veux.

J'entre, et l'envie de plonger dans ce lit est presque irrésistible. Noel se tient sur le seuil, ses mains agrippant le cadre de la porte si fort que ses phalanges sont blanches. Son torse est légèrement bombé, et il ressemble à un loup observant sa proie — patient mais affamé.

J'ai encore son goût sur les lèvres. La glace, le bourbon et sa peau. Il me faut toute ma volonté pour ne pas le traîner à l'intérieur et me perdre complètement dans ce qui se passe entre nous.

— Bonne nuit, alors, je parviens à dire, ma voix à peine assurée.

Il me fixe un long moment, et je regarde la guerre se jouer sur son visage : le désir contre le respect, l'envie contre la retenue.

— Je suis juste au bout du couloir. Il pointe vers la gauche. Si tu as besoin de quoi que ce soit, et je dis bien n'importe quoi, tu viens me trouver. Compris ?

Je hoche la tête, ne faisant pas confiance à ma voix.

— Bonne nuit, Hannah. Il se retire dans le couloir.

— Bonne nuit, Noel. Merci pour tout ce soir. Je pousse la porte pour la fermer avant de faire une imprudence. Le loquet s'enclenche, et soudain je suis seule.

La pièce tourne tant j'ai chaud. Ma peau est trop tendue. Mes tétons sont durs et sensibles, pressant contre mon soutien-gorge. J'ai l'impression que tout mon corps vibre à une fréquence que je suis la seule à entendre. Alors, je saute sur le lit, m'enfonçant dans une douceur ridicule. Des oreillers et des coussins me bercent de toutes parts, et dans d'autres circonstances, ce serait le paradis.

Mais je ne peux pas m'empêcher de penser à Noel. À son baiser. Ses mains. Sa bouche sur ma poitrine. Sa queue, mon Dieu, sa queue, si grosse, si épaisse et si parfaite dans ma bouche tout à l'heure. À quel point ce serait encore mieux entre mes cuisses, me remplissant, m'étirant, apaisant cette douleur impossible qui grandit en mon sein.

Mon pouls s'accélère partout, mais surtout entre mes jambes.

La chaleur qui me consume s'intensifie à chaque seconde. Je soulève ma robe, me tortille pour enlever mes bas et ma culotte, et les envoie d'un coup de pied par-dessus le lit sur le sol.

L'air frais me fait du bien. Pendant environ trente secondes. Puis le désir lancinant revient, pire qu'avant. Je passe la main entre mes cuisses et je me découvre complètement trempée. Un simple contact et je gémis dans la pièce silencieuse. Je dois me mordre la lèvre pour ne pas faire plus de bruit.

C'est plus que de l'excitation. C'est plus profond, une douleur au fond de mon être que je reconnais comme une pré-chaleur. Ce besoin désespéré, griffant, presque impossible à satisfaire sans des suppresseurs de chaleur ou le contact d'un Alpha.

Ai-je été trop prompte à renvoyer Noel ? Il était clairement prêt. Plus que prêt. J'aurais pu l'inviter à entrer, le laisser s'occuper de ça, le laisser...

Non. Ce ne sont pas mes chaleurs. Mon cycle n'est pas prévu avant des semaines. C'est juste moi, excitée parce que j'ai embrassé un Alpha séduisant et mon corps surréagit. Sauf que j'ai l'impression de me noyer.

J'enlève ma robe et mon soutien-gorge, puis j'allume le ventilateur au plafond. L'air frais caresse ma peau brûlante, titillant mes tétons sensibles, et je suffoque à cette sensation. Ça aide pendant peut-être une minute avant que la douleur ne s'intensifie à nouveau, brûlant encore plus fort.

J'essaie de m'allonger sur le côté dans le lit. Sur le dos. Sur le ventre. Rien n'est confortable. Chaque position accentue la douleur lancinante, me rend plus consciente de mon vide, de mon besoin d'être remplie.

C'est exactement pour cette raison que les Omégas ne devraient pas vivre avec des Alphas non liés. Nos corps nous trahissent, désirant ce que nous ne pouvons pas avoir, exigeant ce que nous ne devrions pas vouloir. Je suis trempée entre mes cuisses, et je me traîne jusqu'à la salle de bain, pensant que peut-être de l'eau froide forcera mon système à se soumettre.

Mais à mi-chemin, une douleur aiguë et profonde s'enroule autour de mon ventre, et je gémis, m'agrippant au cadre de la porte pour rester debout. Je frissonne d'excitation.

À cet instant, je sais ce que je dois faire. J'arrache un des draps du lit, l'enroulant autour de mon corps nu. Le tissu est doux contre ma peau hypersensible, et même ce simple contact me fait gémir.

Je sais que je suis désespérée et que je le regretterai probablement demain matin. Mais je ne parviens pas à m'arrêter. Mes pieds me portent jusqu'à la porte, et je l'ouvre sans me laisser le temps de réfléchir, sans laisser le doute s'installer.

Le couloir devant ma chambre est sombre et silencieux. Tout le monde dort.

Je marche pieds nus dans le couloir, sans me permettre d'hésiter, avec seulement Noel en tête.

10

HANNAH

Je me faufile dans le couloir comme une criminelle, serrant un drap autour de mon corps nu, et chaque parcelle de logique dans mon cerveau hurle que c'est une idée épouvantable. Mais les parties logiques de mon cerveau ne sont plus aux commandes depuis environ dix minutes, lorsque la douleur entre mes cuisses est devenue si intense que je ne pouvais plus penser à autre chose.

Ma peau est en feu. Chacune de mes terminaisons nerveuses réclame un contact, une friction, le corps d'un Alpha contre le mien. L'intérieur de mes cuisses est trempé de désir, et je suis presque sûre que je laisse derrière moi une piste olfactive qui ferait perdre la tête à n'importe quel Alpha dans un rayon de deux kilomètres.

C'est de la folie. Du désespoir. Exactement le genre de comportement pour lequel je ferais la morale à quelqu'un d'autre, et pourtant me voilà, avançant pieds nus dans un couloir sombre vers la chambre de Noel parce que mon corps a décidé qu'il avait besoin de lui, maintenant, ou qu'il allait entrer en combustion spontanée.

La première porte que je croise est légèrement entrouverte. Ça doit être là.

Mon cœur martèle si fort ma poitrine. Tout mon corps tremble de besoin. Un besoin pur, primaire, écrasant. Pas une envie. Pas un désir. Un *besoin*.

Je n'ai jamais rien ressenti de tel auparavant. Jamais été aussi hors de contrôle et désespérée au point de réclamer un contact.

Il n'y a rien de fou à se pointer nue dans la chambre de quelqu'un parce que son corps a décidé qu'il allait mourir sans lui.

Je saisis la poignée et trébuche, me rattrapant au cadre de la porte. Le bois est frais sous ma paume, m'ancrant dans la réalité pendant une demi-seconde avant que la chaleur ne déferle à nouveau.

— Calme-toi, me murmuré-je. *Demande juste... de l'aide. Il te l'a proposé. Tu ne fais que saisir sa proposition.*

Ma voix semble étrange dans le couloir silencieux. Essoufflée. Désespérée.

Je pousse la porte lentement, grimaçant au léger grincement des gonds.

Une odeur étrange me parvient immédiatement, et je manque de gémir à voix haute. Du pin. Riche, pure et rassurante. Elle provient d'un petit diffuseur en céramique sur la table de chevet, d'où s'échappent de délicates volutes de vapeur blanche. La pièce est sombre, éclairée uniquement par le clair de lune qui filtre à travers les rideaux et par la lueur chaude du diffuseur.

Je distingue à peine les détails. Des meubles sombres. Une décoration minimaliste. Très masculin. Très Noel.

Et là, sur le lit immense, Noel est enveloppé dans la pénombre.

Il est étalé sur le dos, un bras jeté sur son visage, l'autre étiré au-dessus de sa tête. Ses jambes dépassent de sous la couverture, et même dans l'ombre, je peux deviner qu'il est immense. La taille est la bonne. La carrure est la bonne.

Mon corps le reconnaît à un niveau instinctif.

Je me tiens au pied du lit, figée entre la raison et le désespoir. La douleur s'intensifie, provoquant une crampe dans le bas de mon ventre, et je me mords la lèvre pour m'empêcher de pleurnicher.

Le drap que je tiens glisse de mes doigts. Il s'affaisse en silence à mes pieds, et je suis complètement nue dans la chambre de Noel, ce qui devrait me sembler mal, mais tout ce que je ressens, c'est un besoin brûlant.

Je grimpe sur le lit aussi prudemment que possible, essayant de ne pas encore le réveiller en le bousculant. Le matelas s'enfonce sous mon poids et je me fige, mais il ne bouge pas. Il continue juste de respirer profondément et régulièrement.

Je dois me mettre sous la couverture, comme ça, je n'aurai pas à lui faire face quand il se réveillera. Je pourrai juste me concentrer sur le soulagement, sur le moyen de faire disparaître cette douleur.

Je soulève la couverture et me glisse dessous.

C'est étouffant, là-dessous. La chaleur musquée de son corps se mêle à ma propre odeur surchauffée. Je transpire en quelques secondes. L'odeur de pin est partout, imprégnée dans les draps, mais il y a aussi autre chose. De multiples senteurs qui se superposent. Mon cerveau est trop embrouillé pour les analyser correctement.

Peu importe. Ce qui compte, c'est que je suis là, qu'il est là, et que je vais obtenir ce dont j'ai besoin. Je suis positionnée entre ses jambes écartées, et je tends la main dans l'obscurité, le trouvant au toucher.

Son sexe est mou. Mais grand, même dans cet état. Impressionnant.

Au moment où mes doigts s'enroulent autour de lui, il palpite. Prend vie dans ma main, durcissant si vite que c'en est surprenant. Un sourire se dessine sur mon visage malgré mon désespoir. Si réactif. Si parfait.

Je berce déjà mes hanches sans le vouloir, essayant d'obtenir une friction, d'apaiser la douleur. Mes cuisses sont trempées. Le désir coule le long de mes jambes.

Il grogne au fond de sa gorge, un son qui vibre à travers le lit et jusqu'au plus profond de mon être. Son érection est dure comme du roc dans ma main alors que je le masturbe lentement de haut en bas.

— Je suis toute à toi, je murmure dans le noir. Je bouge pour l'enfourcher, mais la pensée de lui faire face, même dans l'obscurité, me plonge dans un tourbillon d'anxiété.

Je ne peux pas le regarder. Je ne peux pas observer son visage. Trop vulnérable. Trop exposée.

Alors je pivote maladroitement, me déplaçant pour le chevaucher à l'envers. Lui tournant le dos, face à ses pieds. La couverture glisse le long de ma colonne vertébrale alors que je me positionne, et l'air frais frappe ma peau surchauffée. C'est mieux. Un peu mieux.

Je me frotte sur sa dureté à titre expérimental, testant l'angle.

La friction est tout. Je ronronne comme une sorte de chat satisfait, et je recommence encore et encore, plus fort cette fois.

Putain… Je frissonne d'excitation rien qu'à son contact.

Je soulève mes hanches, me positionnant, et sa main est soudain là. Soutenant son sexe. Le maintenant stable pour moi.

La chaleur m'envahit le visage même s'il ne peut pas me voir rougir dans le noir. — J'espère que ça te va, je souffle.

Il émet un son d'approbation, un grognement, rauque et confirmatif, et c'est tout ce dont j'ai besoin.

Je m'abaisse lentement et halète. Il est si épais. M'étirant alors même que je suis trempée, alors même que mon corps supplie pour ça. Je descends progressivement, en prenant de plus en plus, et c'est si étroit que j'ai à peine le souffle.

Il grogne derrière moi, ses mains trouvant mes hanches, les serrant assez fort pour y laisser des marques.

— Tu es si grand, je halète. — J'ai à peine…

Ses mains me guident jusqu'en bas, et soudain il est entièrement logé en moi, et je tremble de l'intensité de la chose. Le simple fait de l'avoir complètement enfoui en moi calme la douleur, le désespoir… Je pourrais rester comme ça toute la nuit et être satisfaite.

En vérité, je n'ai jamais été aussi remplie. C'est à la limite du trop, mais de la meilleure façon possible.

Ses mains me poussent légèrement vers le haut, puis me tirent vers le bas, imposant un rythme. J'attrape vite le coup, utilisant mes cuisses pour me soulever et m'abaisser.

Mes orteils se crispent.

Le glissement de lui en moi. La plénitude. La façon dont il heurte quelque chose de profond. Avant que je ne m'en rende compte, je le chevauche, en sueur, aimant chaque putain de moment. Je gémis de manière incontrôlable maintenant. Je n'y peux rien. Je ne peux pas arrêter les sons qui s'échappent de ma gorge.

Mes mains se posent sur ses cuisses alors que je me penche légèrement en avant, changeant l'angle, et c'est encore mieux. Parfait. Exactement ce qu'il faut.

Je rebondis plus fort, plus vite, poursuivant la jouissance qui monte.

Il grogne sous moi, ses hanches se soulevant pour rencontrer chaque ondulation de mon corps, chaque coup de rein heurtant un endroit qui me coupe le souffle. Le lit bascule sous nous, le cadre émettant un faible gémissement qui semble pouvoir céder avant l'un de nous deux.

Sa main glisse de ma hanche à ma fesse, ses doigts agrippant, guidant, m'encourageant à bouger exactement comme il aime. La pression est parfaite, à la fois ancrante et obscène. Puis ses doigts glissent entre mes fesses, lents et délibérés, taquinant un endroit que je n'ai jamais laissé personne toucher.

Je me crispe une seconde. La sensation est nouvelle,

étrange et perverse. Elle me traverse comme une étincelle jaillissant entre deux fils sous tension. Il y décrit des cercles avec une patience nonchalante, et mes cuisses se mettent à trembler.

Il me caresse de nouveau, un peu plus fermement. Mon souffle se saccade. Mon corps s'abandonne à sa caresse sans me demander ma permission. Il recommence, et le plaisir ondule en moi d'une manière que je ne peux dissimuler. Je tremble déjà, essayant à la fois de le chevaucher et de garder un semblant de contrôle.

Il murmure quelque chose de grave que je ne parviens pas à distinguer. Puis il enfonce un doigt dans mon anus, lentement et avec précaution, me donnant le temps de m'habituer à l'étirement.

Le choc m'arrache un son. Rauque. Profond. Impossible à ignorer.

Il reste immobile un instant, laissant mon corps s'ajuster, me laissant respirer à travers cette intensité. Puis il commence à bouger son doigt sur un rythme qui se synchronise parfaitement avec ses coups de reins. La sensation monte vite, trop vite, me volant la moindre pensée cohérente. Mes muscles frémissent autour de lui. Ma vision se brouille.

Je ferme les yeux et me laisse emporter par les sensations. Le plaisir s'enroule et se resserre jusqu'à ce que je sente que je fonce droit vers le précipice, sans aucun moyen de m'arrêter.

Mon orgasme déferle brutalement. Il m'inonde par vagues, chacune plus vive que la précédente. Mon corps se contracte autour de lui, mes hanches sont prises de soubresauts, ma voix se brise. La chaleur pulse dans chaque parcelle de mon corps. Il me serre fort contre lui pendant que ça dure, agrippant ma taille, me faisant bouger alors que l'orgasme me déchire encore et encore.

— Noel ! son nom jaillit de ma gorge.

Au moment où la vague finit par se retirer, je suis tremblante et haletante, tandis que des répliques sismiques parcourent encore mes cuisses. Il est toujours en moi, dur, chaud et palpitant, et je sens sa retenue comme un fil tendu à l'extrême.

Je respire lourdement, tremblant toujours, sachant que je suis loin d'en avoir fini avec lui.

Dans cet instant de béatitude, mes yeux s'ouvrent en papillonnant. Et je le vois.

Noel. Debout dans l'embrasure de la porte, vêtu d'un simple caleçon, avec une érection si évidente qu'elle en est obscène. Il est surpris, les yeux écarquillés.

Mon cerveau a un raté. Attends !

Si Noel est là…

Alors qui… ?

Je tourne la tête pour regarder par-dessus mon épaule.

Kane est allongé sous moi, souriant comme s'il venait de gagner au loto.

— Non, le mot sort étranglé. Oh, bordel.

Je me dégage de lui en vitesse, laissant sa queue énorme et son doigt glisser hors de moi, et la panique inonde la brume post-orgasmique. Mes jambes me tiennent à peine alors que je me jette sur le drap au bout du lit.

— Kane, je suis tellement désolée ! Merde, je

croyais… Je… je balbutie maintenant, serrant le drap contre ma poitrine. Je croyais que c'était Noel ! La porte était ouverte et je n'ai pas… je ne pouvais pas… Je suis tellement désolée !

Kane sourit toujours, appuyé sur ses coudes, sa queue dressée comme un mât de drapeau, luisante de mes fluides, l'air bien trop satisfait. — Aucune excuse nécessaire, ma bombe. C'est de loin le meilleur réveil que j'aie jamais eu. Mais je dois dire que je suis un peu déçu que tu aies cru que j'étais quelqu'un d'autre pendant tout ce temps.

— Déçu ? la voix de Noel depuis l'embrasure de la porte est tendue. C'était censé être moi, salaud.

— Qui va à la chasse perd sa place, son sourire s'élargit. Ou dans ce cas, tu dors, j'en récolte les fruits.

Je vais mourir. Ici. Maintenant. Simplement cesser d'exister à cause de la pure mortification. Ma bouche s'ouvre, mais aucun son n'en sort.

Je n'ai pas couché avec le mauvais Alpha.

Je n'ai pas hurlé le nom de Noel en chevauchant Kane.

C'est un cauchemar. Je bouscule Noel, toujours figé comme une statue dans l'embrasure de la porte, et je cours dans le couloir. Mes pieds claquent contre le parquet. Le drap s'emmêle dans mes jambes.

Derrière moi, j'entends des rires. Eux deux, qui gloussent.

Je me précipite dans ma chambre et verrouille la porte derrière moi. Puis je plonge sur le lit, j'enfouis mon visage dans les oreillers et je prie pour que la mort vienne me chercher. — C'est comme ça que je vais mourir. Pas de chaleur, ni de gêne, ni rien de normal. De ça. De ce moment précis.

Je me repasse toute la scène dans ma tête et j'ai envie de hurler.

Grimper dans son lit. Le toucher. Le prendre en moi. Jouir sur lui en hurlant le nom d'un autre homme.

Et Noel. Debout, là. Regardant.

Je ne pourrai plus jamais leur faire face. Jamais. Il va falloir que je parte. Déménager dans un autre État. Changer de nom. Devenir une ermite. Mais pire que la gêne, c'est l'horreur qui s'insinue en moi.

Kane dormait. Il ne pouvait pas consentir. Et j'ai juste… J'ai juste…

Est-ce que je l'ai agressé ?

Cette pensée me donne la nausée.

Il dormait. Je suis montée dans son lit. J'ai tout initié sans demander, sans m'assurer qu'il était réveillé et consentant.

Qu'est-ce que j'ai fait ?

On frappe à ma porte.

— Hannah ? la voix de Noel, étouffée mais claire. Ça va là-dedans ? Tu veux parler ?

— Va-t'en ! je hurle dans l'oreiller.

Un petit rire grave. — Si ça peut te consoler, Kane est ravi. Il dit que c'est le meilleur coup qu'il ait tiré depuis des années. Même s'il est un peu amer que tu ne l'aies pas laissé finir.

— Ce n'est pas drôle ! Je ne sortirai jamais de cette chambre. Jamais. Ce n'est pas… Je ne peux pas… Va-t'en, c'est tout !

— Hannah…

— Noel, s'il te plaît, ma voix se brise. J'ai besoin de mourir de honte en privé.

— Tu exagères.

— Je viens de coucher avec ton membre de meute en pensant que c'était toi ! Comment est-ce que ça ne pourrait pas être la chose la plus humiliante qui soit jamais arrivée à quelqu'un ?

— Pour ta défense, on utilise tous la même huile de diffusion. L'erreur est facile.

— Ça n'arrange rien !

Il y a une pause. — Tu n'as rien fait de mal. Kane n'est pas contrarié. Et merde, il est probablement le plus heureux qu'il ait été depuis des mois. Et je suis… Une autre pause. Eh bien, je suis jaloux comme un pou, mais ce n'est pas ta faute.

J'enfonce plus fort mon visage dans l'oreiller, souhaitant pouvoir m'étouffer.

— Tu vas bien devoir nous faire face à un moment donné.

— Alors je partirai. Demain, à la première heure. Je retournerai chez Lily. C'était une erreur.

— Hannah…

— S'il te plaît, je le supplie maintenant, et je me fiche de ma fierté. Donne-moi juste cette nuit. Laisse-moi digérer ça. On pourra parler demain. Ou jamais. De préférence, jamais.

Un long silence.

— D'accord. Mais tu ne pars pas. On va trouver une solution. Et, Hannah ? Tu es la bienvenue ici. Toujours. Quoi qu'il arrive.

Le bruit de ses pas s'éloigne de ma chambre, et je suis seule avec mon humiliation.

Je m'enfouis plus profondément dans les oreillers, tirant la couette par-dessus ma tête, créant un cocon de honte.

Quelque part dans le couloir, j'entends des voix étouffées. Des rires. Ils parlent certainement de moi. De l'Oméga folle qui ne sait pas reconnaître un Alpha d'un autre. Je gémis dans l'oreiller et je resserre la couverture sur moi.

Demain. Je m'occuperai de ça demain.

Ce soir, je vais juste rester là et attendre le doux soulagement de l'inconscience.

Ou de la mort.

Le premier qui viendra.

11

HANNAH

Il est huit heures du matin, et j'ai déjà pris ma douche, enfilé ma robe verte d'hier soir, et je me demande si je peux m'échapper de ce manoir sans croiser personne.

La douche m'a aidée. En quelque sorte. Au moins, la chaleur écrasante de la nuit dernière a disparu, ma peau ne me brûle plus, mon pouls est revenu à un rythme à peu près normal, et je peux de nouveau formuler des phrases complètes au lieu de n'exprimer que des besoins primaires.

Mais la mortification ? Elle est bien là, et bien vivante.

Je fais les cent pas dans ma chambre temporaire, pieds nus, en me rongeant l'ongle du pouce jusqu'à la douleur.

Et si le fait d'être entourée de trois Alphas déclenchait mes chaleurs en avance ? Et si la nuit dernière n'était pas un incident isolé, mais le début d'un cycle complètement déréglé ? Il me faut des suppresseurs de chaleurs et un plan. Et aussi éviter de me jeter accidentellement sur un autre Alpha en pensant qu'il s'agit de quelqu'un d'autre.

Je pourrais peut-être filer en douce. Appeler un Uber. Faire comme si la nuit dernière n'avait jamais eu lieu. Déménager dans un autre pays où personne ne sait que j'ai crié le mauvais nom pendant l'amour.

Un plan parfait.

J'entrouvre la porte de ma chambre, tendant l'oreille.

Le silence. Un silence béni.

Je descends le couloir sur la pointe des pieds, grimaçant au moindre craquement du plancher. La maison est si silencieuse que j'entends les battements de mon propre cœur. Je descends les escaliers, aussi prudemment que possible, priant pour que tout le monde dorme encore ou soit au moins enfermé dans sa chambre.

Mes chaussures sont près de la porte d'entrée. Si j'arrive à les atteindre et à filer, je suis tirée d'affaire.

J'atteins le bas de l'escalier et me fige.

Kane est dans le salon, adossé au canapé, les jambes étendues devant lui, une cheville croisée sur l'autre. Les mains dans les poches. Il me sourit d'un air narquois, comme s'il m'attendait depuis des heures.

Il porte un jean foncé qui moule ses cuisses, une chemise en flanelle verte dont les manches sont retroussées jusqu'aux coudes, révélant des avant-bras épais et musclés, parsemés de poils blonds foncés. Ses bottes ont l'air usées. Et ses yeux noisette-verts suivent chacun de mes mouvements comme un prédateur observant sa proie.

Il a la carrure de quelqu'un qui pourrait me jeter sur son épaule sans le moindre effort. Des épaules larges, un torse qui bombe sous la flanelle, des bras qui semblent m'appeler.

Mon regard glisse sur son entrejambe avant que je puisse me retenir, et mon cerveau me rappelle obligeamment ce qu'il a dans le pantalon, maintenant que je l'ai constaté par moi-même.

Mes tétons durcissent en un instant.

Traîtres.

— Oh, parviens-je à articuler d'une voix étranglée, mon regard se posant à nouveau sur son visage.

Son sourire narquois s'élargit en un large sourire.

— Tu t'attendais à voir Noel ?

La chaleur m'envahit le visage. La nuit dernière me revient en mémoire avec des détails vivaces et horrifiants.

— Écoute. Le mot sort dans un flot précipité. Je suis tellement désolée pour hier soir. C'est juste que j'avais mangé une glace avec Noel, on s'est embrassés, et je me suis dit qu'il pourrait m'aider avec quelques problèmes de pré-chaleurs, et j'espère vraiment que tu ne penses pas que j'avais l'intention de m'introduire dans ta chambre et de t'agresser, parce que jamais je ne ferais ça intentionnellement...

Il éclate de rire, la tête renversée en arrière, les épaules secouées, son rire riche et authentique emplissant toute la pièce.

— Ma belle. Sa voix, quand il reprend la parole, est

chaude, amusée, mais empreinte d'une note plus sombre. Tu crois que c'est ce qui s'est passé ? Parce que ce n'est pas ce que j'ai vécu. J'ai reçu la bénédiction d'une déesse du sexe qui s'est glissée dans mon lit et s'est offerte à moi. La même déesse dont je fantasme depuis le premier instant où je t'ai vue.

Ma bouche s'ouvre, mais aucun son n'en sort.

— Ton odeur m'a réveillé, continue-t-il, s'approchant d'un pas lent et délibéré. Riche, douce et désespérée. Elle me disait exactement ce dont tu avais besoin. Et en tant que ton Alpha, c'est ma responsabilité — mon privilège — d'être là pour toi. De la manière dont tu as besoin de moi. Dès que tu as besoin de moi. Même si je dors et que tu me prends pour un autre. Son sourire devient malicieux. Même si j'avoue que t'entendre gémir le nom de Noel pendant que tu chevauchais ma queue a été un petit coup pour mon ego.

— Kane…

— Mais tu as joui si magnifiquement, en me serrant si fort que je pouvais à peine penser, que je me suis dit que je pouvais te pardonner cette confusion de noms. Il est maintenant juste devant moi, assez proche pour que son odeur de pain d'épices chaud, de fumée de feu de camp et de zeste d'orange m'enveloppe. Entre toi et moi ? Je suis à ta disposition comme tu le souhaites. Frotte-toi contre moi à trois heures du matin, glisse-toi dans mon lit quand tu brûles de désir, satisfais la moindre de tes démangeaisons. Ne pense jamais que c'est autre chose. Ne doute pas une seule seconde que je n'ai pas apprécié chaque putain de moment où je t'ai eue.

Mon cœur bat si fort que j'en ai le vertige. La façon dont il me regarde, comme si j'étais quelque chose de précieux, de sexy et exactement ce qu'il désire, fait flageoler mes genoux.

— C'est juste que... Je ne sais pas quoi dire. Je pensais que j'...

— J'ai été un participant très consentant à tout ce qui s'est passé. Sa voix se fait plus basse, plus intime. Le meilleur réveil de toute ma vie. La prochaine fois, par contre, essaie de ne pas te tromper de prénom, d'accord ? Ça ferait des merveilles pour mon estime personnelle.

Malgré tout, je ris. Un rire légèrement hystérique, mais sincère.

Nous restons là, dans un silence chargé d'électricité, son odeur s'enroulant autour de moi, rappelant à mon corps la sensation de sa présence en moi. Je me tourne vers la porte avant de faire une bêtise.

— Eh bien, je devrais y aller, alors.

Je glisse mes pieds dans mes talons, et il est soudain là, m'ouvrant la porte d'entrée avec une courtoisie exagérée.

Je sors dans l'air vif du matin. Une neige fraîche recouvre tout, l'allée déjà déneigée forme des lignes nettes. Les arbres entourant la propriété sont givrés de blanc, leurs branches lourdes de neige, et des oiseaux gazouillent quelque part au loin. C'est magnifique. Paisible.

Et Kane est juste là.

— Alors, où allons-nous ? Son ton est joyeux,

comme si nous étions sur le point de nous lancer dans une grande aventure.

Je me retourne pour lui faire face, levant les yeux vers lui.

— Je vais rendre visite à l'oncle de Scot. Toi, tu restes ici.

Il rit, un rire pas tout à fait moqueur, mais presque.

— Je viens avec toi. Mon pick-up est par là.

— Ce n'est pas la peine…

— Noel m'a tout raconté ce matin. Il se dirige vers le garage, et je le suis, parce que que puis-je faire d'autre ? À propos de la fête, du fait que Scot s'est comporté comme un connard, que tu emménages avec nous…

— Temporairement, l'interromps-je vivement.

Il me lance un regard par-dessus son épaule qui me dit qu'il n'en croit pas un mot.

— C'est ça. Bref, Chris, Noel et moi avons discuté à l'aube. On est tous d'accord que, vu la force de ton odeur de pré-chaleurs et tes besoins qui peuvent augmenter sans préavis, il est logique que l'un de nous reste avec toi à tout moment.

J'arrête de marcher.

— Je ne pense pas que ce soit nécessaire. J'ai du travail, des clients à voir. Je n'ai pas besoin d'un baby-sitter.

Il appuie sur un bouton de ses clés, et la porte du garage se lève en douceur.

— Un partenaire. Quelqu'un pour assurer tes arrières. Quelqu'un pour t'aider quand ton corps décide qu'il a besoin du contact d'un Alpha.

— Écoute, la nuit dernière, c'était une chose, mais j'ai

une clinique spécialisée dans les chaleurs où je peux aller si…

— Et maintenant, tu as trois Alphas qui vivent avec toi et qui prendront soin de toi. Sa voix est ferme. Nous sommes tes affinités olfactives, Hannah. Ça veut dire que nous sommes supposés être là pour toi.

— Pourquoi es-tu si exaspérant ?

— Je suis juste logique. Il sourit.

Je ris, d'un rire un peu hystérique, mais sincère.

— Logique. Bien sûr. Ma vie qui part en vrille, c'est totalement logique.

— Laisse faire le temps. Tu verras. Il fait un geste vers le garage. Mais d'abord, laisse-moi te conduire chez l'oncle de Scot. Pour m'assurer que ce connard ne se pointe pas pour créer des problèmes.

— D'accord. Je lève les bras au ciel. Tu peux m'accompagner aujourd'hui parce que j'ai besoin qu'on me conduise. Mais ensuite, tu me déposes chez Lily pour que je récupère ma voiture et que je retrouve un semblant de normalité…

— Et ensuite, tu reviens ici où tu as un foyer en attendant de décider de la suite, termine-t-il à ma place. Tu crois qu'on va laisser notre Oméga d'affinité se balader en ville, et potentiellement entrer en chaleurs quelque part sans nous à proximité ? Il faut que tu comprennes quelque chose à notre sujet. Nous sommes possessifs. Surprotecteurs. Et quand nous revendiquons quelque chose comme étant à nous, nous ne lâchons pas prise. Ses yeux croisent les miens. Et toi, Hannah, tu es à nous.

Il disparaît dans le garage avant que je puisse

formuler une réponse. Mon cerveau est encore en train de traiter ses mots. La possessivité désinvolte. La certitude absolue. La façon dont il a dit *à nous* comme si c'était déjà décidé, comme si je n'avais pas mon mot à dire. Je devrais être en colère. Je devrais m'opposer à ces absurdités d'Alpha. Mais au lieu de ça, je suis là, à me pâmer comme une héroïne de roman à l'eau de rose, et je déteste à quel point j'aime l'entendre me revendiquer.

Un moteur vrombit, et un pick-up bleu électrique sort du garage.

Il est magnifique, tout en lignes épurées et modernes, avec des vitres teintées sombres, des accents chromés qui captent le soleil du matin, des jantes en alliage qui semblent personnalisées et chères. La peinture est impeccable, presque métallique à la lumière.

Kane s'arrête à ma hauteur et baisse la vitre. Il sourit, un bras nonchalamment posé sur le volant, et sa vue dans cette posture, confiant, détendu, sexy en diable, me fait pâmer sur place, et je dois m'agripper à la portière pour ne pas tomber.

— Tu veux monter, ma belle ?

Eh bien, quand il le formule comme ça…

J'ouvre la portière passager et me hisse dans le pick-up. L'intérieur est tout aussi impressionnant : sièges en cuir noir, éclairage d'ambiance bleu le long du tableau de bord et des portes, tout est propre et moderne, et sent le cuir neuf mêlé à l'odeur de Kane.

— Alors, où est Noel ? Je boucle ma ceinture pendant que Kane descend l'allée. Il avait promis de venir avec moi ce matin.

— Noel a pensé qu'il valait mieux que ce soit moi qui

t'emmène. Le portail s'ouvre automatiquement. Il a mentionné que tu pourrais essayer de filer de la maison à l'aube, pour ne plus jamais nous revoir, et peut-être même déménager dans un autre pays. Et qu'il valait mieux que tu t'expliques avec moi plutôt que de fuir l'évidence.

Je lui lance un regard de biais et ris à moitié.

— Comme si je ferais une chose pareille.

Il a un petit rire, comme s'il savait exactement ce que j'avais prévu.

— J'ai besoin de l'adresse de l'oncle de Scot, dit-il.

Je saisis mon téléphone, cherche mes notes où j'ai sauvegardé toutes les adresses et contacts importants, et entre les informations de Giuseppe dans le GPS monté sur son tableau de bord.

— Tu sais, ajoute Kane alors que nous nous éloignons de leur propriété, je n'ai jamais couché avec quelqu'un que je n'avais pas embrassé avant. Donc je pense que tu me dois un vrai baiser.

Je ris malgré moi.

— Je ne crois pas, non. Pourtant, je ne peux m'empêcher de fixer sa bouche. Des lèvres pleines qui se courbent facilement en sourires, et je sais au plus profond de moi qu'il doit embrasser divinement bien. Probablement du genre à prendre son temps, à savoir exactement comment vous faire fondre.

Mon cerveau me fournit obligeamment des images de la nuit dernière. Comment il a agrippé mes hanches avec ses mains immenses, si solides et puissantes. La façon dont il m'a fait monter et descendre sur sa queue, plongeant en moi encore et encore, contrôlant mes mouvements comme s'il savait exactement ce dont j'avais besoin avant même que je le sache moi-même.

Mon corps frémit rien qu'à ce souvenir.

Arrête de penser à ça.

— Alors, parle-moi de toi, dis-je, cherchant désespérément à changer de sujet. Qu'est-ce qui t'a poussé à devenir chasseur de primes ? C'est un choix de carrière plutôt inhabituel.

— J'ai abandonné la fac. Il le dit simplement, sans aucune honte. — Une école d'ingénieurs. J'en détestais chaque seconde. J'ai passé un an à bosser dans le bâtiment, sans véritable projet de vie. Je connaissais Chris et Noel de l'école, et puis un jour, ils ont débarqué sur un chantier et m'ont pris sous leur aile, m'ont formé et m'ont donné un but.

— C'est vraiment adorable.

— C'est ma famille. La seule qui compte. Il me jette un coup d'œil, et son expression s'adoucit. — Enfin, jusqu'à maintenant. Maintenant, on t'a aussi.

Quelque chose de chaud se déploie dans ma poitrine, se propageant à travers mes côtes, m'empêchant de respirer correctement.

— Et toi ? demande-t-il. — Tu as toujours voulu être organisatrice d'événements ?

— Depuis que je suis petite. Je me réinstalle sur mon siège, me détendant au fil de la conversation. — J'organisais des fêtes d'anniversaire élaborées pour mes peluches. J'avais des tableurs, des plannings, des répartitions de budget. Mon père pensait que j'étais folle.

Kane rit. — Tu faisais des tableurs quand tu étais enfant ?

— J'étais très organisée. Je le suis toujours, en fait. C'est plus fort que moi.

Il sourit maintenant, visiblement amusé de me taquiner. — Alors, quel est l'événement de tes rêves ? Si l'argent et la logistique n'étaient pas un problème, que créerais-tu ?

J'y réfléchis, me laissant sombrer dans le fantasme que je construis depuis des années. — Un bal masqué pour le Nouvel An dans un château. Quelque part en Europe, peut-être en Écosse. Des sculptures de glace disséminées dans la salle, un orchestre jouant de la musique classique et des reprises modernes. Une fontaine de champagne au centre de la salle de bal. Tout le monde en tenue de soirée avec des masques élaborés, du genre qui sont des œuvres d'art. Et à minuit, on aurait un feu d'artifice synchronisé visible à travers d'immenses fenêtres, pendant que les invités enlèveraient leurs masques et trinqueraient à un nouveau départ.

Quand je jette un coup d'œil à Kane, il me regarde avec admiration.

— Quoi ? je demande.

— Rien. J'adore te regarder parler de ta passion. Ton visage s'illumine complètement. C'est magnifique.

La chaleur envahit mes joues. — Tu essaies juste de me flatter.

— Je suis honnête. Sa main trouve la mienne sur la console et la serre doucement. — Et nous allons organiser cet événement un jour. Je te le promets.

— Tu ne peux pas promettre ça.

— Tu verras bien.

Nous traversons la ville maintenant, et un silence confortable s'installe entre nous. Je suis très consciente de sa main qui tient toujours la mienne, de son pouce qui caresse ma peau. Tout semble naturel. Facile. Comme si nous nous connaissions depuis des années au lieu de quelques jours.

— Oh ! Kane se redresse. — J'ai appris un tour à Corn Dog.

Je souris. — Quel genre de tour ?

— Il peut faire la révérence sur commande maintenant. Ça m'a pris des semaines, mais si je dis : « Corn Dog, un peu de respect », il baisse la tête et plie les pattes avant comme s'il faisait la révérence à un membre de la famille royale.

— C'est vraiment adorable.

— C'est stratégique. Je peux l'emmener à des événements, le faire faire la révérence aux invités importants. Opération charme instantanée.

J'éclate de rire juste au moment où nous arrivons devant la maison de Giuseppe, et mon estomac se noue immédiatement.

La maison est en retrait de la rue, derrière un muret de pierre et un portail en fer forgé ornemental laissé ouvert. C'est une construction contemporaine de deux étages avec beaucoup de verre et des lignes épurées, un bardage en cèdre patiné d'un beau gris, un toit plat avec ce qui semble être un jardin de toit à peine visible. L'aménagement paysager est impeccable même sous la neige, avec des conifères sculptés et des plantes à floraison hivernale qui ajoutent de la couleur.

Cette maison respire l'argent, mais avec goût.

Nous sortons de la voiture, et la main de Kane se pose immédiatement dans le creux de mon dos alors que nous nous dirigeons vers la porte d'entrée.

Je frappe, m'attendant à moitié à ne pas avoir de réponse après des jours de silence radio.

Mais la porte s'ouvre presque aussitôt.

Giuseppe se tient là, et ma première pensée est qu'il n'a pas l'air bien. Il a la soixantaine, maigre d'une façon qui suggère une maladie récente plutôt que la génétique. Son visage est pâle, ses yeux fatigués mais toujours vifs. Il porte un pantalon de laine cher et un pull en cachemire d'un bordeaux profond qui flotte un peu sur lui.

— Giuseppe, dis-je rapidement, avant qu'il ne puisse refermer la porte. — Je sais que Scot a pu vous raconter des choses, mais j'aimerais avoir l'occasion de vous parler. De vous donner ma version des faits. S'il vous plaît.

— Bien sûr, Hannah. Sa voix est rauque, comme s'il avait toussé. — J'étais à l'hôpital. Pneumonie et infection pulmonaire. J'ai fait une belle frayeur à tout le monde. Mais Scot est venu me voir, ce qui était attentionné. Il jette un coup d'œil à Kane, les sourcils légèrement haussés. — Quel malpoli je fais. Entrez, je vous en prie.

— Je vous présente Kane, dis-je. — Mon… petit ami.

Kane tend la main, et quand Giuseppe la prend, Kane dit : — En fait, je suis son Alpha. Je fais partie de sa meute.

Je lève les yeux au ciel. Tout comme Noel hier soir, il marque son territoire.

Les sourcils de Giuseppe se haussent encore plus,

mais il se contente de hocher la tête. — Eh bien. Entrez, entrez.

Nous le suivons à l'intérieur, et j'essaie de ne pas rester bouche bée. Le hall d'entrée s'ouvre sur un vaste espace à aire ouverte. Des sols en béton poli avec chauffage au sol. Des poutres en bois apparentes traversent le plafond. De l'art abstrait sur des murs blancs. Tout est minimaliste mais clairement cher.

— J'ai essayé de vous appeler plusieurs fois, dis-je en marchant. — Et de vous envoyer des messages. Je me suis inquiétée quand vous n'avez pas répondu.

— Vraiment ? Giuseppe sort son téléphone, fronçant les sourcils devant l'écran. — Je ne vois aucun message de vous. Pas un seul.

Je lui montre mon téléphone, les textos sans réponse, le journal d'appels montrant plusieurs tentatives.

— C'est très étrange, marmonne-t-il en plissant les yeux vers son écran.

— En fait, dit Kane, ça pourrait arriver si son numéro est bloqué sur votre téléphone. Je le sais parce que ça m'est arrivé une fois. Une ex-petite amie qui ne voulait plus entendre parler de moi.

Je lui lance un regard assassin. Une ex-petite amie ?

Il intercepte mon regard et me fait un clin d'œil.

Je ne suis pas jalouse. Pourquoi serais-je jalouse d'une femme quelconque du passé de Kane ? Sauf qu'une pointe de jalousie me pique quand même, aiguë et malvenue, et je la repousse avec force.

Giuseppe tripote son téléphone, naviguant dans les menus. — Vous avez tout à fait raison, Kane. Le numéro de Hannah était bloqué. Mais je n'aurais jamais... Il lève les yeux, la confusion et une colère naissante se mêlant sur son visage. — C'est Scot qui s'occupait de mon téléphone à l'hôpital. J'étais trop dans les vapes pour m'en rendre compte.

Il continue de marcher, nous entraînant plus profondément dans la maison. Je secoue la tête, consternée que Scot puisse s'abaisser à ce point, et pourtant pas surprise. Connard.

Le salon me fait marquer une pause. Un mur entier de baies vitrées du sol au plafond donne sur une terrasse et une piscine, actuellement recouverte d'une bâche bleue et ensevelie sous la neige, mais je peux imaginer à quel point ce doit être incroyable en été. Une cheminée en pierre domine un mur, le feu crépite et diffuse de la chaleur dans l'espace. Des meubles modernes dans des tons de gris et de blanc. Et dans un coin, occupant un espace ridicule, se dresse le plus grand sapin de Noël blanc que j'ai jamais vu.

Il doit faire près de quatre mètres de haut, d'une forme parfaite, décoré exclusivement dans des tons de bleu et d'argent. De délicats oiseaux en verre avec de vraies plumes sont perchés sur les branches. Des boules surdimensionnées captent et reflètent la lumière du feu. Des rubans d'un argent scintillant descendent en cascade en d'élégantes spirales. Il y a ce qui ressemble à des glaçons en verre soufflé, chacun unique. La cime de l'arbre est une énorme étoile argentée.

C'est le genre de sapin qu'on voit dans les magazines. Le genre pour lequel les gens engagent des décorateurs professionnels.

Je le dévisage, incapable de m'en empêcher.

Giuseppe le remarque et sourit légèrement. — Ma défunte épouse adorait Noël. C'était sa création. Je la refais à l'identique chaque année en sa mémoire.

— C'est magnifique, dis-je doucement.

Giuseppe nous fait signe de nous asseoir, et je m'enfonce dans un canapé gris moelleux. Kane s'assoit à côté de moi, assez près pour que son bras passe naturellement dans mon dos, sa main se posant sur ma hanche.

Ce contact apaise une anxiété dans ma poitrine. Comme si sa seule présence pouvait m'ancrer quand je commence à perdre pied, alors je ne le repousse pas.

Giuseppe fait les cent pas devant la cheminée. — Je suis trop vieux et trop malade pour gérer les gamineries auxquelles Scot se livre parfois. L'entreprise… Il soupire lourdement. — Je ne veux pas la voir s'effondrer à cause de drames familiaux.

Il se laisse tomber sur le canapé en face de nous, se déplaçant prudemment comme si tout lui faisait mal.

— Quand Scot est venu me voir à l'hôpital, continue Giuseppe, il m'a dit que vous vous étiez disputés. Il a dit qu'on ne pouvait pas vous faire confiance, que vous utilisiez l'entreprise pour votre propre profit, que je devrais lui vendre immédiatement avant que vous ne détruisiez tout ce que nous avions construit.

Je prends une inspiration, choisissant mes mots avec soin. — Scot a essayé de me séduire. Au-delà de notre relation de partenaires professionnels. Quand j'ai clairement indiqué que je n'étais pas intéressée, il s'est mis en colère. Il est devenu agressif. Il m'a dit que le partenariat était terminé, a emballé mes affaires sans ma permission, m'a expulsée de mon appartement et a changé les serrures.

L'expression de Giuseppe s'assombrit.

— Je ne veux pas causer de drame, je continue. — Je n'essaie pas de vous monter contre votre neveu. Mais je veux une chance équitable de prouver que je suis déterminée à diriger Confetti and Meatballs. Je tiens à cette entreprise, aux clients, aux événements, à la réputation que vous avez mis des décennies à bâtir. Je veux honorer cet héritage, pas le détruire.

C'est ma dernière chance. Travailler avec une entreprise établie, avec tous ces clients déjà dans le carnet de commandes, la réputation déjà faite, ce serait tellement plus facile que de partir de zéro.

Kane se penche plus près, son souffle chaud contre mon oreille. — Tu te débrouilles super bien, bébé.

La façon dont il le dit, à voix basse, intime et pleine de confiance en moi, envoie une spirale de chaleur à travers mon corps. Sa voix, son timbre rauque, le contact désinvolte, le surnom qui devrait m'agacer mais qui ne le fait pas. Comment ces Alphas ont-ils commencé à m'affecter aussi vite ?

Giuseppe prend son téléphone sur la table basse, tapote l'écran et le pose sur haut-parleur.

Le téléphone sonne deux fois avant que la communication ne s'établisse.

— Oncle Giuseppe ! La voix de Scot retentit, chaleureuse et prévenante. — Comment te sens-tu ? J'allais passer plus tard pour prendre de tes nouvelles.

— Tu es sur haut-parleur, Scot. J'ai Hannah ici avec moi.

Silence. Puis le ton de Scot change, devient glacial. — Je t'avais dit de te méfier d'elle.

— Écoute-moi, ajoute Giuseppe, puis il tousse, une toux grasse et forte qui le fait grimacer.

— Oncle, est-ce que tu…

— Laisse-moi finir. La voix de Giuseppe est ferme malgré la douleur évidente. — Je suis trop vieux pour continuer à diriger mon entreprise, trop vieux pour gérer les drames et les accusations qui volent dans tous les sens. Je pensais que tu pourrais gérer la relève, Scot. Mais maintenant, j'ai de sérieux doutes.

— Oncle, qu'est-ce…

— Il y a eu un développement avec le conseil de Whispering Grove, dit Giuseppe, coupant court à ce que Scot s'apprêtait à lancer. — Ils ont engagé Confetti and Meatballs pour les célébrations de l'illumination du sapin de Noël de Whispering Grove cette année. Chants de Noël, marchés, tout pour la soirée.

Mon cœur s'arrête, puis repart au galop. Oh. — C'est… énorme, je souffle.

— Ça l'est, acquiesce Giuseppe. — Le comité du conseil a clairement indiqué que si cette année se déroule sans accroc, ils signeront avec Confetti and Meatballs pour organiser l'événement pour les cinq prochaines années. C'est un contrat énorme. Bon argent, bonne visibilité. Exactement le genre de chose qui peut assurer l'avenir de cette entreprise.

Cinq ans. Mon cerveau se lance dans des calculs frénétiques : revenus, stabilité, le genre de référence qui fait baver d'envie les autres conseils municipaux.

— Parfait, dit Scot d'un ton suave. Je vais

commencer à rédiger une proposition pour le programme et nous pourrons…

— Non, le coupe Giuseppe, la voix soudainement tranchante. Vous ne le ferez pas.

Un silence crépitant s'installe au bout du fil.

La main de Kane trouve le creux de mes reins, chaude et ferme, comme s'il sentait ma colonne vertébrale menacer de se liquéfier.

— Comment ça, *non* ? Le ton de Scot se durcit. Mon oncle, c'est exactement ce que j'attendais. Vous savez à quel point j'ai travaillé dur pour cette entreprise. J'ai toujours été là pour vous.

— Je sais très bien qui fait partie de ma famille, réplique Giuseppe, et il y a une dureté dans sa voix que je n'ai jamais entendue auparavant. Je sais aussi que les bénéfices sont en baisse depuis quelques années. Moins de réservations. Plus de frais. Une réputation… éculée.

Mon estomac se noue. Je connais ces chiffres. J'ai vu les feuilles de calcul. J'ai vécu au rythme de ces e-mails de panique tard dans la nuit.

— Et ces six derniers mois ? poursuit Giuseppe. Depuis que Hannah a rejoint l'équipe ? Les bénéfices remontent enfin. De nouveaux clients. De meilleurs avis. Les gens parlent de Confetti and Meatballs comme si c'était de nouveau passionnant. Ce n'est pas un hasard.

Mes joues s'empourprent, et je fixe le plancher. Les compliments semblent étranges quand ils sont enveloppés d'autant de pression.

Scot ricane. — Avec tout le respect que je vous dois, mon oncle, ça fait cinq minutes qu'elle est là. Vous allez vraiment réécrire tout l'avenir de l'entreprise en vous basant sur quelques mois corrects et un peu de battage médiatique sur les réseaux sociaux ?

Une colère sourde et vive flambe sous mes côtes. — Je suis presque sûre que le battage médiatique inclut les trois membres du conseil qui ont personnellement envoyé un e-mail pour demander un devis, dis-je avant de pouvoir me retenir. Mais bien sûr, faisons comme si ça n'avait rien à voir avec le fait d'avoir décroché le contrat. Je ne savais simplement pas que Giuseppe avait rencontré personnellement le conseil municipal.

Quoi qu'il en soit, ces mots ont un goût d'imprudence à la seconde où ils sortent de ma bouche. Je serre les lèvres, regrettant immédiatement de m'être abaissée à lancer des piques.

Le pouce de Kane trace une lente caresse rassurante le long de ma colonne vertébrale. *Respire*, semble dire son contact.

— Espèce de p…

— Ça suffit. La voix de Giuseppe claque comme un fouet, si fort que même Kane sursaute.

Le silence vrombit.

— Ma décision est prise, annonce Giuseppe. Le contrat est à nous *cette année*. Après, cela dépendra de notre prestation. Alors voilà ce qui va se passer. Hannah dirigera l'intégralité de la Célébration de Noël de Whispering Grove pour Confetti and Meatballs.

La pièce bascule.

— Quoi ? Ma voix n'est qu'un filet. Giuseppe, c'est…

— Vous aurez le contrôle total, poursuit-il, comme si

je n'avais pas parlé. Budgets, plannings, coordination des fournisseurs, réunions avec les clients. Tout passera par vous.

J'ai la gorge sèche. Le contrôle total. Sur un événement aussi énorme, sur l'avenir de cette entreprise, et sur le risque de tout perdre, tout ce que je viens de commencer à construire.

— Et moi ? exige Scot. Où suis-je censé trouver ma place dans ce petit fantasme ?

— Vous ne serez *pas* impliqué dans celui-ci, Scot, dit Giuseppe. Vous êtes mis à l'écart de la célébration. Complètement. Pas d'e-mails aux clients, pas d'appels aux fournisseurs, pas de conseils. J'ai besoin de voir ce que Confetti and Meatballs peut faire avec Hannah à la barre et sans aucune interférence de votre part.

J'ai failli m'étouffer. Scot banni du plus gros événement de l'année ? C'est comme dire à un requin qu'il doit regarder quelqu'un d'autre nager sur son terrain de chasse.

— Vous plaisantez, dit Scot d'un ton neutre. Dites-moi que vous plaisantez.

— Je ne plaisante pas. Giuseppe laisse échapper un soupir qui crépite de déception lasse. Je vous ai observé, Scot. Vous travaillez dur, mais vous n'écoutez pas. Vous ne vous adaptez pas. Vous ignorez les conseils qui ne viennent pas de votre propre tête, et vous avez traité Hannah comme un problème temporaire au lieu d'un atout.

Une petite part mesquine de moi a envie de lever le poing en signe de victoire. Le reste de moi est trop occupé à paniquer, parce que s'il écarte Scot du projet, cela signifie que tous les yeux sont rivés sur moi.

— Mais je *vous* donne quelque chose, poursuit Giuseppe. En fait, je vous donne plus que ce que vous méritez. Parce qu'il ne s'agit pas seulement de la célébration. Il s'agit de l'entreprise.

Les doigts de Kane se crispent légèrement dans mon dos. Je peux sentir la tension qui émane de lui.

— Qu'est-ce que ça veut dire ? je parviens à articuler, bien que ma voix tremble.

— Ça veut dire, dit Giuseppe, que c'est votre unique chance, Hannah. Si vous menez à bien les célébrations de l'illumination du sapin de Noël de Whispering Grove et si tout se déroule sans accroc, si le conseil est content, si la ville est contente et qu'il n'y a pas de catastrophes majeures, alors je ferai rédiger les papiers pour faire de vous la propriétaire de Confetti and Meatballs.

Le souffle se coupe dans ma poitrine. C'est... c'est tout pour moi. La sécurité. Le contrôle. Le fait d'être enfin plus que l'intérimaire qu'il pourrait virer du jour au lendemain. Ma gorge se serre.

Le silence grésille au bout du fil, aussi tranchant que du verre brisé.

— Et si elle échoue, dit enfin Scot, la voix soudainement très calme. Trop calme. Si elle est incapable de le faire... ça me revient ?

Un frisson glacial me parcourt l'échine. Je sais déjà que je ne vais pas aimer ça.

— S'il y a de sérieux problèmes à cause de Hannah, dit lentement Giuseppe, comme s'il détestait ces mots au moment même où il les prononçait, si elle ne parvient pas à livrer la marchandise et que nous perdons le contrat de cinq ans à cause de cela, alors l'entreprise vous revient, Scot. Entièrement. Je vous cède mes parts, et vous prenez le contrôle total de Confetti and Meatballs.

Le monde se réduit au son de mon propre cœur qui bat.

Donc si je réussis, j'obtiens enfin une vraie place ici. Si j'échoue, je livre tout à l'homme qui me pousserait volontiers sous un bus.

— Laissez-moi être sûr d'avoir bien compris, dit Scot, chaque mot étant saccadé. Je suis forcé de rester à l'écart du plus gros contrat que nous n'ayons jamais eu, et si elle foire tout, toute l'entreprise me revient ?

— C'est exact, répond Giuseppe.

La main de Kane se resserre dans mon dos, ses doigts s'enfonçant juste assez pour que ce soit presque douloureux. Cela m'ancre à mon corps au lieu de la peur rugissante qui essaie de m'en arracher.

C'est de la folie. C'est… c'est…

Kane se rapproche, son épaule effleurant la mienne, silencieux et solide.

La respiration de Scot est si forte que je peux l'entendre à travers le haut-parleur.

— C'est tout ? crache-t-il. Vous pariez toute l'entreprise que vous avez bâtie sur elle ? Sur une Oméga que vous connaissez à peine ? Je peux gérer cette célébration et m'assurer que nous l'obtenions pour cinq ans de plus !

Le soupir de Giuseppe crépite au bout du fil. — Nous aurons aussi une discussion très sérieuse sur la façon dont vous parlez des gens qui travaillent pour vous, dit-il. Et sur le fait que vous avez bloqué le numéro de Hannah sur mon téléphone. Je sais que vous l'avez fait, Scot. Nous en discuterons plus tard.

Silence.

— Bonne chance, Hannah. Vous en aurez besoin, dit finalement Scot, les mots tendus et venimeux.

La ligne se coupe.

Je réalise que je suis debout alors que Kane se lève à côté de moi, se déplaçant avec cette énergie douce et contenue qui me donne toujours l'impression qu'il est prêt à me rattraper si je tombe.

— Vous n'auriez pas dû faire ça, je murmure, les mots ne s'adressant à personne et à tout le monde. À Giuseppe. À moi-même. À l'univers qui pense que c'est un jeu amusant.

Parce que ce n'est pas juste de la pression. C'est une invitation ouverte pour Scot à espérer mon échec, et s'il ne peut pas toucher directement à la célébration, il cherchera d'autres moyens de mettre des bâtons dans les roues pour que j'échoue. Des problèmes de fournisseurs accidentels. Des factures égarées. Une rumeur par-ci, une question inquiète par-là.

— Hannah, dit doucement Giuseppe. Je lève les yeux. Il se force à se lever, une main sur l'accoudoir pour s'équilibrer. L'effort creuse de nouvelles rides autour de ses yeux, et la culpabilité transperce ma panique. Il a l'air épuisé. Plus vieux qu'il ne l'était il y a un an. Ce n'est pas un cadeau. C'est un test. Je mets ma confiance en vous, et je mets l'entreprise en jeu. Ne me faites pas le regretter.

— Je… je comprends. Est-ce que je comprends vraiment ? Je n'en suis pas sûre. Tout ce que je saisis vraiment, c'est qu'un seul faux pas et tout ce pour quoi j'ai travaillé glisse directement entre les mains de Scot.

Et je *sais* qu'il a entendu les conditions comme un défi, pas comme un avertissement.

Les doigts de Kane s'entrelacent avec les miens, serrant assez fort pour me sortir de ma spirale.

— Je ne vous décevrai pas, dis-je, même si mon pouls fait des saltos arrière. Je promets que je ferai tout mon possible pour que la célébration soit parfaite.

Giuseppe m'étudie pendant un long battement de cœur, puis acquiesce d'un seul signe de tête. — Bien, ajoute-t-il. Parce que si vous pouvez réussir ça avec Scot qui boude dans son coin, il n'y aura pas grand-chose que cette ville, ou n'importe qui d'autre, pourra vous jeter à la figure que vous ne puissiez gérer.

Aucune pression. Et je lis facilement entre les lignes. Il veut que je gagne. Il me préfère à Scot. Mais il ne peut pas simplement écarter son neveu et me donner la couronne sans raison. Il doit pouvoir pointer du doigt la célébration et dire que c'est l'événement qui a décidé, pas lui.

Quelques instants plus tard, nous sommes dehors, retournant au camion de Kane, et j'expire si fort que mon souffle forme un nuage dans l'air froid.

— Mon Dieu, c'était intense. Pas du tout comme je m'y attendais.

— Tu as été incroyable, m'assure Kane en m'ouvrant la portière. Si forte. Te voir te défendre, te battre pour ce que tu veux, putain, Hannah. C'était terriblement sexy.

Je monte dans le camion et il est au volant en un rien de temps, démarrant le moteur.

— Je t'aiderai pour tout ce dont tu as besoin pour y arriver, ajoute-t-il alors que nous nous éloignons de la maison de Giuseppe. Recherches, planification, traque de Scot, sexe tard dans la nuit, tout ce dont tu as besoin. Je suis à toi.

Mon cœur fait une petite culbute étrange. Tout devient flou un instant sous la chaleur de sa promesse.

Peut-être que je *peux* vraiment y arriver.

En supposant que Scot ne fasse pas exploser mon monde d'abord.

— Et c'est une autre excellente raison pour que tu continues à vivre avec nous. Tu devras probablement rencontrer des membres du conseil, faire des visites de sites, toutes sortes de choses qui sont plus faciles quand on est basé en ville plutôt qu'à une heure de route dans les montagnes.

C'est… en fait un argument valable. Je mordille ma lèvre inférieure, réfléchissant à la logistique.

Kane regarde à nouveau ma bouche comme s'il pourrait s'arrêter sur le côté de la route pour m'embrasser à en perdre la raison.

— Allons chercher tes affaires chez Lily, dit-il, la voix rauque. Ramenons tout à la maison, là où est sa place.

À la maison.

Le mot s'installe chaleureusement dans ma poitrine,

se propageant comme un chocolat chaud un jour de grand froid.

Je devrais probablement paniquer davantage face à la rapidité avec laquelle tout cela évolue. Sur le fait que je connais à peine ces hommes et que j'envisage déjà de vivre avec eux de façon permanente.

Mais assise ici dans le camion de Kane, son odeur m'enveloppant, sa confiance en moi me faisant me sentir capable et forte, je commence à penser que peut-être les choses pourraient finalement bien se passer.

12

HANNAH

Il est plus de midi, et je suis assise en tailleur sur mon lit dans ce qui est apparemment ma nouvelle chambre, entourée de cartons, de sacs et des morceaux éparpillés de ma vie.

Kane m'a aidée à tout monter de chez Lily il y a environ une heure. Des cartons de vêtements, mon ordinateur portable et son chargeur, des piles de livres et de magazines sur l'organisation d'événements que j'ai collectionnés au fil des ans, les quelques ustensiles de cuisine que j'avais accumulés, des photos encadrées de Maman, de Lily et de Papa. Ainsi que de nouvelles photos de Sage et Blake que Lily a encadrées pour moi. Tout cela semble pathétiquement dérisoire, étalé dans cet immense espace avec son lit taille Oméga, son dressing et sa salle de bain attenante.

Je viens de raccrocher avec Lily qui, au lieu de s'affoler comme une personne normale, n'a cessé d'insister sur le fait que je faisais le bon choix.

— Si tu sens que ce sont tes partenaires olfactifs, Hannah, tu dois donner une vraie chance à cette histoire. Tu ne peux pas fuir la biologie éternellement. Et d'après tout ce que j'ai vu, ces types sont obsédés par toi. Genre, complètement dingues de toi. Ne gâche pas tout parce que tu as peur.

— Je n'ai pas peur.

— Tu es terrifiée. Je l'entends dans ta voix. Mais tu es aussi excitée, et c'est ça qui compte.

Maintenant, je porte un jean confortable et un pull bleu tout doux qui a connu des jours meilleurs mais qui est comme un câlin. Je suis pieds nus sur la moquette épaisse, essayant de me convaincre que je n'ai pas commis une erreur monumentale.

Et je suis presque sûre qu'il y a encore des miettes du *banh mi* au porc que nous avons pris pour le déjeuner dans mon soutien-gorge. Kane m'a emmenée dans un minuscule restaurant vietnamien niché dans une galerie marchande entre une laverie et un salon de manucure, et le sandwich était tellement incroyable — pain croustillant, porc savoureux, légumes marinés, coriandre, piments jalapeños — que je l'ai dévoré sans me soucier de me comporter en dame. Des miettes partout.

On frappe à ma porte.

— C'est ouvert, je lance.

La porte s'ouvre en grand, et Chris se tient là, son mètre quatre-vingt-dix de pur muscle et de délice remplissant l'encadrement de la porte, ce sourire en coin dévastateur que j'adore sur son visage.

— Bienvenue à la maison, dit-il avec un sourire chaleureux.

Je le dévisage. Je ne peux pas m'en empêcher. Je ne peux même pas prétendre que je ne le fais pas.

Il porte un jean bleu et un t-shirt thermique gris à manches longues qui moule chaque muscle défini de son torse et de ses bras. Ses cheveux châtain foncé sont légèrement en désordre, comme s'il y avait passé les mains.

Ce sourire en coin. Mon Dieu, je m'en souviens depuis l'incident avec le Père Noël, depuis notre baiser qui tourne en boucle dans ma tête depuis qu'il a eu lieu.

— Tu n'as pas idée à quel point je suis excité que tu sois là, dit-il, une épaule appuyée contre le chambranle.

Mon cœur a un stupide petit raté.

— Fais attention, dis-je en relevant le menton. Si tu dis des choses comme ça, je pourrais commencer à croire que ça te plaît de m'avoir sous ton toit.

Un coin de sa bouche se relève, lentement, d'un air malicieux. — C'est le cas. Son regard balaie ma chambre, puis revient sur moi, si délibérément que j'en ai la chair de poule. — Tu es plus en sécurité. C'est plus facile pour moi de garder un œil sur toi.

La voilà de nouveau. Cette pointe de possessivité sous son charme désinvolte que je fais semblant de ne pas remarquer.

— Maintenant, mets des vêtements chauds et des bottes. On sort.

Je cligne des yeux. — Où ça ?

— On va chercher un sapin de Noël.

Je ris, parce que je n'arrive vraiment pas à me l'imaginer. — Tu plaisantes. Vous trois, vous allez acheter un sapin ? Je croyais que vous en aviez un, appuyé contre l'arrière de la maison.

Ses yeux pétillent. — Celui-là, c'est pour faire un don et il est trop petit pour nous. En plus, Kane a dit que tu étais déçue qu'on n'en ait pas encore installé.

Je souris, me souvenant du magnifique sapin blanc chez Giuseppe. — J'imagine qu'il a pu interpréter mes paroles de cette façon.

— Alors on va y remédier. Aujourd'hui. Tous les quatre. Tu auras ton sapin, et moi, je pourrai scier devant toi. Tout le monde est gagnant.

Mon pouls martèle entre mes côtes, excitée à l'idée d'aller chercher un sapin. — Bien sûr, pourquoi pas ?

— Cinq minutes, dit-il. Bottes, manteau, en bas. Il me fait un clin d'œil, puis quitte ma chambre, ses larges épaules disparaissant dans le couloir, et je reste là, agrippant l'ourlet de mon pull, essayant de me rappeler comment respirer, et encore moins comment dire non à un Alpha qui veut abattre un sapin de Noël juste parce que j'ai demandé pourquoi le leur n'était pas encore installé.

J'attrape des chaussettes épaisses en laine, mon plus gros pull en tricot torsadé par-dessus un sous-vêtement thermique, et mon manteau d'hiver. Le temps que je sois emmitouflée et que je descende dans mes bottes de neige, je transpire légèrement, mais au moins, je ne me transformerai pas en glaçon.

Ils m'attendent tous les trois dans le salon, et cette vision m'arrête sur la dernière marche comme si j'avais heurté un mur.

Ils sont équipés pour une sérieuse activité hivernale

en plein air, et on dirait qu'ils sortent tout droit d'un catalogue d'Alphas virils.

Kane porte une veste vert forêt qui fait ressortir ses yeux noisette, un jean usé, et des bottes lourdes bien lacées. Ses cheveux blond foncé sont légèrement ébouriffés par le vent, et il me sourit comme si nous nous apprêtions à commettre un casse au lieu de couper un sapin.

Noel est tout en noir, ce qui met en valeur chaque ligne de ses muscles, avec des bottes robustes, ses longs cheveux attachés en arrière d'une manière qui accentue sa mâchoire puissante. Il a l'air dangereux. Compétent. Comme s'il pouvait traquer quelqu'un à travers un blizzard et en savourer chaque seconde.

Chris a enfilé une veste sombre par-dessus son t-shirt et tient ce qui ressemble à une corde de qualité professionnelle enroulée sur son épaule.

— La voilà, dit Kane, son sourire s'élargissant. Prête pour l'aventure, ma belle ?

— Je veux dire, il y a un super marchand de sapins à la sortie de la ville, je propose en descendant la dernière marche. Ils ont des sapins pré-coupés, des prix tout à fait raisonnables, et on ne risque pas de perdre des doigts à cause des engelures.

Ils éclatent de rire tous les trois comme si j'avais raconté la blague la plus drôle qu'ils aient jamais entendue.

— On le fait nous-mêmes, dit Noel.

— Comme il se doit, ajoute Chris en s'approchant de moi. Il tend la main et remonte la fermeture éclair de mon manteau sur les derniers centimètres. — On ne peut pas te laisser geler.

— Alors ce sera style bûcheron à l'ancienne, dis-je, en essayant de paraître décontractée au lieu d'être complètement décontenancée par sa proximité.

Je les suis dehors dans l'air vif de l'après-midi. Le pick-up bleu de Kane est garé, moteur en marche, le pot d'échappement crachant des nuages de fumée blanche.

Kane fait un saut dans le garage et en ressort bientôt avec une scie de qualité professionnelle, du genre qui a des dents sérieuses qui ne rigolent pas.

Chris vérifie la corde, testant sa solidité par des tractions qui font saillir les muscles de son avant-bras. Noel fait craquer ses doigts.

— D'accord, c'est vraiment à l'ancienne, j'admets en grimpant sur la banquette arrière du pick-up.

Kane et Noel prennent les sièges avant, Chris se glisse à côté de moi.

Kane sort de l'allée en marche arrière, et j'essaie très fort de ne pas fixer Chris à mes côtés.

— Alors, quel genre de décorations tu utilises d'habitude ? demande Kane une fois que nous sommes sur un chemin de terre, nous enfonçant plus profondément dans les montagnes.

— De tout, j'avoue en me détendant dans mon siège. Je suis complètement excessive avec Noël. Des décorations de chaque année de ma vie, y compris celles vraiment hideuses que j'ai faites à l'école primaire. Des guirlandes, tellement de guirlandes. Des lumières multicolores. Des sucres d'orge. Des boules en verre. Des décorations faites maison. Des guirlandes de pop-corn si je me sens ambitieuse.

— Nous, on reste assez minimalistes et on suit une tradition que mes grands-parents respectaient à leur époque. Je passais beaucoup de temps ici quand j'étais petit pour ne pas avoir à supporter mes parents, dit Noel depuis l'avant. Et ils m'ont appris à accrocher des noix peintes en doré, à faire cuire des pommes le soir où on installe le sapin, des chocolats emballés à la main dans du papier kraft avec de la ficelle, des sucres d'orge.

— On perpétue les vieilles traditions, ajoute Kane.

— N'est-ce pas, mon sucre d'orge, ajoute Chris.

Kane grogne de façon théâtrale. — Je vais te tuer et faire passer ça pour un accident.

— Il adore se faire lécher, ajoute Chris, ignorant complètement la menace. C'est pratiquement son activité préférée.

Je ris. Je ne peux pas m'en empêcher. — Un jeu de mots très habile.

La neige recouvre tout d'un blanc immaculé, les arbres en sont chargés, le monde ressemble à une boule à neige géante qu'on aurait secouée avant de laisser tout se déposer parfaitement.

— Alors, comment ça marche exactement ? je demande, désespérée de penser à autre chose qu'à la bouche de Kane chaque fois qu'il me jette un regard par-dessus son épaule. On peut simplement abattre n'importe quel arbre au hasard, ou c'est, genre, super illégal ?

— Il y a des terrains publics où les gardes forestiers l'autorisent avec des permis, et c'est là que poussent les meilleurs sapins, explique Chris, me donnant un coup d'épaule et se rapprochant de mon espace personnel.

— On le fait chaque année, ajoute Kane.

Nous nous engageons sur un autre chemin de terre qui a été partiellement déneigé, et nous nous garons sur un petit parking vide, à l'exception d'un autre pick-up au loin.

Le froid me saisit immédiatement lorsque nous sortons et brûle mes poumons de la manière la plus vivifiante qui soit. Tout est silencieux, à l'exception du craquement de nos bottes dans la neige et des chants lointains d'oiseaux.

— Les sapins de Noël les plus courants par ici sont diverses sortes de pins, détaille Noel à voix haute alors que nous commençons à marcher dans la forêt, en suivant une piste tassée par de précédents visiteurs. Nous préférons le pin blanc car ses aiguilles sont longues et douces. Elles ne piquent pas comme d'autres variétés de pins quand on les décore.

— Le sapin sauvage le plus courant dans la région est le sapin baumier, ajoute Kane, enjambant une bûche tombée avant de se retourner pour me tendre la main. C'est un magnifique sapin de Noël. Il sent incroyablement bon. Et il garde bien ses aiguilles.

— Vous vous y connaissez vraiment en sapins, j'observe, un peu essoufflée.

— On prend Noël au sérieux, dit Chris derrière moi.

Nous nous dispersons un peu, chacun scrutant les arbres autour de nous. La forêt ici est assez clairsemée pour marcher confortablement, la neige est immaculée à l'exception des traces d'animaux qui la sillonnent de toutes parts. Je ne sais pas exactement ce que je dois chercher, car ils me semblent tous magnifiques.

— Et celui-là ? lance Kane, désignant un arbre d'environ un mètre cinquante et parfaitement formé.

— Trop petit ! répond Noel. Il nous faut quelque chose qui en impose !

— Celui-ci ? Chris désigne un spécimen massif qui nécessiterait une grue pour être déplacé.

— À moins que tu ne prévoies de faire un trou dans le plafond pour en faire un sapin sur deux étages ! répond Kane.

— Ne me tente pas, dit Chris. J'adore les défis.

Noel sort un thermos de la poche de son sac à dos.

— Pause chocolat chaud ?

— On vient à peine de commencer, dit Kane.

— Je ne dirais pas non à une boisson chaude. Je me dirige déjà vers lui comme s'il tenait le Saint Graal, le froid s'infiltrant à travers mes vêtements.

— Relevé de schnaps à la vanille, avoue-t-il en dévissant le bouchon et en versant le liquide dans de petits gobelets pliables qu'il sort d'une autre poche avant de nous les distribuer.

Nous formons un cercle lâche, nous réchauffant les mains sur les gobelets. Le chocolat chaud est parfait, riche et onctueux, fait avec du vrai chocolat et juste assez de schnaps pour créer une agréable chaleur dans ma poitrine.

— Regardez là-bas, dit Chris à voix basse, presque dans un murmure. Il pointe du doigt, et je suis son regard pour voir deux lapins qui sautillent dans la neige à une dizaine de mètres. Leur fourrure est d'un blanc immaculé, les rendant presque invisibles sur le fond blanc, et ils se déplacent avec ce mouvement saccadé si caractéristique.

— Ils sont adorables, je souffle, ne voulant pas les effrayer.

Nous les observons en silence jusqu'à ce qu'ils disparaissent dans les broussailles. Il y a quelque chose de paisible dans cet instant, nous quatre, debout ensemble dans la forêt silencieuse, la neige tombant doucement autour de nous, le monde entier réduit à ce simple moment.

Kane se baisse, ramasse une poignée de neige et la compacte en une boule, puis lève les yeux vers moi.

— N'y pense même pas, le préviens-je en reconnaissant ce regard, tout en reculant.

Il la lance quand même, mais sur Chris, qui l'esquive avec une agilité surprenante et riposte immédiatement avec sa propre boule de neige parfaitement visée qui atteint Kane en pleine poitrine.

En quelques secondes, c'est la guerre totale.

Je ris si fort que j'ai à peine le temps de faire des boules de neige assez vite pour me défendre. Je suis en infériorité numérique, surclassée, et ils sont clairement tous bien plus expérimentés que moi en matière de combat de boules de neige. La neige frappe mon épaule, mon dos, s'infiltre je ne sais comment dans le col de mon manteau, me faisant pousser un cri strident.

— Trêve ! je halète, les mains en l'air en signe de reddition. — Trêve ! Je suis sans défense !

— Le vainqueur choisit le sapin, déclare Kane en époussetant la neige de sa veste.

— C'est complètement injuste ! Vous vous êtes tous ligués contre moi ! C'est de la triche !

— Tous les coups sont permis dans une bataille de boules de neige, dit Chris avec un sourire narquois dénué de tout remords. — Donc, c'est nous qui choisissons le sapin.

Mais Noel s'approche et, de ses grandes mains douces, il enlève la neige de mes épaules et de mon dos.

— Je soutiendrai le sapin que tu choisiras. Pour équilibrer les chances.

— Mon héros, je dis.

Ses yeux bleus se plongent dans les miens pendant un instant, une sorte d'intensité passant entre nous, avant qu'il ne recule. Nous continuons à nous enfoncer dans la forêt, débattant des mérites des divers arbres que nous croisons. Trop clairsemé. Trop petit. Trop de travers. Mauvaise couleur d'aiguilles. Branches trop faibles pour supporter les décorations.

Puis nous contournons un épais bouquet de pins, et il est là.

Un sapin baumier, d'environ deux mètres cinquante ou soixante-dix, parfaitement symétrique, avec cette silhouette classique de sapin de Noël. Les aiguilles sont d'un magnifique bleu-vert qui semble presque givré, les branches sont solides et espacées de manière uniforme, l'ensemble donnant l'impression d'avoir poussé spécialement pour devenir le sapin de Noël de quelqu'un.

— Celui-là, disons-nous en même temps, au moment même où Kane et Chris disent la même chose, à quelques mètres de là.

Les garçons échangent un regard, puis tous les trois se mettent à rire.

— Décision unanime, dit Kane en secouant la tête. — Ça doit être le destin, ou un truc du genre.

— Ou alors on a tous un excellent goût, je réplique.

Ils se mettent au travail immédiatement, et je recule pour regarder, car il est hors de question que je me mette en travers du chemin de trois grands Alphas armés d'outils tranchants.

Chris et Noel déblaient la neige autour de la base avec leurs bottes, révélant le tronc. Kane se positionne avec la scie, teste sa prise, ajuste sa posture.

Et, bon, il est clair que j'apprécie le spectacle bien plus que je ne le devrais.

Kane empoigne la scie à long manche avec Noel à l'autre bout, les bottes plantées dans la neige alors qu'ils l'alignent contre le tronc, aussi épais que ma cuisse. Le premier coup de lame mord le bois avec un grincement rauque, les dents de métal dévorant le bois. Les épaules de Kane se contractent sous sa veste, tout son corps travaillant avec le mouvement comme s'il avait fait ça chaque hiver depuis avant même de savoir conduire.

Ils entament un va-et-vient régulier, leur souffle formant un nuage dans l'air froid, la scie chantant à travers l'arbre en coups vigoureux. Ça ne dure pas une éternité, mais ça dure assez longtemps. Noel ajuste sa prise, la mâchoire serrée, en s'appuyant sur la prochaine traction, ses bottes glissant légèrement avant qu'il ne se stabilise.

Le temps que la lame ait presque traversé le tronc, mes doigts sont engourdis, mais le reste de mon corps est embarrassamment chaud. D'une dernière traction brutale, le tronc cède. L'arbre craque, un bruit sec de bois qui se brise, et le tout bascule loin de l'endroit où je me tiens. Les garçons sont déjà en mouvement, les mains prêtes, le guidant pour qu'il tombe proprement dans la neige sans écraser les branches inférieures. Il atterrit avec un bruit sourd et étouffé, projetant un nuage de poudreuse, et voilà, notre sapin de Noël est abattu.

— Vous trois, vous êtes sûrs de ne pas avoir été bûcherons dans une autre vie ? je crie alors qu'ils commencent à traîner l'arbre vers le sentier, et je me retourne, le regard fixé sur la pointe de l'arbre qui laisse un sillon net dans la neige.

Une boule de neige m'atteint en plein entre les omoplates.

Je pousse un cri et me retourne brusquement. Tous les trois s'immobilisent en plein mouvement, des expressions innocentes identiques plaquées sur leurs visages, comme s'ils avaient répété.

— Lâches, je les accuse. — Assumez vos crimes.

Kane hausse les épaules, pas le moins du monde dérangé.

— C'est toi qui as commencé. Tu lances des compliments comme ça, on va prendre la grosse tête.

— Vous aviez déjà la grosse tête, je marmonne.

La bouche de Chris s'étire en un sourire.

— Elle n'a pas tort.

Ensemble, ils traînent le sapin jusqu'au pick-up. J'ai une main posée sur une branche, plus pour le soutien moral qu'une aide réelle, mais personne ne me le fait remarquer. Chaque fois que je trébuche, l'un d'eux me stabilise d'une main sur mon coude ou au creux de mes reins, et ma dignité meurt lentement d'une mort festive et pailletée.

Arrivés au pick-up, ils hissent le sapin sur la galerie de toit d'une seule vague de muscles qui me réchauffe l'estomac. Chris lance la corde par-dessus, puis se met à l'attacher. Les nœuds qu'il fait semblent compliqués, la corde se resserrant fermement autour du tronc.

— Frimeurs, je dis à voix basse, mais je ne peux m'empêcher de sourire.

— Tu adores ça, me lance Kane, sans même lever les yeux.

Il n'a pas tort.

— Ne t'inquiète pas, ajoute Noel, me jetant un regard sous ses cils tout en vérifiant la dernière sangle. — On t'apprendra à faire des nœuds un jour. Une leçon très... pratique.

Une vague de chaleur me pique la nuque.

— Je sais faire des nœuds.

Le regard de Chris s'attarde sur ma bouche un instant de trop.

— On vérifiera cette théorie une autre fois.

Nous nous entassons dans le pick-up. Une bouffée d'air chaud me frappe, et je gémis de soulagement. Mes joues sont engourdies. Mes doigts me font mal en se réchauffant.

— C'était incroyable, j'admets en retirant mes gants et en plaquant mes mains aussi près que possible des bouches d'aération. — Je n'ai jamais coupé de sapin avant. Je n'y avais même jamais pensé. J'ai l'impression d'avoir commis une forme très spécifique de crime de Noël, et ça me plaît.

— La première de nombreuses traditions, dit Kane depuis l'avant.

Le trajet du retour semble plus rapide. Peut-être parce que nous sommes tous excités d'avoir réussi à arracher un sapin à la forêt.

De retour à la maison, ils font entrer le sapin avec la même force tranquille qu'ils ont déployée dans la forêt.

— Attendez, déclare Noel, et ils s'arrêtent sur le porche pour le secouer. Une pluie d'aiguilles s'abat en une douche verte et parfumée, l'odeur de pin perçant l'air froid.

Puis vient le passage de la porte. Ils inclinent le tronc, penchent, se tortillent, reculent, réessaient. Noel marche à reculons, une main sur l'écorce, donnant des instructions, tandis que Kane et Chris portent le plus gros du poids.

— Fais attention à la cime, prévient Noel.

— Je *fais* attention à la cime, grogne Kane. — La cime va bien. C'est l'embrasure de la porte le problème.

— Essayez de ne pas refaire la déco de la maison avec le sapin, je suggère, serviable, en croisant les bras.

Trois têtes pivotent vers moi en même temps. L'espace d'un instant, ils se contentent de… me regarder. De la neige dans les cheveux, les joues rougies par le froid, leurs grands corps remplissant l'entrée comme si c'était la chose la plus naturelle au monde, comme si ma place était ici, dans leur hall, à leur donner des ordres sur la décoration de Noël.

Quelque chose se serre dans ma poitrine.

— Les yeux sur le sapin, ma belle, dit Chris, mais son regard s'attarde un peu plus longtemps sur moi avant de se détourner.

Ils finissent par le positionner sur le robuste pied qui attend devant les immenses fenêtres dans le coin de la pièce.

Noel maintient le tronc droit, ses deux mains enroulées autour de l'écorce, ses avant-bras se bandant. Kane s'accroupit pour ajuster les vis à la base, la mâchoire active tandis qu'il serre chacune d'elles. Chris recule, tourne autour, plissant les yeux vers l'angle comme s'il était personnellement offensé par l'idée que l'arbre puisse être légèrement de travers.

— Un peu à gauche, ordonne Chris.

— C'est ce que *tu* as dit hier soir, marmonne Kane.

Je m'étouffe avec ma propre salive. Noel renifle, essayant sans succès de cacher un sourire. Chris reste immobile un instant, puis s'abstient très délibérément de me regarder, ce qui ne fait qu'empirer les choses car maintenant j'imagine tout ce qu'il ne dit pas.

— Plus haut, dit Chris, la voix un peu plus rauque. — Juste d'un poil.

— C'est ce que… commence Kane.

— Noel, l'interrompt Chris, impassible. — S'il te plaît, frappe-le pour moi.

Noel s'exécute d'un coup de coude sec dans les côtes de Kane.

— Comporte-toi bien. Il y a une femme ici.

Mon visage est en feu.

— Je crois qu'on a dépassé ce stade depuis que quelqu'un a commencé les blagues sur les *nœuds*.

Kane m'adresse un sourire coquin mais lève les mains en signe de reddition.

— Hé, c'est toi qui as dit qu'on était doués avec le bois.

— Je n'ai *pas* dit ça.

— Tu le *pensais*, ajoute Noel avec douceur.

Et c'était absolument le cas.

Finalement, Chris se redresse, lance un dernier regard évaluateur au tronc, puis hoche la tête. Ils reculent tous. La cime de l'arbre s'étire vers le plafond, laissant juste assez de place pour une étoile.

— Mon Dieu, il est énorme, je souffle en levant les yeux vers lui.

Silence.

Je *sens* littéralement leurs trois regards se poser sur moi à l'unisson. L'air se charge, une tension électrique et éhontée crépite entre nous.

Kane est le premier à craquer. — C'est ce que tu as dit hier soir, lâche-t-il, cette fois sans la moindre honte, avec un air déraisonnablement satisfait de lui.

Noel grogne. Chris finit par me regarder, un mélange de désir et d'amusement dans les yeux, comme s'il imaginait les mêmes choses que moi.

Mon estomac se serre. Je lève les yeux au ciel, tentant désespérément de récupérer un semblant de dignité. — Vous savez, à un moment donné, l'un de vous va bien finir par dire quelque chose qui ne sonne pas comme une réplique de film érotique de fin de soirée.

— J'en doute, dit Noel.

— Pas quand tu nous tends des perches pareilles, ajoute Kane.

Les lèvres de Chris s'étirent en ce sourire lent et dangereux qui captive mon attention. — Fais attention, Hannah. Continue de dire à quel point il est grand, et on va finir par croire que tu nous flirtes avec nous.

Je fixe le sapin plutôt qu'eux, le cœur battant la chamade, ridiculement consciente de chaque centimètre qui nous sépare, et de chaque endroit où j'aimerais soudain qu'il n'y ait *plus* aucune distance.

Ils disparaissent dans ce que je suppose être un débarras, et reviennent avec plusieurs boîtes empilées dans les bras. Je les regarde déballer des guirlandes de lumières blanches encore dans leur emballage, des décorations en bois qui semblent faites à la main, des tranches d'orange séchées qui sentent Noël, des bâtons de cannelle liés avec de la ficelle, les chocolats faits main que Noel a mentionnés, des sucres d'orge encore dans leur papier.

Chris se dirige vers une chaîne hi-fi que je n'avais pas remarquée, et la musique emplit la pièce, des chants de Noël classiques, Bing Crosby et Nat King Cole, le genre qui rend tout chaleureux et nostalgique.

Puis il disparaît dans la cuisine, et bientôt l'odeur des pommes au four envahit toute la maison, douce et épicée de cannelle et peut-être de muscade, me mettant l'eau à la bouche.

Nous commençons tous à décorer le sapin, en commençant par les lumières. Ensuite, nous accrochons des ornements de rennes en bois, des flocons de neige sculptés, et d'autres qui semblent dater de leur enfance à en juger par les bords usés et la peinture écaillée.

Chris disparaît à nouveau dans le couloir et revient

avec une énorme pelote de ficelle, un air suffisant sur le visage comme s'il venait de sauver Noël. — Rations de sucre d'urgence, dit-il en la laissant tomber sur la table basse à côté d'une montagne de sucres d'orge et de chocolats emballés. — On décore, on grignote. Gagnant-gagnant.

Nous commençons à attacher de petites boucles et à les suspendre aux branches, et quelque part entre le premier sucre d'orge et le sixième chocolat, l'espace autour de moi... se rétrécit.

Kane s'approche tout près derrière moi pour atteindre une branche plus haute, son torse frôlant mon épaule. Une de ses grandes mains se pose sur ma taille, me stabilisant comme s'il craignait que je ne perde l'équilibre.

— Doucement, murmure-t-il, son souffle chaud contre mon oreille. — On ne peut pas te laisser te planter la tête la première dans le sapin. Ce serait dommage pour les décorations.

— Je suis parfaitement stable, dis-je, même si mon pouls s'accélère. — C'est toi qui me colles.

Son pouce caresse une fois la courbe de ma hanche avant qu'il ne me lâche.

Noel s'approche de l'autre côté avec une guirlande. Il se baisse sous mon bras, son épaule glissant le long de la mienne alors qu'il tend la main. Ses phalanges effleurent accidentellement ma colonne vertébrale, laissant une traînée d'étincelles dans leur sillage.

— Tu peux tenir ça ? demande-t-il, enroulant la guirlande dans mes mains sans attendre de réponse.

Je lève les bras, et il se place derrière moi pour

ajuster l'angle, son torse pressé contre mon dos, sa voix basse près de mon oreille. — Juste comme ça. Ne bouge pas.

— Comme si je le pouvais, je marmonne. Mon cœur bat si fort que j'ai peur que quelqu'un le remarque.

Un instant plus tard, mes cheveux glissent en avant sur mon épaule. Chris est soudain devant moi, assez proche pour que je puisse voir l'anneau plus sombre autour de ses iris.

— Attends, dit-il doucement.

Ses doigts glissent dans mes cheveux, ramenant la mèche derrière mon oreille avec un soin superflu. Ses phalanges effleurent ma pommette, chaudes et rugueuses, et au lieu de se retirer, il laisse sa main s'attarder le long de ma mâchoire le temps d'un battement de cœur. Peut-être deux.

— Tu vas te mettre de la sève partout si tu ne fais pas attention, ajoute-t-il, son pouce frôlant le coin de ma bouche comme s'il vérifiait s'il y avait des taches.

— Je suis *très* prudente, dis-je, un peu trop essouf-flée. — C'est vous tous qui vous comportez comme des adolescents sans surveillance dans une usine de guirlandes.

— Tout ce que j'entends, dit Kane de quelque part à ma gauche, — c'est que tu t'es portée volontaire pour nous superviser.

Je devrais me sentir prise au piège. Trois grands hommes m'encadrant, tendant les bras autour de moi, assez proches pour que chaque respiration apporte un mélange différent de cèdre, d'air froid et de quelque chose qui n'appartient qu'à eux. Au lieu de ça, je me surprends à me pencher vers eux. À tester les limites. Quand je fais un pas de côté, je heurte accidentellement le torse de Noel. Sa main glisse instantanément sur ma hanche, ferme et sûre. Quand j'essaie d'atteindre une branche plus haute, Kane est soudain là, la paume à plat dans le creux de mes reins, me tenant comme si j'étais quelque chose de précieux et de fragile. Chris me passe un autre sucre d'orge, nos doigts s'emmêlant une seconde de plus que nécessaire.

Mon cerveau ne cesse de murmurer : *Trop, trop proche, trop vite.*

Mon corps ne cesse de murmurer : *Encore.*

— Passe-moi cette étoile ? demande finalement Noel, hochant la tête vers l'étoile en bois, d'une teinte foncée et lisse, comme si quelqu'un l'avait aimée au point d'en user les bords avec le temps.

Je la lui tends, et il se dirige vers l'échelle qu'ils ont installée à côté du sapin. Il grimpe, les muscles de ses cuisses se contractant sous son jean usé, sa veste se tendant sur son dos à chaque pas. J'essaie — j'essaie *vraiment* — de ne pas le mater.

J'échoue immédiatement.

Il atteint le sommet, posant une main sur le plafond pour la fixer tout là-haut. Le mouvement tend sa chemise sur son ventre, et je jure que j'entrevois le paradis pendant une seconde. Il est bandant…

Quand il redescend, je relève le regard bien trop tard. Il le surprend ; bien sûr qu'il le surprend. Ce sourire lent et entendu se dessine sur son visage.

— Tu as vu quelque chose qui te plaît, ma belle ? lance-t-il d'une voix traînante.

Prise sur le fait.

— Peut-être bien, dis-je en relevant le menton. — Je n'avouerai rien sans la présence d'un avocat.

Kane éclate de rire. — Ton visage avoue déjà beaucoup de choses.

— Ce n'est pas grave, dit Noel, imperturbable. — C'est l'égalité des chances. Elle peut tous nous transformer en objets. Je vote pour.

Chris revient avec d'autres guirlandes. — Concentrez-vous, dit-il d'un ton modéré, bien qu'un amusement pointe sur ses lèvres. — Les cornes plus tard. Les paillettes maintenant.

Kane sort d'un placard une jupe de sapin en tissu rouge, épaisse et douce, et nous nous accroupissons ensemble pour l'étaler autour de la base, nos épaules et nos genoux se frôlant. Chaque petit contact semble intentionnel maintenant. Chaque regard s'attarde une seconde de trop.

Finalement, nous reculons en ligne, épaule contre épaule, face au sapin.

Dehors, au-delà de la vitre, la neige tombe de plus en plus fort. Dedans, il n'y a que nous, la douce lueur des lampes et l'odeur âcre du pin.

— Oh, wow, je souffle. — C'est... c'est absolument spectaculaire.

— Le moment de vérité, dit Noel en se dirigeant vers le mur.

Il appuie sur un interrupteur.

Le sapin explose de lumière. Des ampoules blanches s'allument entre les branches, se reflétant sur les guirlandes, ricochant sur les boules de verre et les chocolats emballés dans du papier aluminium. L'étoile en bois brille doucement au sommet, nimbée de minuscules points de lumière.

C'est… parfait. Chaleureux, sauvage et un peu excessif. *À eux.* Et d'une certaine manière, en le regardant, j'ai l'impression qu'il est aussi un peu *à moi.*

Nous nous dirigeons vers les canapés sans que personne n'ait besoin de le dire. Kane et Chris s'installent sur le plus grand, s'étalant comme s'ils étaient chez eux. Noel et moi nous laissons tomber sur le plus petit. Avant que je puisse trop réfléchir, son bras glisse autour de mes épaules, ferme et naturel, me tirant contre son flanc comme si ma place était là.

Le pire ? C'est vrai. Mon corps s'emboîte simplement, ma tête trouvant sa place sous sa mâchoire comme si elle l'avait fait cent fois.

De l'autre côté de la pièce, Kane s'avachit, la cheville posée sur un genou, son regard passant du sapin à moi, et vice versa, comme s'il ne savait pas lequel il préférait regarder. Chris se penche en avant, les avant-bras sur les cuisses, les yeux sur les lumières mais l'attention manifestement pas *sur* les lumières, si l'on en juge par la façon dont son regard dérive constamment vers moi.

— J'ai l'impression que c'est peut-être notre meilleur Noël, dit Chris finalement. — Comme si nous étions enfin… je ne sais pas. Complets. Son regard se lève vers le mien et s'y attarde. — Comme une vraie famille.

Quelque chose se serre dans ma poitrine. Fort. Cela ressemble à une invitation.

Je ne dis rien, car je ne suis pas sûre que ma voix ne se brise pas, mais une partie de moi veut désespérément que ce soit vrai. Veut croire que je mérite ce bonheur, cette chaleur, ces hommes qui me regardent comme si j'étais quelque chose de précieux.

Chris se rend dans la cuisine et revient avec des bols de pommes au four, moelleuses et caramélisées, nageant dans une crème anglaise riche, parfumée à la vanille et encore chaude. Il les distribue, et nous mangeons dans un silence confortable, avec juste le crépitement du feu que Kane a allumé et la douce musique de Noël qui joue toujours.

Les pommes sont incroyables. — J'adore ça, dis-je enfin, en posant mon bol vide sur la table basse. — Je ne sais pas comment j'ai eu la chance de vivre ça. D'être ici avec vous trois.

— C'est simple, dit Noel, sa voix profonde grondant dans sa poitrine contre laquelle je suis appuyée. — Tu es à nous. Nous sommes à toi. Tu as juste besoin d'accepter cette vérité pendant que nous te convainquons lentement.

— Nous sommes patients quand ça compte, ajoute Chris, son sourire plus doux que d'habitude.

Je regarde ces trois Alphas dangereux qui chassent des criminels pour vivre, qui pourraient probablement briser quelqu'un en deux sans même essayer, et qui m'ont d'une manière ou d'une autre fait une place dans leur vie, leur maison, leur meute.

C'est trop beau. Trop parfait. Trop semblable à tous les fantasmes que j'ai eus mais que je n'ai jamais cru possibles.

Et d'après mon expérience, quand quelque chose semble trop beau pour être vrai, c'est généralement le cas. Quelque chose finit toujours par mal tourner. Quelqu'un finit toujours par partir. Un bonheur comme celui-ci ne dure pas.

Mais assise ici, comblée de pommes, de chaleur et d'un sentiment d'appartenance, entourée de l'odeur de cannelle, de pin et d'eux, à regarder les lumières du sapin scintiller pendant qu'il neige dehors et que le feu crépite, peut-être que je peux me permettre d'espérer.

Juste pour aujourd'hui.

13

CHRIS

Hannah est terrée dans cette chambre depuis une heure, à planifier les célébrations de la ville pour son événement, et je suis en bas, à essayer de lui laisser de l'espace alors que le moindre de mes instincts me hurle d'aller voir comment elle va.

C'est une putain de torture.

Kane et Noel sont de sortie pour faire des courses, récupérer du matériel et prendre des nouvelles d'un contact au sujet d'une prochaine cible. Nous avons convenu que l'un de nous resterait toujours près d'elle, surtout après ce qui s'est passé l'autre soir, quand elle est montée dans le lit de Kane en pensant que c'était celui de Noel. Ses pré-chaleurs la rendent en manque. Ce souvenir me fait sourire malgré la douleur qui me lance dans la queue. J'aurais aimé que ce soit dans mon lit qu'elle se soit glissée, que ce soit ma queue qu'elle ait chevauchée jusqu'à en crier.

Mais savoir qu'elle a joui sur Kane en gémissant le

nom de Noel ? C'est une autre forme de torture, et la chose la plus excitante que j'aie jamais entendue.

Depuis que je l'ai embrassée en Père Noël, elle me hante, putain. Je n'arrive pas à dormir correctement ni à me concentrer sur quoi que ce soit d'autre que le goût fantôme de sa bouche, la façon dont elle s'est pressée contre moi, douce, chaude et parfaite.

La nuit dernière, j'ai à peine dormi. Je suis resté allongé à fixer mon plafond, luttant contre l'envie de traverser le couloir et de m'arrêter devant sa chambre. Pour voir si elle était réveillée. Pour voir si elle avait besoin de quelque chose.

Pour lui demander si elle me laisserait la toucher comme j'en rêve depuis l'instant où j'ai senti son odeur.

Ce n'est pas beaucoup mieux ce matin.

Alors je prépare le petit-déjeuner. Des pancakes maison, parce que ces merdes en boîte sont une insulte à la cuisine. La première fournée est déjà dans une assiette, sur la table de la salle à manger. Maintenant, je coupe des fraises et des bananes en tranches parfaites. J'ai fini de monter la crème au batteur et elle est dans un bol, parce que je veux que tout soit parfait pour elle.

Toute la maison sent la vanille, le beurre et le sirop d'érable, et si ça ne la fait pas descendre, rien ne le fera.

Je m'occupe de la deuxième fournée, observant les bulles se former à la surface avant de retourner les pancakes, quand je l'entends éclater de rire depuis le salon.

— Corn Dog ! Tu devrais être là, toi ?

Putain, non ! Ce satané renne est encore rentré ?

Je lâche la spatule et sors de la cuisine en sprintant,

et en arrivant dans le salon, je découvre un désastre complet.

Corn Dog est dressé sur ses pattes arrière, les sabots avant appuyés sur notre sapin de Noël, étirant le cou pour essayer d'attraper un ornement en forme de noix avec sa bouche. La noix ne cesse de se dérober et il pousse des soufflements frustrés qui seraient drôles si je n'étais pas aussi agacé.

Autour de la base du sapin, des emballages de sucres d'orge déchirés, ouverts et éparpillés partout, des boules tombées des branches qui roulent sur le sol, des noix qui sont tombées et ont été à moitié mâchées.

Sur la table de la salle à manger, un coin de la nappe est chiffonné là où il a clairement essayé de monter, et il y a un demi-pancake par terre avec des marques de dents, le reste étant sur la table avec un air souillé.

— Corn Dog ! je lance d'une voix sèche, remarquant que la porte d'entrée est maintenant entrouverte. Est-ce que j'ai oublié de la verrouiller correctement ?

Le renne s'arrête, me jette un coup d'œil par-dessus son épaule avec ses grands yeux bruns comme pour dire *Oh, tu disais ?*, puis se remet immédiatement à essayer d'attraper la noix.

Je secoue la tête, m'avançant déjà pour bien fermer la porte, puis vers lui, quand j'aperçois Hannah qui descend la dernière marche de l'escalier.

Et putain, elle est magnifique.

Elle porte un jean, un de ces denims à l'air doux qui tombe parfaitement sur ses hanches, pas moulant mais drapant ses courbes d'une manière qui débride mon imagination. Son haut est un t-shirt thermique à manches longues d'un bordeaux profond qui effleure son corps, assez ample pour être confortable mais qui colle par endroits, ce qui me donne des démangeaisons dans les mains. L'encolure est juste assez échancrée pour dévoiler ses clavicules, et la façon dont le tissu bouge quand elle respire est hypnotisante.

Mon regard tombe sur sa poitrine. Je ne peux pas m'en empêcher, je ne vais même pas faire semblant d'essayer, et la façon dont ses seins se pressent contre le tissu à chaque inspiration me captive.

— Salut, je parviens à dire, forçant mes yeux à remonter vers son visage, où elle réprime un sourire. Puis je marche de nouveau vers Corn Dog et je passe un bras sous son ventre, l'arrachant du sol et le coinçant sous mon bras comme un très grand et très indigné ballon de football.

Il pousse des bruits de renne outragé, bêlant et grognant, et commence à agiter les pattes.

Ce salaud n'est pas léger. Il doit bien faire cinquante kilos de muscles et de sale caractère, et j'ai besoin de mon deuxième bras pour l'empêcher de se libérer pendant que je le traîne vers la porte de derrière.

— Ouais, ouais, exprime tes sentiments, je marmonne alors qu'il essaie de me donner un coup de tête. T'es quand même puni.

Je parviens à ouvrir la porte d'une seule main et à le transporter jusqu'à l'enclos, dont le portail est grand ouvert parce que ce pro de l'évasion a compris comment actionner le loquet.

— Rentre là-dedans, sale garnement. Je le lâche, et il se précipite immédiatement vers le bonhomme de neige que nous avons construit ce matin en le nourrissant. Et se met à le démolir complètement.

Il lui donne des coups de tête, le piétine avec ses sabots avant, détruisant notre travail avec une joie évidente. La neige explose de partout.

— Tu as de sérieux problèmes d'agressivité, je lui dis en sortant le cadenas de la barrière latérale que nous avons acheté spécialement pour ça. Tu sais ça ? Tu devrais peut-être parler à un professionnel de toute cette rage refoulée.

Corn Dog décapite le bonhomme de neige d'un coup sec, envoyant sa tête rouler plus loin.

Les autres rennes sont là, à le regarder comme s'ils n'arrivaient pas à croire qu'ils sont de la même famille que ce maniaque.

Je ferme le cadenas, le vérifiant deux fois. — Essaie de sortir maintenant, Houdini.

Il est trop occupé à piétiner des morceaux de neige pour se soucier de mes menaces.

Quand je rentre, Hannah a déjà nettoyé le désordre autour du sapin et de la table, les emballages sont à la poubelle, les ornements raccrochés, la nappe redressée et la nourriture mâchouillée enlevée.

Elle est maintenant assise à table, lorgnant les pancakes qui ont survécu au saccage de Corn Dog.

— Ça sent divinement bon, dit-elle en désignant la cuisine, d'où je sens encore la deuxième fournée en train de cuire. Clairement, ça a trop bien marché : ça m'a fait descendre et ça a fait rentrer Corn Dog dans la maison.

Je ris, retournant à la cuisine pour finir la nouvelle

fournée. — Il a le nez fin pour la bonne bouffe. On ne peut pas lui reprocher d'avoir du goût, je crie.

Je mets les nouveaux pancakes dans une assiette, dorés et parfaits, encore fumants, et je prends des assiettes propres puisque Corn Dog a contaminé les autres. Je charge un plateau avec les pancakes, le bol de crème fouettée que j'ai faite, les fruits frais disposés dans un bol séparé, une bouteille de sirop d'érable et des couteaux et fourchettes propres.

Quand j'apporte le tout et le pose sur la table, ses yeux s'illuminent comme si je lui présentais un trésor.

— C'est toi qui as fait tout ça ? Elle a l'air véritablement stupéfaite.

— Il fallait bien que quelqu'un apprenne à se débrouiller en cuisine. Je m'assieds à côté d'elle, assez près pour que nos genoux se frôlent sous la table, et je commence à la servir. On ne peut pas chasser les criminels le ventre vide.

Son odeur s'enroule autour de moi alors qu'elle se penche en avant, et c'est putain d'enivrant. J'ai l'eau à la bouche rien qu'en la regardant.

J'empile trois pancakes dans son assiette, je les garnis de tranches de fraises et de bananes, et j'ajoute une bonne cuillère de crème fouettée dont je sais qu'elle est parfaite, car je l'ai faite moi-même.

Elle en prend une bouchée, et le son qu'elle émet est un grognement sourd au fond de sa gorge, ses yeux se ferment, et ça me va droit dans la queue.

— Ils sont incroyables, dit-elle, en prenant déjà une autre bouchée. Genre, vraiment les meilleurs pancakes que j'aie jamais mangés. Où as-tu appris à cuisiner comme ça ?

— J'ai appris tout seul. J'en avais marre de manger des plats au micro-ondes. J'observe sa langue s'élancer pour attraper une goutte de sirop sur sa lèvre inférieure, et mon jean devient inconfortable.

J'arrache un morceau de pancake avec mes doigts, le trempe dans le sirop et le porte à sa bouche. — Ouvre.

Elle hésite une demi-seconde, puis entrouvre les lèvres.

Je la nourris lentement, regardant sa bouche se refermer sur mes doigts, et quand sa langue glisse sur ma peau pour attraper le sirop, mon contrôle manque de voler en éclats.

— Encore, je dis, ma voix sortant rauque. Cette fois, quand je la nourris, elle lèche mes doigts délibérément, lentement, méticuleusement, en maintenant le contact visuel, et je tiens à peine le coup.

Ma queue est si dure que c'en est douloureux, tendue contre mon jean, et tout ce à quoi je peux penser, c'est à ses lèvres enroulées autour de tout autre chose. Elle va me détruire. Me démolir complètement, putain, et je vais la laisser faire.

Je lui donne une autre bouchée, et quand elle avale rapidement, elle lèche à nouveau mes doigts, en prenant son temps, sa langue chaude et douce, et je craque.

Je me penche et lèche ses lèvres, goûtant le sirop d'érable et elle.

Et puis on s'embrasse. Sa bouche s'ouvre immédiatement sous la mienne, sa langue rencontrant la mienne, et elle a le goût de tout ce dont j'ai envie. Doux, chaud et parfait. J'incline la tête pour approfondir le baiser, ma main venant se poser sur sa nuque, mes doigts s'enfonçant dans ses cheveux.

Elle laisse échapper un son qui est à mi-chemin entre un hoquet de surprise et un gémissement.

Je l'attire immédiatement sur mes genoux sans interrompre notre baiser, et elle m'enfourche avec aisance, ses cuisses enserrant les miennes, et commence à se frotter contre moi. La friction est incroyable, un mélange de torture et de plaisir, et j'agrippe ses hanches pour guider ses mouvements.

Putain, elle est parfaite comme ça. Petite dans mes bras, mais forte, douce mais avec des muscles juste en dessous, et tellement putain de sexy que je n'arrive plus à réfléchir. Son poids est idéal, son corps s'emboîtant contre le mien comme si nous avions été conçus pour ça.

J'étends la main et lui presse les seins à travers son t-shirt, adorant la façon dont ils remplissent mes paumes, la façon dont elle gémit contre ma bouche quand je trouve ses tétons à travers le tissu et que je les roule entre mes doigts.

— Tu as un goût si sucré, je grogne contre ses lèvres. Mais j'ai besoin de plus de toi.

Elle essaie de répondre mais ronronne à la place, un vrai ronronnement d'Oméga qui vibre dans sa poitrine, et ses yeux s'écarquillent.

— Oh, ça, c'est nouveau, souffle-t-elle, l'air choqué.

J'ai un petit rire, sombre et satisfait, tandis que mes mains glissent sous son t-shirt pour toucher sa peau nue.

— C'est ton corps qui réagit au mien. Il m'appelle. Il me dit exactement ce dont tu as besoin.

— Ah oui ? Elle me taquine maintenant, faisant rouler ses hanches délibérément, se frottant contre mon érection.

— Absolument.

Nous nous embrassons à nouveau, plus fort cette fois, plus désespérément. Je me noie dans son odeur chargée de désir. Elle est en train de mouiller, je le sais, et cette certitude me rend sauvage. D'un seul geste, je balaie tout ce qui se trouve sur la table — les assiettes s'entrechoquent, les couverts s'éparpillent — et je la soulève pour la poser dessus.

Elle halète, dans un rire essoufflé, mais nous nous embrassons de nouveau, et la situation n'a plus rien de drôle.

Son odeur est partout maintenant, embrumant mes pensées, me réduisant à mes instincts les plus primaires. C'est comme ça que ça doit être avec les compatibilités olfactives : écrasant, dévorant, impossible à résister.

Je romps le baiser, respirant lourdement, mon front appuyé contre le sien.

— Je vais te goûter maintenant. Chaque centimètre. Te faire jouir sur ma langue jusqu'à ce que tu oublies comment parler.

Mes mains sont déjà sur son jean, mes doigts s'attaquant au bouton pour l'ouvrir.

Elle se mord la lèvre, mais elle sourit, me donnant sa permission sans un mot, et soulève ses hanches. Je prends mon temps pour faire glisser le denim le long de ses jambes, laissant mes mains caresser ses cuisses pour en apprendre la forme. Sa culotte est en coton simple, violet foncé, et déjà humide au centre.

Putain, oui.

J'accroche mes doigts à la taille de la culotte et la descends aussi, lentement et délibérément, en la regardant dans les yeux tout le long.

Elle les enlève d'un coup de pied, ne portant plus que ce t-shirt bordeaux et ses chaussettes. L'image va rester gravée dans mon cerveau pour toujours.

Ses cuisses sont douces, sans aucune marque, et quand je les écarte davantage, je vois qu'elle est complètement épilée, lisse et absolument parfaite.

— Allonge-toi, je lui ordonne. Il est temps que je me régale vraiment.

Elle s'appuie sur ses coudes, les jambes pendantes au bord de la table, et a un petit rire nerveux mais excité.

Je soulève ses jambes et les place sur mes épaules, puis je reste un long moment à contempler l'offrande qu'elle me fait. Ses lèvres sont roses et gonflées, déjà luisantes de désir.

Alors, je saisis le flacon de sirop d'érable qui a roulé un peu plus loin, et ses yeux s'écarquillent quand elle comprend ce que j'ai l'intention de faire.

— Chris…

Je presse le flacon, et le sirop coule entre ses jambes en un lent filet. Elle éclate de rire et se tortille. Il glisse sur ses grandes lèvres, s'amasse entre elles.

— C'est froid !

J'utilise mes doigts pour l'écarter et je verse encore plus de sirop directement sur elle, recouvrant ses petites lèvres, le laissant s'écouler. Puis je me penche et je lèche.

Un long coup de langue de bas en haut, et je gémis au goût.

— Putain, je grogne contre elle. La putain de combinaison parfaite. Puis je me déchaîne sur elle.

Je la lèche, je la suce, la dévorant comme si c'était le meilleur repas de ma vie, parce que c'est le cas. Le sirop d'érable mélangé à son goût naturel est addictif, sucré et terreux, et si unique à elle. Je n'en ai jamais assez.

Elle se tortille et halète, ses hanches se soulevant chaque fois que ma langue frappe son clitoris, et les sons qu'elle émet sont meilleurs que n'importe quelle musique.

Je glisse mes mains sous ses fesses, la soulevant légèrement de la table pour un meilleur accès, et je la travaille avec tout ce que j'ai. Ma langue encercle son clitoris, le frôle, puis je l'aspire dans ma bouche pendant que mes doigts s'enfoncent dans la chair tendre de ses fesses.

Ses halètements se transforment en gémissements, puis en cris, et ses cuisses se mettent à trembler contre mes épaules.

— Chris, halète-t-elle, une main agrippée à mes cheveux. Chris, je vais…

Elle ne finit pas sa phrase car elle jouit, criant si fort que je suis content que nous n'ayons pas de voisins proches. Elle me lâche et bascule complètement sur le dos, secouée de spasmes.

Son corps tout entier se cambre sur la table, ses cuisses se resserrant autour de ma tête, mais je ne m'arrête pas. Je continue de la lécher, de sucer son clitoris, prolongeant son orgasme jusqu'à ce qu'elle se débatte et supplie de manière incohérente.

Vague après vague la submerge, et je voudrais être en elle en ce moment, la baiser.

Quand elle finit par s'affaisser, effondrée sur la table et haletante, je relâche son clitoris et lève les yeux, passant lentement ma langue sur mes lèvres.

Elle est complètement défaite, les cheveux en désordre et étalés sur la table, le t-shirt retroussé, dévoilant son ventre, la poitrine haletante, les yeux vitreux et perdus.

— Putain, j'adore te voir comme ça, je murmure. Je pourrais te regarder, anéantie et satisfaite, toute la journée sans jamais m'en lasser.

Elle essaie de se redresser, ses mouvements mal coordonnés et tremblants.

— C'était... quelque chose. Mais maintenant, je suis toute collante.

Je souris, me lève et l'aide à se stabiliser.

— Oh, ça, c'est certain. Ne bouge pas. Je me dirige vers la salle de bain, saisis une serviette propre et la passe sous l'eau chaude. J'en prends aussi une sèche et je rapporte les deux.

Elle me regarde avec un sourire pendant que j'essuie doucement entre ses jambes et à l'intérieur de ses cuisses, nettoyant le sirop et ses fluides, puis je la sèche soigneusement avec la deuxième serviette.

— Tu fais souvent le ménage après toi ? Elle semble stupéfaite.

— Chaque Alpha devrait traiter son Oméga comme une reine. C'est la base du putain de respect. Je lui tends le jean et la culotte qu'elle a enlevés tout à l'heure. Tout homme qui ne prend pas soin de toi après ne vaut pas ton temps.

— Chris, tu n'arrêtes pas de me faire rougir. Elle se cache le visage dans les mains. Je vais finir par être rouge en permanence avec vous trois.

— Tant mieux. J'adore te voir troublée.

Elle se rhabille rapidement, ses doigts s'emmêlant un peu avec le bouton de son jean. Quand elle a fini, elle me fixe, et je vois la question se former derrière ses yeux. Avant qu'elle ne la pose, je la tire dans mes bras, la serrant contre moi.

— Tu n'as aucune idée de la chance que nous avons de t'avoir ici, je chuchote contre ses cheveux, en inspirant son odeur. Résister à l'envie de te prendre pendant le rut, de te nouer, de te revendiquer entièrement, c'est presque impossible. Mais nous allons essayer jusqu'à ce que tu sois prête pour nous tous. Marché conclu ?

— Ça me paraît juste, chuchote-t-elle, ses bras s'enroulant autour de ma taille.

Je me recule pour l'étudier, et ses joues sont roses. Je suis tellement dingue de cette femme que ça n'en est même pas drôle.

Elle se dégage de mon étreinte, lissant son t-shirt.

— Bon, alors, nettoyons ce bazar. Elle commence à ramasser les couverts éparpillés pendant que je ramasse les assiettes. Elle les emporte à la cuisine, et je la suis avec le reste, avec l'intention de laver la nappe aussi.

Elle sort du jus du frigo et s'en verse un verre pendant que je charge le lave-vaisselle.

— Alors, j'ai un contrat demain soir, dit-elle en s'appuyant contre le comptoir. Je dois vérifier aujourd'hui que tout est prêt. Ça devrait être simple et Scot ne pourra rien saboter puisque c'est déjà réservé et confirmé. Je croise les doigts pour que ça reste comme ça.

— Demain soir ? Je lui jette un coup d'œil en rinçant une assiette. Nous avons des cibles à traquer demain. Peut-être que deux d'entre nous s'en occupent et que l'un vient avec toi ?

— Quoi ? Non. Elle fait un geste de la main pour écarter l'idée. Une amie m'aide. J'ai réservé sa salle pour l'événement, et ses Alphas seront là si quelque chose tourne mal. En plus, j'ai ma Honda pour aller en ville.

Je souris, en coupant l'eau.

— Cette Honda se fait un peu vieille. Il serait peut-être temps de la changer.

— Elle roule parfaitement bien, merci beaucoup. Elle feint d'être offensée, pointant son verre de jus vers moi. Tout le monde n'a pas des manoirs et des pick-up de luxe.

— Pas encore, je dis. Donne-lui juste le temps, ma belle.

Elle lève les yeux au ciel, mais elle sourit, et je me lèche les lèvres, goûtant encore le sirop d'érable et sa chatte sucrée. La meilleure putain de matinée que j'ai eue depuis des années.

14

HANNAH

Je me tiens à l'intérieur du Winterscape Bar, pressée contre le mur de briques apparentes, là où l'éclairage est assez tamisé pour que personne dans la foule de l'enterrement de vie de jeune fille ne me remarque, et je frémis d'excitation.

Cette soirée va être parfaite.

Le lieu est incroyable. Ruby a vraiment assuré, transformant son bar au style industriel chic en un lieu d'exception. Les tables et les chaises habituelles ont été débarrassées, remplacées par des rangées de sièges faisant face à une scène improvisée qu'elle a construite tout au fond, près du mur. Des guirlandes lumineuses sillonnent le plafond aux poutres apparentes, projetant de chaudes lueurs ambrées qui rivalisent avec les projecteurs colorés rotatifs qu'elle a installés rien que pour ce soir. Des ballons argentés et roses sont regroupés dans les coins, attachés par des rubans assortis. Une bannière pailletée traverse le mur du fond, sur laquelle on peut lire en lettres énormes « DERNIÈRE

NUIT DE LIBERTÉ POUR SARAH », et de plus petites décorations en forme de bouteilles de champagne et d'alliances sont disséminées un peu partout.

Le bar lui-même est fermé pendant l'événement. Les murs de briques sont décorés avec d'autres ballons et des serpentins, et des mange-debout sont dispersés sur le périmètre pour les femmes qui veulent boire un verre tout en continuant à voir la scène.

Je dois une fière chandelle à Ruby pour ça. Elle m'a laissé privatiser tout son établissement et m'a fait un prix raisonnable, tout en m'aidant à tout installer.

Une cinquantaine de femmes s'entassent sur les rangées de chaises faisant face à la scène, déjà bruyantes et excitées. On voit des écharpes de future mariée, des diadèmes et des voiles un peu partout dans la foule. Elles boivent, rient, l'ambiance est déjà électrique avant même que le spectacle ne commence.

C'est exactement ce que je voulais. Ce que j'avais prévu.

La musique démarre, un rythme puissant pompant à travers les enceintes que l'équipe de Ruby a positionnées de chaque côté de la scène. Les lumières baissent, à l'exception des projecteurs braqués sur la scène.

Trois danseurs sortent de l'arrière-scène et la foule éclate en acclamations.

Ils sont habillés en ouvriers du bâtiment, avec des casques de chantier en plastique, des gilets réfléchissants et des ceintures à outils. Le danseur principal prend le centre de la scène tandis que les deux autres le flanquent par-derrière, tenant de faux panneaux « stop ».

Je les regarde commencer à bouger au rythme de la musique.

Le leader ondule des hanches, se tourne, contracte ses muscles. Ses mouvements sont corrects. Passables. Il suit le rythme, exécute les mouvements de base auxquels on pourrait s'attendre, mais ce n'est rien d'incroyable.

Ruby se glisse à côté de moi, et je suis reconnaissante de sa compagnie.

Elle est sublime comme toujours, à peu près de ma taille, un mètre soixante-deux, mais avec plus de formes. Ses cheveux blond vénitien encadrent son visage, et elle porte un pantalon en cuir avec un gros pull crème qui tombe sur une épaule, et des rangers.

— Ils sont pas mal, dit Ruby en regardant les danseurs.

— Ouais, je concède, mais je les étudie d'un œil plus critique maintenant.

Le danseur principal fait une pirouette, un peu maladroite. Pas horrible, mais pas fluide non plus. Ses mouvements sont mécaniques, comme s'il exécutait des gestes mémorisés plutôt que de sentir la musique.

— En fait, Ruby se penche plus près, baissant la voix. C'est moi, ou il leur manque un truc ?

Je pensais la même chose. — Ce n'est pas que toi. Ils sont corrects, mais ils ne sont pas géniaux, tu vois ? Genre, ils connaissent les pas, mais ils ne vendent pas vraiment le truc.

— C'est ça, non ? Ruby tripote son pendentif en forme de flocon de neige. Et ils ne sont pas super bâtis non plus. Je veux dire, ils sont en forme, mais j'ai déjà vu des strip-teaseurs. Ces gars-là sont juste dans la moyenne.

Elle a raison. Les danseurs sont en bonne condition physique, mais ce ne sont pas les spécimens ciselés que les photos de leur site web promettaient. Plutôt des mecs qui vont à la salle de sport de temps en temps que des gars qui y vivent.

— Peut-être que je suis trop critique, je murmure. La foule a l'air d'apprécier.

Nous regardons les danseurs retirer leurs gilets réfléchissants sans aucune mise en scène ni teasing. Ils les arrachent et les jettent sur le côté.

— Bah, les femmes sont saoules et contentes, dit Ruby avec diplomatie. Mais ouais, ces gars ne mettent pas vraiment le feu à la scène.

— Je les paie une fortune, j'avoue à voix basse. Vraiment une fortune. On me les a chaudement recommandés. Leur site web avait toutes ces photos professionnelles et des critiques élogieuses.

— Eh bien, ils se sont peut-être un peu survendus. Ruby fait une grimace compatissante. Mais bon, la mariée a l'air contente.

Je cherche Sarah, la future mariée, au premier rang. Elle porte un voile blanc avec une résille rose et une écharpe où est écrit *Future Mariée* en strass, et elle rit et applaudit avec ses amies.

D'accord. Peut-être que ça va. Peut-être que je me prends trop la tête parce que je veux que tout soit parfait.

Les danseurs terminent leur numéro sous des applaudissements convenables et sortent de scène. La musique continue de jouer entre les numéros, et les femmes discutent, vont se resservir au bar.

— Ils sont corrects, je dis à Ruby, en essayant de m'en convaincre. Pas extraordinaires, mais corrects.

— Bien sûr, acquiesce Ruby, mais elle n'a pas l'air convaincue non plus.

La deuxième chanson commence, et les danseurs reviennent dans des costumes différents maintenant. Des tenues de prisonnier à l'ancienne avec des rayures horizontales noires et blanches, et de faux boulets aux pieds.

Ça devrait être mieux, non ? Nouvelle énergie, nouveau look.

Ils se traînent sur la scène, faisant les mêmes mouvements de base qu'avant. L'un d'eux est en train d'enlever sa chemise rayée.

— Ok, ces gars se sont clairement survendus, marmonne Ruby.

— Ouais. Mon estomac se serre légèrement. Ce n'est pas un désastre, mais ce n'est certainement pas le spectacle pro et plein d'énergie qu'on m'avait promis. Je vais très certainement demander un remboursement partiel après ça.

Des bruits de bottes lourdes résonnent sur la scène depuis l'entrée des coulisses, et je fixe le côté de la scène, me demandant ce qui se passe.

Trois silhouettes massives font irruption sur scène, vêtues de la tête aux pieds d'équipements tactiques noirs. Ils se déplacent vite, de manière coordonnée, chargeant droit sur les danseurs avec détermination.

La musique continue de résonner à plein volume, et

pendant quelques secondes, personne ne comprend ce qui se passe. Je n'ai aucune idée.

Les danseurs se figent, la confusion se peignant sur leurs visages.

Puis une des silhouettes saisit le danseur principal, le fait pivoter et lui tord les bras derrière le dos.

Le danseur pousse un cri, essayant de se dégager. — Putain, c'est quoi ce bordel ? Lâchez-moi !

La deuxième et la troisième silhouette s'occupent simultanément des deux autres danseurs. L'un d'eux essaie de courir, mais il est plaqué par-derrière et heurte durement le sol de la scène. Le troisième danseur donne des coups de poing désordonnés, essayant de se défendre, mais il n'est pas de taille.

Mon cœur s'arrête lorsque les lumières de la scène illuminent leurs visages.

Noel. Chris. Kane.

Oh, mon Dieu.

Noel tient le danseur principal dans une prise de soumission, lui attachant les poignets avec un serre-câble tout en lui récitant quelque chose. Le danseur se débat, donne des coups de pied, essaie de se libérer.

Chris a plaqué le fuyard face contre terre sur la scène, un genou dans son dos, pendant qu'il fixe les serre-câbles. Kane est aux prises avec celui qui a essayé de se battre, et le danseur ne se laisse pas faire. Il donne des coups de coude, tente de donner un coup de tête à Kane, mais Kane est trop fort. Il parvient à lui passer les bras derrière le dos et serre le lien en plastique.

La foule est complètement silencieuse, médusée.

Puis quelqu'un au troisième rang commence à applaudir.

D'autres se joignent à elle.

Soudain, toute la salle éclate en acclamations et en applaudissements frénétiques, les femmes se levant d'un bond.

— À poil ! À poil ! À poil ! se mettent-elles à scander, pensant clairement que cela fait partie du spectacle.

Je suis figée sur place, la peur s'accumulant dans mon estomac comme de l'eau glacée. Ça ne fait pas partie du spectacle. — Oh, merde, je souffle.

Ruby se tourne vers moi, les yeux écarquillés. — C'est le numéro ? Parce que putain de merde, ces trois-là sont magnifiques. Où est-ce que tu les as trouvés ? Je les regarderais se déshabiller n'importe quel jour de la semaine.

— Non, je parviens à articuler. Il faut que je m'occupe de ça. Tu peux faire patienter le public ?

— Sans problème.

Je me déplace déjà, poussant la porte latérale qui mène aux coulisses.

La pièce est exiguë avec les six hommes qui s'y entassent maintenant. Mes trois Alphas traînent les danseurs, qui se débattent toujours, vers la sortie arrière qui mène à la ruelle.

— Vous ne pouvez pas nous arrêter comme ça ! On a des droits ! grogne l'un des danseurs.

— Tu as perdu ces droits quand tu as séché ta date d'audience, dit Chris calmement, sa prise ferme sur le bras du type.

— C'est n'importe quoi ! crache le danseur principal. Laissez-nous partir, et on finira le spectacle. On ne facturera même pas la dame. Laissez-nous juste partir !

— Ça n'arrivera pas, dit Noel.

— Hé ! je crie, et ils se tournent tous.

Kane me regarde à deux fois, ses yeux noisette s'écarquillant. — Hannah ? Qu'est-ce que tu fais là ?

— C'est mon événement ! J'essaie de ne pas hurler, mais je n'en suis pas loin. Qu'est-ce que vous faites ici ?

— Ton événement ! Oh, merde ! Chris hausse les sourcils. Tu n'as pas mentionné que c'était un enterrement de vie de jeune fille avec des strip-teaseurs.

— Timing horrible, ajoute Noel, mais sa voix est neutre, comme si ce n'était qu'un léger inconvénient. Mais ces gars sont nos cibles pour la nuit.

Les danseurs se débattent toujours contre leurs serre-câbles en grognant. — On n'a rien fait de mal ! crie l'un d'eux.

— Ouais, on est innocents ! ajoute un autre.

— La ferme, je leur lance sèchement, et ils se taisent pour de bon. Ma tête tourne. C'est mon événement, mes artistes payés. Et mes Alphas viennent de les arrêter devant cinquante femmes ivres qui pensent que c'est une performance artistique.

— Ça va tout gâcher, je dis, en commençant à faire les cent pas parce que je dois bouger sinon je vais crier. Pourquoi est-ce que ce genre de trucs dingues n'arrive qu'à moi ?

— On ne peut pas les relâcher, mentionne Chris doucement, et ses yeux vert mousse sont compatissants. Tu le sais, ma belle. Ce sont des criminels recherchés. On a l'obligation légale de les amener.

— Ouais, comment je fais pour toujours engager des hommes recherchés ? je lance en levant les bras. Quelles sont les probabilités ? C'est juste ma chance spectaculaire.

Les danseurs s'agitent. — S'il vous plaît, gémit l'un d'eux. C'est juste un malentendu.

— J'ai besoin de te bâillonner ? grogne Kane. Parce que je le ferai.

Ils se taisent.

Je regarde maintenant mes trois Alphas, les étudiant vraiment dans leur équipement tactique. Pantalons cargo noirs, t-shirts noirs ajustés qui mettent en valeur chaque muscle, bottes, ceintures utilitaires. Ils sont immenses, intimidants, exactement l'image que l'on se fait de dangereux chasseurs de primes.

La foule est devenue absolument folle quand ils sont apparus sur scène. Et une idée insensée se forme dans ma tête.

— Peut-être que vous pouvez prendre leur place, je dis.

Silence.

Puis ils se mettent tous les trois à rire comme si je venais de raconter la blague la plus drôle qu'ils aient jamais entendue.

— Je suis sérieuse ! Je me rapproche, tendant le cou pour croiser leurs regards. Vous me prenez mon animation, vous devez la remplacer. Ce n'est que juste.

— Oh, on ne se déshabille que pour toi, dit Noel, mais il sourit.

— Écoutez, je sais que c'est dingue. Je plaide maintenant, et je m'en fiche. Mais je suis complètement coincée. J'ai besoin de votre aide. Ma réputation est en jeu, ainsi que mon entreprise — tout ce que j'essaie de construire avec cette carrière d'organisatrice d'événements. Donc si je ne fournis pas d'animation, ma cliente sera furieuse, le mot circulera, et je serai finie avant même d'avoir commencé.

Chris m'étudie pendant un long moment. Puis il soupire. — D'accord, c'est faisable. Je vais emmener ces connards en cellule et m'occuper d'eux. Vous deux, vous vous y collez, comme je l'ai fait avec le Père Noël. Il désigne Noel et Kane.

— Quoi ? Non ! Les yeux de Kane s'agrandissent, quelque chose proche de la panique traversant son visage. Absolument pas. Hors de question.

— Putain, non, ajoute Noel, en secouant la tête. Je ne suis pas un strip-teaseur, Chris. Je chasse des criminels, je ne danse pas pour des femmes saoules.

— Allez, dit Chris, en traînant déjà l'un des danseurs vers la sortie. Pour Hannah. Elle en a besoin.

— Je ne sais pas danser, proteste Kane. Je ne peux pas danser. Je vais avoir l'air d'un idiot là-haut.

— Mais non, je promets. Tu as juste à bouger sur la musique. Sois sexy. Les femmes vont adorer.

— « Sois sexy », répète Kane d'un ton plat. C'est ça, ton conseil de pro ?

— Oui, dis-je fermement.

Noel et Kane se regardent, ayant une sorte de conversation silencieuse.

— Vous lui rendriez service, dit Chris lentement.

— On passerait pour des idiots, réplique Kane.

— Elle a besoin de nous, ajoute Noel, me surprenant par son changement d'avis.

— Elle nous demande de nous déshabiller, déclare Kane.

— Devant cinquante femmes, dit Noel. Qui sont complètement ivres et qui vont probablement nous lancer des trucs.

— Les gars, je les interromps dans leur échange. S'il vous plaît. Je vous en supplie. Je vous devrai tout ce que vous voulez. Demandez. Absolument tout ce que vous voulez.

Le regard de Kane s'assombrit à ces mots. — N'importe quoi ?

— Dans la limite du raisonnable, je me corrige rapidement.

Noel arbore un grand sourire maintenant. — D'accord. Mais tu nous en devras une belle.

— Merci ! Je pourrais les embrasser tous les deux. En fait, j'ai envie de les embrasser tous les trois, mais il n'y a pas le temps.

Chris maîtrise les trois danseurs en direction de la porte. — Venez m'aider à foutre ces connards dans le camion d'abord. Ensuite, vous deux, vous pourrez jouer les strip-teaseurs.

— Va te faire foutre, crache un des danseurs.

— Continue de l'ouvrir, dit Chris d'un ton aimable. J'adore quand ils résistent. Ça rend la paperasse plus amusante.

Noel et Kane s'avancent pour l'aider, chacun attrapant un criminel. Ils disparaissent tous les six par la porte de derrière qui donne sur la ruelle, où je suppose que leur camion est garé.

Ruby passe la tête par l'entrebâillement de la porte. — Je peux entrer sans danger ? Qu'est-ce qui se passe ? Tout le monde commence à s'impatienter dehors.

— Petit changement de programme, je dis rapidement alors qu'elle me rejoint. On a des chasseurs de primes strip-teaseurs, maintenant.

Les yeux de Ruby s'illuminent. — Ces trois mecs baraqués qui viennent de plaquer tes danseurs ? Ils vont faire un strip-tease ?

— Deux d'entre eux. Le troisième emmène les criminels au poste.

— Putain de merde. Ruby rit maintenant, son visage s'illumine complètement. Qui sont-ils ? Genre, professionnellement ? Des amis à toi ?

— En fait… Je me mords la lèvre. Ce sont mes correspondances olfactives. Tous les trois. On est encore en train de voir comment ça se passe. C'est nouveau et compliqué, mais oui. Ces premiers strip-teaseurs ? C'étaient de vrais criminels recherchés. Donc c'était une véritable arrestation à laquelle tu viens d'assister.

Ruby a le souffle coupé. — Tu es sérieuse ? C'était réel ?

— Complètement. C'est ma vie, ces derniers temps. Juste un chaos absolu.

— C'est dingue ! Mais elle a un grand sourire. Tes correspondances olfactives sont des chasseurs de primes qui viennent d'arrêter tes strip-teaseurs et maintenant, ils vont les remplacer pour le spectacle ?

— Ouais. C'est exactement ça.

— Le meilleur enterrement de vie de jeune fille de tous les temps, déclare Ruby.

La porte de derrière s'ouvre, et Noel et Kane reviennent, tous les deux l'air un peu essoufflé.

— Criminels sécurisés, annonce Noel. Chris les conduit en garde à vue. Il a dit de gagner le plus de temps possible parce qu'il veut être de retour à temps pour voir ça.

Kane s'assouplit déjà, en faisant rouler ses épaules. — Putain, quel caleçon je porte aujourd'hui ? Il vérifie sa ceinture, puis glousse. Oh, ça ira très bien.

— Pareil, dit Noel, souriant en vérifiant le sien. Il me jette un regard. Mais je ne te le dirai pas. Tu devras attendre pour voir.

— Bon, voilà le plan, dis-je, forçant mon cerveau à passer en mode organisatrice d'événements. Vous entrez en scène en tant que chasseurs de primes qui viennent d'attraper les méchants. Gardez le look tactique pour l'instant, déshabillez-vous jusqu'à rester en caleçon. Faites quelques mouvements, des déhanchés, passez vos mains sur vos torses, flirtez avec le public. Faites en sorte qu'elles se sentent spéciales.

Les deux hommes me dévisagent.

— C'est tout ? demande Kane. Juste des déhanchés et des flexions de muscles ?

— En gros, oui, mais dansez aussi. Les femmes vont devenir folles. Crois-moi.

Noel s'échauffe déjà, s'exerçant à des ondulations de

hanches étonnamment fluides. — Je vais assurer pour toi.

Kane devient pâle. — Mon corps n'est pas fait pour ça. Donne-moi un arbre à couper en musique, et je le ferai. Ça ? Ce n'est pas ma spécialité.

— Tu t'en sortiras très bien, je l'assure. Suis juste l'exemple de Noel, il a l'air prêt.

— J'ai une idée pour une chorégraphie en duo, explique Noel.

Kane grogne. — S'il te plaît, dis-moi que ce n'est pas *Danse lascive*. Je ne vais pas te soulever au-dessus de ma tête.

Noel glousse. — Non, mais l'autre soir, j'ai regardé *Magic Mike*.

— Évidemment, marmonne Kane.

— On va se frotter sur ce sol, continue Noel. Regarde les femmes devenir folles de nous. Ça va être marrant.

Ruby et moi échangeons un regard. — Ça pourrait être un fiasco spectaculaire, lui chuchoté-je.

— Ou ça pourrait être légendaire, rétorque Ruby. Quoi qu'il arrive, ça va être divertissant.

— J'ai besoin d'un verre, dit Kane.

— Après, je lui dis fermement. Vous deux, entraînez-vous. Je vais calmer la foule et vous présenter.

Je retourne dans la salle avec Ruby, le cœur battant. Les femmes s'impatientent, certaines se lèvent et s'étirent, d'autres sont au bar pour se resservir. L'énergie retombe. J'encourage tout le monde à prendre ses derniers verres, car le prochain numéro est sur le point de commencer, alors elles se ruent toutes vers le bar, nous faisant gagner du temps.

Une fois qu'elles sont toutes de retour à leur place, le DJ de Ruby, qui gère aussi les lumières, les tamise, et j'attrape le micro qui repose sur une petite table près de la cabine du DJ, installée dans un coin, loin de la scène.

Le DJ me fait un signe de tête, et je vais le voir pour lui demander quelque chose de rythmé mais de sexy. Il y réfléchit, et finalement, il hoche la tête. Alors, avec une profonde inspiration, je monte sur la scène et je porte le micro à ma bouche.

— Mesdames ! je crie, et peu à peu les conversations s'éteignent. Vous vous amusez bien ?

Des acclamations et des sifflets.

— Ces mauvais garçons qui ont envahi notre scène ? Ils sont prêts à s'attaquer à leurs prochaines cibles. Serait-ce vous ?

Plus d'acclamations, et des cris de « Moi ! »

— Eh bien, ils sont prêts à vous offrir une performance que vous n'oublierez jamais ! Je vends le truc à fond, en espérant ne pas en faire trop. Mais souvenez-vous, on ne touche pas sans y être invité ! Applaudissez bien fort les Chasseurs de Primes !

La foule explose. Les femmes sont debout.

Je rends le micro à Ruby, et nous nous retirons à notre place près du mur de briques.

— Je n'ai aucune idée de ce à quoi m'attendre, murmure-t-elle.

— Moi non plus. Mais advienne que pourra.

Le DJ éteint toutes les lumières, sauf deux projecteurs bleus qui illuminent soudainement le fond de la scène.

Noel et Kane sont là, parfaitement immobiles, et même d'ici, je vois la tension dans leurs corps.

La musique commence avec une basse lourde que je n'entends pas seulement, mais que je sens aussi vibrer dans ma poitrine. Elle est superposée à quelque chose de sensuel en dessous, un rythme qui donne envie à mes hanches de bouger.

Les mecs restent immobiles pendant plusieurs longues secondes, et la panique s'agite dans ma poitrine. *S'il vous plaît, ne vous figez pas. N'ayez pas le trac.*

Puis ils bougent. En parfaite synchronisation, ils avancent à pas lents et délibérés. Leurs bottes frappent la scène en rythme avec la musique, et le son résonne dans la salle.

Les femmes hurlent.

Je souris, des papillons éclatent dans mon estomac.

Noel atteint le devant de la scène le premier, et il s'accroupit avec une telle fluidité qu'on dirait que c'est chorégraphié. Ses mains descendent lentement sur sa poitrine, sur ses abdos, puis sur ses cuisses. Chaque mouvement est délibéré, sensuel.

Kane l'imite de l'autre côté, et ils se nourrissent de l'énergie de l'autre.

Ils se relèvent ensemble, tournant l'un autour de l'autre comme des prédateurs, puis Noel se jette au sol dans une parfaite position de pompes. Il exécute une lente poussée lascive qui me fait bouillir, ses muscles tendus sous ses vêtements.

La foule perd la tête.

Kane emboîte le pas, leurs corps ondulant.

Ils roulent sur le dos, puis se retournent avec une grâce fluide que je ne leur connaissais pas, et se remettent sur pied d'un bond.

— Putain de merde, je souffle. Quand est-ce qu'ils ont répété ça ?

Ruby s'évente avec sa main. — Ils sont incroyables. Mes Alphas doivent prendre des leçons pour mes séances privées. C'est du niveau professionnel.

Nous sommes toutes les deux transfigurées.

Ils commencent à retirer leurs gilets tactiques maintenant, lentement, de manière aguicheuse. Ils tournent le dos au public et regardent par-dessus leur épaule avec un clin d'œil avant de retirer leurs gilets et de les jeter vers le fond de la scène où ils heurtent le plancher avec un bruit sourd.

Viennent ensuite les t-shirts de compression à manches longues. Noel en saisit l'ourlet et le tire par-dessus sa tête d'un mouvement fluide, et la vision de son corps me fait oublier comment respirer.

Des muscles partout. Sa poitrine est sculptée, ses abdominaux définis en parfaites tablettes de chocolat, ses épaules larges et puissantes. Les lumières de la scène font briller sa peau, soulignant chaque ligne et chaque courbe.

Kane retire son t-shirt à son tour, et je bave. Peut-être encore plus en voyant ses muscles onduler à chacun de ses mouvements.

Les femmes lancent des objets sur la scène maintenant — de l'argent, c'est sûr, mais je vois aussi ce qui ressemble à un soutien-gorge atterrir près des pieds de Kane.

Noel se retourne et fait ce lent déhanchement qui devrait être ridicule, mais qui, étrangement, ne l'est pas. Kane descend bas, se frottant contre le sol, montrant la force de ses bras et de sa poitrine en se relevant.

Ils se déplacent l'un autour de l'autre, faisant des ondulations du corps qui mettent en valeur chaque muscle. Le rythme de Noel est parfait, il suit chaque pulsation. Le style de Kane est différent, plus basé sur la puissance, mais ça marche.

Ils retirent leurs bottes du bout du pied, les envoyant vers le fond de la scène, et ils sont maintenant pieds nus dans ces pantalons tactiques taille basse.

Noel fait quelque chose que je n'ai vu que dans des vidéos, le ver de terre, où tout son corps ondule en vagues sur le sol de la scène. C'est fascinant, et la façon dont ses muscles se contractent et se relâchent est hypnotique.

Kane se met en position de pompe à un bras et descend lentement, son biceps se contractant, puis remonte et pivote sur le dos.

Mon pouls s'accélère partout, mais surtout entre mes cuisses.

La musique monte dans un crescendo assourdissant, la basse vibrant à travers le sol, et ils se retournent à l'unisson pour tourner le dos à la foule.

Les mains vont aux fermetures Éclair.

L'auditorium tout entier retient son souffle.

Ils baissent leurs pantalons tactiques en même temps, se penchant à la taille pour en sortir et offrant sans le savoir au public une vue de premier choix sur deux paires de fesses très injustes. La foule *explose*.

Les femmes sont debout, hurlant, leurs verres se renversant. Le chant reprend, plus fort, plus sauvage. « Encore ! Encore ! Enlevez tout ! »

Ils repoussent les pantalons du pied et se retournent en boxers. Moulants. Adhérents. Complètement, terriblement inutiles.

Celui de Kane est vert vif avec de minuscules bonshommes en pain d'épices imprimés dessus — et chaque biscuit fronce les sourcils, ses petits bras en glaçage croisés, et les mots *Croque-Moi* estampillés sur la ceinture.

Celui de Noel est rouge foncé, couvert de bonshommes de neige de dessin animé portant des lunettes de soleil et des bonnets de Père Noël. Sur le devant, en lettres dorées scintillantes, il est écrit *Vive le Vent d'Hiver*.

Je plaque une main sur ma bouche, un rire m'échappant quand même. Oh, ils ne s'en remettront jamais.

Le public, cependant, dévore ça comme si c'était la meilleure chose qu'il ait vue de toute l'année, acclamant.

— Croque ce biscuit, bébé ! crie quelqu'un du premier rang en montrant le caleçon de Kane.

— Je veux faire tinter tes grelots ! hurle une autre femme à Noel, et ses amies partent complètement en vrille.

— Mets-toi sur la liste des vilains !

— Pain d'épices, par ici !

— Grelot-boy, retourne-toi encore !

C'est ridicule, festif et, d'une manière ou d'une autre, ça les rend dix fois plus sexy.

Ce sont des hommes grands, larges, solides, et ces stupides boxers fantaisie ne cachent rien. Le tissu est juste assez tendu pour que quelques femmes au premier rang commencent à s'éventer, l'une d'elles manquant de renverser son verre en se penchant trop en avant.

Quelqu'un dans la section du milieu s'évanouit carrément et s'assied, ses amies s'agrippant à ses épaules tout en riant aux larmes.

— Oh, mon Dieu ! crisse une voix quelque part derrière moi. Celui avec *Bite Me* est à moi. Je le prends !

Kane nous lance un regard assassin, comme s'il prévoyait déjà de se venger de l'avoir convaincu que c'était une bonne idée. Noel, lui, bascule la tête en arrière et rit, passant une main sur le slogan scintillant de sa ceinture, comme s'il était tout à fait prêt à jouer le jeu à fond.

Et la foule est prête à vénérer sur l'autel des plus affreux sous-vêtements de Noël.

Les premiers rangs explosent en cris perçants.

La femme vers qui Noel rampe manque de tomber de sa chaise, riant et hurlant en même temps. Je ne peux pas m'arrêter de rire. Il lui fait un clin d'œil, lui envoie un baiser, et elle hurle comme si son âme venait de quitter son corps.

Kane joue encore les timides, les épaules rentrées, une main couvrant l'inscription sur sa ceinture comme s'il essayait d'être modeste et échouait lamentablement. Il jette un coup d'œil entre les doigts de son autre main, et la foule devient folle, criant qu'il est parfait, qu'il est magnifique, qu'il ne devrait plus jamais porter de pantalon. Quand il baisse enfin les mains et affiche un immense sourire, le bruit atteint un nouveau sommet.

Ils travaillent maintenant aux extrémités opposées de la scène, s'assurant que personne ne se sente laissé pour compte. Noel est tout en assurance et en précision, exploitant chaque temps pour un effet maximal. Kane est un mélange redoutable de puissance et de charme juvénile.

La chanson monte vers le refrain final, et ils gravitent de nouveau vers le centre, attirés l'un vers l'autre comme des aimants. Ils se déplacent en parfaite synchronisation et terminent avec Noel sur un genou, muscles bandés et sourire narquois, Kane derrière lui, les bras croisés et la tête penchée comme un défi.

La musique s'arrête.

La salle explose.

Ce n'est pas juste du bruit, c'est un mur de son. Les femmes crient, rient, hurlent leur appréciation. L'argent se met à voler comme des confettis, des billets de vingt et de cinquante voltigeant sur la scène.

— Ils ont bien assuré, murmure Ruby.

— Ils ont peut-être raté leur vocation, dis-je.

Sur scène, Noel et Kane se redressent, puis saluent. Ensuite, ils trottinent vers l'arrière et disparaissent derrière le rideau.

La foule ne se calme pas. Au contraire, elle s'emballe. *Sauvage* est le seul mot qui convienne. Elles scandent pour en avoir plus, tapent des pieds, exigeant un rappel.

— C'était... Je n'ai même pas les mots, dit Ruby.

C'était la chose la plus torride que j'aie jamais vue, et je suis liée.

— Il faut que je voie comment ils vont, réussis-je à dire. Ma voix sort un peu essoufflée, comme si c'était moi qui venais de me déhancher sur scène dans un boxer fantaisie.

Elle sourit tandis que je me précipite vers le côté de la scène.

Alors que la porte se referme derrière moi, étouffant le vacarme du bar, le bruit s'estompe. Il ne reste que le bourdonnement des lumières des coulisses, l'écho lointain de la musique qui continue de jouer dans la salle.

Les deux hommes sont appuyés contre le mur, la poitrine soulevée, couverts d'une pellicule de sueur qui fait briller leurs muscles.

— Putain de merde, je lâche avant que mon cerveau ait le temps de réagir. J'ai peut-être eu un orgasme rien qu'en vous regardant.

Ils me fixent avec des expressions de faim identiques.

Kane et Noel sont toujours dans leurs boxers de Noël. Il y a une pellicule de sueur le long de la gorge de Noel, une goutte glisse entre ses pectoraux, et je dois physiquement contracter mes genoux pour ne pas vaciller.

— Où est-ce que vous avez appris ces mouvements ? je demande, en les dévorant sans aucune honte. Je ne peux pas m'en empêcher. Je bois chaque ligne de muscle, chaque perle de sueur, chaque contraction et chaque étirement. Parce qu'il se pourrait que j'aie besoin de quelques spectacles privés. Genre, bientôt. Très bientôt.

Noel rit, reprenant encore son souffle, les mains appuyées sur ses cuisses. — C'était plus épuisant que de traquer des criminels, dit-il. Qui aurait cru que danser pouvait être un tel exercice ?

La façon dont son ventre se contracte quand il rit est tellement injuste.

— Je ne pensais pas que ça me plairait autant, admet Kane. Il passe son avant-bras sur son front, étalant la sueur et laissant ses cheveux dans un désordre encore plus chaotique. Mon regard suit le mouvement, la façon dont les muscles de son bras se tendent, la façon dont une traînée brillante court de sa poitrine sur ses abdos pour disparaître dans cette stupide ceinture verte. Mais les entendre crier comme ça ? Il souffle, toujours survolté. C'est un peu addictif.

Il a l'air illuminé de l'intérieur, les yeux brillants d'un reste d'adrénaline. Ça a des effets dangereux sur mon rythme cardiaque.

— Alors, quel personnage vous faites ensuite ? je demande, en essayant très fort de me concentrer sur la logistique de l'événement et non sur mon envie dévorante de lui lécher le torse. Il y a d'autres costumes à choisir derrière vous sur le bureau, les gars les ont laissés là.

— Attends. Les yeux de Kane sortent presque de leurs orbites. On fait plus d'une performance ? J'ai tout donné. Tous mes mouvements.

Je cligne des yeux. — Ben, ouais. Je n'ai pas prévu

d'autre animation. C'est vous pour le reste de la nuit. Peut-être deux ou trois chansons de plus ?

Noel se redresse, roulant ses épaules en arrière comme s'il endossait un manteau de responsabilités. — OK, laisse-nous faire, dit-il, se dirigeant déjà vers la pile de costumes que les danseurs d'origine ont abandonnée. On gère.

Il passe assez près pour que la chaleur de son corps frôle le mien, et son odeur me frappe en plein cœur. Mes doigts me picotent, brûlant d'envie de le toucher, de voir s'il est aussi chaud sous ma paume qu'il en a l'air.

Kane s'approche de mon autre côté, plus lentement, restant pile dans mon espace personnel. Il est si près que les fins poils de mon bras se hérissent, que je peux entendre le bruit rauque de sa respiration. J'essaie de ne pas le fixer. J'échoue lamentablement.

Une rougeur colore sa gorge, ses joues. Il a l'air sauvage. Indompté. Comme si je lui disais que je le voulais tout de suite, il poserait ses mains sur moi et oublierait qu'il y a une pièce, un bar, un monde au-delà de nous.

— Tu sais, murmure-t-il, se penchant jusqu'à ce que sa bouche soit juste à mon oreille. Son souffle est chaud contre ma peau, et mon estomac se serre comme si j'avais raté une marche. Si tu veux ton propre spectacle personnel, on a des conditions.

La façon dont il dit *on* envoie une décharge de chaleur à travers moi. Je glousse. — Ah oui ? Comme quoi ?

Il sourit, lentement, satisfait, comme si je lui avais donné exactement la réponse qu'il voulait. Le bout de ses doigts trouve ma hanche, appuyant à travers mes vêtements, pas tout à fait une prise, mais pas tout à fait innocent non plus.

— On va jusqu'au bout, dit-il, la voix plus basse, chaque mot une caresse délibérée. On enlève tout. Et tu dois nous regarder. Complètement nue aussi. C'est juste, non ?

Mon visage s'embrase, et la chaleur ne s'arrête pas là. Elle déferle dans ma poitrine, mon ventre, plus bas, me laissant étourdie. J'avale ma salive, mon esprit essayant d'imaginer la scène et court-circuitant immédiatement.

— Oui, je ne crois pas, non, je parviens à dire. Aucun de vous ne serait capable de se concentrer sur ses mouvements si je regardais nue.

Son pouce fléchit contre ma hanche dans une minuscule pression possessive, comme s'il l'imaginait aussi.

— Oh, si, on pourrait, lance Noel depuis le tas de costumes sans même se retourner. Il est penché sur une boîte, son boxer tendu de manière obscène, et je perds le fil de mes pensées pendant une seconde. On serait très motivés pour donner le meilleur de nous-mêmes.

Le mot *donner* ne semble pas très sûr dans cette conversation.

— Concentrez-vous d'abord sur votre prochaine performance, je dis, les mots un peu plus haletants que je ne le voudrais. Ensuite, on pourra discuter... des spectacles privés.

Le regard de Kane descend sur ma bouche, puis remonte. Il y a quelque chose de famélique maintenant, superposé à l'amusement.

— Fais attention à ce que tu promets, Hannah, murmure-t-il. Nous prenons nos engagements très au sérieux.

De l'autre côté de la pièce, Noel se redresse, tenant un nouvel élément de costume. — Bonne nouvelle, dit-il. Le deuxième round va les faire halluciner.

Kane ne me quitte pas des yeux. — Ouais, dit-il doucement. Je crois que ça devient un thème ce soir.

Avant que je puisse me détourner, Kane accroche deux doigts à la ceinture de mon jean et tire.

Je trébuche d'un demi-pas, et puis sa bouche est sur la mienne.

Il n'y a aucune hésitation, pas de tâtonnement, juste une pression dure et affamée qui me coupe le souffle. Il a un goût de sucre, de sel et d'une légère touche de bière, ses lèvres sont chaudes et un peu rêches, et mes mains se posent sur son torse nu par instinct.

Il est couvert de sueur, la chaleur émanant de lui par vagues. Mes doigts glissent sur la plaque de muscles durs, trouvant la courbe de son épaule, le battement lourd de son cœur sous ma paume. Il émet un son sourd dans sa gorge, mi-gémissement, mi-grognement, et sa main sur ma hanche se resserre, me tirant tout contre lui.

Le monde disparaît dans un souffle. Il n'y a plus de bar, plus de foule en délire. Juste le martèlement de la basse à travers le mur, sa bouche qui bouge contre la mienne, son souffle se mêlant au mien alors qu'il approfondit le baiser.

Il incline la tête, cherchant plus, et je m'ouvre à lui sans même y penser. La chaleur rugit en moi, vive et brillante. Mes genoux se dérobent. Il est la seule chose qui me maintient debout, ses doigts s'enfonçant dans ma chair, son pouce appuyant juste sous la ceinture de mon jean comme s'il voulait plus de peau.

Je fais glisser une main vers le haut, encore plus haut, jusqu'à ce que mes doigts effleurent sa nuque. Des cheveux humides, une peau brûlante, la flexion d'un tendon. Il embrasse comme il danse, engagé, entièrement, sans retenue, et chaque seconde de ce baiser ressemble à une mauvaise idée que je ne veux jamais cesser d'avoir.

Quand j'arrache enfin ma bouche à la sienne, je respire fort, mes lèvres picotent, tout mon corps vrombit comme si j'avais été branchée sur une prise électrique.

Mon regard descend avant que je puisse l'en empêcher.

Ouais. Ça… ce n'est pas subtil.

Sa queue se tend contre ce ridicule boxer vert, le tissu tiré sur des bonshommes en pain d'épices et le slogan « Croque-moi » maintenant placé à un angle très distrayant.

La chaleur me frappe en plein dans le bas-ventre.

— On ne devrait peut-être pas faire ça maintenant, je murmure, même si je ne recule pas. Je ne peux pas. Mes doigts sont toujours crispés contre sa poitrine, sentant chaque respiration rapide.

Ses yeux sont plus sombres que je ne les ai jamais vus. — Je crois que c'est trop tard pour ça depuis que tu nous as promis des spectacles privés, murmure-t-il.

De l'autre côté de la pièce, Noel rit, un son riche et

amusé. — Les filles vont perdre la tête, lance-t-il, sans même lever les yeux du tas de costumes. L'authenticité dans la performance et tout ça.

Le rappel me frappe comme une douche froide. Cinquante femmes ivres et sauvages. Un programme. Un événement dont je suis techniquement responsable.

— Je vais les faire patienter aussi longtemps que je peux, je leur dis, forçant ma main à s'aplatir une dernière fois contre la poitrine de Kane avant de m'arracher à lui. Il me laisse partir, mais ses doigts traînent le long de ma taille alors que je recule, réticent à perdre le contact. Prenez votre temps. Faites ça bien.

— Oh, on va le faire, dit Noel, jetant enfin un coup d'œil avec un sourire malicieux. On ne voudrait pas décevoir ton public.

Mon public.

Mes hommes.

La pensée est folle, dangereuse et provoque des choses terribles et merveilleuses à mon pouls.

Je me glisse de nouveau dans la salle. Le bruit m'avale instantanément. Ruby est déjà sur scène avec le micro, chauffant la salle comme la pro qu'elle est, les faisant crier, applaudir pour maintenir l'énergie à son comble.

J'ai la tête qui tourne.

Cette pulsion d'excitation que j'ai ressentie quand j'ai pris Noel dans ma bouche, comment je me suis glissée dans le lit de Kane ? Le même besoin serré et haletant du petit-déjeuner avec Chris hier ? Ça me frappe à nouveau, plus fort cette fois. Plus méchamment.

Des vagues de chaleur qui n'ont rien à voir avec la température du bar me traversent, laissant ma peau trop tendue. Une douleur lourde s'installe entre mes cuisses, persistante et insistante, et chaque fois que je cligne des yeux, je vois la bouche de Kane, le sourire de Noel, la façon dont ils bougeaient sur scène dans ces stupides boxers.

Je ne suis pas sûre qu'emménager avec eux et être si proche tout le temps soit une bonne chose pour mes pré-chaleurs.

J'ai besoin de suppresseurs. Bientôt. Très bientôt.

Avant de faire quelque chose d'encore plus imprudent que de les laisser se déshabiller pour cinquante femmes ivres...

Comme demander ce spectacle privé et ne pas m'arrêter à un baiser avec les trois.

15

HANNAH

On entre en titubant, et la bouffée de chaleur qui nous accueille est si bienvenue que j'en pleurerais. Mon visage est engourdi par le froid, mes doigts sont raides.

Kane est déjà à genoux près de la cheminée, en train de disposer des bûches. — Je viens de recevoir un SMS de Chris. Il est encore au poste pour s'occuper de ces idiots. Il dit que c'est une nuit chargée là-bas, mais qu'il rentrera dès qu'il le pourra. Et apparemment, il a quelque chose à nous dire.

— Il est probablement dégoûté d'avoir manqué notre incroyable performance, dit Noel en retirant sa veste avant de l'accrocher près de la porte. On a été légendaires, ce soir.

Je ris, enlevant mes bottes du bout des pieds pour les aligner soigneusement. — Vous deux, vous avez été incroyables. Vous avez sauvé tout mon événement, après avoir failli le ruiner d'abord, dis-je pour les taquiner.

Des flammes s'emparent du bois dans la cheminée et commencent à le lécher. — En fait, on a juste compensé les dégâts.

Noel remet sa veste et la referme. — Je sors nourrir les rennes et les rentrer dans la grange pour la nuit. Il va faire un froid de canard. La neige tombe vraiment dru, maintenant.

Il disparaît à nouveau dehors, et Kane le suit pour l'aider, me laissant seule dans l'entrée.

Je monte à l'étage pour enfiler un legging noir si doux qu'on dirait presque un pyjama, et un T-shirt rose trop grand. Je porte un débardeur noir en dessous, car la seule chose que je refuse de faire, c'est de porter un soutien-gorge dans cette maison après une certaine heure.

Le soutien-gorge saute à la seconde où je rentre. Ça a toujours été comme ça, et ça le sera toujours. Mais vivre avec trois Alphas très attentifs signifie que je ne peux pas le faire valser dès que je passe la porte comme je le faisais dans mon ancien appartement. D'où le compromis du débardeur.

Je me lave le visage dans la salle de bains attenante, je me brosse les dents, je rassemble mes cheveux en une queue-de-cheval ébouriffée et je redescends avec mes grosses chaussettes en laine.

Le salon s'est transformé en une scène tout droit sortie d'un magazine de décoration. Le feu que Kane a allumé flambe maintenant dans la cheminée en pierre, les flammes dansant et crépitant, projetant une lumière chaude dans la pièce. Les lumières du sapin de Noël sont allumées et scintillent doucement de blanc et d'or.

Les plafonniers sont tamisés juste comme il faut pour qu'on puisse voir, mais que tout baigne dans une lueur cosy et intime.

À travers les fenêtres, la neige tombe plus fort maintenant. De gros flocons épais qui s'accumulent rapidement sur le sol, sur les arbres, recouvrant tout d'un blanc immaculé.

J'espère que Chris rentrera bientôt. Les routes vont être dangereuses.

Les garçons ne sont toujours pas revenus de la grange, alors je me dirige vers la cuisine et attrape un verre dans le placard, le remplis d'eau froide du distributeur et en bois la moitié d'une traite. J'ai la gorge irritée d'avoir parlé par-dessus la musique forte toute la nuit, à cause du stress, de tout.

Puis je me souviens des cookies aux pépites de chocolat que j'ai repérés dans le garde-manger il y a quelques jours en explorant. De ceux qui sont moelleux, avec d'énormes morceaux de chocolat, et qui ont un goût divin. Je les attrape ainsi qu'une canette de Dr Pepper dans le réfrigérateur.

De retour dans le salon, je m'enfonce dans le canapé moelleux et pose ma boisson sur la table d'appoint. L'emballage des cookies me résiste, le plastique refusant de se déchirer là où il le devrait, et je finis par utiliser mes dents pour l'ouvrir. Le bruit du plastique froissé résonne fortement dans la pièce silencieuse, rivalisant avec le crépitement et le pétillement du feu.

Je sors un cookie et en prends une énorme bouchée. Un pur bonheur. Doux et moelleux avec du chocolat fondant. J'adore avoir une cheminée. Toute cette maison, en fait. Les hauts plafonds, les poutres apparentes, les fenêtres qui laissent entrer tant de lumière naturelle pendant la journée. Cet endroit commence à ressembler à un foyer d'une manière qui m'effraie, car je suis censée être ici temporairement. Juste le temps que je mette de l'ordre dans ma vie.

Sauf que je ne mets rien en ordre. Je prends mes aises, je m'installe confortablement et je me permets d'imaginer rester.

Je finis le premier cookie et j'en saisis immédiatement un deuxième, parce que la soirée a été stressante et que je mérite des glucides et du sucre.

Puis je lève les yeux.

Kane et Noel se tiennent près de la cheminée, face à moi.

Ils portent encore leurs vêtements de ce soir, un jean et un T-shirt à manches longues, pieds nus maintenant que leurs bottes sont près de la porte. Mais il y a quelque chose dans leur posture, éclairés par le feu, qui leur donne un air irréel.

Kane, avec ses cheveux blond foncé légèrement en désordre à cause du froid, ses yeux noisette me fixant intensément. Mon Dieu, son corps, tout en épaules larges et en muscles dessinés, visibles même à travers son T-shirt. Ce sourire en coin sur son visage, à la fois espiègle et charmeur.

Noel, à côté de lui, à peine plus petit que Kane, ses longs cheveux bruns attachés en un chignon bas qui accentue sa mâchoire carrée et ses yeux perçants. Le T-shirt qu'il porte épouse chaque ligne des muscles de son torse et de ses bras.

Comment est-ce que je suis censée garder mon sang-froid en leur présence ? Comment puis-je fonctionner comme un être humain normal quand ils ressemblent à ça ? Et soudain, il y a de la musique, quelque chose avec un rythme lent et sensuel qui ne jouait certainement pas il y a une seconde.

J'éclate de rire, des miettes de cookie tombant sur mon T-shirt. — Oh, alors j'ai droit à un spectacle privé ? Excellent timing, les garçons. — Je replie mes jambes sous moi, m'installant confortablement, et je prends une autre bouchée de mon cookie.

Ils me fixent avec des expressions identiques, amusées mais aussi affamées d'une manière qui n'a rien à voir avec la nourriture.

— Tu oublies notre marché, ma belle ? demande Kane, croisant les bras sur son torse d'une façon qui fait encore plus saillir ses biceps contre le tissu.

Mon corps réagit immédiatement. Un feu brûle au creux de mon ventre.

— Et si on se concentrait juste sur le fait que vous dansez pour moi ? je suggère, la bouche pleine de cookie. Je suis épuisée, et vous avez encore toute cette énergie post-spectacle.

Ils échangent un regard, une communication silencieuse passe entre eux. Puis, soudain, ils sont sur moi.

Le cookie m'est arraché des mains, Kane s'en empare, et ils me tirent sur mes pieds. Leurs doigts s'enfoncent dans mes flancs, trouvant chaque point sensible, et je hurle de rire.

— Hé ! — Je suis à bout de souffle, essayant de me débattre. — Arrêtez ! C'est mon cookie !

— Tu veux voir notre meilleur numéro ? dit Kane entre mes éclats de rire, ses doigts implacables. Il nous faut un paiement.

Ils tirent déjà sur mon T-shirt trop grand, essayant de le remonter, et je repousse faiblement leurs mains, en riant si fort que des larmes me montent aux yeux.

— Hé, je n'ai jamais accepté ça !

Ils me lâchent immédiatement, reculant avec des sourires identiques empreints de pure malice. Kane porte mon cookie volé à sa bouche et en prend une énorme bouchée, sans me quitter des yeux.

— Alors pas de spectacle, dit simplement Noel en se détournant avec une déception exagérée.

— Oh, allez ! — Je fais la moue dans leur dos. — Ce n'est pas juste du tout !

— Alors, déshabille-toi, dit Kane, finissant mon cookie en une seule bouchée.

— Mais il fait un froid de canard !

Ils haussent les épaules à l'unisson et commencent à s'éloigner, se dirigeant vers les escaliers comme s'ils allaient vraiment partir.

Je devrais les laisser partir. C'est déjà s'aventurer en terrain dangereux, et je suis censée prendre mon temps. Bâtir la confiance. Pas sauter au lit, ou sur le canapé, alors que j'ai déjà fait assez d'erreurs de ce genre.

Ils se retournent pour me regarder. La chaleur dans leurs yeux. La façon dont leurs corps vibrent pratique-ment du besoin de me toucher, de danser pour moi, de me donner ça.

Ils veulent plus. Je le sais. Ils ont si hâte de faire ça, et sont clairement excités à l'idée de danser juste pour moi, que je ne peux pas résister.

Ils m'ont rendu un énorme service ce soir. Et une partie de moi — la partie qui me consume et me fait languir depuis que j'ai emménagé avec eux — veut désespérément les voir nus. Veut sentir leurs mains sur moi et cesser de lutter contre cette attraction entre nous.

— D'accord, je m'entends dire. Mais juste en culotte et en débardeur. C'est le marché.

Ils se retournent immédiatement, et les sourires sur leurs visages libèrent des papillons dans mon estomac. — Marché conclu, dit Noel, sa voix s'abaissant.

Ils s'approchent, d'un pas prédateur et déterminé, et Kane tend la main pour tirer sur l'ourlet de mon T-shirt. — Alors fais-le.

— Je ne peux pas le faire après que vous ayez commencé à danser ? — Je cherche à gagner du temps, car mes mains tremblent légèrement et je ne sais pas si c'est de nervosité ou d'anticipation.

— D'accord, dit Noel. Mais si tu ne te déshabilles pas avant la fin de la première chanson, c'est nous qui le ferons pour toi.

Une vague de chaleur m'inonde à cette menace, et mon corps réagit immédiatement — mes tétons se durcissent, une humidité afflue entre mes cuisses. Mes pré-chaleurs s'intensifient sans aucun doute, car ce niveau d'excitation instantanée n'est pas normal pour moi.

— D'accord, très bien, j'arrive à dire, battant en

retraite vers le canapé, les jambes flagellantes, et attrapant un autre cookie juste pour occuper mes mains.

La musique devient plus forte, emplissant la pièce. Pas la musique entraînante de club de strip-tease du bar, mais quelque chose de plus lent. De plus intime. Une ligne de basse profonde que je n'entends pas seulement, mais que je sens aussi s'enfoncer dans mes os, avec une mélodie superposée qui est pure séduction.

Ils se positionnent entre la cheminée et le canapé, m'offrant une vue parfaite. Le feu crée un effet de halo, la lumière et l'ombre jouant sur leurs traits, soulignant chaque angle et chaque plan de leurs visages et de leurs corps.

Je tire la couverture du dossier du canapé sur mes genoux, me préparant à tenir ma promesse de me déshabiller, et je m'installe pour regarder.

Kane bouge le premier.

Il fait rouler ses épaules en arrière, étire son cou d'un côté et de l'autre comme pour se détendre, puis ses hanches se mettent à bouger au rythme de la musique. Des ondulations lentes et sensuelles, complètement différentes de la performance énergique du bar. C'est intime. Personnel. Juste pour moi.

Mon souffle se coupe.

Noel se joint à lui, ses mouvements fluides et gracieux, complétant parfaitement la puissance de Kane. Là où les gestes de Kane sont forts et délibérés, ceux de Noel sont aussi lisses que l'eau, et ensemble, ils créent ce rythme hypnotique.

Ils ne se précipitent pas, mais prennent leur temps.

Faisant monter l'anticipation à chaque balancement de leurs hanches, à chaque contraction de leurs muscles.

Kane passe ses mains sur son propre torse, sur ses abdominaux, ses doigts s'accrochant à la ceinture de son jean mais sans la baisser. Juste un avant-goût. Une promesse. Noel se retourne, me lançant un regard par-dessus son épaule qui est du pur sexe, puis commence lentement à remonter son T-shirt, révélant des centimètres de peau avec une lenteur atroce.

J'oublie comment respirer correctement.

Le T-shirt révèle ses abdominaux et son torse, et il le retire. Il tombe sur le sol derrière lui, oublié. Son corps est à couper le souffle. Des abdominaux parfaitement dessinés, un torse large et sculpté, des épaules qui pourraient porter le monde. La lumière du feu crée des ombres dans tous les creux de ses muscles, et je veux tracer chaque ligne avec ma langue.

C'est au tour du t-shirt de Kane. Il attrape l'ourlet et le retire par-dessus sa tête d'un seul mouvement fluide, et maintenant, je le dévisage sans me cacher, mon cookie figé à mi-chemin de ma bouche. Il est tout aussi musclé que Noel, mais d'une manière légèrement différente. Là où Noel n'est que muscles secs, Kane est puissance à l'état pur. Plus épais au niveau du torse et des épaules, ses bras sont noueux de muscles qui se contractent à chaque mouvement.

Ils sont tous les deux torse nu maintenant, la peau luisante à la lueur du feu, et ils bougent au rythme de la musique, les yeux rivés sur moi.

Une chaleur monte en moi. Cette douleur sourde d'avant, celle qui couvait depuis que j'ai emménagé, revient à la vie dans un rugissement — mes préchaleurs rendent tout plus intense, plus désespéré, plus impossible à ignorer.

Mon Dieu, ce n'était peut-être pas une si bonne idée. Je devrais enlever mon t-shirt. C'était le marché.

Je pose mon cookie avec des doigts tremblants et j'attrape l'ourlet de mon t-shirt trop grand, le retirant lentement par-dessus ma tête. Le débardeur en dessous est fin et noir, moulant mes seins, et je ne prends pas la peine de me couvrir, même si chacun de mes instincts me hurle de le faire.

Leurs deux regards tombent immédiatement sur ma poitrine. Kane trébuche légèrement dans son mouvement suivant, fixant toujours mes seins, et Noel émet un son bas dans sa gorge qui file droit entre mes cuisses.

Je remonte la couverture jusqu'à ma taille, soudainement hyperconsciente de mon exposition, de ma vulnérabilité.

Mais ils continuent de danser, et je ne peux pas détourner le regard.

Les mains de Kane se dirigent vers sa ceinture, la détachant avec une lenteur délibérée. Le cuir glisse hors des passants dans un murmure, et il la laisse tomber sur le sol à côté de lui. Noel fait de même, et maintenant ils s'occupent tous les deux de leurs boutons et fermetures éclair en synchronisation.

Les pantalons glissent le long de cuisses musclées — mon Dieu, leurs cuisses — et ils sortent les jambes, les repoussant d'un coup de pied. Ils sont maintenant en boxers moulants, et j'avale presque ma langue.

À mon tour.

Je bouge sous la couverture, mes mains tremblant pour de bon maintenant. Je croche mes pouces dans la taille de mon legging et je le fais descendre sur mes hanches. C'est maladroit en position assise, et je dois soulever mes hanches ; la couverture glisse jusqu'à mes cuisses, révélant mes jambes et le bord de ma culotte en coton violet.

Les yeux de Kane se verrouillent sur la peau exposée, et il trébuche littéralement sur ses propres pieds en plein mouvement.

Nous éclatons tous de rire, brisant la tension juste pour une seconde.

— La classe, le taquine Noel, mais sa voix est tendue.

— Tais-toi, marmonne Kane, mais il sourit, même si ses yeux restent collés à mes cuisses.

Je parviens à enlever complètement mon legging, et j'ajuste la couverture pour me couvrir de la taille aux pieds, les jambes repliées sous moi.

Mais mon corps est en feu. Cette douleur entre mes cuisses palpite au rythme de mon cœur. Ce sont les préchaleurs, ça doit être ça, car je ne me suis jamais sentie aussi dépendante, aussi désespérée, aussi incontrôlable auparavant.

Ils se rapprochent maintenant, ondulant au son de la musique, et leurs mains se dirigent vers la ceinture de leurs boxers.

Attendez, ils vont vraiment le faire ?

Mon cœur martèle contre mes côtes. Chaque terminaison nerveuse est en feu. Leurs odeurs combinées m'enveloppent, et ensemble, ils sentent tout ce que j'ai toujours désiré.

Je regarde, hypnotisée, alors qu'ils baissent leurs boxers simultanément.

Les os des hanches apparaissent. Ce V bien défini qui descend. Des poils sombres à la base, puis ils se penchent en avant, les retirant complètement.

Je devrais détourner le regard. Je devrais fermer les yeux ou me concentrer sur absolument n'importe quoi d'autre dans la pièce. Mais ils me fixent avec une telle intensité que je suis paralysée.

Ils sortent de leurs sous-vêtements et les repoussent d'un coup de pied. Puis ils se redressent, sans aucune pudeur.

Mes yeux descendent vers leurs entrejambes sans ma permission. Et je vois leurs bites, recouvertes de longues chaussettes montantes blanches. Des chaussettes de sport ridicules enfilées sur leurs érections comme une sorte de cache-sexe absurde.

— Je pars d'un fou rire si fort que je renifle, ce qui me fait rire encore plus fort. Vous êtes pas croyables ! je suffoque, me tenant le ventre. Vous avez mis des chaussettes sur vos bites ?

— Il faut bien garder un peu de mystère, ajoute Kane, en se contractant légèrement, ce qui fait rebondir la chaussette.

Je suis morte de rire. Des larmes coulent sur mon visage.

Puis soudain, ils sont de chaque côté de moi, s'installant sur le canapé. Je me décale automatiquement pour faire de la place, et ils se pressent contre moi, leurs corps nus chauds et solides.

Leurs bouches fondent sur moi simultanément.

Kane m'embrasse en premier, et ce n'est pas doux. Ses lèvres sont exigeantes, sa langue balayant ma bouche et me volant le peu de souffle qu'il me restait. Puis la bouche de Noel est sur mon cou, suçant et léchant, et ma tête tourne.

Je me noie en eux. Dans leurs odeurs qui se mélangent et remplissent mes poumons. Dans la chaleur de leur peau pressée contre la mienne. Dans la façon dont ils me touchent partout à la fois.

Je les embrasse tous les deux, tournant la tête pour attraper la bouche de Noel pendant que les lèvres de Kane tracent un chemin de feu le long de ma gorge jusqu'à ma clavicule, puis je reviens embrasser Kane pendant que Noel me fait un suçon sur l'épaule.

La couverture est arrachée et jetée quelque part, et leurs érections couvertes de chaussettes se pressent contre mes cuisses alors qu'ils se rapprochent.

Je glousse, le souffle court, mais je halète aussi parce que leurs mains sont partout — dans mes cheveux, sur ma taille, glissant sous mon débardeur.

— Putain, tu as un goût incroyable, murmure Kane contre mon point de pulsation, et je gémis.

— J'ai pensé à ça toute la nuit, ajoute Noel, sa main enveloppant mon sein à travers le tissu fin de mon débardeur, et je me cambre contre son contact, son pouce effleurant mon téton.

Leurs voix m'enveloppent, basses et sombres et

pleines de promesses, et je perds la capacité de penser de manière cohérente. Avant que je ne comprenne pleinement ce qui se passe, ils soulèvent mon débardeur. Je lève automatiquement les bras, et il disparaît, jeté derrière le canapé.

Je suis nue jusqu'à la taille, et pendant une seconde, je suis gênée, mais leurs deux bouches descendent sur mes seins, et toute pensée consciente s'évapore.

Kane prend mon sein gauche, sa bouche chaude, humide et parfaite. Sa langue tourbillonne autour de mon téton avant qu'il ne le suce entre ses lèvres, et la sensation file droit jusqu'à mon centre. Noel l'imite sur mon sein droit, et le fait qu'ils me sucent, me lèchent et m'adorent tous les deux simultanément me fait pousser un cri.

Mes mains se faufilent dans leurs cheveux, les maintenant contre moi, et je me cambre sans honte contre leurs bouches.

Mon corps vibre. Chaque terminaison nerveuse est vivante et chante. Cette douleur profonde d'avant me consume maintenant. Elle s'installe au plus profond de moi, entre mes cuisses, pulsant et réclamant de l'attention. Ce n'est que lorsque les Alphas me touchent qu'elle s'atténue un tant soit peu, et en ce moment, elle hurle pour en avoir plus. Je ne peux penser à rien d'autre qu'à eux. Leurs bouches. Leurs mains. Leurs corps pressés contre le mien.

— J'adore la sensation de vos deux corps contre moi, je souffle, reconnaissant à peine ma propre voix, qui est brisée et pleine de désir.

Ils relâchent mes seins, mais seulement pour

embrasser chaque centimètre carré de peau qu'ils peuvent atteindre, remontant le long de ma poitrine, de ma gorge, de mes clavicules.

— As-tu la moindre idée à quel point nous sommes épris de toi ? demande Noel contre mon sternum, sa voix rauque.

— Complètement obsédés, convient Kane, remontant ses baisers jusqu'à ma mâchoire. Je perds les pédales quand tu es là.

Puis la main de Noel se glisse dans l'élastique de ma culotte d'un côté, et celle de Kane la rejoint de l'autre.

Ils m'embrassent tous les deux à nouveau tout en faisant descendre ma culotte ensemble. Je suis tellement en manque en ce moment que je pourrais crier. Si affamée de leur contact que j'en tremble. Mon corps les supplie, exigeant un soulagement de cette douleur, et je sais exactement où cela mène, mais je ne peux pas m'empêcher de l'arrêter.

Je ne veux pas l'arrêter.

Ils ont besoin de moi, bien sûr. Mais j'ai besoin d'eux cent fois plus en ce moment. J'ai besoin de leurs mains sur moi, de leurs bouches sur moi, de n'importe quelle partie d'eux sur moi avant que je n'explose.

Ils retirent complètement ma culotte. Alors qu'ils m'embrassent à perdre haleine, ilsécartent doucement mes jambes.

Ils restent assis de chaque côté de moi sur le canapé, et leurs mains descendent simultanément sur mon corps. Les doigts de Kane trouvent mon clitoris, tandis que ceux de Noel explorent plus bas, encerclant mon entrée de manière taquine. Et je me cambre contre eux en gémissant.

— Déjà si mouillée, murmure Noel avec appréciation contre mes lèvres.

— Trempée pour nous, ajoute Kane, augmentant légèrement la pression sur mon clitoris.

Je me tortille entre eux, mes hanches bougeant involontairement, cherchant plus de friction, plus de pression, plus de tout. Noel enfonce deux doigts en moi, et je décolle presque du canapé. L'étirement est parfait, et je halète dans la bouche de Kane, qui avale mes sons.

Mon orgasme monte rapidement et de manière inattendue, déferlant comme une vague, et quand il s'écrase sur moi, je crie leurs noms, mon corps se contractant fort autour des doigts de Noel, le plaisir irradiant à travers chaque terminaison nerveuse.

— Putain, c'était magnifique, dit Kane, l'air impressionné.

— Voyons combien d'autres on peut te faire avoir, suggère Noel, avec une pointe de malice dans sa voix.

Kane se penche vers la table d'appoint et attrape deux sucres d'orge dans le bol décoratif. Il les déballe tous les deux, le bruit du papier froissé résonnant fort dans la pièce silencieuse, et pendant une seconde, je pense qu'il va les manger.

— Puis il tend les deux sucres d'orge vers ma bouche. Ouvre.

J'écarte docilement les lèvres, et il glisse les deux sucres d'orge dans ma bouche. Je sens le goût de la menthe poivrée, vif, sucré et frais.

— Un petit creux ? plaisante Noel, observant avec amusement.

Kane sourit, puis retire les sucres d'orge de ma bouche, désormais nappés, et les fait glisser le long de mon corps.

Entre mes seins. Sur mon ventre. Plus bas.

— Oh, je souffle, réalisant son intention, et mes cuisses essaient instinctivement de se refermer.

— Mais la main de Noel est là, maintenant mes jambes écartées. Laisse-nous jouer, ma chérie.

Kane frotte les sucres d'orge sur moi ; leurs manches courbées, nappées et lisses, glissent contre ma chair hypersensible, et je me tortille à cette sensation. Froide, dure et si différente des doigts.

Puis il enfonce lentement et prudemment les deux extrémités pointues en moi, et je halète à cette étrange sensation.

Noel accroche une de mes jambes sur sa cuisse tandis que Kane fait de même avec mon autre jambe, m'ouvrant complètement à eux.

L'extrémité recourbée des sucres d'orge dépasse de manière obscène, tournée vers le haut, et les deux hommes regardent fixement entre mes cuisses comme s'ils avaient créé un chef-d'œuvre.

— C'est notre nouvelle tradition des fêtes, déclare Noel.

— La meilleure décoration de Noël qui soit, approuve Kane.

Ils saisissent chacun une des extrémités recourbées et retirent lentement les sucres d'orge, puis, avant que je puisse comprendre ce qu'ils font, ils les portent à leur propre bouche.

Tous deux gémissent autour des bâtonnets à la menthe.

— Bordel. Les yeux de Kane se révulsent légèrement. Le meilleur sucre d'orge que j'aie jamais goûté de toute ma vie.

— Putain, ouais, grogne Noel.

Ils remettent les sucres d'orge en moi, et je halète et me tortille pendant qu'ils les font aller et venir, s'en servant pour me taquiner tandis que leurs mains libres parcourent mon corps, pressant mes seins, caressant mes cuisses, touchant partout où ils le peuvent.

Ils font de nouveau monter le désir en moi. Lentement cette fois, en faisant durer le plaisir, me faisant supplier silencieusement pour la délivrance.

Mon corps est en feu. Chaque contact m'envoie une décharge électrique. Je gémis constamment maintenant, incapable de rester silencieuse, mes hanches bougeant tandis que je les regarde plonger ces sucres d'orge en moi, puis les sucer.

C'est alors que je remarque un mouvement à travers ma vision embrumée par le plaisir.

Un courant d'air froid traverse la maison, et nous nous figeons tous les trois, tournant la tête vers l'entrée de la cuisine.

Corn Dog trottine dans le salon comme si l'endroit lui appartenait, totalement indifférent à la scène qu'il interrompt. Il se traîne jusqu'à la cheminée d'un pas lourd et s'affale juste devant, en laissant échapper un soupir de contentement.

Nous éclatons tous de rire, l'absurdité du moment dissipant la tension sexuelle.

J'attrape la couverture et la tire sur mon corps nu, repoussant les garçons et leurs sucres d'orge en gloussant. — On ne peut rien faire avec lui juste là. Il nous regarde, littéralement.

— Corn Dog, il faut que tu partes, déclare fermement Kane, mais il n'y a aucune véritable autorité dans sa voix, car il rit encore.

— Mais il a froid, je proteste, mon excitation s'estompant légèrement face à la présence d'un public. Regarde-le près du feu. Il est bien. On ne peut pas le mettre dehors dans la grange glaciale maintenant.

— Il nous casse le coup, dit Noel d'un ton neutre, en se levant et en ajustant la chaussette qui couvre toujours son érection.

Je ris si fort que j'en ai mal au ventre.

Noel se dirige d'un pas furieux vers la cuisine, marmonnant au sujet de la chatière que son grand-père a installée il y a des années et que Corn Dog continue de forcer, et je l'entends la bloquer correctement.

Je trouve ma culotte emmêlée dans la couverture et l'enfile rapidement, puis mon legging, tandis que Kane observe avec une déception évidente.

— Ça ne se termine pas là, dit Kane, sa voix toujours rauque de désir. On monte finir ça correctement.

Mais c'est à ce moment-là que la porte d'entrée s'ouvre dans un courant d'air glacial et que la voix de Chris résonne.

— Et puis quoi encore ? gémit Kane.

— Putain, les gars, vous n'allez jamais croire ce que je viens de découvrir sur Scot, crie Chris.

Je m'agite, enfilant mon débardeur et ma chemise trop grande, essayant de ne pas avoir l'air d'avoir reçu du plaisir avec des sucres d'orge trente secondes plus tôt.

Les yeux de Chris s'écarquillent immédiatement en voyant la scène qui s'offre à lui.

Noel revient après avoir sécurisé la porte de la cuisine, ne portant absolument rien d'autre qu'une chaussette montante blanche sur son érection très visible. Kane est dans le même état.

Chris renifle profondément l'air, ses narines se dilatent, et je vois ses pupilles se dilater. — Vous ne pouviez pas m'attendre avant de commencer ?

— On l'échauffait pour toi, dit Kane sans la moindre honte, son sourire arrogant bien en place.

— Alors, qu'est-ce que tu as découvert sur Scot ? je demande rapidement, essayant de changer de sujet avant que Chris ne décide de se joindre à… peu importe ce que c'est.

Il retire ses bottes près de la porte et laisse tomber ses clés dans le bol en céramique sur la table de l'entrée. Puis son regard se pose sur la cheminée. — Pourquoi Corn Dog est dans la maison ?

— Il avait froid, je dis sur la défensive, serrant la couverture plus fort autour de moi même si je suis maintenant entièrement habillée. Et il dort paisiblement en ce moment.

Les deux autres garçons haussent les épaules en direction de Chris avec des expressions identiques qui signifient *On a essayé.* — On ne voulait pas lui dire non, explique Noel.

— Clairement, marmonne Chris, mais l'amusement danse dans ses yeux vert mousse malgré ses paroles.

Chris s'approche de moi et prend ma main, la portant à ses lèvres et embrassant mes phalanges avec une douceur si inattendue que mon cœur fait un bond compliqué dans ma poitrine. Le geste est si tendre, si différent de la passion brute des instants précédents, que j'en reste momentanément sans voix.

— Eh bien, j'ai trouvé des informations très intéressantes sur Scot ce soir, explique Chris, son expression devenant plus sérieuse alors qu'il relâche ma main. Je ne sais pas encore quoi en penser, mais il y a clairement quelque chose qui cloche.

— Qu'est-ce que c'est ? je demande en me redressant.

Noel et Kane ont remis leur pantalon, bien qu'ils soient toujours torse nu, et ils se rapprochent, la curiosité peinte sur leurs visages.

— Quand je conduisais ces criminels danseurs au poste, ils chuchotaient sur la banquette arrière, explique Chris en passant une main dans ses cheveux. Je n'ai pas pu comprendre grand-chose à cause du moteur et de la radio, mais je jurerais les avoir entendus mentionner plusieurs fois le nom de Scot.

— Ah bon ? je dis lentement, mon esprit essayant déjà de faire des liens. Je veux dire, il y a probablement d'autres Scot en ville que celui que je connais.

— Oui, c'est ce que j'ai pensé au début, admet Chris à voix haute. Mais on a toujours un micro caché à l'arrière de nos véhicules de transport. On a obtenu beaucoup d'informations précieuses de cette façon, quand les criminels pensent avoir des conversations privées à l'arrière.

— J'ai écouté l'enregistrement complet après avoir fini de m'occuper d'eux au centre-ville, poursuit Chris. Et ils parlaient bien de quelqu'un nommé Scot qui les avait engagés et leur avait promis de les payer très grassement. Ils se demandaient si ce Scot honorerait toujours le paiement, étant donné qu'ils s'étaient fait arrêter pour leurs mandats en souffrance et n'avaient pas réellement terminé le spectacle de strip-tease.

Mon estomac se noue.

— Ça devient encore plus bizarre, continue Chris. L'un d'eux a mentionné que Scot voulait s'assurer que l'événement ne se passe pas trop bien, mais pas assez mal pour que le sabotage soit évident.

Je suis maintenant debout, la couverture tombant de mes épaules. — Ça doit être mon Scot. Ce connard. Et je ne comprends pas l'histoire du paiement, puisque je les ai déjà payés d'avance pour ce soir. Pourquoi Scot les paierait-il aussi ?

— Où as-tu même trouvé leurs coordonnées ? demande Noel.

Je serre les lèvres en y repensant. — C'était il y a plus d'un mois, quand j'ai commencé à tout réserver pour cet événement. Mais maintenant que j'y pense, le contact venait directement de Scot. Il les a spécifiquement recommandés, en disant qu'ils étaient les meilleurs de la région.

— Donc, il t'a délibérément dirigée vers des criminels qui pourraient donner une performance médiocre alors que vous étiez encore associés ? dit Chris. Ça semble étrange.

Je hausse les épaules, impuissante. — C'est bizarre, parce que nous étions encore en bons termes quand je les ai réservés. Nous n'avions pas encore eu notre dispute. Mais… je m'interromps, une horrible pensée me traversant l'esprit. Et s'il avait prévu de me faire échouer depuis des semaines, voire des mois ? Mais je ne comprends pas. Il n'en a jamais montré le moindre signe.

Chris secoue la tête, la mâchoire crispée de colère. — Je parierais ma couille gauche que Scot est impliqué dans des affaires louches qui vont bien au-delà du fait d'être un connard avec son associée. La question est, quel est son but final ?

— Le problème, c'est que ces danseurs ne vont pas sortir de sitôt, ajoute Noel. Ils seront détenus au moins jusqu'à leur date d'audience, peut-être plus longtemps en fonction de leur situation de caution et de la gravité de leurs accusations. Donc, on ne peut pas vraiment les retrouver.

Mon esprit s'emballe, pensant à Scot et à tout ce qui est en jeu.

— Une seule solution, dit fermement Kane. On commence à suivre les mouvements de Scot en ville. Voir exactement ce qu'il prépare et qui il rencontre.

J'acquiesce automatiquement, mais l'idée que Scot ait pu orchestrer quelque chose depuis des semaines m'a complètement dégonflée. Je me sens soudain fatiguée, d'un épuisement profond.

Je soupire lourdement. — Je crois que je vais monter

dans ma chambre. Digérer tout ça. Je me lève et me dirige vers les escaliers.

— Absolument pas, dit immédiatement Noel, et il y a de l'acier dans sa voix.

Je me retourne pour le voir, ainsi que Kane, se diriger vers moi. — Après cette nouvelle, on va tous regarder un film ensemble, continue Noel, et ce n'est pas une suggestion. Quelque chose pour te sortir de cette spirale que je vois déjà se former derrière tes yeux. Tu ne vas pas laisser ce connard te monter à la tête et gâcher ce qui était une très bonne soirée.

— Mais… je commence à protester.

— Pas de mais, m'interrompt Kane, et ils me prennent littéralement chacun un bras pour me ramener au canapé. Tu restes en bas avec nous.

Je remarque les sucres d'orge toujours posés sur la table d'appoint, collants et légèrement fondus maintenant.

— Laissez-moi mettre quelque chose de plus confortable, dit Chris, se dirigeant déjà vers les escaliers. Je reviens tout de suite.

Je jette un coup d'œil à Corn Dog, qui somnole toujours paisiblement près du feu, complètement inconscient de la folie qui l'entoure. Il ouvre un œil comme s'il sentait mon attention, et je jurerais qu'il y a quelque chose de savant dans ce regard.

Comme si même lui comprenait que ces trois Alphas ne me laisseraient pas me replier sur mon inquiétude et mon anxiété. Qu'ils vont m'entourer de leur présence jusqu'à ce que je n'aie d'autre choix que de me détendre.

Et malgré les nouvelles troublantes sur Scot, et tout

ce qui pèse sur mes épaules, je m'enfonce à nouveau dans les coussins du canapé entre Kane et Noel.

Leur chaleur corporelle m'entoure immédiatement, et leurs odeurs m'enveloppent comme une couverture de sécurité.

Pour ce soir, au moins, je suis exactement là où je dois être.

En sécurité. Protégée. Choyée.

Même si je cherche encore comment l'accepter.

16

KANE

Je suis assis dans ce pick-up depuis l'aube et j'ai le cul complètement engourdi.

Chris est au volant, tous les deux emmitouflés dans nos vestes parce qu'il gèle dehors et qu'on ne peut pas laisser le chauffage tourner en permanence sans attirer l'attention. On est garés un peu plus bas dans la rue de Confetti & Meatballs, coincés entre deux autres véhicules d'où l'on a une vue dégagée sur l'entrée de l'immeuble, mais sans avoir l'air d'être en planque, si tant est qu'il y ait une surveillance.

Le soleil est levé depuis trois heures maintenant, mais sa faible lumière hivernale ne fait absolument rien pour réchauffer l'air glacial, et ce connard n'a toujours pas montré le bout de son nez.

Pas une seule fois. Bien sûr, on se raccroche à une brindille en espérant qu'il ait emménagé dans cet immeuble, mais on espérait au mieux qu'il se présenterait ici pour travailler. Sauf qu'il n'a pas pointé le bout de son nez de toute la matinée.

Aucune lumière ne s'allume dans l'immeuble. Aucune voiture ne s'arrête. Pas le moindre signe de vie.

— Ce salaud, marmonne Chris en buvant une autre gorgée de son thermos de café, qui doit être complètement froid maintenant. Je sais qu'il prépare un gros coup. J'adorerais l'arrêter. Lui écraser sa putain de tête arrogante entre mes mains jusqu'à ce que ses yeux lui sortent de la tête comme des grains de raisin.

— Bordel, mec. Calme-toi. Je bouge sur mon siège, essayant de faire circuler le sang dans mes jambes. Mes genoux sont raides d'être restés pliés trop longtemps. S'il fait des magouilles, on finira par l'attraper. On y arrive toujours.

— Ouais, je sais. Chris repose sa tasse dans le porte-gobelet avec plus de force que nécessaire. Ça me fout en rogne, la tonne de saloperies qu'il a fait subir à Hannah. Toute cette manipulation, ce gaslighting, la foutre à la porte de son propre appartement. Et même maintenant, je ne fais pas confiance à ce salaud, je suis sûr qu'il va essayer de ruiner le week-end du défilé ou la prochaine cérémonie d'illumination du sapin.

— Pas la peine de me le dire. Je croise les bras sur ma poitrine, essayant de retenir un peu de chaleur corporelle. J'étais là quand il a appelé Giuseppe, tu te rappelles ? J'ai entendu chaque mot à travers le téléphone. Sa menace était parfaitement claire : il veut cette entreprise pour lui tout seul, et il fera tout ce qu'il faut pour s'assurer que Hannah ne l'obtienne pas avant lui.

Chris tapote le volant d'un rythme agité, fixant l'immeuble sombre. En parlant de Hannah, ses chaleurs approchent. Je peux le sentir sur elle chaque matin quand elle descend. L'odeur devient plus forte, plus concentrée, plus intense.

— Je sais. Rien que d'y penser, mon corps réagit, ma queue s'agite dans mon jean malgré le froid. Crois-moi, je le sais putain. Et elle continue de nier que nous sommes une vraie meute. Elle agit toujours comme si vivre avec nous n'était qu'un arrangement temporaire jusqu'à ce qu'elle trouve son prochain plan, et elle nous résiste alors qu'il est clair que son corps a désespérément besoin du contact d'un Alpha.

— Qu'est-ce qu'on va faire pour ça ? demande Chris en jetant un coup d'œil dans ma direction. Parce qu'elle est à nous. On le sait tous jusqu'au plus profond de nos os. Elle le sait aussi, quelque part sous toute cette peur et cette carapace. Mais elle se bat de toutes ses forces.

Je souffle longuement, regardant ma buée se former dans l'air froid de l'habitacle. On continue à lui montrer qu'on est là pour elle, quoi qu'il arrive. En l'aidant pour tout ce dont elle a besoin — les trucs professionnels, personnels, tout le reste. En se pliant en quatre pour lui prouver qu'on ne va nulle part et qu'on n'est pas comme les connards de son passé. Elle a peur. On le voit dans ses yeux parfois, quand elle croit qu'on ne la regarde pas. Comme si elle attendait qu'on la déçoive, qu'on parte ou qu'on se transforme en abrutis dominateurs comme Scot.

Chris bouge sur son siège, le cuir grince, il hoche la tête.

— Donc on doit la laisser dicter le rythme. Ne pas lui donner l'impression qu'on contrôle sa vie ou qu'on essaie de prendre en main chaque aspect de son existence.

Chris se met à rire, et le son emplit l'habitacle du pick-up. Difficile à faire quand on l'a littéralement fait emménager chez nous quelques jours après l'avoir rencontrée, et que maintenant on est collés à elle à chaque putain de seconde de la journée comme des harceleurs possessifs.

Je renifle. Pas vraiment subtil sur le fait qu'on la veut constamment près de nous. Noel m'a pratiquement poussé ce matin pour se porter volontaire pour l'accompagner en ville aujourd'hui pour la préparation du défilé.

— Il en pince grave pour elle.

— Putain, mec, on en pince tous. Chris passe une main dans ses cheveux, les ébouriffant encore plus. Hier soir, quand je suis rentré après avoir traité ces criminels et que j'ai réalisé que j'avais raté ce que vous faisiez tous les deux avec elle sur le canapé… Il secoue la tête. J'étais tellement jaloux que j'y voyais à peine clair, tellement j'ai envie d'elle.

— Pour notre défense, les choses ont vite dégénéré. Une minute on dansait pour elle, la minute d'après il y avait des sucres d'orge dans l'histoire. C'était spontané.

— Je suis sûr que c'était très spontané et pas du tout prémédité, dit Chris d'un ton sec. On éclate de rire tous les deux. Je n'aurais jamais pensé dire ça de quelqu'un, avoue Chris. Mais c'est elle. Pour toujours. Le but ultime. Je l'ai su au moment où je l'ai embrassée dans ce costume de Père Noël et qu'elle a fondu contre moi.

— Je l'ai su quand je me suis réveillé et qu'elle me

chevauchait en pensant que j'étais Noel, dis-je en riant. Le meilleur quiproquo de toute ma vie.

— Enfoiré de chanceux.

Nous tombons dans un silence complice, tous les deux en train de surveiller l'immeuble. Il a deux étages. En bas, c'est l'entreprise, je suppose, avec le nom de la société en grandes lettres dorées au-dessus de la porte : Confetti & Meatballs Event Planning. L'enseigne a l'air professionnelle, les vitres sont propres, mais tout est sombre à l'intérieur. À l'étage, les stores sont bien fermés sur ce qui doit être l'appartement où Hannah vivait avant que Scot ne la foute dehors.

Cette pensée me fait bouillir de colère.

Une autre voiture passe lentement, le conducteur est clairement perdu, et nous nous tendons tous les deux jusqu'à ce qu'elle continue sa route.

— Ça fait des heures qu'on est assis là, finis-je par dire. Il est clair qu'il ne viendra pas. L'endroit a l'air abandonné.

— D'accord. Chris s'étire autant que l'habitacle le permet. Je pense qu'on devrait entrer. Jeter un œil comme il faut. Voir ce qu'on peut trouver.

Je me redresse immédiatement. J'ai cru que tu n'allais jamais le proposer.

Nous sortons du pick-up, et le froid m'enveloppe. Je remonte la fermeture éclair de ma veste jusqu'au menton et resserre mes gants. Chris fait de même. Nous longeons les ombres et la lisière des arbres en approchant de l'immeuble, nous déplaçant avec ce genre d'assurance désinvolte qui n'attire pas l'attention. Juste deux types qui se promènent dans le froid glacial parce qu'on est des idiots.

L'allée mène à l'arrière de l'immeuble, et c'est là que nous nous dirigeons, complètement hors de vue de la rue et des bâtiments voisins. Parfait pour ce que nous avons à faire.

Chris regarde d'abord par la fenêtre arrière, plaquant ses mains en coupe autour de son visage pour bloquer le reflet de la faible lumière du soleil. Sombre. Aucun mouvement à l'intérieur que je puisse voir. Pas d'ordinateurs allumés, pas de lumières, rien.

— Alors, on y va.

Chris sort son kit de crochetage de la poche de sa veste, un truc qu'on a tous sur nous pour des situations exactement comme celle-ci, et se met au travail sur la porte arrière. Je surveille les environs.

Il lui faut peut-être trente secondes avant que j'entende le clic satisfaisant de la serrure qui se déverrouille. J'ai réussi, marmonne-t-il.

La porte s'ouvre silencieusement, et nous nous glissons rapidement à l'intérieur, la refermant derrière nous.

Je me dirige immédiatement vers le panneau de sécurité, sachant exactement quoi chercher et comment le désactiver sans déclencher d'alarmes. Nous l'avons fait assez de fois pour que ce soit une seconde nature maintenant. Mais quand je trouve le panneau sur le mur juste à l'intérieur de l'entrée arrière, le système n'est même pas armé.

L'écran affiche « Désarmé » en lettres vertes, et

quand je vérifie le journal, il n'a pas été armé depuis plus d'une semaine.

— La sécurité est complètement désactivée, dis-je doucement à Chris. Ils ne protègent rien de valeur ici. Ou alors ils s'en fichent maintenant.

— C'est soit vraiment stupide, soit vraiment révélateur, observe Chris.

— Je parie sur révélateur.

Nous nous séparons pour fouiller le rez-de-chaussée. Je prends la partie avant pendant que Chris s'occupe des bureaux à l'arrière.

La zone de réception est basique et impersonnelle, un bureau avec un ordinateur obsolète qui tourne probablement sous Windows XP, quelques classeurs qui ont connu des jours meilleurs, une imprimante. Les murs sont nus, à l'exception de quelques affiches de motivation génériques sur le travail d'équipe et le succès. Je parcours les papiers sur la table, et il n'y a rien d'intéressant.

— Cet endroit a l'air complètement abandonné, lance Chris de là où il se trouve à l'arrière.

— Ouais, j'ai la même impression. Comme si personne n'avait vraiment travaillé ici depuis le départ de Hannah.

Nous nous regroupons près des escaliers qui mènent au deuxième étage.

— Prêt à jeter un œil à l'étage ? demande Chris.

Je hoche la tête, et nous commençons à monter l'escalier étroit, nos bottes faisant des bruits sourds sur le bois usé malgré nos tentatives de discrétion. La porte en haut n'est pas verrouillée.

Quand nous poussons la porte, il est immédiatement évident que personne ne vit ici. Tant pis pour notre théorie selon laquelle il aurait pu emménager, mais ce n'était qu'une supposition.

Des meubles basiques et rien d'autre, donc nous redescendons.

Chris se dirige déjà vers les classeurs, les ouvrant et fouillant dedans.

Je fouille les tiroirs du bureau au cas où j'aurais manqué quelque chose. La plupart de ce que nous trouvons, ce sont des trucs administratifs ennuyeux, de vieux contrats avec des fournisseurs pour des événements, des accords qui ont expiré, des documents fiscaux d'il y a trois et quatre ans. Rien de récent. Rien qui nous apprenne quoi que ce soit d'utile.

— On ne trouve rien de louche, marmonne Chris après vingt minutes de recherche, feuilletant une autre pile de papiers inutiles.

Je suis en train de fouiller le tiroir du bas, trouvant encore plus de ces merdes inutiles, quand ma main se referme sur quelque chose qui semble différent, du papier photo brillant rangé tout au fond, derrière des dossiers suspendus.

Je le sors et je fixe ce que je vois.

Mon cerveau met une seconde à traiter l'information.

— Putain, regarde ça. Je me redresse, tendant la photo pour que Chris puisse la voir clairement. Je jurerais que c'est un des strip-teaseurs qu'on a arrêtés l'autre soir à l'événement de Hannah, pas vrai ? Et ça, c'est clairement Declan, le Père Noël qu'on a coffré en ville. Qu'est-ce qu'ils foutent avec Scot ?

Chris traverse la pièce en trois longues enjambées et m'arrache pratiquement la photo des mains pour l'examiner de plus près, la tenant à la faible lumière qui filtre par la fenêtre.

— Putain de merde, souffle-t-il. C'est bien un des strip-teaseurs. Je reconnaîtrais cette gueule de suffisant n'importe où.

Sur la photo, Scot se tient au centre, le bras passé sur leurs épaules comme s'ils étaient de vieux amis. Tous les trois sourient à l'appareil photo comme s'ils n'avaient aucun souci au monde. Derrière eux se trouve ce qui ressemble à un vieux chalet, avec un bardage en bois rustique, vieilli et usé, et un porche couvert. On aperçoit des montagnes en arrière-plan, des sommets enneigés se découpant sur un ciel bleu, et ce qui pourrait être une fine cascade dévalant le flanc de la montagne au loin.

— Ces putains de fouines, dit Chris, sa voix devenant dure et dangereuse. Qu'est-ce qu'il prépare ? Ce n'est pas juste être un connard avec son ex-associée. C'est organisé. Il connaît ces types personnellement...

Nous fixons tous les deux la photo.

— Alors il place ses amis sur des postes lors des événements... ce n'est pas illégal, dis-je.

— Sauf que ses deux amis jusqu'à présent se sont avérés être des criminels. Il est impliqué dans quelque chose, acquiesce Chris. Et on va découvrir ce qu'il fout exactement. Je refuse de croire que c'est aussi simple que de trouver des jobs à ses potes.

Chris sort son téléphone et prend plusieurs photos

de la photographie sous différents angles, en s'assurant de capturer chaque détail. Nous remettons soigneusement la photographie originale exactement où je l'ai trouvée.

Puis nous ressortons par où nous sommes entrés.

Chris reverrouille la porte de l'intérieur, la tirant jusqu'à entendre un léger déclic. Nous courons vers le pick-up en quelques secondes.

Un écureuil surgit soudainement de derrière un arbre directement sur notre chemin, et Chris pousse un cri, un son aigu que je ne l'ai jamais entendu produire de toute ma vie.

J'éclate d'un rire si fort que je dois m'arrêter de bouger une seconde. Tu viens de crier ?

— Va te faire foutre. Il m'a surpris. Mais il regarde autour de lui pour s'assurer que personne d'autre n'a entendu ce son embarrassant.

— Tu chasses des criminels dangereux pour vivre, parviens-je à dire entre deux rires, et un minuscule écureuil te fait crier ?

— Il est sorti de nulle part !

L'écureuil en question est assis sur ses pattes arrière près de l'arbre, nous fixant de ses yeux noirs et perçants comme s'il jugeait la masculinité de Chris. Puis il agite sa queue avec dédain et grimpe le long du tronc d'arbre, disparaissant dans les branches.

— C'est la meilleure chose qui soit arrivée de toute la matinée.

— Je vais te frapper.

Nous rions tous les deux maintenant en rejoignant le pick-up. Une fois en sécurité à l'intérieur, les portes fermées et verrouillées, Chris démarre le moteur et met le chauffage au maximum. Nous tenons tous les deux nos mains devant les aérateurs, essayant de retrouver des sensations dans nos doigts gelés.

Je sors mon téléphone et envoie un SMS à Hannah pendant que nous attendons que le pick-up se réchauffe.

Moi : Tu sais où habite Scot, par hasard ?

La réponse arrive presque immédiatement, ce qui me fait sourire parce que bien sûr, elle a son téléphone sur elle.

Hannah : Aucune idée. Je n'ai jamais voulu savoir donc je n'ai jamais demandé. Pourquoi ?

Moi : J'essaie juste de le localiser. Ne t'inquiète pas.

Je range mon téléphone et jette un coup d'œil à Chris, qui étudie les photographies qu'il a prises sur son téléphone, zoomant et examinant les détails.

— Elle ne sait pas où il habite, je l'informe.

Chris zoome sur l'arrière-plan de la photo, se concentrant sur les montagnes et la cascade. Il faut qu'on trouve où se trouve ce chalet. Ces montagnes, cette cascade, c'est quelque part dans le coin.

— C'est notre spécialité... trouver des enfoirés qui pensent pouvoir se cacher à la vue de tous.

HANNAH

L'odeur familière de vanille et de cannelle m'enveloppe à l'instant où j'entre dans l'arrière-cuisine de Flour & Fable, et malgré tout ce qui me pèse, je me détends immédiatement un peu.

Lily est près du pétrin industriel, vêtue de son habituel tablier enfariné par-dessus un jean et un pull, ses cheveux bruns attachés en arrière. Elle lève les yeux quand j'entre, et son visage s'illumine d'un grand sourire.

— Voilà ma sœur ! Je commençais à croire que tu avais oublié notre café.

— Jamais, dis-je. Je suis juste en retard parce que ma vie est un chaos total en ce moment. Noel a été mon ombre ces deux derniers jours pour tous mes rendez-vous et pour rattraper tout ce qui concerne le défilé.

— Le défilé, c'est demain, n'est-ce pas ? demande Lily. Il a lieu plus tard cette année.

— Ouais, le conseil municipal voulait attirer plus de touristes, alors ils l'ont programmé plus près de Noël.

Pour la même raison, ils ont repoussé la cérémonie d'illumination du sapin à quelques jours seulement avant Noël. Donc, c'est demain, et l'événement est fin prêt. Mais je suis terrifiée à l'idée que quelque chose tourne horriblement mal.

— Pourquoi ? Tu as tout vérifié trois fois, non ?

— Oui, mais… je soupire et fais les cent pas dans la cuisine. Tous mes derniers événements ont eu des problèmes. Le père Noël était un criminel qui a été arrêté. Les strip-teaseurs étaient des criminels recherchés, arrêtés eux aussi. Et si ça dérapait pour celui-ci aussi ? Je me masse les tempes où une migraine commence à poindre. Il y a deux jours, les garçons ont trouvé une photo de Scot avec ces criminels. Ensemble. Comme s'ils se connaissaient. Et il me les a recommandés il y a des mois pour que je les engage. C'est une énorme coïncidence qu'ils se soient tous les deux avérés être des criminels recherchés.

— Hannah…

— Et puis il y a les garçons eux-mêmes. Les mots m'échappent avant même que j'y réfléchisse. Ils sont cette énorme, incroyable et bouleversante distraction que j'aime beaucoup trop, et je ne devrais pas, parce que j'ai une entreprise à bâtir, une réputation à établir et…

— Waouh, du calme. Lily s'époussette les mains et s'approche de moi. Qu'est-ce qu'il y a de mal à avoir des Alphas incroyables qui te soutiennent et te rendent heureuse ?

— Rien, en théorie. Mais est-ce que je peux poursuivre ma carrière alors que j'ai des compatibilités olfactives, alors que mon corps me lâche en leur présence et oublie tout le reste ? Et en même temps, je suis terrifiée à l'idée de tout gâcher. Ou qu'ils réalisent que je n'en vaux pas la peine et… Mon Dieu, je ne sais pas. Ma tête me tire dans tous les sens.

— Stop. Lily m'attire dans ses bras, et ça me calme. Tu pars en vrille.

Je prends une inspiration chancelante et me recule. — Je me sens tellement dépassée.

Et c'est sans même parler de l'autre problème. Celui que je n'ai avoué à personne. Mes pré-chaleurs sont hors de contrôle. Ce n'est pas le bourdonnement agité habituel dans mes veines. C'est plus profond. Plus bas. Plus lourd. Mon corps change d'une manière que je ne peux plus rationaliser.

Je me surprends sans cesse à penser à la chambre Oméga dans leur maison, comme si elle m'appelait quand je n'y suis pas. Le lit. Les couvertures. L'éclairage incroyablement doux. Grimper dessus, me blottir au centre et les laisser — n'importe lequel d'entre eux, tous — monter la garde autour de moi. Mes instincts ronronnent presque à cette pensée.

Mon Dieu. Qu'est-ce qui ne va pas chez moi ?

Ma température monte en flèche sans prévenir. Une seconde, je vais bien. La suivante, je suis rouge et tremblante, mes cuisses se serrent, mon pouls s'accélère si vite que j'ai l'impression que je vais entrer en combustion. Il y a cette douleur profonde et brûlante entre mes jambes, une pulsation constante qui m'empêche de réfléchir correctement. Chaque instinct est aiguisé, chaque nerf à vif.

Et ça ne s'améliore, ça ne devient plus facile, que lorsque je suis près d'eux.

Sauf que ça ne passera pas. Pas cette fois.

Mon corps choisit pour moi.

Et je ne suis pas prête.

Ça ne devrait pas arriver maintenant. Mais vivre avec trois Alphas qui sont mes compatibilités olfactives accélère clairement tout. Et j'essaie si fort de contrôler ça, de passer outre, de rester concentrée sur mon travail. Mais c'est de plus en plus difficile chaque jour.

— Comment ça se passe vraiment avec les garçons ? demande gentiment Lily en scrutant mon visage. Et ne me donne pas la réponse de surface. Je veux la vraie réponse.

Je laisse échapper un long soupir. — Ils sont… incroyables. Attentionnés, protecteurs, drôles, sexy en diable. Ils m'aident avec mes événements, ils me préparent à dîner, ils me font rire jusqu'aux larmes. Vivre avec eux semble naturel d'une manière effrayante.

— Effrayante comment ?

— Ça marche si bien que j'hésite à y croire. Je croise enfin son regard. Et si je me laissais complètement aller et que tout volait en éclats ? Ma carrière est déjà en train de s'effondrer. Je ne peux pas continuer à perdre des choses. Et s'ils se rendaient compte que je suis trop compliquée ou trop abîmée ou trop…

— Hannah, arrête. Lily me serre la main. Ces hommes sont obsédés par toi. Ça crève les yeux.

— Je sais, mais…

— Il n'y a pas de mais. Tu as peur. C'est normal. Lily fait une pause.

— Et je crois que mes chaleurs arrivent en avance, finis-je par admettre à voix basse. Être avec eux accélère le processus. La douleur est constante maintenant, et elle ne s'arrête que quand ils me touchent. Ce qui est un problème, parce que j'ai du travail et je ne peux pas passer mes journées à m'accrocher à eux comme une fille en manque d'affection…

— Pourquoi pas ? m'interrompt Lily.

Je cligne des yeux.

— Pourquoi ne peux-tu pas les laisser prendre soin de toi pendant tes pré-chaleurs ? Pourquoi luttes-tu autant contre ça ?

— Parce que j'ai une entreprise à bâtir ! Tu as la boulangerie, et je voulais vraiment que l'organisation d'événements fonctionne, mais ça ne se passe pas comme prévu. J'essaie de prouver que je peux y arriver seule, que je ne suis pas une Oméga sans défense qui a besoin d'être chouchoutée. Scot a déjà essayé de me faire sentir incompétente et dépendante. Je ne laisserai personne d'autre…

— Tes Alphas ne sont pas Scot, dit fermement Lily. Loin de là. Et accepter de l'aide et du soutien pendant ton cycle de chaleurs ne fait pas de toi quelqu'un de faible ou de dépendant. Ça fait de toi quelqu'un d'assez intelligent pour reconnaître quand tu as besoin de ta meute.

Je veux protester, mais les mots restent coincés dans ma gorge.

— Comment as-tu fait ? je demande à la place. Avec tes garçons ? Je sais que tu m'as raconté comment vous avez été coincés par la neige dans ce chalet, mais…

comment as-tu fini par les laisser entrer ? Comment leur as-tu fait assez confiance pour être vulnérable pendant tes chaleurs ?

Lily sourit, et il y a quelque chose de doux et de nostalgique dans son expression. — Oh, c'étaient des moments de folie. Être piégée dans ce chalet avec trois Alphas que je connaissais à peine pendant qu'un blizzard faisait rage dehors et que mes chaleurs se déclenchaient à l'improviste ? *Terrifiant* ne suffit pas à décrire la situation.

— Mais tu t'en es sortie.

— *Nous* nous en sommes sortis, me corrige-t-elle. Pas moi toute seule. Nous, ensemble. Et en vérité, ils ont été patients avec moi. Ils n'ont pas insisté, n'ont rien exigé que je n'étais pas prête à donner. Ils étaient juste là, à m'aider à traverser la douleur, à veiller sur ma sécurité, à s'assurer que je mangeais et que je restais hydratée même quand tout ce que je voulais, c'était m'enfermer seule dans une pièce.

— C'est ce que font mes garçons, je réalise à voix haute. Ils sont patients. Ils sont là.

— Exactement. Lily se tourne sur son tabouret pour me faire face. Tes hommes font la même chose que les miens. Ils te montrent qu'ils te soutiendront quoi qu'il arrive. Et, Hannah ? Tu dois arrêter de stresser autant. Ton travail est important, ils le savent, et ils le soutiennent complètement. Mais ne fais pas passer ta carrière avant ta santé et tes besoins personnels.

— Logiquement, je le sais, dis-je, la frustration me serrant la gorge. Mais il y a cette voix dans ma tête qui me dit que si je cède, si je me laisse dépendre entièrement d'eux pendant mes chaleurs, je vais me perdre en quelque sorte. Et ça a toujours été moi qui prenais soin de tout depuis qu'on a perdu Maman.

— Oh, Hannah. Lily me serre dans ses bras, et je m'effondre contre elle, car c'est la seule personne qui m'a vue sous toutes mes facettes — forte, épuisée, terrifiée, pleine d'espoir.

Elle me serre plus fort. — Tu as porté tellement de choses sur tes épaules après la mort de Maman. Tu n'aurais pas dû, mais tu l'as fait. Tu m'as aidée à tenir le coup. Tu as empêché Papa de perdre la tête. Tu as veillé à ce que cette boulangerie survive assez longtemps pour que je puisse la reprendre. Tu as fait tout ça. Sa voix s'adoucit, chaleureuse et pleine de fierté. Mais tu n'as plus à porter tout le monde. C'est à ton tour qu'on prenne soin de toi. Laisse quelqu'un d'autre te soutenir.

J'ai mal à la poitrine. Je déglutis difficilement, clignant rapidement des yeux. — Lily...

Elle m'encadre les joues de ses mains, ses pouces effleurant le vide, mais ils pourraient tout aussi bien essuyer des larmes. — Tu mérites de la tendresse, ma sœur, d'être aimée si fort que ça couvre tout le reste. Alors laisse ces garçons t'adorer. Juste pour une fois, laisse quelqu'un être là pour toi.

Quelque chose en moi se fissure. Juste un peu. Assez pour laisser ses mots pénétrer.

— Merci, je murmure. J'avais vraiment besoin de vider mon sac. Et d'entendre ça. Et... juste de tout. Je laisse échapper un rire tremblant. Je t'aime.

— Je sais. Elle sourit en coin, me donnant un coup d'épaule. Je suis très aimable.

— Tu es impossible.

— Aussi.

J'expire, me ressaisissant. — Je devrais y aller. J'ai cent choses à faire avant demain.

— Sois juste plus douce avec toi-même, dit Lily. Promets-le-moi.

— Je vais essayer. Ma voix vacille, mais je le pense. Vraiment.

Elle hoche la tête, satisfaite, puis son visage s'illumine alors qu'elle se dirige vers le réfrigérateur industriel. — Avant de partir, n'oublie pas les brownies pour Chris. Et prends deux barquettes. Cet homme pourrait manger son poids en chocolat.

Un rire, doux et sincère, finit par m'échapper. — Ouais. J'ai remarqué.

Et d'un coup, respirer redevient un peu plus facile.

Elle sort une boîte de brownies, ceux qui sont fondants avec des pépites de chocolat noir dont Chris est obsédé. — J'en ai fait en plus pour Chris. Dis-lui qu'il a intérêt à les savourer, parce que je ne referai pas une fournée avant le mois prochain.

Je ris. — Tu le gâtes.

— J'avais un marché avec lui, et je tiens ma parole, dit Lily en me tendant la boîte. Elle me raccompagne vers la porte de derrière. — Tes Alphas sont des hommes biens, Hannah. Ne gâche pas quelque chose de beau juste parce que tu as peur.

Je la serre fort dans mes bras. — Je t'aime.

— Moi aussi, je t'aime. Maintenant, rentre chez toi retrouver tes hommes et arrête de stresser pour demain. Tout va être parfait.

Je sors par l'entrée de service, en serrant la boîte de brownies, et me dirige vers le pick-up où Noel s'est garé. Il devait aller chercher quelques trucs, alors j'en ai profité pour discuter un peu avec Lily.

Peut-être qu'elle a raison et que je dois vraiment arrêter de me battre autant contre tout ça. Je dois juste lâcher prise et voir ce qui arrive.

Mais à cette simple pensée, mon estomac se noue d'angoisse.

Parce que je sais exactement où le fait de lâcher prise me mènera : dans leur lit, chaque seconde du jour et de la nuit, liée et nouée, totalement revendiquée. Ma vie entrelacée à la leur d'une manière irréversible.

Et même si c'est tout ce que je veux — putain, je le désire si fort que ça me fait mal physiquement —, l'angoisse est toujours là. Peut-être que si j'arrive à survivre à la journée de demain sans que rien ne tourne à la catastrophe, alors, peut-être, pourrai-je penser à tout le reste.

La patinoire extérieure sur la place de la ville est bondée ce soir, et j'essaie désespérément de ne pas penser au travail.

Les conseils de Lily résonnent dans ma tête : arrêter de faire passer le travail avant mes besoins personnels. Alors pour ce soir, j'essaie de faire exactement ça. Ne pas penser à la parade de demain et à tout ce qui pourrait mal tourner.

Juste moi et mes trois Alphas, en train de patiner sous les étoiles avec des dizaines d'autres personnes.

Plus facile à dire qu'à faire quand l'énorme sapin de Noël se dresse au loin, sombre et menaçant. C'est ma responsabilité pour la semaine prochaine : la cérémonie d'illumination du sapin pour les célébrations du conseil municipal.

Le simple fait de le regarder me serre la poitrine.

Tant de choses à coordonner.

— Hé, dit Kane, apparaissant à mon coude avec un air inquiet. Tu recommences à faire ce truc où tu es physiquement là, mais mentalement en train de passer en revue tes listes de choses à faire. Il me tapote doucement le front. — Débranche ton cerveau pour quelques heures. Ordre du médecin.

Malgré tout, je ris. Nous patinons depuis presque une heure maintenant, et je suis constamment émerveillée de voir à quel point ils sont tous les trois doués sur la glace. Ils glissent sans effort, tournent, s'arrêtent et reculent comme s'ils avaient fait ça toute leur vie.

Pendant ce temps, je m'accroche à celui qui est le plus proche comme un faon qui apprend à marcher.

La patinoire est animée par une douce musique instrumentale diffusée par les haut-parleurs, des guirlandes lumineuses suspendues au-dessus de nos têtes, créant une voûte d'étoiles scintillantes, et la chaleur bourdonnante d'une foule hivernale malgré la température glaciale. La buée forme de petits nuages blancs dans l'air à chaque expiration. Le froid me mord les joues, les faisant rosir, et mon nez est probablement tout rouge, mais je m'en fiche.

En fait, c'est agréable.

Je suis entre Chris et Noel près de la rambarde, en train de faire une pause, et je suis consciente de la façon dont ils se tiennent près de moi. Comme s'ils gravitaient instinctivement autour de moi, créant une bulle protectrice. Leurs odeurs m'enveloppent malgré l'air froid et s'infiltrent sous ma peau, me réchauffant de l'intérieur.

Je bouge légèrement, essayant de relâcher la pression, et les yeux de Chris suivent immédiatement le mouvement.

— Ça va ? demande-t-il doucement.

— Oui. J'ai juste froid. C'est un mensonge, et à la façon dont ses narines se dilatent légèrement, il le sait.

Bientôt, nous retournons sur la glace, et j'essaie de rire de ma maladresse, en les taquinant sur le fait que je n'ai pas patiné depuis mes douze ans et que même à l'époque, j'étais nulle.

Je vacille presque immédiatement, mes chevilles refusant de coopérer.

Chris m'attrape la taille d'une grande main, ses doigts fermes et chauds même à travers ma veste. — Doucement, murmure-t-il près de mon oreille, son souffle effleurant ma peau. Laisse-moi te guider.

La douleur entre mes cuisses s'intensifie, et je ravale un gémissement. J'essaie à nouveau de glisser vers l'avant, en poussant sur un pied comme j'ai vu tout le monde le faire sans effort. Mais mon équilibre vacille dangereusement, mes bras moulinent dans le vide et, pendant une seconde terrifiante, je tombe en arrière.

Avant que mes fesses ne touchent la glace, Noel se matérialise de l'autre côté, ses grandes mains enserrant mes coudes et me redressant. Chris glisse devant moi, son torse frôlant mon épaule, et tout à coup, ils forment tous les trois un cercle étroit et protecteur autour de moi.

Ma respiration se bloque dans mes poumons tandis que mon pouls s'emballe follement.

S'ils continuent à me toucher comme ça, leurs mains assurées sur ma taille, mes coudes, mon dos, je pourrais bien fondre et me transformer en flaque sur cette glace.

Quand je me stabilise enfin sur mes patins, je me réfugie dans le sarcasme, car c'est mon bouclier préféré contre les émotions trop fortes. — Bon, d'accord, je ne serai peut-être pas une patineuse artistique olympique. Ce rêve est officiellement mort.

— Je te tiens, murmure Chris en me faisant un clin d'œil.

Kane fait un signe de tête à Noel, la malice déjà inscrite sur son visage. — Je te fais la course jusqu'à l'autre bout de la patinoire.

Noel grogne. — Tu vas mordre la glace.

— Tu fais bien le malin pour quelqu'un qui a failli se ramasser en quittant la rambarde.

— Ce gamin m'est rentré dedans.

— Il avait cinq ans.

Leurs chamailleries me tirent un rire. Ils s'élancent en même temps, traversant la patinoire à grandes poussées assurées, leurs épaules se frôlant alors qu'ils prennent de la vitesse. Quelques personnes sifflent quand Noel fait une pirouette à l'autre bout et se met à patiner en arrière. Kane copie le mouvement, ajoutant une petite fioriture arrogante qui manque de l'envoyer dans le mur. Je pouffe de rire, une chaleur s'enroulant dans ma poitrine alors qu'ils tournent l'un autour de l'autre, tout en continuant de se disputer.

Chris reste à mes côtés, une main légère sur ma taille alors que nous décrivons une lente boucle près du bord. — Ignore-les, dit-il. Ils sont génétiquement incapables de ne pas frimer.

— J'avais remarqué, réponds-je en souriant. Mais c'est un peu impressionnant, quand même.

— Ils vont être insupportables si tu leur dis ça.

Les doigts de Chris se resserrent soudainement sur ma taille, juste assez pour que je le sente. Ses épaules roulent en arrière. Sa tête se relève. Son regard est fixé sur quelque chose par-dessus mon épaule, sa mâchoire se crispant. Je suis sa ligne de mire.

Deux hommes costauds viennent d'entrer sur la glace, à la sortie la plus éloignée.

Grosses vestes. Bonnets. Gants. Ils ressemblent à tout le monde ici. Sauf qu'ils n'ont pas de patins aux pieds. Ils fendent la foule à l'entrée sans même faire semblant de s'adapter. Des patineurs s'écartent brusquement alors que le duo avance d'un pas décidé, les yeux rivés droit devant.

Sur nous.

Sur Chris.

Je le sens jurer plus que je ne l'entends, une basse vibration à travers son torse et son bras. — Reste derrière moi, Hannah. Les mots sont calmes. Le ton ne l'est pas.

— Qui sont-ils ? Ma voix sort plus fluette que je ne le voudrais.

— Deux connards qu'on a coffrés il y a environ six mois. Sa mâchoire est tendue, son poids se déplaçant, prêt à bouger dans n'importe quelle direction. Je suppose que le système a décidé de leur donner une autre chance.

Les hommes sont plus proches maintenant, bousculant un couple d'adolescents, ignorant le regard noir qu'ils reçoivent en retour. L'un d'eux lève le menton dans un petit salut méprisant. L'autre pointe du doigt, les lèvres retroussées en me voyant avec Chris.

Il ajuste sa position, patinant en arrière de quelques centimètres fluides pour que son corps se place entièrement entre eux et moi. Sa main s'étale plus largement sur ma taille, me tirant à lui jusqu'à ce que je sente la ligne dure de sa colonne vertébrale à travers sa veste. — Ne bouge pas de derrière moi, dit-il, d'une voix basse et assurée. Compris ?

J'acquiesce d'un signe de tête même s'il ne peut pas le voir et agrippe le tissu dans son dos, m'accrochant alors que la glace entre nous et les deux hommes diminue à chaque respiration.

L'homme le plus trapu, avec une barbe hirsute et des yeux méchants, repère immédiatement Chris. Sa bouche se tord en quelque chose de mauvais, puis son regard glisse par-dessus l'épaule de Chris, me cherchant. Quand il devine ne serait-ce que l'esquisse de ma silhouette derrière le corps de Chris, son sourire s'élargit.

— Tiens, regarde-moi ça, dit-il d'une voix traînante. Je ne savais pas que tu avais amélioré ta compagnie.

Mon estomac se serre. Un frisson glacial me parcourt l'échine.

Chris ne bouge pas, mais quelque chose en lui s'aiguise. Sa posture change de quelques centimètres, mais l'air autour de lui se transforme complètement.

Le second homme, grand, dégingandé, une cicatrice lui fendant le sourcil, laisse échapper un sifflement grave en se rapprochant un peu plus. — Mignonne, dit-il, d'un ton huileux. Je ne pensais pas que tu étais du genre à sortir une Oméga en public. Courageux de ta part. Son regard se porte à nouveau vers moi, délibérément. — Ou stupide.

Une chaleur s'embrase dans ma poitrine, la peur mêlée à une colère blanche, mais Chris parle avant que je puisse dire un mot.

— Ne la regarde pas. Sa voix est calme. Trop calme. Le genre de calme qui précède le bruit d'une porte qui se brise ou d'un os qui craque.

Le Balafré l'ignore, se rapproche encore, sa voix baissant d'un ton. — Peut-être qu'elle veut être regardée. Beaucoup d'Omégas aiment ça. Son regard s'attarde sur mon épaule. — Je parie qu'elle est douce comme du miel quand…

Chris bouge.

Il ne se jette pas sur lui. Ne crie pas. Il recule simplement, plaçant encore plus son corps entre eux et moi, me guidant derrière lui d'un mouvement de bras fluide et contrôlé. Ses épaules s'équarrissent, ses jambes bien campées sur la glace, avec la précision calme de quelqu'un qui a neutralisé des hommes comme eux une centaine de fois.

— Tu vas reconsidérer tout ce que tu viens de dire, murmure Chris, d'une voix basse et mortelle. Tout de suite.

Le barbu rit, un aboiement rauque qui déchire l'air. — Quoi ? J'ai touché un point sensible ?

La tête de Chris s'incline à peine. — Je vais vous donner une seule chance de partir, dit-il calmement. Vous devriez la saisir.

Scar tapote sa cuisse de ses doigts gantés, amusé. — La voilà. La voix du donneur de leçons. Son regard passe à nouveau derrière Chris, essayant de me trouver. — Allez, mec. Montre un peu l'esprit de Noël. Laisse l'Oméga à quelqu'un qui saura comment la traiter.

Beard rit dans sa barbe. — Ouais. On pourrait lui faire passer un sacré bon moment.

Mon pouls s'emballe si fort que je le sens battre dans ma gorge. Une chaleur fulgurante et furieuse me traverse la poitrine, mais mes pieds pourraient tout aussi bien être cloués à la glace.

— Dernier avertissement, grogne-t-il. Barrez-vous.

Ils ne bougent pas. Beard tend la main, essaie de le contourner, ses doigts effleurant l'air près de mon bras.

Les lumières de la patinoire vacillent.

Une fois.

Deux fois.

Puis le monde bascule dans l'obscurité.

La musique se tait. Des voix s'élèvent. Les patins

crissent en s'arrêtant brusquement. Des ombres s'étirent et se tordent dans ma vision périphérique.

La main de Chris s'agrippe à ma hanche, me plaquant contre son dos. — Hannah ?

— Je suis là, réussis-je à dire.

— Ne bouge pas.

C'est alors que l'homme le plus trapu se jette en avant, son bras décrivant un arc de cercle sauvage en direction de la tête de Chris. Je vois le coup de poing arriver, net sur le fond de la faible lueur des lampadaires lointains. L'effroi m'envahit.

Chris intercepte le coup en plein vol, son avant-bras se relevant vivement pour parer avec une force qui se propage à travers son corps jusqu'au mien. L'impact claque dans l'air comme une branche qui se brise. Beard sursaute sous le choc, son visage tordu par la douleur.

Avant que l'homme puisse se ressaisir, Chris pivote, attrape le devant du blouson de Beard et lui assène un coup maîtrisé et vicieux en plein dans les côtes. Pas de geste désordonné. Ni brouillon. Parfaitement placé. Beard se plie en deux, le souffle coupé.

Mais Scar est déjà en mouvement.

Il contourne Chris d'un pas ample, profitant de la diversion pour s'en prendre à moi. Dans la pénombre, sa silhouette est assez nette pour que je voie sa main gantée se tendre vers mon bras.

— Viens par ici, Oméga, siffle-t-il, sa voix perçant le bruit sourd de la foule. Laisse-moi te montrer ce qu'un vrai mec peut t'offrir. Il se tripote.

Mes pieds reculent maladroitement sur la glace, mes patins vacillent. J'enfonce mes ongles dans le dos de la veste de Chris. Chaque cellule de mon corps hurle *Bouge,* mais la peur me frappe en plein ventre et me rend plus lente que je ne le devrais.

Le bout des doigts de Scar n'est qu'à quelques centimètres de moi…

Puis il disparaît.

Deux silhouettes massives le percutent de part et d'autre, surgissant des ombres si vite que je les remarque à peine avant l'impact. Noel le frappe en bas, enfonçant son épaule dans les hanches de Scar avec assez de force pour lui couper le souffle. Kane frappe en haut, agrippant le devant du manteau de Scar et utilisant cet élan pour le tirer vers le haut et sur le côté.

Les trois corps s'écrasent contre la balustrade si violemment que le métal vibre. Scar perd son souffle dans un bruit étranglé de surprise tandis que Noel le plaque au sol, l'immobilisant avec une colère impitoyable, pendant que Kane se tient à côté d'eux, prêt à le briser en deux s'il tente quoi que ce soit.

L'impact est brutal. Quelqu'un crie. La foule reflue, les corps se pressant en arrière, les patins crissant agressivement contre la glace alors que les gens se bousculent pour s'écarter.

Beard tente de se relever, la fureur brillant dans ses yeux.

Chris ne le prévient pas, il agit. Son poing jaillit dans un coup brutal et parfaitement synchronisé qui atteint en plein la mâchoire de Beard. Le bruit est écœurant, des phalanges dures rencontrant l'os dans un claquement qui résonne sur la glace.

Beard s'écroule comme un arbre abattu, son corps

entier basculant en arrière avant qu'il ne s'écrase de tout son long sur la glace, les bras en croix, le regard vide.

Chris le surplombe, la respiration calme, me rapprochant de lui. — Reste au sol, ordonne-t-il, d'une voix assez basse pour que seuls Beard et moi puissions l'entendre. Essaie encore de te relever et je te renfonce dans la glace.

Beard ne bouge pas. Pas même un frémissement.

En face de nous, Noel maintient Scar face contre glace, un genou planté entre ses omoplates, la main verrouillée sur sa nuque. Kane se tient à ses côtés, sa main libre agrippée au blouson de Scar, prêt à le renfoncer dans le sol s'il ose mal respirer.

Les lumières bourdonnent. Il y a un clignotement, puis un éclair aveuglant de lumière blanche et crue lorsque le système se remet en marche. Les gens grimacent, protégeant leurs yeux.

— Désolé pour ça, les amis ! Petit pépin avec le disjoncteur. Tout est rentré dans l'ordre. Profitez de votre soirée ! lance le préposé de la patinoire dans les haut-parleurs, ignorant superbement que la glace vient d'être le théâtre d'une petite guerre.

Tous les autres en sont bien conscients.

Les patineurs se sont figés en pleine glissade. Les gens regardent ouvertement les hommes au sol, voient le sang couler de leur nez, de leur tête.

Et au centre de tout ça, Noel et Kane attrapent chacun un des agresseurs et les relèvent comme s'ils ne pesaient rien. Les hommes tiennent à peine debout, les jambes tremblantes, le souffle saccadé. Noel a le poing agrippé à l'arrière du blouson de Scar, le traînant comme un animal indiscipliné. Kane tient Beard par le col, le poussant en avant avec des coups secs et intransigeants de ses lames de patin.

Ils ne les escortent pas hors de la patinoire ; ils les *évacuent*.

Les gens se dispersent pour leur faire de la place, s'écartant comme la mer Rouge.

Ce n'est que lorsque les hommes sont remis à deux agents de sécurité de la patinoire aux yeux écarquillés que Chris se retourne vers moi. Sa respiration est régulière. Maîtrisée. Ses mains se posent immédiatement sur moi, parcourant ma taille, mes bras, vérifiant s'il y a des bleus, des tremblements, quoi que ce soit d'anormal.

— Ça va, ma belle ? Sa voix est basse, rauque sur les bords, comme s'il n'était pas encore tout à fait redescendu de l'adrénaline.

J'avale difficilement ma salive en hochant la tête. — Je... je crois. Ma voix sort tremblante malgré mon signe de tête. C'était... terrifiant. Et aussi sacrément impressionnant. Vous les avez neutralisés comme si de rien n'était.

Un lent sourire étire ses lèvres, du genre dangereux. — Tu n'as pas idée à quel point ça allait devenir brutal s'ils ne restaient pas au sol. Il se penche et dépose un baiser sur mon front, doux et rassurant. — Personne ne te touche. Jamais.

Ses mains restent sur mes hanches, me maintenant en place, stables et protectrices.

Derrière lui, Noel and Kane reviennent sur la glace avec un calme de prédateur, leurs lames dessinant des arcs lisses comme s'ils ne venaient pas de plaquer deux hommes adultes contre la balustrade. Ils me jettent des regards, évaluant, s'assurant que je suis indemne, avant de se fondre à nouveau dans des positions de flanc autour de nous.

Mon cœur bat toujours la chamade. Mes paumes sont toujours moites. Mais quelque chose en moi s'apaise.

Pas parce que le danger est passé.

Mais parce que je ne me suis jamais sentie aussi en sécurité de ma vie.

— Je pense qu'on devrait y aller, je murmure, parce que si on reste ici, je risque de pleurer, ou de les embrasser tous les trois devant une foule de familles et d'enfants qui nous filment pour TikTok.

Chris hoche la tête instantanément, me tirant complètement contre lui. Son bras s'enroule autour de ma taille, ferme et protecteur, comme s'il se plaçait entre moi et le monde entier. — Ouais, murmure-t-il, la voix rude à cause de l'adrénaline persistante.

Tous les trois, ils me guident hors de la glace. La foule s'écarte sans discuter, sentant le danger qui crépite encore autour d'eux.

Nous rendons nos patins de location en silence, et lorsque l'air froid de la nuit frappe mes poumons à l'extérieur de la patinoire, je respire enfin à nouveau. — Merci, dis-je doucement, en les regardant chacun à leur tour. Pour tout.

Noel étudie mon visage comme s'il en mémorisait chaque détail. — On protège ce qui est à nous, dit-il à voix basse.

Kane acquiesce, la mâchoire toujours tendue. — Personne ne t'approche quand on est là. Jamais.

Chris entrelace ses doigts avec les miens, sa poigne chaude et ferme. — Et tu n'as pas à nous remercier de faire ce pour quoi nous sommes faits. Te garder en sécurité n'est pas une corvée. C'est la promesse la plus facile que je tiendrai jamais.

Ces mots devraient me submerger. Ils devraient sembler pesants, effrayants, ou trop intenses trop tôt. Au lieu de ça, quelque chose se détend en moi, comme un nœud qui se dénoue après avoir été serré pendant des années.

Nous marchons dans la rue saupoudrée de neige vers leur pickup. La nuit est calme à présent, l'écho de la patinoire loin derrière nous, et la seule chaleur au monde semble rayonner des trois hommes qui marchent à mes côtés.

Leur présence apaise le tremblement qui persiste dans mes os. Mon pouls ralentit enfin, se synchronisant avec quelque chose de plus calme, de plus profond. Et tandis que Noel m'ouvre la portière du pickup, que Chris pose une main dans mon dos pour m'aider à monter, et que Kane se tient assez près derrière moi pour que je sente sa chaleur à travers mon manteau…

Je comprends. Pas comme un coup de foudre ou une révélation spectaculaire. Plutôt comme une vérité tranquille qui a enfin le droit de faire surface. Ces hommes ne sont pas une menace pour mon indépendance ou mon identité. Ils ne sont pas là pour m'enfermer ou m'engloutir.

Ils me choisissent.

Et pour la première fois depuis longtemps, je ressens l'envie de choisir quelqu'un en retour.

Pas parce que nos odeurs sont compatibles. Mais parce qu'être avec eux me semble la chose la plus naturelle à faire.

Et peut-être que c'est le début de quelque chose de réel qui ne m'enlève rien, mais m'apporte au contraire les pièces qui me manquaient sans que je le sache.

Je leur jette un regard alors que la portière du pickup se referme, mon cœur calme pour la première fois de la soirée.

Je ne tombe pas.

J'atterris enfin.

18

HANNAH

Je suis allongée dans l'immense lit de ce que j'ai commencé à appeler mon nid, et je n'arrête pas de bouger.

Aucune position ne me convient, toutes sont inconfortables. Mon corps ne veut pas se calmer, se détendre ou me laisser me reposer, même si l'épuisement me pèse jusqu'à la moelle.

La pièce est sombre, seul le clair de lune filtre à travers les fenêtres et projette des motifs argentés sur les montagnes de couvertures et d'oreillers que j'ai arrangés et réarrangés au moins une douzaine de fois cette nuit. La douce lueur illumine la création soignée que j'ai mise en place : des oreillers empilés, des couvertures pliées et superposées, mes vêtements triés et organisés sur la chaise dans le coin, par couleur et par épaisseur de tissu.

Ça fait une heure que je suis là-dessus. Je prépare mon nid comme si ma vie en dépendait. Ce qui, d'après tous les livres de biologie Oméga que j'ai lus à contrecœur, signifie que mes chaleurs sont proches. Très, très proches.

J'attrape un autre oreiller et le serre contre ma poitrine, enfouissant mon visage dans le tissu doux et inspirant profondément. Il sent la lessive que les garçons utilisent, mais en dessous, il y a la légère trace de leurs odeurs qui a imprégné toute la maison.

Je ferme les yeux et j'essaie de forcer mon corps à se calmer et à me laisser dormir quelques heures pour que je puisse être opérationnelle demain pour la parade.

Mais rien n'y fait.

Mon cœur s'emballe, mon pouls bat à tout rompre dans mes oreilles comme des tambours. Une agitation me parcourt sous la peau, une énergie bourdonnante qui ne se dissipe pas. Ma température corporelle ne cesse de fluctuer. Un instant, je jette les couvertures parce que je brûle, et l'instant d'après, je les ramène sur moi parce que j'ai inexplicablement froid.

Et je sais exactement ce qui cause tout ça.

Ce soir, à la patinoire. Voir Chris, Noel et Kane me protéger sans hésiter. Les voir maîtriser ces hommes, sans peur, juste avec une précision mortelle et une intention fatale. C'était le genre de scène digne d'un héros protecteur. Le genre de chose que l'on lit dans les romans d'amour et que l'on voit dans les films d'action, mais que l'on ne pense jamais vivre pour de vrai.

Et que Dieu me vienne en aide, ça m'excite d'une manière que je ne soupçonnais même pas.

Je ne devrais pas trouver la violence séduisante. Je sais que logiquement, intellectuellement, la violence est une mauvaise chose. Se battre est problématique. Je devrais être troublée, bouleversée ou traumatisée par ce dont j'ai été témoin. Mais voir mes Alphas me défendre, les voir devenir complètement sauvages quand ces hommes m'ont menacée, a provoqué quelque chose dans mon corps que je ne peux défaire. Ça a actionné un interrupteur primaire au plus profond de mon cerveau reptilien, celui qui reconnaît les protecteurs puissants et qui hurle *À moi*.

Chaque fois que je ferme les yeux, je revois la scène se dérouler en boucle, comme un film.

Mes cuisses se serrent involontairement, cherchant une friction et un soulagement à cette douleur qui n'a cessé de croître toute la soirée et qui a maintenant atteint son paroxysme.

Je jette l'oreiller avec frustration et me redresse, passant mes deux mains dans mes cheveux et tirant légèrement, espérant que la petite piqûre me distraira. Ça ne marche pas. Ça devient complètement incontrôlable.

Je dois me calmer et me ressaisir, parce que demain, c'est la parade. Et je ne peux absolument pas entrer en pleines chaleurs au milieu du centre-ville de Whispering Grove alors que je suis censée tout gérer.

Ça ne peut pas arriver. Je ne le permettrai pas. Alors je sors du lit, ma chemise de nuit oversize tombant à mi-cuisse, et je me dirige vers ma porte. Mes jambes sont tremblantes et il y a un léger tremblement dans mes mains quand j'attrape la poignée.

La maison est complètement silencieuse, tout le monde dort. Il doit être plus de minuit maintenant, peut-être près d'une heure du matin.

Une boisson fraîche aidera à me secouer. Et le spa, oui, les jets et l'eau chaude. Cela me détendra assez pour dormir. L'eau chaude aide toujours, non ? Ça détend les muscles, calme les nerfs, m'aide à penser clairement.

Je me faufile dans le couloir aussi silencieusement que possible, testant chaque latte du plancher avant d'y mettre tout mon poids, évitant celle particulièrement grinçante près de la salle de bain qui ressemble au cri d'un animal à l'agonie quand on marche dessus. Le salon est sombre, à l'exception des braises mourantes dans la cheminée en pierre qui projettent une faible lueur orangée sur les meubles. Les lumières du sapin de Noël sont éteintes, mais le clair de lune qui filtre à travers les baies vitrées illumine les décorations.

Dans la cuisine, je prends un Dr Pepper frais dans le frigo et le décapsule. Le pétillement est fort dans la maison silencieuse, et je grimace, me figeant un instant pour m'assurer que je n'ai réveillé personne.

Rien. Aucun bruit de l'étage.

Je prends une longue gorgée du soda froid et sucré, même si la logique veut que la caféine avant de se coucher soit une terrible idée. Pourtant, le goût est incroyable.

Puis je me dirige vers la pièce du spa à ce niveau, remerciant silencieusement celui qui a conçu cette maison de l'avoir placée ici plutôt qu'à l'étage où je pourrais réveiller les garçons. La dernière chose dont j'ai besoin, c'est qu'ils sentent mes pré-chaleurs s'aggraver et qu'ils essaient de m'aider alors que je dois me contrôler assez longtemps pour tenir jusqu'à demain. Un jour de plus à garder mon sang-froid. À rester professionnelle, concentrée et maîtresse de moi-même, sans absolument aucun signe de pré-chaleurs affectant ma capacité à faire mon travail.

Je pousse la porte de la salle de spa et allume l'éclairage d'ambiance tamisé. La pièce est magnifique, quelque chose que je n'ai pas eu beaucoup l'occasion d'apprécier depuis mon emménagement. Toute en pierre naturelle et en bois, conçue avec soin pour donner l'impression d'un luxueux refuge de montagne. La grande baignoire circulaire est encastrée dans le sol, entourée de carreaux de pierre lisses. Il y a de petites étagères encastrées dans les murs, contenant des bougies — que je n'allume pas — et les fenêtres dépolies laissent entrer assez de clair de lune pour créer une atmosphère paisible.

J'ouvre le robinet et règle la température jusqu'à ce qu'elle soit parfaite, assez chaude pour détendre les muscles, mais pas au point d'être brûlante et inconfortable. Le bruit de l'eau qui coule remplit l'espace, étrangement apaisant.

Pendant que la baignoire se remplit, je prends une serviette fraîche et moelleuse dans le placard intégré et la pose sur le banc en bois à proximité pour pouvoir l'attraper facilement plus tard.

La baignoire n'est qu'à moitié pleine, but je ne peux plus attendre. Mon corps vibre pratiquement de besoin et d'agitation. Je me débarrasse de ma chemise de nuit, la tirant par-dessus ma tête et la jetant de côté. Mes sous-vêtements suivent, atterrissant en un petit tas sur le sol que je ramasserai plus tard.

L'air est frais sur ma peau surchauffée, et je frissonne

malgré la chaleur qui émane de la baignoire qui se remplit. Alors j'y entre avec précaution, testant d'abord la température avec mes orteils, puis me glissant dans l'eau qui monte.

Oh, c'est parfait. La chaleur m'enveloppe immédiatement, pénétrant mes muscles et relâchant la tension que j'ai accumulée dans mes épaules et mon dos toute la journée. Toute la semaine, en fait.

Je m'allonge contre le bord incurvé de la baignoire, laissant l'eau monter autour de moi, couvrant mes jambes, mes hanches, mon ventre, ma poitrine. Je finis par fermer le robinet lorsque le niveau de l'eau atteint environ les trois quarts.

Je me laisse glisser jusqu'à ce que l'eau touche mon menton, j'étire mes jambes, je me laisse flotter, et pour la première fois depuis des heures, j'ai l'impression de pouvoir respirer correctement.

L'oppression dans ma poitrine se relâche légèrement. Mon rythme cardiaque ralentit, passant de frénétique à simplement élevé.

Ça aide.

J'appuie sur le bouton pour les jets, et ils s'activent avec beaucoup plus de force que ce à quoi je m'attendais. Je pousse un petit cri, puis je glousse de ma propre réaction. Les jets sont froids au début, juste de l'eau normale des tuyaux, mais ils se réchauffent rapidement à mesure que le système se met en route, et en quelques secondes, ils pulsent de l'eau chaude à divers endroits de la baignoire.

C'est le paradis absolu.

Je change légèrement de position, me déplaçant pour

qu'un des jets frappe le bas de mon dos, là où j'accumule le stress depuis des jours. L'eau pulsée fait des merveilles sur les muscles tendus, et je gémis doucement de soulagement, mes yeux se fermant.

Mais alors, ces picotements de tout à l'heure, ceux que j'ai désespérément essayé d'ignorer toute la nuit, ceux que j'ai refoulés et niés, reviennent en force avec une vengeance qui me coupe le souffle.

La douleur entre mes cuisses s'intensifie, devenant impossible à ignorer ou à rationaliser.

Mon corps sait ce dont il a besoin, et ce ne sont pas des jets de spa ni du soda froid. Et soudain, je bouge à nouveau sans même y penser, mon corps agissant par instinct. Je soulève mes hanches, j'ajuste ma position, je manœuvre jusqu'à ce que la puissante poussée d'eau de l'un des jets frappe exactement entre mes jambes.

Oh.

Oh, mon Dieu.

La sensation est incroyable, une pression pulsée juste contre ma zone la plus sensible, l'eau palpitant contre mes lèvres, taquine, implacable et parfaite.

Un gémissement s'échappe de ma gorge avant que je puisse le retenir, résonnant sur les murs carrelés.

Je me penche légèrement en avant, mes hanches se mettent à bouger d'elles-mêmes, cherchant l'angle parfait, et je laisse le jet me travailler.

— Oh, putain, c'est tellement bon, je murmure à la pièce vide, ma voix haletante et désespérée.

Voilà à quoi j'en suis réduite. Utiliser des jets de spa pour prendre mon pied alors que j'ai trois Alphas extrêmement compétents et terriblement séduisants qui dorment juste à l'étage. Trois hommes avec d'énormes bites – j'en ai assez vu à travers des jeans moulants et des boxers pour le savoir – et j'en ai même déjà eu une en moi.

Celle de Kane. Mon Dieu, la bite de Kane était absolument parfaite cette nuit-là. Épaisse, longue, et me remplissant si complètement que je pouvais à peine former des pensées cohérentes, juste de la sensation, du plaisir et le sentiment écrasant que c'était exactement là sa place, en moi.

Le simple souvenir me fait me contracter autour de rien, mes parois internes se resserrant, désespérées de ressentir à nouveau cette sensation. L'étirement, la plénitude, et la façon dont il bougeait en moi, comme s'il savait exactement ce dont j'avais besoin.

Mon cœur s'accélère, battant si fort que je l'entends par-dessus le bruit des jets. Ma température corporelle grimpe malgré mon immersion dans l'eau. Je gémis doucement, continuellement maintenant, mes hanches dessinant de petits cercles pour trouver l'angle parfait, et je me fiche de tout sauf de la poursuite de la libération qui monte en moi comme une vague sur le point de déferler.

La pression monte, monte, se resserrant de plus en plus au centre de mon être.

Je me laisse retomber contre le rebord immergé, ma main plongeant entre mes jambes, mes doigts m'écartant. Je frotte mon clitoris en cercles serrés avec deux doigts, ajoutant à la sensation de l'eau qui pulse sans relâche contre moi.

Ma tête bascule en arrière contre le rebord lisse du

carrelage, et de petits cris que je ne peux contenir s'échappent de ma gorge. L'eau lèche mes tétons, qui percent juste la surface, durs comme des pointes, et cette double sensation est presque trop forte.

Ma main libre vient empaumer mon sein, mon pouce effleurant mon téton, et cette stimulation supplémentaire me pousse au bord de l'orgasme.

Quand mon orgasme finit par déferler, il est vif, fulgurant et dévorant, envoyant des ondes de plaisir dans chaque terminaison nerveuse de mon corps. Je pousse un cri, plus fort que prévu, mon corps frémit et se convulse, mes muscles internes se contractant dans le vide.

Un sourire se dessine sur mes lèvres alors que les vagues refluent lentement, me laissant flotter dans la douce quiétude qui suit l'extase.

Je reste ainsi un long moment, reprenant mon souffle, me sentant toute molle, satisfaite et enfin, *enfin*, détendue.

Peut-être que maintenant, je vais pouvoir dormir.

Puis je perçois un mouvement. Un courant d'air. La sensation d'être observée.

Mon regard se pose immédiatement sur une silhouette dans l'embrasure de la porte.

Noel.

Il est appuyé par une épaule contre l'encadrement de la porte, les bras croisés sur son torse nu, vêtu uniquement d'un pantalon de pyjama gris taille basse qui tombe dangereusement sur ses hanches. Et une érection massive dresse le tissu, impossible à rater même dans la pénombre.

Sa main descend pour se caresser à travers le tissu, d'un geste lent et délibéré, et l'expression de son visage me coupe de nouveau le souffle.

Une faim purement primitive. Un besoin brut. Un désir sauvage à peine contenu.

Ses yeux bleus sont rivés sur moi avec une intensité qui semble presque physique.

— Noel ! Le mot sort comme un couinement. Je recule instinctivement plus loin dans l'eau, mes jambes se refermant brusquement, mes bras se croisant sur mes seins même s'il a déjà tout vu. Je n'ai pas… Depuis combien de temps es-tu là ?

Il ne répond pas tout de suite. Il entre simplement dans la pièce avec cette grâce de prédateur qui le fait paraître plus animal qu'humain, et chaque poil de mon corps se hérisse.

— Assez longtemps pour te voir jouir. Il s'approche du bord de la baignoire, me dominant de toute sa hauteur, et je dois pencher la tête en arrière pour maintenir le contact visuel. Tu te compliques tellement la vie, ma belle. Tu luttes contre ce dont ton corps a besoin. Ce qu'il réclame à cor et à cri.

— Ce n'est pas…

— Si. Il s'accroupit pour que nous soyons au même niveau, et le mouvement tend encore plus le tissu de son pyjama sur son érection. Ce dont tu as besoin, c'est d'une énorme queue d'Alpha en toi. Ton corps l'appelle, il le hurle, même, à en juger par les phéromones que tu dégages. Et tu te refuses ce dont tu as désespérément besoin. Ses yeux parcourent ce qu'il peut voir de moi à travers l'eau. Même ce magnifique orgasme que je viens de te voir avoir ? Ça ne te satisfera pas. Pas vraiment. Tu le sens déjà revenir, n'est-ce pas ?

Une bouffée de chaleur envahit tout mon corps, mon visage, ma poitrine, se propageant vers le bas, mais il a absolument raison, et nous le savons tous les deux.

La douleur lancinante revient déjà, la satisfaction de mon orgasme s'estompant plus vite qu'elle ne le devrait. Mon corps s'emballe de nouveau, exigeant plus que ce que mes doigts ou les jets d'eau ne pourront jamais lui fournir.

Et je le maudis de se tenir là, l'air si arrogant et si sûr de lui, tout en muscles saillants et en beauté masculine, ses longs cheveux bruns tombant en désordre sur son visage et ses larges épaules, ces yeux bleus intenses qui semblent percer à jour toutes les défenses que j'ai jamais érigées.

Le clair de lune qui filtre par la fenêtre dépolie met en valeur les plans et les creux de son torse musclé, les tatouages complexes qui couvrent ses bras et sa poitrine, le V bien défini de ses hanches qui disparaît dans son pantalon de pyjama.

Il est magnifique. Ils le sont tous. Et mon corps sait exactement ce dont il a envie.

— Alors, que suggères-tu ? je demande, en visant un ton taquin et confiant, mais les mots sortent haletants, nécessiteux et désespérés.

Les pupilles de Noel se dilatent, engloutissant le bleu jusqu'à ce qu'il n'en reste qu'un anneau.

Cette question, cette capitulation cachée dans ces quelques mots, est toute l'invitation dont il a besoin.

Il se redresse de toute sa hauteur et va fermer la

porte derrière lui avec un clic discret qui semble incroyablement fort.

Puis ses mains se posent sur la ceinture de son pyjama, ses pouces s'accrochant sous l'élastique, et il le fait glisser le long de ses hanches en un mouvement fluide et lent.

Sa queue jaillit à l'air libre, et j'ai littéralement le souffle coupé.

Sa queue est épaisse et longue, légèrement courbée vers le haut, et une veine proéminente la parcourt sur toute sa longueur, pulsant visiblement même à plusieurs mètres de distance. Le gland est d'un rouge sombre et luisant de liquide pré-éjaculatoire qui s'est écoulé. Ses testicules sont lourds et serrés contre son corps, et son physique tout entier est absolument spectaculaire, avec des muscles partout, des épaules larges qui pourraient porter le monde, des abdominaux définis qui se contractent à chaque respiration, des cuisses puissantes.

Les tatouages qui couvrent ses bras et sa poitrine semblent bouger et se transformer dans la pénombre, et je rêve de les parcourir avec ma langue, désespérée d'explorer chaque centimètre de lui.

Je frissonne involontairement. Mon corps tout entier vibre si intensément que c'en est presque douloureux.

La voix de Lily résonne dans ma tête — *Tu mérites de la tendresse, ma sœur, d'être aimée si fort que ça étouffe tout le reste. Alors laisse ces mecs t'adorer.*

Je m'adosse au rebord de la baignoire, me forçant à croiser son regard brûlant malgré la vulnérabilité que je ressens d'être complètement nue dans cette eau, avec lui qui me regarde de cette façon.

— Alors, tu entres ou quoi ? dis-je effrontément. Ma tentative de sourire sexy doit avoir l'air désespérée, mais honnêtement, je pourrais pleurer tellement j'ai besoin de lui en ce moment.

Noel n'hésite pas une seule seconde.

Il entre dans la baignoire d'un mouvement fluide, l'eau clapotant violemment et se déversant sur le carrelage. Il s'immerge dans l'eau juste en face de moi, et ses mains trouvent immédiatement ma taille sous l'eau, grandes, chaudes et possessives, tandis qu'elles me tirent vers lui.

Il se place entre mes jambes, qui s'enroulent automatiquement autour de ses hanches, et soudain nous sommes pressés l'un contre l'autre sans plus rien entre nous.

Sa queue est coincée entre nos corps, dure et brûlante même à travers l'eau, et je gémis.

Puis sa bouche s'abat sur la mienne, et toute pensée consciente s'évapore.

Le baiser est tout, alimenté par un brasier que je ne savais pas exister en moi jusqu'à cet instant. Sa langue pénètre dans ma bouche, revendiquant chaque recoin, me goûtant, et je m'abandonne complètement à la sensation.

L'une de ses mains s'emmêle dans mes cheveux mouillés, les agrippant fermement, inclinant ma tête exactement où il le veut. L'autre main reste verrouillée sur ma hanche, me maintenant contre lui.

Je ne peux plus respirer. Je ne peux plus penser. Je ne

peux que sentir sa bouche sur la mienne, son corps contre le mien, son odeur embrumant mon esprit.

Il rompt le baiser, son souffle se mêlant au mien. — As-tu la moindre idée à quel point tu es parfaite ? Depuis combien de temps j'attends que tu m'appelles comme ça ?

— Noel… Ma voix se brise sur son nom.

— Chut. Laisse-moi prendre soin de toi, princesse. C'est tout ce que je veux. Ses mains se resserrent sur ma taille d'un geste possessif, ses doigts s'enfonçant juste assez dans ma chair pour laisser des marques que je sentirai demain. Ma sage petite fille qui lâche enfin prise. Qui accepte enfin ce dont elle a besoin au lieu de le combattre.

Le simple fait de l'entendre m'appeler *sage petite fille* fait fondre quelque chose de fondamental en moi, un dernier mur de résistance qui s'effondre en poussière.

J'expire en tremblant, et le son qui s'échappe est à mi-chemin entre un cri et un gémissement.

— Parfait, murmure-t-il, la satisfaction évidente dans sa voix et sur son visage. Ton corps me répond si magnifiquement. Comme si tu étais faite pour ça. Faite pour moi.

Puis il glisse une de ses grandes mains sous mes fesses, me soulevant sans effort à travers l'eau jusqu'à ce que je sois positionnée exactement là où il me veut. Son érection trouve facilement mon entrée, la frôlant, et il enfonce juste la pointe en moi.

L'étirement commence immédiatement, et je halète à cette sensation.

Il s'arrête là, restant immobile malgré ce que je sais

être une incroyable retenue, et ses yeux bleus sondent les miens avec un sérieux qui me vole le peu de souffle qu'il me reste.

— Es-tu prête pour moi ? Sa voix est tendue, rauque de besoin. Parce qu'une fois que je serai en toi, une fois que je te baiserai comme il se doit, comme tu le mérites, je n'ai aucune intention de te laisser repartir. Tu comprends ça ? Tu es à moi, Hannah. À nous. Dis que tu comprends.

— Putain, Noel, je comprends si bien, je souffle, les mots à peine audibles. Je suis à toi.

L'expression de Noel devient presque sauvage à ma reddition, quelque chose de primitif et de possessif s'emparant de ses traits. Il me maintient là, clouée contre lui dans l'eau, et je perds tout contrôle alors que mes phéromones déferlent de moi par vagues. La réponse chimique est involontaire, mon corps appelant le sien, implorant ce qu'il désire.

Puis il s'enfonce lentement en moi, m'étirant autour de son imposante circonférence, étudiant mon visage tout du long. — Tu es si belle.

Je me tortille contre lui, une douleur aiguë de désir me transperçant alors que je m'accroche désespérément à ses larges épaules, mes ongles s'enfonçant dans sa peau.

— J'ai vraiment besoin de toi. La confession m'échappe. D'être au plus profond de moi. S'il te plaît, Noel, s'il te plaît…

Cela brise le peu de retenue qu'il lui restait. Il s'enfonce complètement en moi d'un seul coup de rein puissant qui me chasse l'air des poumons.

Je pousse un cri face à cette force, l'étirement presque excessif, la plénitude écrasante, la piqûre aiguë de la douleur se mêlant à un plaisir si intense qu'il en devient presque insupportable. Il est énorme, me remplissant complètement, et c'est incroyable et terrifiant et absolument parfait, tout à la fois.

— C'est ça, gronde-t-il contre mon cou, ses dents effleurant le point où bat mon pouls. Prends-moi tout entier. Chaque putain de centimètre. Il commence à bouger, lentement d'abord, laissant mon corps s'adapter à sa taille, puis augmente progressivement en vitesse et en intensité.

Et je suis perdue. Complètement, totalement flottant sur la sensation, m'abandonnant enfin à ce que mon corps réclamait à grands cris depuis le moment où j'ai rencontré ces hommes.

À lui. À eux. À cette meute qui m'a revendiquée, que je sois prête ou non.

Alors que l'eau clapote autour de nous, débordant de la baignoire à chaque coup de rein puissant, alors que Noel s'enfonce en moi avec une puissance croissante, et que je m'accroche à lui comme s'il était la seule chose solide dans mon monde qui s'effondre, je cesse enfin de me battre.

Je me laisse enfin tomber.

Et je lui fais confiance pour me rattraper.

NOEL

*H*annah est si fragile dans mes bras, et chaque instinct primaire de mon corps rugit de satisfaction de l'avoir là, vulnérable, confiante, complètement à moi.

Elle pousse un cri, sa prise sur mes épaules se resserre désespérément, ses jambes parfaites enroulées autour de ma taille comme si elle avait peur que je m'éloigne. Comme si j'allais un jour cesser de lui donner ce dont elle a besoin.

Je l'embrasse tout en bougeant en elle, m'enfonçant profondément, avide qu'elle sente chaque centimètre de moi. Je suis poussé par un besoin irrépressible de lui faire comprendre exactement ce que je peux lui donner. Ce que son corps désirait ardemment.

Son corps tout entier frissonne contre le mien, tremblant, et putain, j'adore la voir comme ça. Sans barrières. Sans résistance. Sans trop réfléchir. Juste un besoin brut et un abandon désespéré.

Elle coince sa lèvre inférieure entre ses dents et la suce alors que je me retire lentement avant de m'enfoncer à nouveau. Je commence de manière mesurée, contrôlée, la laissant s'habituer à ma taille. Mais l'eau bouge autour de nous à chaque coup de rein, et elle est complètement perdue.

Exactement là où je la veux.

Je l'embrasse à nouveau, avec force, de manière possessive, pour la revendiquer, et j'adore son goût putain de sucré, la façon dont elle me rend mes baisers avec une telle ardeur. Elle n'en a clairement pas assez.

Quand je me recule juste assez pour planter mon regard dans le sien, je dis :

— Je ne veux jamais que tu oublies que tu es à moi. Et je prendrai soin de toi. Toujours.

Elle me fixe avec ses grands yeux bruns, ses pupilles immenses, puis un ronronnement roule dans sa gorge, un véritable son d'Oméga qui vibre dans toute sa poitrine et résonne jusque dans la mienne.

Je ris, d'un rire sombre et satisfait.

— Voilà ma fille. Putain, ce que tu es belle quand tu te laisses aller.

Elle s'accroche à moi, et je lui donne ce que son corps supplie, la prenant plus fort, plus vite, l'eau créant une résistance mais ajoutant aussi des sensations. Ses seins rebondissent avec le mouvement, disparaissant sous la surface de l'eau, puis réapparaissant, les tétons durs et pointus. Les regarder me rend absolument sauvage.

Elle est si serrée autour de moi, me pressant la bite à chaque poussée, et mon désir explose, consumant toute pensée rationnelle. Elle se contracte autour de moi, la chair de ses parois internes palpite, me donnant envie de la bousiller pour tous les autres.

— Encore, supplie-t-elle contre mon cou, la voix rauque. Plus fort, Noel…

L'entendre prononcer mon nom comme ça, l'entendre me supplier, anéantit le peu de contrôle auquel je m'accroche.

Mais l'eau limite ce que je peux lui donner. Ralentit les choses alors que ma fille veut clairement toute ma force. Je suis heureux de m'exécuter. Je me retire complètement et elle pousse un cri de protestation, essayant de me ramener.

— Noel, non, n'arrête pas...

— Je ne vais nulle part, je lui promets contre ses lèvres, l'embrassant avec force. Je veux juste te donner ce dont tu as besoin comme il se doit. Debout avec moi.

Elle se met debout, l'eau lui arrivant à mi-cuisse, et mes mains se posent immédiatement sur sa taille fine. Son corps magnifique est entièrement exposé, l'eau ruisselant sur ses courbes, et je prends un moment juste pour la regarder.

À moi. Entièrement à moi.

Je la fais pivoter pour qu'elle me tourne le dos, faisant glisser lentement une main le long de sa colonne vertébrale, la sentant frissonner sous mon contact.

— Penche-toi pour moi et attrape le bord du spa. Accroche-toi bien, princesse.

Mes mains descendent entre ses cuisses et les écartent davantage, la positionnant exactement là où je la veux.

Et comme je ne peux pas résister, je me penche sur le côté pour admirer la vue de son corps cambré devant moi. Putain, sa chatte est luisante de sa sève... humide, gonflée, prête pour moi.

Un grognement s'échappe de ma gorge à cette vue.

— Si belle.

Elle ondule déjà des hanches, cherchant la friction, et je me place directement derrière elle, alignant ma bite avec sa chatte qui m'attend.

Quand je m'enfonce à nouveau en elle sous cet angle, nous gémissons tous les deux devant son étroitesse.

Puis je la percute violemment, et ses jambes se contractent, tremblent, luttant pour supporter son poids.

Je ne peux pas m'arrêter. Je ne m'arrêterai pas. La profondeur que j'atteins dans cette position est incroyable. Elle est si petite par rapport à moi, et ma longueur explore des recoins en elle qui la font hurler.

Elle cambre son dos, criant à chaque coup de rein puissant.

— Oh mon Dieu…

— C'est moi, ton dieu, en ce moment, je gronde, penché sur son dos, ma bouche près de son oreille. Le seul que tu vénères. Le seul qui compte. Dis-le.

— Tu es… — Elle peut à peine former des mots. — Tu es le seul…

— Bien, ma fille. — Je la prends plus vite, plus fort, lui donnant tout de moi, la pénétrant avec toute ma force, agrippant ses hanches.

Quand elle crie et explose, frissonnant de partout, ses parois internes se crispant autour de ma bite, me contractant, je siffle. Et cela déclenche ma propre jouissance.

Je gémis, m'enfonçant en elle une dernière fois, avec puissance et profondeur. Mon foutre inonde sa douce chatte, la remplissant, vague après vague violente, lui donnant tout ce que j'ai.

Elle gémit sous moi, son corps tremblant, tous deux perdus l'un dans l'autre.

Mon nœud gonfle à la base de ma bite, cette sensation vive de son élargissement rapide, et je m'enfonce tout entier en elle, y compris le nœud.

Elle gémit à cette sensation, l'étirement probablement intense, et je me penche sur son dos.

— Tu peux le supporter. Prends-moi tout entier.

Je gonfle en elle jusqu'à ce que le nœud atteigne sa taille maximale, nous liant l'un à l'autre, nous gardant connectés de la manière la plus primitive qui soit. Et putain, j'adore ça.

Ce n'est que lorsque nous avons tous deux commencé à redescendre de notre extase que je l'aide à se relever avec précaution, en soutenant son poids. Je nous fais pivoter tous les deux et je m'assieds sur le rebord immergé du spa, elle sur mes genoux, son dos pressé contre ma poitrine, moi toujours enfoui profondément en elle.

Sa respiration est courte et saccadée, son corps tremble contre le mien. Je suis toujours en elle, palpitant encore, sentant toujours ces petites répliques contracter sa chair autour de ma longueur toutes les quelques secondes. L'air entre nous est épais de chaleur et d'adrénaline, tous deux suspendus dans cette extase vive et parfaite.

Mes mains glissent le long de sa taille, l'agrippant, savourant chaque centimètre d'elle. Je presse ma bouche contre la courbe de son cou, goûtant la fine pellicule de sueur sur sa peau, laissant l'instinct prendre le dessus. Le besoin me frappe, rapide et violent — le besoin de revendiquer, de marquer, de laisser quelque chose qui dit qu'elle est à moi.

Je mords.

Pas doucement. Pas timidement. Assez profondément pour que je sente son corps entier sursauter, pour que je perce la peau et que je goûte la saveur cuivrée de son sang. Son souffle se coupe dans un hoquet qui se fond en gémissement. Ses parois se serrent si fort autour de ma bite que je siffle contre elle. Elle se cambre contre moi, sans reculer, sans tressaillir, mais en se penchant vers moi. S'offrant. Ses doigts s'enfoncent dans mes avant-bras, tremblants parce que son corps aime ça. Le veut.

Approuve.

Je grogne contre sa peau, son goût me rendant fou. Son pouls bat contre ma langue, et je lèche lentement la nouvelle marque, prenant les quelques gouttes de sang qu'elle m'offre et la sentant fondre à nouveau contre ma poitrine.

— Putain, Hannah… dis-je, la tenant toujours serrée, ma bite pulsant en elle, sa chaleur m'enveloppant comme si elle avait été faite pour ce moment.

C'est seulement alors que j'adoucis la morsure en une traînée de baisers plus doux, toujours possessifs mais plus lents maintenant, d'une manière différente. Elle tremble encore, palpite encore, est encore en pleine extase.

— Alors, c'était comment ?

Elle essaie de répondre, mais tout ce qu'elle réussit à faire au début est un frisson et un son mi-rire, mi-gémissement. Elle bouge juste assez pour me jeter un coup d'œil, les lèvres entrouvertes, les joues rouges, les yeux adoucis par quelque chose qui ressemble dange-reusement à de la dévotion.

— Absolument incroyable, murmure-t-elle, le souffle encore irrégulier. Et tu m'as marquée.

Je souris.

— Maintenant, tu ne douteras plus jamais que tu m'appartiens.

Elle sourit. Il n'y a ni peur, ni colère, juste de l'acceptation. Putain, je suis tellement obsédé par elle.

— Repose-toi contre moi, lui ordonné-je doucement. Laisse ton corps se calmer avec le mien. Je te tiens. — Je dépose un autre baiser sur son épaule humide. — Une fois que mon nœud aura dégonflé, je te préparerai ma fameuse omelette. Je ne sais pas pour toi, mais le sexe me donne une faim de loup.

Elle rit, le souffle court.

— Ça a l'air génial.

Elle laisse sa tête retomber contre mon épaule, respirant profondément, se relaxant enfin complètement. Je remonte un bras pour lui empaumer le sein, en soupesant tout son poids, et je suis au putain de paradis en la tenant comme ça.

— Tu es une très bonne fille, lui chuchoté-je à l'oreille.

Elle s'adoucit immédiatement et glousse.

— Je ne sais pas pourquoi, mais la façon dont tu dis ça fait quelque chose à mon corps. Ça me calme.

— C'est l'effet déclencheur d'un Alpha sur un Oméga. Ton corps reconnaît l'approbation de son Alpha et y répond en conséquence. — Je serre doucement son sein. — Ta biologie sait à qui tu appartiens maintenant.

Elle est épuisée, douce et souple contre moi, et sa voix est basse quand elle parle.

— Noel ?

— Oui ?

— J'adore que tu m'aies trouvée. Que tu m'aies baisée comme ça. J'en avais vraiment besoin.

La fierté m'envahit.

— Ce sera de mieux en mieux. Tu verras. Ce n'est que le début de ce que je peux te donner.

J'adore voir mon Oméga fondre sous mon attention comme ça. Savoir que je l'ai satisfaite et que je lui ai donné exactement ce que son corps réclamait à grands cris. Il y a tant de choses que je veux faire avec elle, à son corps. Tant de façons de la faire voler en éclats. Et j'ai hâte de lui montrer tout le plaisir que je peux lui apporter.

Elle commence à s'assoupir dans mes bras, sa respiration se régularise, devenant plus lente et plus profonde. Son corps s'alourdit contre moi, en toute confiance.

Je la tiens avec précaution et je me permets de simplement exister dans ce moment.

Je ne me souviens pas de la dernière fois où je me suis senti aussi satisfait. Aussi bien. Comme si, après tout ce que j'ai traversé, j'avais enfin trouvé la seule personne qui m'ancre.

Hannah bouge légèrement dans son sommeil, marmonnant quelque chose que je ne saisis pas, et je dépose un baiser sur sa tempe.

À moi. À nous. Enfin là où est sa place.

Et je détruirai quiconque essaiera de nous l'enlever.

19

HANNAH

La parade a enfin lieu, et j'essaie désespérément de ne pas laisser transparaître ma nervosité.

La Grand-Rue de Whispering Grove a été transformée en une féerie hivernale pour l'événement. Les devantures historiques sont décorées de guirlandes et de lumières, les auvents sont saupoudrés de neige et d'énormes nœuds rouges sont attachés à chaque lampadaire. La rue elle-même est fermée sur plusieurs pâtés de maisons, des barrières de corde maintenant l'imposante foule sur les trottoirs tout en laissant la chaussée libre pour les chars de la parade.

Et il y a tellement de monde. Bien plus que ce que j'avais prévu.

Des familles avec des enfants emmitouflés dans des manteaux d'hiver s'alignent des deux côtés de la rue, debout sur trois rangs pour essayer d'avoir une bonne vue. Des vendeurs proposent du chocolat chaud et des marrons chauds dans des charrettes postées à intervalles réguliers.

Je travaille sur cette parade depuis des mois, à coordonner les constructeurs de chars, obtenir les permis, engager les équipes de soutien, organiser les assurances, vérifier et revérifier les protocoles de sécurité. Chaque détail a été méticuleusement planifié et exécuté.

Et je crains toujours que quelque chose ne tourne vraiment mal. Mais je vibre aussi encore de ma nuit avec Noel, une agréable courbature entre mes cuisses, et je lui suis tellement reconnaissante de m'avoir aidée avec mes problèmes de pré-chaleurs. La douleur lancinante s'est considérablement calmée, me permettant de me concentrer sur l'événement au lieu de grimper sur le premier Alpha venu.

Pourtant, au fond de moi, je sais que ça ne fait que couver. Comme un volcan dont la pression monte, prêt à entrer en éruption. Mais pas aujourd'hui. S'il vous plaît, pas aujourd'hui. Que cette parade se termine sans accroc. C'est tout ce dont j'ai besoin. Puis, la semaine prochaine, toute l'attention se portera sur la cérémonie d'illumination du sapin.

Je suis épuisée, mais j'ai hâte que cette journée se termine avec succès.

Chris se tient à côté de moi, si près que nos corps se touchent de l'épaule à la hanche, et il se penche pour me murmurer à l'oreille.

— Ça se passe à merveille. Tout s'assemble si bien. Tu devrais être fière.

Je souris malgré ma nervosité, et une partie de la tension quitte mes muscles.

— Je sais, n'est-ce pas ? Pour l'instant, tout se déroule comme prévu.

Il inspire profondément près de mon cou.

— Tu sens tellement bon, aujourd'hui. Je n'arrive pas à me lasser de ton odeur.

La chaleur m'envahit le visage, mais je ne peux retenir un sourire.

— Fais attention, ou je vais finir par croire que tu ne me gardes dans les parages que pour mon odeur.

— Oh, il y a beaucoup d'autres raisons. Sa main se pose au creux de mes reins, un contact stable et rassurant. — Mais ton odeur est clairement un bonus.

Mon téléphone vibre, un SMS entrant qui ramène mon attention au travail.

Chef d'équipe Alpha : Char 3 parti. Défile sans problème. ETA zone de visionnage Grand-Rue : 4 minutes.

Je suis positionnée au point de vue optimal, à peu près à mi-chemin du parcours de la parade, une oreillette connectée à mon équipe de coordination, le téléphone à la main, constamment mis à jour avec les rapports. Le système que j'ai mis en place fonctionne à merveille. Chaque char a un chef d'équipe qui me rend compte à des points de contrôle, s'assurant que tout reste dans les temps et que tout problème est traité immédiatement.

Jusqu'à présent, tout est fluide. Je respire plus librement, m'autorisant un moment pour vraiment profiter de ce que j'ai créé. La parade elle-même est spectaculaire. Le premier char qui est passé était une scène de féerie hivernale avec des sculptures de glace, des artistes costumés en flocons de neige qui dansaient et saluaient. La foule a adoré, les enfants criaient de joie.

Le deuxième char présentait un traîneau géant tiré

par des rennes mécaniques, avec des artistes qui lançaient des bonbons aux enfants massés le long des rues. Sur le char suivant, tout le monde est habillé avec des pantalons et des chemises rouges et blancs, et collecte des dons auprès des gens dans la foule pour la banque alimentaire locale.

Et maintenant, j'entends l'excitation monter alors qu'un autre char apparaît au coin de la rue.

Un immense ballon gonflable, une sorte d'elfe de Noël de dessin animé que je reconnais vaguement d'une émission populaire pour enfants, flotte au-dessus du char. Des manipulateurs s'agrippent aux cordes de guidage pour le maintenir stable. Le char lui-même est décoré pour ressembler à un atelier de jouets, avec des elfes qui en fabriquent et saluent la foule.

Après cela, la parade s'installe dans un rythme régulier et scintillant. Une fanfare de lycée suit, leurs uniformes un peu trop grands, les cuivres jouant un peu faux alors qu'ils martèlent « Jingle Bell Rock ». Derrière eux se trouve une chorale de l'une des églises, des chanteurs de Noël aux écharpes assorties, marchant en formation serrée et harmonisant comme s'il s'agissait de leur épreuve olympique.

D'autres chars défilent dans un flou de guirlandes et de groupes à thème. L'équipe de hockey locale est à l'arrière d'un camion décoré de guirlandes lumineuses. Ses membres lancent des mini-cannes en sucre et agissent comme s'ils étaient trop cools pour s'en soucier, tout en savourant clairement chaque seconde. Une équipe de basket-ball court derrière, en dribblant des ballons, avec « Joyeux Noël » inscrit sur le devant de leurs maillots.

Viennent ensuite les politiciens dans leurs voitures de luxe décorées, des cabriolets qui avancent à pas de tortue — maires, quelques conseillers municipaux et quelques candidats pleins d'espoir, tous faisant le prudent signe de la main qui invite à voter pour eux.

Les entreprises locales suivent, chacune essayant d'être plus festive que la précédente. Il y a même un char pour la librairie de Whispering Grove, empilé de livres en carton surdimensionnés et d'une mascotte elfe souriante perchée sur un trône de boîtes emballées.

Puis c'est au tour des fermiers. Des tracteurs grondent dans la rue, polis à la perfection et enroulés de guirlandes lumineuses. L'un a une remorque pleine de bottes de foin et d'enfants en chemises de flanelle ; un autre tire une plate-forme garnie de sapins en pot. Une paire de poneys passe au petit trot, crinières tressées et rubans rouges à leurs brides, suivis par une lignée de chèvres très peu impressionnées, vêtues de minuscules pulls tricotés et de colliers enveloppés de guirlandes, chacune tirée par un enfant déterminé en bottes de neige.

Quelque part au milieu de tout cela, la Reine de la Parade arrive, la jeune fille pour qui la ville a voté à la foire d'automne. Elle défile sur un char sur le thème de la boule à neige, habillée en princesse des neiges dans une cape blanche bordée de fausse fourrure, son diadème scintillant sous les lampadaires. De la fausse neige tourbillonne autour d'elle depuis des souffleurs cachés, et elle fait ce salut royal travaillé comme si elle s'était entraînée pour ce moment toute sa vie.

Au moment où une autre fanfare d'école finit de

jouer son morceau en couinant et qu'un dernier groupe de chanteurs de Noël passe, mes orteils sont engourdis, mes joues me font mal à force de sourire, et une bonne cinquantaine de minutes se sont écoulées dans un tourbillon de lumières, de musique et d'excès de sucre provenant de tous les bonbons lancés depuis les chars.

La foule applaudit, chante en chœur, et l'énergie est électrique.

Ça marche.

— Tu vois ? me dit Chris, en me serrant doucement la taille. Je t'avais dit que ce serait parfait.

— Ne me porte pas la poisse.

Il rit.

— Toujours pessimiste.

Mon oreillette grésille. « Le char suivant est en train de partir. Ton préféré. »

Je souris, car je sais exactement ce qui arrive. Au coin de la rue, j'entends l'excitation de la foule monter, les enfants crient, les adultes rient, et puis je les vois.

Kane et Noel, vêtus de costumes complets d'elfes, promenant quatre de leurs rennes au milieu de la Grand-Rue.

Les costumes sont ridicules et parfaits : collants à rayures vertes et rouges, chaussures pointues à grelots, tuniques couvertes de clochettes cousues, chapeaux pointus avec encore plus de clochettes. Leurs visages sont maquillés avec des joues roses et des sourires exagérés.

Mais rien ne peut cacher à quel point ils sont incroyablement bâtis. Les costumes sont tendus sur leurs charpentes musclées, et ils se déplacent avec cette grâce assurée qui crie « hommes dangereux se faisant passer pour des êtres fantaisistes ».

Ils tiennent les rennes par des rênes décoratives rouges et vertes, marchant devant eux avec des petits sauts d'elfes qui font rugir de rire la foule.

Les rennes — pas Corn Dog, car nous étions tous d'accord qu'il provoquerait un chaos absolu — se comportent à merveille, s'arrêtant de temps en temps pour laisser les enfants leur caresser le museau par-dessus les barrières de corde.

Kane me repère et me fait un clin d'œil outrageusement visible, m'envoyant un baiser qui fait soupirer de manière audible plusieurs femmes près de moi. Noel croise mon regard et affiche un sourire narquois, puis exécute un pas de danse d'elfe qui fait hurler la foule.

Je ris, et une partie de mon stress s'évapore.

— Tes elfes sont un succès, observe Chris, l'amusement clair dans sa voix.

— Ils ont intérêt. Il m'a fallu une heure pour les convaincre de remettre ces costumes.

Autour de moi, je ne manque pas de remarquer que les femmes reluquent ouvertement les elfes, certaines faisant des commentaires assez forts pour que je les entende.

— Il faut que ces elfes viennent chez moi à Noël, dit une femme à son amie, en s'éventant de façon théâtrale.

— Oublie le Père Noël. Et au diable le Lutin sur l'Étagère. C'est *cet* elfe-là que je veux pour moi toute seule ! approuve une autre.

Elles peuvent toujours rêver. Ils sont avec moi. Tous les trois.

Alors que Kane et Noel dépassent ma position, menant les rennes vers le reste du parcours de la parade, j'entends les gens autour de moi continuer à parler de la combinaison adorable et sexy des elfes et des rennes.

Bien. C'est excellent. Ce sont les moments mémorables qui font le succès des événements. Mon téléphone vibre à nouveau.

Chef d'équipe Bravo : Char suivant en partance. ETA 3 minutes.

Le clou du spectacle de toute la parade. Je tends le cou pour regarder dans la rue, où il devrait bientôt apparaître.

L'excitation de la foule monte à nouveau, les parents hissent les enfants sur leurs épaules pour qu'ils voient mieux, tout le monde se presse contre les barrières.

Puis je l'aperçois qui tourne au coin de la rue, à plusieurs pâtés de maisons de là. Un char énorme, une scène d'atelier sur deux étages avec le Père Noël debout sur une plateforme surélevée au sommet, saluant la foule. La plateforme est entourée d'un petit garde-corps pour la sécurité, accessible par des escaliers intégrés à la structure. Quelqu'un est à l'intérieur du char, conduisant le véhicule qui le fait avancer.

Le tout est enveloppé dans des milliers de guirlandes de Noël qui étaient censées créer une lueur magique.

Mais les lumières clignotent. Allumées, éteintes, puis de nouveau allumées, avant qu'une section s'éteigne complètement puis crépite en se rallumant.

Mon estomac se noue.

J'ai fait inspecter et triplement vérifier tous les chars par des électriciens certifiés. Chaque fil, chaque connexion, chaque source d'alimentation a été vérifiée comme étant sûre.

Ça ne devrait pas arriver.

Chris le remarque aussi, son corps se crispe à côté de moi. — Les lumières sur le char du Père Noël…

— Je vois.

— Ce n'est peut-être qu'un faux contact, suggère-t-il, mais sa voix manque de conviction.

Je veux croire que ce n'est qu'un petit pépin technique que, je l'espère, les gens ne remarqueront pas trop. Le char continue sur Main Street, se rapprochant de notre position, et le Père Noël continue de saluer avec enthousiasme comme si de rien n'était.

La foule ne semble pas remarquer les lumières qui clignotent, trop concentrée sur le Père Noël lui-même.

Peut-être que tout ira bien et que ça tiendra le coup pendant les dix prochaines minutes, jusqu'à ce que le char ait fini son parcours.

Puis, alors que le char atteint un point à peut-être une quinzaine de mètres de l'endroit où Chris et moi nous tenons, quelque chose produit des étincelles sur l'armature des lumières.

Un flash lumineux, visible même en plein jour.

La foule pousse un hoquet collectif. « Ooooh ! » Les gens reculent instinctivement des barrières.

Et puis des flammes jaillissent du bord du char où les lumières sont montées. Orangées et voraces, elles se propagent rapidement à travers la guirlande décorative.

— Oh, putain, je souffle.

Ma formation reprend immédiatement le dessus. J'appuie déjà sur le bouton de ma radio. — Nous avons un incendie sur le char du Père Noël. J'ai besoin d'une équipe d'extinction à l'intersection de Main Street et de la Quatrième Avenue MAINTENANT. Tout le monde, dégagez immédiatement la zone autour du char !

Je suis déjà en mouvement avant d'avoir fini de parler, Chris juste à côté de moi alors que nous nous faufilons sous les barrières de corde pour nous retrouver dans la rue.

— Tout le monde, reculez ! je crie, en agitant les bras. Éloignez-vous du char ! Dégagez la zone !

Le char s'est arrêté et je vois le chauffeur sortir en catastrophe de la cabine, l'air choqué et terrifié.

Chris est déjà en train de monter sur le char du côté opposé aux flammes qui grimpent, tendant la main vers le Père Noël sur la plateforme surélevée. Le Père Noël est figé, fixant les flammes qui se propagent sur l'avant du char. Chris lui aboie un ordre, ce qui le fait bouger. Ils descendent les escaliers en un rien de temps et se retrouvent en sécurité dans la rue, juste au moment où les flammes se propagent pour engloutir près de la moitié de l'extérieur décoratif du char. De la fumée s'élève dans le ciel, et je voudrais mourir que cela se produise maintenant.

La foule recule, certaines personnes crient, les parents serrent leurs enfants contre eux, tout le monde sort son téléphone pour filmer. C'est une catastrophe.

Deux pompiers en tenue complète courent vers nous, portant des unités dorsales spécialisées avec des lances. Atlas, le chef de la caserne de pompiers, je le reconnais immédiatement car j'ai coordonné avec lui personnellement pour avoir un support incendie posté à des points stratégiques le long du parcours. Juste au cas où.

Dieu merci, je l'ai fait.

Atlas est un homme très grand, facilement un mètre quatre-vingt-dix, bâti comme le dieu grec qui lui a donné son nom, avec une peau tannée et des cheveux bruns coupés court sur les côtés. Et il est captivant.

— Dégagez ! crie-t-il avec le genre d'autorité qui pousse les gens à obéir instantanément. Tout le monde, en arrière !

Lui et son partenaire se déplacent rapidement vers le char en feu, dirigeant leurs lances vers les flammes.

Chris apparaît à mes côtés, sa main sur mon coude m'éloignant de la chaleur. — Ils gèrent la situation. Laisse-les faire.

Je regarde, mon cœur martelant si fort que je le sens dans ma gorge, alors que les deux pompiers aspergent les flammes avec une sorte de mousse chimique qu'ils utilisent, je suppose, pour les incendies électriques. Les flammes résistent au début, mais en quelques minutes, elles sont éteintes, laissant des marques de brûlure noires sur la moitié du char et des panaches de fumée s'élever.

Le Père Noël et le chauffeur sont en sécurité, debout à distance, l'air secoué.

Tout le monde est en sécurité.

Mais la parade est complètement arrêtée, et des centaines de personnes regardent, filment, publient sur les réseaux sociaux.

Putain. Putain, putain, putain.

Bien sûr qu'il faut qu'un incendie se déclare pendant ma parade. Bien sûr.

— Il faut qu'on le sorte du parcours, je dis à Chris, ma voix plus tremblante que je ne le voudrais. La parade doit continuer. On ne peut pas juste…

— Je m'en occupe.

Il se dirige déjà à grandes enjambées vers Atlas, et je les regarde échanger quelques mots rapides. Puis Atlas hoche la tête, et soudain les trois hommes, Chris, Atlas et l'autre pompier, se positionnent autour du char carbonisé et poussent.

Le char est énorme et lourd, mais ils le déplacent, le dirigeant vers une rue adjacente.

Je me précipite pour faire reculer les gens, décrochant les barrières de corde et dirigeant la foule. — S'il vous plaît, écartez-vous ! Faites de la place !

Quelques passants se joignent à moi pour aider à diriger le trafic piétonnier, et je pourrais embrasser chacun d'entre eux pour leur aide. Les hommes réussissent à pousser complètement le char hors de Main Street dans la ruelle adjacente, hors de la vue du parcours de la parade.

Je cours vers le Père Noël. — Vous allez bien ? je demande, l'examinant pour voir s'il est blessé.

— Ça va. Ça m'a juste fichu une de ces trouilles. Sa voix tremble. Une seconde tout allait bien, et la suivante, c'était en feu.

— Je suis si contente que vous soyez en sécurité. Je lui saisis l'épaule. J'ai besoin que vous me rendiez un service. Commencez à descendre le parcours de la parade, en saluant comme si tout allait bien. Montrez à tout le monde que le Père Noël va bien. Vous pouvez faire ça ?

Il hoche la tête, des couleurs revenant sur son visage. — Ouais. Ouais, je peux faire ça.

— Merci.

Je me tourne vers le chauffeur. — Restez avec le char. J'envoie quelqu'un pour le remorquer jusqu'aux garages de préparation pour une inspection complète.

Il acquiesce silencieusement, toujours l'air abasourdi, puis je passe l'appel à l'équipe.

Atlas s'approche, enlevant son casque, et même stressé et couvert de suie, cet homme est objectivement magnifique — une mâchoire carrée, des yeux sombres, le genre de présence qui force le respect.

— Incendie électrique, dit-il sans préambule. Probablement un court-circuit dans le câblage ou un faux contact qui a provoqué des étincelles. Si tout a été installé correctement, cela n'aurait pas dû se produire. Il faudra une inspection complète pour déterminer la cause exacte.

— C'est ce qui va se passer, je l'assure. Je dois savoir comment cela a pu se produire alors que tout était censé avoir été vérifié.

— Je vais rester ici pour m'assurer qu'il n'y a rien d'autre qui puisse se rallumer, propose Atlas. Retournez à votre parade. Vous avez des gens qui attendent.

— Merci. Sérieusement, merci beaucoup.

Il hoche la tête et se retourne vers le char carbonisé.

Je retourne vers la zone d'observation où Chris m'attend, et j'ai l'impression que je vais vomir.

— Parfois, ce sont des choses qui arrivent, dit Chris

doucement, lisant sur mon visage. Tu n'aurais pas pu prévoir...

— Mais c'est ma responsabilité. Ma voix se fissure légèrement. Tout ça me retombe dessus. La sécurité, l'inspection, tout. C'est *mon* événement.

— Et tu as parfaitement géré la situation. Personne n'a été blessé. C'est ça qui compte.

— Les gens vont se souvenir de la parade où le char du Père Noël a pris feu.

— En fait, les gens parlent déjà de ces adorables rennes, rétorque-t-il. J'ai entendu au moins cinq conversations différentes faire l'éloge de cet ajout.

Je veux le croire, mais l'angoisse qui pèse lourdement sur ma poitrine ne veut pas s'en aller.

Lentement, la foule reporte son attention sur le parcours de la parade, et sur le Père Noël qui le suit.

Chris sort une bouteille d'eau de nulle part et me la tend. — Bois. Tu es pâle.

Je la prends avec reconnaissance et avale la moitié de la bouteille, l'eau froide aidant à m'éclaircir un peu les idées.

— Tu t'en sors très bien, dit-il doucement en glissant une mèche de cheveux derrière mon oreille. Je sais que tu es stressée, mais tu as géré une urgence avec grâce et efficacité.

Je m'appuie sur sa main juste un instant, puisant de la force dans sa présence rassurante.

Mon équipe se déplace le long de Main Street, retirant les barrières de corde et saluant de la main la foule qui se disperse, apparemment heureuse et satisfaite malgré l'incendie qui a eu lieu plus tôt.

Le char du Père Noël a déjà été remorqué jusqu'à la zone de préparation, mais je ne peux m'empêcher de penser à quel point la situation aurait pu être pire. Si les flammes s'étaient propagées plus vite, si les gens avaient paniqué et s'étaient rués, si le Père Noël était tombé de cette plateforme…

Mon téléphone sonne et mon estomac se noue quand je vois que c'est la conseillère municipale par laquelle nous avons réservé cet événement, la directrice du comité des événements publics.

Je réponds d'une main tremblante. — Bonjour, Margaret.

— Hannah, j'ai entendu parler de l'incendie sur le char du Père Noël. Comment est-ce arrivé ?

Mon estomac se retourne. — Nous enquêtons sur la cause exacte. L'électricien qui a tout inspecté a certifié que c'était sans danger, mais il est clair que quelque chose n'a pas fonctionné. J'ai déjà ordonné une enquête complète…

— Écoutez, l'interrompt Margaret, et son ton est ferme mais pas méchant. Je sais que des merdes, ça arrive. Le matériel tombe en panne, les choses tournent mal malgré tous nos efforts. La plupart des gens à qui j'ai parlé ne tarissent pas d'éloges sur votre ajout de dernière minute à la parade, ces adorables rennes. Ils vous ont sauvée, en quelque sorte.

Une partie de la tension quitte mes épaules. — Je suis si contente que les gens les aient appréciés.

— Mais, Hannah, la cérémonie d'illumination du sapin la semaine prochaine est encore plus importante. Des enjeux plus importants, plus de visibilité, plus de choses qui peuvent mal tourner. Vous devez me promettre que tout se déroulera sans accroc.

— Je vous le promets. Je vérifierai tout trois fois. Quatre fois, même. J'inspecterai personnellement chaque élément.

— Bien. Je compte sur vous. *Le conseil* compte sur vous.

Elle raccroche et je reste là, à fixer mon téléphone. La pression est écrasante. L'illumination du sapin doit être parfaite. Elle le doit. Et soudain, ma température corporelle grimpe en flèche. Une vague de chaleur m'envahit, pas à cause de la gêne ou du stress, mais une véritable chaleur physique qui fait perler la sueur sur ma peau.

Non. Pas maintenant. Mon Dieu, pas maintenant.

— Chris, il faut qu'on aille voir ce qu'ils ont trouvé sur le char, dis-je rapidement, en essayant d'ignorer l'élancement grandissant entre mes cuisses.

— Est-ce que ça va ? Il étudie mon visage avec inquiétude. Tu as l'air toute rouge.

— Je vais bien. J'ai juste besoin de savoir ce qui s'est passé. S'il te plaît.

Il prend ma main dans la sienne et la serre doucement. — Tu veux que je te porte ? Tu n'as pas l'air très stable.

Malgré tout, je ris. — Non, ça va. Mais j'adore que tu aies demandé.

— Je t'adore, tu le sais ? Sa voix se fait douce, intime. Et tu ne travailles pas seule ici. On assure tes arrières. Toujours.

J'arrête de marcher et lève les yeux vers lui, et

quelque chose se serre douloureusement dans ma poitrine. Puis je le serre fort dans mes bras, enfouissant mon visage contre son torse. — J'adore ça. Merci.

Il me serre tout contre lui, ses bras m'enveloppant en toute sécurité, et nous nous embrassons, doucement d'abord, puis plus profondément alors que je me perds dans son goût. Quand nous nous séparons, il étudie de nouveau mon visage. — Ton odeur devient plus forte. Je pense qu'on devrait rentrer.

— Pas encore, j'insiste, alors même qu'une autre vague de chaleur me submerge. S'il te plaît, je dois m'assurer... Je gémis sous l'effet de la tension qui monte en moi, de la douleur qui s'intensifie. Juste un instant, s'il te plaît.

Il hoche la tête à contrecœur. — Un instant. Et on s'en va.

Nous nous dépêchons dans la rue vers les garages de préparation d'où la parade est partie, et la marche rapide m'aide à me distraire du feu qui grandit dans mon corps.

Atlas sort du garage à notre arrivée, s'essuyant les mains sur un chiffon.

— Hannah, salut. J'ai des nouvelles, et ça ne va pas vous plaire.

Mon estomac se serre. — Qu'avez-vous trouvé ?

— Nous avons vérifié le câblage minutieusement. Certains des fils internes étaient partiellement coupés — délibérément exposés, comme si quelqu'un avait utilisé une pince coupante. Ce n'était pas une défaillance du matériel ou une mauvaise installation. Ça a été fait exprès.

Le monde bascule légèrement. — Comme si quelqu'un avait saboté le char ? Intentionnellement ?

Il hausse les épaules, l'expression sombre. — La coupe était nette et intentionnelle. Pas un dommage accidentel.

— Mais pourquoi quelqu'un…

Il glisse le chiffon dans sa ceinture. — Je dois retourner à la caserne, mais je vous enverrai mon rapport complet dans les quarante-huit heures. Vous devriez porter plainte à la police à ce sujet.

— D'accord. Oui. Merci, Atlas.

Il hoche la tête et se dirige vers son camion de pompiers garé à proximité.

Je me tourne vers Chris, le cœur au bord des lèvres. — Pourquoi j'ai l'impression que c'est fait pour faire échouer ma parade ? Tu penses que Scot pourrait être impliqué ?

Sa mâchoire se crispe, ses lèvres se pressent en une fine ligne. — Ça ne m'étonnerait pas de ce salaud. Mais il nous faut des preuves avant de pouvoir l'accuser de quoi que ce soit. Cependant, je soupçonne qu'il y est pour quelque chose.

— Peut-être que j'ai été trop distraite. Je n'ai pas fait assez d'efforts pour m'assurer que ça n'arrive pas…

— Arrête. Chris prend mon visage en coupe entre ses mains, me forçant à le regarder dans les yeux. Parfois, tu ne peux pas empêcher les choses d'arriver. Si quelqu'un a vraiment l'intention de faire quelque chose de malveillant, c'est presque impossible de l'arrêter. Les connards feront ce qu'ils veulent. Tout ce que tu peux faire, c'est t'y préparer, et c'est ce que tu as fait. Tu avais des pompiers prêts à intervenir. Tu avais des protocoles en place. Tu as géré l'urgence à la perfection. Hannah, je suis tellement fier de toi et de la façon dont la journée s'est déroulée.

Mais je respire trop vite, l'angoisse pèse lourdement sur ma poitrine parce que ça aurait pu être tellement pire.

Et mon corps est officiellement en train de brûler. La chaleur se propage dans chaque terminaison nerveuse, et soudain ma culotte est inondée de nappe, trempant mon jean. Oh, merde !

Je gémis à cause d'une douleur si profonde et impossible que j'ai l'impression que je pourrais mourir si je ne suis pas bientôt soulagée.

Chris me rattrape alors que je vacille, ses bras me stabilisant. — OK, je ne demande plus rien. On y va. Tu es sur le point d'entrer en pleines chaleurs.

En quelques secondes, il me soulève de terre, me berçant contre sa poitrine, et il aboie des ordres à mon équipe qui termine encore le nettoyage. — Hannah doit partir. Urgence médicale. Il lui faut une liste complète de toutes les personnes qui ont eu accès au char du Père Noël au cours des trois derniers jours. Fournissez-la-lui pour demain matin.

Ma cheffe d'équipe acquiesce, sortant déjà sa tablette.

Puis nous nous mettons en route, Chris me portant vers l'endroit où leur camion est garé, et je sais que mon équipe s'occupera de tout. Ils fermeront tout correctement. J'ai tout coordonné, je leur ai donné des instructions claires. Mais je me sens quand même mal de les laisser.

En un rien de temps, je suis dans le camion et nous roulons dans les petites rues pour éviter le trafic de la parade. Et je gémis, incapable de me retenir, me penchant vers Chris comme si je ne pouvais pas respirer sans le toucher.

— Désolée que mes chaleurs…

— Ne t'excuse jamais. Sa voix est rauque, intense. Tu es mon monde. Tu es tout ce qui m'importe en ce moment. Tout le reste peut attendre.

Ma main descend sur son pantalon sans que j'y pense, tâtonnant pour trouver sa ceinture.

— Hannah, prévient-il, bien que sa voix soit tendue. Mon contrôle est très limité, là.

— J'ai besoin de toi en moi, maintenant, ou je vais m'évanouir, le supplié-je, en tirant sur sa ceinture et sa fermeture éclair avec des doigts désespérés. Et comme tu conduis…

— Putain, tu vas me tuer.

Il soulève légèrement ses hanches tout en gardant une main sur le volant, m'aidant à ouvrir son pantalon et à baisser son caleçon.

Son énorme sexe, déjà dressé, jaillit, épais, dur et parfait. Ma main avide s'enroule autour de lui instantanément, et il siffle entre ses dents. Je me penche sur ses genoux sans réfléchir, poussée par une excitation brute, et je pose mes lèvres sur son érection.

— Oh, putain… Le camion fait une embardée alors que sa main se crispe sur le volant.

Je me recule légèrement. — Ramène-nous à la maison en toute sécurité, s'il te plaît.

Puis je l'avale plus profondément, creusant mes joues, utilisant ma langue, me perdant dans son goût et sa texture.

— Jésus Christ, grogne-t-il, une main s'emmêlant dans mes cheveux tandis que l'autre serre le volant à s'en blanchir les doigts. C'est peut-être le trajet le plus difficile de toute ma vie. Si on a un accident, je te jure que ce sera de ta faute et de celle de ta bouche parfaite.

Je rirais si ma bouche n'était pas pleine, alors à la place, je le prends plus profond et je laisse la chaleur me consumer.

20

CHRIS

Je conduis n'importe comment, le pick-up zigzaguant d'une voie à l'autre pendant que la bouche de Hannah fait des merveilles sur ma queue, et ma vision commence à se brouiller sur les côtés.

— Putain. Bordel de merde, Hannah… — Ma main s'emmêle dans ses cheveux parce que je suis sur le point de perdre complètement la tête.

Je remarque à peine que j'arrive sur notre propriété, ou ce que je crois être notre propriété, quand mon orgasme me percute de plein fouet. Des étoiles explosent derrière mes paupières tandis que je siffle entre mes dents serrées, tout mon corps se raidissant.

Je parviens à passer en mode stationnement, mais je ne pense même pas au frein à main parce qu'il est quelque part sous Hannah et que toute pensée rationnelle m'a complètement abandonné alors que je pulse dans sa bouche. De mon autre main, je sers le volant à m'en briser les jointures.

Elle avale tout, sa gorge se contractant, et la sensation manque de m'arrêter le cœur.

— Bon sang, tu es incroyable, je souffle, ma tête retombant contre le siège. Absolument parfaite.

Elle me relâche enfin et se redresse, s'essuyant la bouche du revers de la main, et le sourire satisfait sur son visage est la pure incarnation du péché.

Je suis vidé, anéanti. — Tu aurais pu nous tuer tous les deux.

— Mais on n'est pas morts. Elle gémit déjà, s'agitant sans répit, ses cuisses se frottant l'une contre l'autre. Et tu n'as pas idée à quel point c'était bon pour moi. Te goûter, t'avoir, c'est tout.

Je me penche et je tire le frein à main, mes mains tremblant encore. — Allons te mettre à l'intérieur avant que tu n'imploses.

Je sors du pick-up sur des jambes chancelantes et je mets aussitôt le pied dans le parterre de fleurs, manquant de m'étaler la face contre un tronc d'arbre.

Oh, putain. Je me suis garé comme un pied, le pick-up en diagonale sur la pelouse, loin de l'allée, des traces de pneus traversant ce qui reste de notre aménagement paysager.

Je m'en fiche. Pas moyen de m'en soucier. Pas le moins du monde.

Je remonte mon pantalon à la hâte, fermeture éclair, ceinture, puis je me précipite du côté de Hannah et j'ouvre sa portière.

Elle manque de tomber en sortant et je la rattrape contre ma poitrine.

— Tu es avec moi, je dis en la soulevant dans mes bras d'un mouvement fluide.

Elle enroule aussitôt ses bras autour de mon cou, pressant son visage contre ma gorge, et j'adore la façon dont elle s'imbrique parfaitement contre moi. Sa douceur. Son parfum inonde mes sens, et son excitation est palpable. Je suis déjà à moitié dur de nouveau.

— Tu es parfaite, Hannah, je murmure contre ses cheveux en la portant vers la maison. Si belle et si sexy. Et toute à moi. Toute à nous.

Je l'emmène directement en haut dans sa chambre, celle que nous avons conçue spécialement pour les chaleurs d'Oméga, à l'époque où trouver notre partenaire n'était qu'un espoir désespéré.

La pièce est parfaite pour ça. Un lit énorme couvert de couvertures douces et d'oreillers. Des provisions rangées dans des placards intégrés. Tout a été mûrement réfléchi.

Au centre se trouve une plateforme basse et capitonnée que nous avons fait faire sur mesure, entourée de tapis moelleux. Assez basse pour le confort, assez haute pour y accéder sous n'importe quel angle. Conçue spécialement pour s'occuper des chaleurs.

Je la dépose sur le bord, et elle se met aussitôt à haleter, frottant frénétiquement ses cuisses l'une contre l'autre, à la recherche de la moindre friction.

Je m'accroupis devant elle, mon pouce caressant l'intérieur de son genou. — Dis-moi ce dont tu as besoin, ma chérie.

Elle me regarde avec ses immenses yeux bruns, les pupilles si dilatées qu'il ne reste presque plus de

couleur. — J'ai besoin... — Elle déglutit difficilement. — De quelque chose pour m'immobiliser. Je veux
être attachée pour me sentir constamment tenue. J'ai
confiance en toi, Chris. J'ai entièrement confiance en
vous tous.

Tout en moi s'immobilise.

Elle nous fait confiance. Assez confiance pour être
vulnérable, à notre merci pendant la pulsion biologique
la plus intense qu'elle connaîtra jamais.

Quelque chose de primal et de possessif rugit dans
ma poitrine.

Je me lève lentement, déposant un baiser sur son
front. — Ne bouge pas. Je reviens tout de suite.

Je descends les escaliers quatre à quatre, mon esprit
passant en revue les options. J'ai besoin de quelque
chose d'assez doux pour ne pas lui blesser la peau, mais
d'assez solide pour lui offrir la contrainte qu'elle
demande.

Dans le salon, j'aperçois le panier de décorations de
Noël que nous n'avons toujours pas rangé. Dessus, il y a
une guirlande épaisse et pelucheuse, du genre cher qui
est presque plumeux, dorée et luxueuse.

Parfait.

Ma queue est complètement dure rien qu'à l'imaginer. Hannah, emballée comme le plus précieux des
cadeaux qui nous est offert.

Je saisis toute la guirlande et je remonte en courant,
mon pouls martelant à mes oreilles.

Quand je pousse la porte de sa chambre, elle est déjà
complètement nue, assise sur la plateforme, les genoux

serrés contre sa poitrine, se balançant légèrement. Une énergie irradie d'elle par vagues.

Son regard se fixe sur moi à l'instant où j'entre, et elle gémit, ses mains se tendant désespérément. — Chris, s'il te plaît, je ne peux pas…

— Je suis là. Je m'approche d'elle, tombant à genoux devant la plateforme. Je m'occupe de toi. Maintenant, lève-toi pour moi, ma belle.

Je l'aide à se mettre debout, et mon regard dévore chaque centimètre de son corps. Ses seins sont pleins et parfaits, les tétons durs, suppliant ma bouche. La courbe de sa taille. Le galbe de ses hanches. La preuve luisante de son excitation qui nappe déjà l'intérieur de ses cuisses.

— As-tu la moindre idée de l'effet que tu me fais ? À quel point ça m'excite de t'imaginer comme ça ? Enveloppée. Incapable de me cacher quoi que ce soit. Juste à moi, à prendre comme je le veux.

Elle glousse, à bout de souffle, mais son rire se dissout en un gémissement quand je soulève doucement ses poignets et que je commence à enrouler la douce guirlande autour, pas assez serrée pour lui faire mal, juste assez pour les lier ensemble devant elle.

Pendant que je m'affaire, elle s'appuie contre moi, pressant ses seins contre ma poitrine, sa bouche trouvant mon cou. Elle lèche et suce mon pouls, et l'avoir si désespérée, si impudique et complètement désinhibée est tout ce dont j'ai jamais fantasmé.

Elle gémit contre ma peau. — C'est une torture de ne pas t'avoir en moi. Je ne sais pas combien de temps je peux tenir avant de m'effondrer.

Ses mains liées descendent entre nous et tirent déjà sur ma chemise, essayant de me déshabiller.

Je recule juste assez pour admirer mon travail. — Je n'ai pas encore fini avec toi. Pas fini d'admirer ce qui est à moi.

Je parcours son corps avec le reste de la guirlande, délibérément. Je l'enroule autour de son torse juste au-dessus de ses seins, puis juste en dessous, les encadrant magnifiquement. Autour de sa taille fine. Autour de ses cuisses en motifs entrecroisés qui permettent toujours à ses jambes de s'écarter librement, créant des poignées parfaites auxquelles nous agripper.

Quand je recule pour admirer le tableau d'ensemble, ma mâchoire se serre involontairement.

Elle tremble. Une guirlande dorée enroulée autour de son corps magnifique. La peau rougie. Les yeux désespérés. Complètement à ma merci.

— Tu es la chose la plus sexy que j'aie jamais vue de ma vie, je grogne, pensant chaque mot.

— Chris… — Elle supplie, s'agitant sans pouvoir y faire grand-chose, ses mains liées me cherchant à nouveau. S'il te plaît, j'ai besoin de ta queue en moi, maintenant.

Elle est soudain partout sur moi, tirant de nouveau sur mes vêtements, essayant même d'utiliser ses dents sur ma ceinture, et je finis par céder.

J'enlève ma chemise, mes chaussures et mes chaussettes, mais elle s'acharne déjà sur la boucle de ma ceinture.

— Tu supplies si joliment, je lui dis, attrapant doucement ses poignets pour les immobiliser un instant. Dis encore mon nom.

— Chris, souffle-t-elle, et l'urgence dans sa voix manque de me faire perdre tout contrôle. S'il te plaît, Chris.

Elle tombe à genoux sur la plateforme, ses mains liées jointes devant elle, et la position presse parfaitement ses seins l'un contre l'autre, les tétons pointus et durs.

Je ne peux pas résister.

Je tombe à genoux devant elle et je prends un téton dans ma bouche, suçant fort, puis je passe à l'autre. Ses gémissements s'intensifient, plus désespérés, résonnant contre les murs.

Elle parvient d'une manière ou d'une autre à défaire mon pantalon, cherchant mon érection, et elle est absolument insatiable.

Et ça me va parfaitement.

Soudain, la porte d'entrée s'ouvre en bas avec un grand bruit. Des bottes heurtent lourdement le parquet.

— Chris ! La voix de Kane monte jusqu'à nous, teintée d'amusement et de confusion. C'est quoi ce bordel, cette façon de se garer ? On dirait que t'es rentré complètement bourré ! T'as eu une urgence ou…

Il s'interrompt brusquement, puis lui et Noel montent les escaliers dans un vacarme assourdissant. Ils font irruption par la porte de la chambre juste au moment où je m'écarte des seins d'Hannah, et ils s'arrêtent tous les deux net, les yeux exorbités.

Hannah se met à genoux, elle qui était assise sur ses

talons, s'offrant délibérément à eux. Les jambes largement écartées, la poitrine bombée, des guirlandes dorées enroulées autour d'elle comme une décoration, elle est la vision la plus érotique qu'aucun de nous ait jamais contemplée.

Kane et Noel manquent de trébucher en se pressant d'entrer dans la pièce.

— Putain de merde, souffle Kane, son regard dévorant chaque centimètre de sa peau.

— Je te jure que tu cherches à nous anéantir, dit Noel, la voix tendue et sombre. À ressembler au plus doux des cadeaux qui n'attend que d'être déballé.

Le sourire d'Hannah est pure séduction et pur désir. — Alors déshabillez-vous si vous voulez déballer votre cadeau.

Ils se déshabillent en un temps record, les T-shirts volent, les ceintures heurtent le sol dans un cliquetis métallique, les jeans sont envoyés valser sur le côté sans ménagement.

L'intérieur des cuisses d'Hannah luit de sa cyprine, ses hanches ondulent en petits cercles inconscients, et elle est sur le point d'exploser.

Ses mains liées retrouvent ma queue, la libérant de mon caleçon, and je siffle sous ce contact.

— S'il te plaît, Chris. Ta queue, supplie-t-elle, la voix brisée. Je n'en peux plus d'attendre.

Je descends ma main entre ses cuisses, la trouvant trempée et gonflée, et je taquine son entrée du bout de mes doigts.

Elle gémit si fort que c'est presque un cri, ses hanches se cabrant contre ma main.

Noel s'approche, inspirant profondément, sa

poitrine se gonflant. — Putain, son odeur. C'est enivrant.

Kane passe derrière elle, tombant à genoux. Ses larges paumes glissent lentement le long de ses bras, ses doigts effleurant avec appréciation les guirlandes qui lient ses poignets. Il dépose un baiser appuyé sur son épaule, ses dents frôlant sa peau, puis il fixe la morsure déjà cicatrisée dans le creux de son cou, que j'avais à peine remarquée.

Il lance un regard noir à Noel par-dessus l'épaule d'Hannah. — C'est ton œuvre, ça. On vous a entendus la nuit dernière, au fait. Toute la putain de maison vous a entendus.

— Ses cris m'ont réveillé vers deux heures du matin, et après ça, impossible de dormir. Je suis resté allongé à écouter et à souffrir.

Hannah a un petit rire haletant, puis gémit. — J'en veux une de chacun de vous. Je veux que vous me marquiez. Faites-moi mal. Faites-moi hurler pour que tous les voisins entendent.

Elle gémit faiblement, ses cuisses tremblant violemment, et ce son brise les dernières brides de notre retenue à tous les trois.

J'enfonce two doigts en elle, et elle pousse un cri magnifique, son dos se cambrant.

Noel se dirige vers la porte et la referme fermement, puis se retourne vers nous, les yeux fixés sur la guirlande dorée enroulée autour de ses cuisses. — Tu as bien travaillé, Chris.

Hannah essaie d'atteindre Noel avec ses mains liées, tremblant de tout son corps. — Je brûle vive.

Je retire mes doigts d'elle tandis qu'elle gémit, et j'ôte lentement mon pantalon et mon caleçon, délibérément, la laissant observer chacun de mes mouvements. Le corps entier d'Hannah tremble à la vue de ma nudité.

— Tu es un cadeau si parfait, ma puce, murmure Kane contre son épaule.

La main de Noel se pose sur son sein, le empoignant brutalement, son pouce effleurant son téton et la faisant haleter.

Je m'assois sur la plateforme à côté d'elle, m'adossant aux coussins, et je lui tends la main. — Viens là, ma douce. Grimpe sur moi.

Elle se déplace avec empressement, enfourchant mes genoux, et je me positionne face à son entrée.

Elle est trempée tandis que je glisse en elle facilement malgré ma taille, et nous gémissons tous les deux à la sensation d'être enfin connectés. Ses seins sont pressés contre ma poitrine, ses poignets liés entre nous.

— C'est ça, l'encourage-je, mes mains agrippant ses hanches et guidant ses mouvements. Tu te débrouilles si bien. Tu me prends si parfaitement.

Elle commence à bouger plus vite, montant et descendant sur moi, et je suis au paradis absolu en la regardant.

Kane et Noel la fixent aussi, leurs mains se déplaçant sur son corps, un de chaque côté d'elle. C'est alors que Kane manœuvre pour s'agenouiller derrière elle, sa large poitrine pressée contre son dos, sa bouche près de son oreille. — Prête pour plus, ma puce ? Tu penses que tu peux nous supporter tous les deux en même temps ?

Ses mains glissent jusqu'à ses fesses, empoignant et

pétrissant sa chair, l'écartant. Je sens son corps se tendre légèrement. — Laisse-moi t'y préparer en douceur.

— Oui, halète-t-elle en me chevauchant plus durement. S'il te plaît, oui, j'aime quand tu me touches là.

— Et quand j'enfonce un doigt ? demande Kane.

Elle gémit si fort que sa chatte serre ma queue, et je siffle.

La paume de Noel entoure sa nuque, son pouce caressant lentement la naissance de ses cheveux. — Regarde-toi, murmure-t-il contre sa tempe, la voix pâteuse. Tu es parfaite comme ça. Elle frissonne, un de ces tremblements qui parcourt tout son corps, et se presse plus près de moi comme si son corps choisissait instinctivement.

— Aujourd'hui, nous te faisons nôtre, déclare Noel.

— C'est exactement ce que je veux, souffle-t-elle, et je sens chaque partie d'elle fondre à ces mots, comme si nous choisir l'avait libérée de quelque chose de lourd qu'elle portait depuis des années.

J'agrippe ses hanches plus fermement. — Doucement, ma belle, je murmure contre son épaule. Tu es en sécurité. On s'occupe de toi.

Noel lui prend la mâchoire et tourne son visage vers lui. Leurs bouches se rencontrent, profondes, possessives, affamées, un baiser qui m'arrache un son rauque bien que ce ne soit pas moi qui l'embrasse. Elle est magnifique comme ça. Sans attaches. Se laissant tomber. Se laissant tenir.

— Respire pour moi, ma douce, dit Kane en se déplaçant derrière elle, amenant clairement sa queue à son entrée arrière.

Elle arrête de me chevaucher et expire bruyamment. Ses mains reposent contre ma poitrine pour l'équilibre, et je me penche en arrière sur les miennes, donnant aux gars le temps de trouver leur place. Elle tremble, et chaque respiration qu'elle prend est une autre supplication qu'elle ne peut formuler avec des mots.

Noel l'embrasse à nouveau, plus lentement cette fois, avec respect. — Regarde-la, dit-il contre ses lèvres. Elle se laisse aller.

— Prête pour moi, ma puce ? demande Kane, et comme elle hoche la tête, il la pénètre. Je peux le sentir à la façon dont elle se tend contre moi. Son souffle se coupe, tout son corps se contracte d'anticipation, et je le ressens dans ma propre poitrine, comme si quelqu'un avait accroché un fil autour de mes côtes et avait tiré.

— Putain, tu es si étroite, grogne Kane, mais sans se presser. Nous attendons pendant qu'il se fraye un chemin dans son cul, par de lents mouvements de va-et-vient, et elle se remet à ronronner. Merde, j'adore quand elle fait ces bruits. Puis nous bougeons tous les trois, elle me chevauchant, moi soulevant mes hanches pour aller à sa rencontre à chaque coup de rein.

Les mains de Kane remontent plus haut, encadrant ses côtes, la stabilisant quand elle vacille. — Magnifique, dit-il, la voix rauque. Chaque petit son que tu fais nous rend fous. Et maintenant, on va te baiser, te nouer jusqu'à ce que tu sois pleine. Puis on recommencera.

Elle essaie de parler, mais cela sort comme un cri doux, ses mains cherchant la queue de Noel, qui se tient toujours à nos côtés. J'enroule mes bras autour de sa taille. Chaque parcelle d'elle tremble d'être si complètement entourée, si intensément désirée, si profondément possédée.

— Laisse-toi aller, je murmure dans ses cheveux. On est là. Tous autant que nous sommes. Tu n'es pas seule.

Puis Noel guide sa queue dans sa bouche ouverte, sa main à l'arrière de sa tête, empoignant ses cheveux, et se rapproche, jusqu'à ce qu'elle ait parfaitement trois érections en elle.

Son souffle se brise en un gémissement, son corps s'arquant entre nous, et nous trois nous mettons à bouger dans une synchronisation tacite, nos corps se frottant, chacun de nous la baisant d'une manière protectrice et possessive.

— Elle est incroyable comme ça, grogne Noel.

Kane se penche, effleurant son épaule de sa bouche. — Nôtre, murmure-t-il, la voix tremblant légèrement. Elle est à nous.

— Tu te débrouilles si bien, ma douce, dis-je.

Son corps entier se détend à ces mots, toute résistance fondant en elle jusqu'à ce qu'elle ne soit plus que besoin, abandon et pur instinct d'Oméga.

Kane écarte ses cheveux sur une épaule avec une lente délibération, exposant la courbe de son cou. — Tu as laissé Noel te marquer la nuit dernière, murmure-t-il. Je parie que tu l'as pris si gentiment. Sa main glisse autour de ses seins, la maintenant stable. — Maintenant, c'est mon tour.

Elle frémit, un tremblement de tout le corps qui part de sa colonne vertébrale et se propage en ondulations jusqu'à ce qu'elle frissonne entre nous. Ses mains liées sont toujours contre ma poitrine, son parfum s'épanouissant si intensément que j'ai à peine la force de penser.

Kane abaisse sa bouche sur le côté non marqué de son cou, et son corps entier se tend d'anticipation.

C'est lui qui embrasse le premier, des baisers lents, chauds, possessifs le long de la courbe de sa gorge, et elle fond, ses hanches ondulant plus vite.

Puis Kane ouvre la bouche et la mord.

Son gémissement, mon Dieu, il me transperce. Un râle étranglé, désespéré, guttural et gorgé de désir, sa chatte se resserrant, son corps se cambrant violemment alors que l'instinct l'inonde.

Noel grogne à nos côtés, sa main agrippant l'arrière de sa tête pour la maintenir. Kane la serre contre lui alors qu'elle tremble, que son souffle se coupe, sa bouche toujours rivée à sa peau.

Une unique perle de sang affleure au bord de la marque de Kane, glisse le long de sa gorge, sur sa clavicule… plus bas… sur le bombé de son sein, captant la lumière avant de disparaître au bord de son téton.

— À moi, grogne Kane contre sa peau. Tu es à moi aussi, maintenant. Liée à moi.

Le son qu'elle émet en réponse est brisé, éperdu, affamé.

Je crispe la mâchoire, m'ancrant en elle avec mes hanches. Son corps tout entier frémit. Elle est perdue dans le marquage, magnifiquement perdue.

J'ai à peine le souffle. La regarder se faire posséder, sentir son corps répondre avec cet abandon sauvage et impuissant… c'est presque trop. Ma marque viendra en dernier. Elle sera mienne quand elle sera prête, pas une seconde avant. Et cette retenue me détruit presque alors que je la regarde se défaire entre nous.

Nous bougeons avec elle. Ses gémissements changent, montent en intensité, se brisent, se transformant en quelque chose de si brut que ça me coupe le souffle. Son corps se cambre soudain, cédant, se contractant dans un besoin frénétique. Elle s'accroche à moi, tremblante.

— Hannah, je murmure, ma voix tenant à peine le coup. Ma chérie, laisse-toi aller. On est là pour toi.

Et c'est ce qu'elle fait.

Son corps tout entier tressaille dans une longue vague irrépressible, son cri s'arrachant d'elle alors qu'elle convulse entre nous, la queue de Noel toujours profondément dans sa bouche. Sa respiration est saccadée, ses ongles s'enfoncent dans ma poitrine, ses cuisses tremblent violemment. Elle est magnifique ainsi, défaite, sans défense, l'instinct prenant le volant et la conduisant droit vers nous.

Elle se contracte autour de ma queue, et je ne suis pas le seul à siffler entre mes dents, mais Kane est au paradis. Notre petite Oméga convulse, flottant sur son orgasme.

C'est à ce moment-là que Noel se raidit à côté d'elle, son souffle s'échappant de lui dans un grognement bas et étouffé. — Putain ! Puis il se déchaîne, et je la regarde avaler sa semence, une partie s'échappant du coin de sa bouche, mais elle se débrouille si bien pour tout prendre.

Kane jure derrière elle, lui agrippant la taille si fort que ses jointures blanchissent.

La réaction de son corps nous entraîne dans une cascade, une réaction en chaîne, primale et inévitable, nous trois pris dans la gravité de sa jouissance, nos corps répondant au sien sans hésitation ni retenue.

Et au moment même où Kane perd le contrôle et se déverse en elle, je lâche prise et tout jaillit. Je m'enfonce profondément en elle, ma queue palpitante. Je grogne pendant ma jouissance en l'inondant de mon foutre.

Son souffle se bloque, son corps tout entier se tendant d'anticipation.

Quelque chose en moi se resserre comme une tempête qui se forme, lentement d'abord, puis soudainement partout. Cette attraction profonde et primale frappe le bas de mon ventre, une pression qui monte à chaque respiration. C'est la chaleur qui rencontre la chaleur, l'instinct qui répond à l'instinct, et ça me traverse avec une force qui anéantit toute pensée. C'est la sensation de mon nœud qui gonfle en elle, la remplissant, nous gardant soudés. C'est écrasant et parfait et terrifiant de justesse, comme si une partie de moi faite uniquement pour elle venait enfin de s'emboîter.

Kane a la même expression sur le visage que ce que je ressens, lui aussi étant noué en elle. Noel se retire de sa bouche, haletant pour reprendre son souffle.

— Putain, je pourrais recommencer, murmure Noel, sa voix un grondement bas et satisfait.

Hannah laisse échapper un léger rire essoufflé, son corps tremblant encore faiblement, son front reposant contre l'épaule de Kane alors qu'il la maintient droite avec des mains douces.

Je me redresse de là où je m'appuyais sur mes mains,

me penchant jusqu'à ce que son visage empourpré soit à quelques centimètres du mien. Elle a l'air hébétée, radieuse, dévastée de la plus belle des manières.

Ses doigts effleurent ma mâchoire. — C'était… incroyable, murmure-t-elle, luttant toujours pour reprendre son souffle. J'ai l'impression de flotter. Ma tête est encore dans le brouillard.

— Tu ne t'envoleras pas, je murmure en lui caressant le côté du cou pendant que Kane la stabilise par-derrière. Je vais te ramener à nous.

Son regard s'ancre dans le mien.

Je baisse la bouche vers son épaule, embrassant la courbe où sa peau est chaude et douce. Des baisers lents au début. Son souffle se bloque, et elle incline la tête pour moi, se dévoilant davantage sans hésitation.

Les mains de Kane glissent sur sa taille, l'ancrant. Noel lui caresse les cheveux en murmurant de douces louanges.

Par mes baisers, je me fraie un chemin jusqu'à l'endroit juste sous sa clavicule, sur son cœur, là où je peux sentir son pouls contre mes lèvres, et je lève à nouveau les yeux vers elle.

Elle déglutit, les yeux brillants. — Chris… s'il te plaît. Possède-moi.

Le monde se réduit à cette unique supplique. Je maintiens son regard enquanto me penchant, lui donnant toutes les chances de se reculer. Elle ne le fait pas. Elle lève le menton et se penche vers moi.

Je mords.

Pas fort, juste assez de pression pour que le lien s'embrase, vif et électrique, nous reliant tous les deux.

Hannah pousse un léger cri, son corps entier frissonnant alors qu'elle s'accroche à moi, à Kane, à Noel. Son pouls bondit sous mes dents, son souffle est saccadé.

Et en moi… c'est comme si une porte que j'avais gardée verrouillée pendant des années volait en éclats d'un seul coup. Pas une autre présence. Pas un autre instinct. Juste *moi*, enfin autorisé à ressentir tout ce que j'avais réprimé.

Une déferlante d'émotions me submerge : la dévotion, un instinct protecteur, quelque chose de féroce et d'absolu. Je peux sentir le rythme de son cœur se synchroniser avec le mien. La chaleur de son corps s'installe contre moi comme si sa place avait toujours été là.

Quand je retire ma bouche de sa peau, elle respire fort, clignant des yeux vers moi comme si elle ne parvenait pas à assimiler ce qui venait de se passer.

— Chris… murmure-t-elle, la voix tremblante. J'ai l'impression que… que tu es en moi. Pas physiquement… juste… partout. Tout comme Noel et Kane.

Je presse mon front contre le sien, humant son parfum. — C'est parce que tu es à nous maintenant, je dis doucement.

La voix de Kane est un murmure grave derrière elle. — Elle est radieuse.

On dirait qu'elle est illuminée de l'intérieur, tremblante, empourprée, sa respiration douce et irrégulière. Elle est drapée de nous tous.

Elle est à nous.

Et maintenant, j'ai enfin l'impression d'être à elle.

Elle enfouit son visage dans mon cou, son souffle chaud contre ma peau. Nous la soutenons toujours.

— On peut recommencer ? murmure-t-elle, sa voix fluette, suppliante et si pleine de désir que ça me terrasse presque.

J'inspire brusquement, parce qu'au moment où elle le demande, je sens déjà son excitation reprendre vie, une lente floraison de chaleur parcourant son corps, son odeur épaisse et sucrée.

Elle n'en a pas fini.

Loin de là.

Kane glousse doucement contre son épaule. — Ma puce, tu supplies déjà, et j'adore ça.

Noel dépose un baiser sur le côté de sa mâchoire. — Tu n'as pas besoin d'en demander plus. On ne bouge pas d'ici.

Je relève son menton de mes doigts doux pour qu'elle soit obligée de me regarder. Ses paupières sont lourdes, ses lèvres gonflées. — Nous sommes à toi, je lui dis calmement, chaque mot stable et certain. Pour un jour. Pour une semaine. Aussi longtemps que dureront tes chaleurs.

Son souffle se coupe.

— Mais pour l'instant, ajoute Kane d'une voix douce comme du velours, nos queues ont besoin d'une minute ou vingt pour se calmer.

— Ensuite, je promets en caressant sa lèvre infé-rieure du pouce, tu ne nous sentiras pas venir.

Elle frissonne, souriant magnifiquement.

Kane se frotte la nuque contre la sienne, son souffle chaud. — On va te démolir.

Noel l'embrasse sur la tempe. — Morceau par morceau.

— Et te reconstruire, je termine, en me penchant pour déposer un lent baiser sur sa bouche, exactement comme nous le voulons.

Elle fond en moi avec un son doux, toute chaleur, abandon et confiance.

Et je jure devant Dieu, je n'ai jamais rien vu d'aussi terriblement beau.

HANNAH

J'ai l'impression d'avoir couru un triathlon après avoir passé trois ans sur mon canapé à manger des chocolats.

J'ai mal partout. Des muscles dont j'avais oublié l'existence se rebellent complètement. Même mes cheveux me font mal, ce qui ne devrait pas être anatomiquement possible. Mais c'est la meilleure des douleurs. Je souris comme une idiote chaque fois que je bouge et que je me souviens précisément de la façon dont j'ai mérité ces courbatures particulières.

Trois jours que mes chaleurs sont terminées, et je vibre encore. Mon corps vrombit à une fréquence que seuls les chiens et les Omégas extrêmement satisfaites peuvent entendre.

Il ne s'agit pas seulement du sexe hallucinant, même si, bordel, c'était extraordinaire. Ce sont les morsures de marquage. Trois maintenant, une de chacun de mes Alphas, placées stratégiquement sur mon corps, comme les suçons les plus sexy du monde.

Les marques me relient à eux tels des fils invisibles tendus entre nous. Je les sens même quand ils ne sont pas dans la pièce, leur présence vrombissant toujours en périphérie de ma conscience.

C'est étrange. C'est intrusif. C'est absolument incroyable.

La neige a enfin cessé de tomber pendant la nuit, et un vrai soleil inonde les fenêtres ce matin, comme si l'univers s'excusait personnellement pour le temps qu'il a fait. Le ciel est de ce bleu impossible qui vous met au défi d'écrire de la poésie, ou au moins de le poster à fond sur Instagram.

Je suis dans le jardin, portant la veste de Kane, bien trop grande pour moi, par-dessus mon jean et mon pull, en train de transporter un seau de nourriture jusqu'à l'enclos des rennes.

Ils me repèrent immédiatement et se ruent vers la clôture.

— Doucement, doucement, ne vous piétinez pas, je leur lance en ouvrant le portail et en me faufilant à l'intérieur. Il y en a assez pour tout le monde, bande de goinfres.

Je déverse des poignées de grain dans l'auge, et ils se jettent dessus comme des sauterelles. Sauf Corn Dog, qui ignore complètement la nourriture et me suit partout comme un chiot transi d'amour.

— Tu sais que la nourriture est là-bas, hein ? je lui dis en le grattant derrière les oreilles. Avec tous tes amis ? Tu te souviens de la nourriture ? Ce truc pour lequel tu t'introduis littéralement par effraction dans la maison ?

Il pousse ma main de son museau avec insistance.

J'ai remarqué ces derniers temps que dès que je mets un pied dehors, Corn Dog abandonne la bêtise qu'il est en train de faire pour courir droit sur moi. Les autres rennes sont assez amicaux, mais Corn Dog s'est complètement imprégné de moi, comme si j'étais sa mère, son Oméga, ou son distributeur de nourriture personnel.

— Tu es vraiment exigeant, je l'informe en sortant le sac de mousse de luxe que les garçons commandent spécialement. Tu sais ça ? Vraiment le summum du pot de colle. On devrait te trouver un psy.

Il émet un petit reniflement que je jurerais indigné. Je lui tends une poignée de mousse, et il la prend goulûment dans ma paume, mâchant tout en maintenant un contact visuel intense.

— Alors écoute, j'ai une proposition à te faire, je dis d'un ton conversationnel, comme si je ne parlais pas à un renne. La cérémonie d'illumination du sapin a lieu dans deux jours, et j'ai une idée qui pourrait soit être géniale, soit nous faire bannir à vie de tous les événements publics.

Corn Dog continue de mâcher en me regardant.

— Il faut que tu te tiennes absolument à carreau. Pas de décorations mangées. Pas de coups de tête aux gens. Pas d'intrusion dans les bâtiments, pas de portes bloquées, ni aucune de tes bêtises habituelles. Je lui gratte le menton. Tu penses que tu peux te comporter en professionnel pour une soirée ?

Il se blottit contre ma main, et je choisis d'interpréter ça comme un accord.

— Bien. Parce que si tu réussis, je m'assurerai que tu aies de la mousse tous les jours pendant un mois. De la plus chère. Peut-être même que je te laisserai à nouveau dormir dans la maison.

— Tu négocies avec le bétail, maintenant ? demande une voix masculine grave.

Je me retourne vivement et découvre Kane appuyé contre le cadre de la porte de la maison, les bras croisés, d'une beauté injuste en jean et Henley thermique qui met en valeur chacun de ses muscles.

Ses cheveux sont peignés en arrière, et un sourire flotte sur ses lèvres, ce que j'adore.

— C'est la famille, je le corrige en grattant une dernière fois Corn Dog. Et de toute évidence, celui qui écoute le mieux dans toute cette maisonnée.

— Aïe. Kane pose une main sur son cœur. Blessé.

— La vérité blesse, *Candy Kane*. Je souris.

Il gémit.

— Je savais que ce surnom reviendrait me hanter.

Je vais distribuer la nourriture aux autres rennes, m'assurant que chacun a sa juste part.

— Il est vraiment attaché à toi, observe Kane, en regardant Corn Dog suivre chacun de mes mouvements. On a ces gars depuis des années, et il n'a jamais été aussi affectueux avec qui que ce soit. D'habitude, il se contente de nous tolérer entre deux séances de destruction de biens.

— Eh bien, peut-être que j'ai juste ce petit truc en plus. Je me dépoussière les mains et marche vers la clôture où Kane attend maintenant. Ou peut-être que je me suis attachée à vous tous, rennes compris, et apparemment vous le sentez tous.

— C'est chez toi aussi, maintenant. La voix de Kane baisse. Tu le sais, n'est-ce pas ? Tu n'es plus une invitée. C'est permanent. Alors si tu veux changer quoi que ce soit — redécorer, nous faire tous emménager dans ta chambre, brûler la chambre d'amis pour construire un placard à chaussures, peu importe — il suffit de le dire.

— Un placard à chaussures ? je ris. Est-ce que j'ai l'air d'avoir autant de chaussures ?

— Tu pourrais. Je soutiendrais ce rêve.

— C'est bien généreux de ta part. Je souris en arrivant à la clôture. Et pour ce qui est de la situation des chambres. Je n'ai pas encore décidé. Je pourrais simplement errer dans la maison comme une nomade, apparaissant dans des lits au hasard à des moments aléatoires. Pour vous laisser dans le doute.

— La spontanéité. Ça me va.

— Ou peut-être que je vais vous faire tous emménager dans ma chambre. M'investir à fond dans ce truc de lien de meute. Juste un énorme tas de câlins tous les soirs.

Le regard de Kane s'échauffe.

— Je ne suis pas non plus opposé à cette option.

— Bien sûr que non. Je m'appuie contre la barrière, le regardant. En parlant de la meute, j'ai une idée pour la cérémonie d'illumination du sapin. Quelque chose qui la rendra inoubliable.

— Ah oui ? Il se redresse légèrement, l'intérêt visible sur son visage. Qu'est-ce que c'est ?

— Je ne partage pas tant que je n'ai pas réglé toute la

logistique. Je lui lance un sourire. Mais ça implique Corn Dog, alors prépare-toi.

Kane éclate de rire.

— Tu prévois d'inclure Corn Dog dans un événement public ? Ça va être intéressant.

— C'est exactement pour ça que j'ai créé un lien avec lui. Il me fait confiance.

— Oui, pour que tu lui donnes de la mousse et que tu lui grattes les oreilles. Ce n'est pas la même chose que de te faire confiance pour qu'il se comporte bien lors d'un événement officiel de la ville.

— Homme de peu de foi. Je me détache de la clôture. Attends de voir. Ça va être génial.

— Je suis à la fois terrifié et impressionné. Kane m'ouvre le portail. Au fait, j'ai préparé le petit-déjeuner. Œufs, pommes de terre rissolées, la totale. Je me suis dit que tu aurais faim.

Mon estomac gargouille si fort qu'il surprend un renne.

— Je prends ça pour un oui. Kane sourit.

Je donne une dernière poignée de mousse à Corn Dog.

— Sois sage. Je reviendrai plus tard pour ton entraînement.

Alors que je passe le portail, Kane m'attrape par la taille et me plaque contre lui, me volant un baiser.

— Bonjour, ma belle, murmure-t-il contre mes lèvres.

— Joli parleur. Mais je l'embrasse en retour parce qu'il est à moi.

Nous rentrons ensemble, et la chaleur de la maison

dégèle immédiatement mes doigts et mon nez gelés. La cuisine sent divinement bon.

Chris est aux fourneaux, et Noel est au comptoir avec son ordinateur portable, l'air renfrogné en regardant ce qu'il lit tout en buvant du café dans une tasse de la taille d'un bol à soupe.

Ils lèvent tous les deux les yeux quand nous entrons.

— La reine des rennes est de retour, annonce Chris, abandonnant sa poêle pour me serrer dans ses bras, me soulevant légèrement du sol. Comment vont tes sujets ?

— Nourris et probablement en train de comploter pour me renverser. Je le serre en retour. Corn Dog est encore pot de colle.

— Il est obsédé par toi, dit Noel, toujours renfrogné devant son ordinateur.

Je ris, me dégage de l'étreinte de Chris pour prendre une assiette vide et me tourner vers Noel.

— Qu'est-ce que tu recherches qui te donne envie de te battre avec ton ordinateur ?

— Les associés de Scot. J'établis une chronologie. Tout ce que je peux trouver. Sa mâchoire se crispe. J'attends toujours la liste de ceux qui avaient accès au char du Père Noël. Quelque chose que mon équipe de la parade était censée fournir maintenant. Mais le rapport d'Atlas est arrivé, ajoute-t-il. Il confirme que les fils coupés étaient intentionnels et que ce n'était pas un accident.

Ma bonne humeur se dégonfle légèrement.

— D'accord. Le sabotage.

— On trouvera. Chris apporte la poêle et fait glisser

une omelette parfaite dans mon assiette. Et quand ce sera le cas, il y aura des conséquences.

— La parade s'est bien passée dans l'ensemble, j'explique, en essayant de bifurquer vers quelque chose de moins stressant. Les gens ont adoré les rennes. Margaret du conseil a même dit qu'ils avaient sauvé l'événement.

— Tu vois ? Crise évitée par des animaux mignons. Kane dépose des pommes de terre rissolées à côté de mon omelette. De l'or en barre pour le marketing.

— À quelle heure dois-tu y être pour l'installation des illuminations ? demande Chris.

— Probablement le matin pour tout installer et tout vérifier trois fois. Je regarde les trois, aimant à quel point ils se soucient de moi.

— N'oubliez pas que vous êtes censés aider, pas juste rôder de manière menaçante en arrière-plan, je les taquine en m'asseyant à table avec mon petit-déjeuner et en attrapant une des fourchettes.

— On peut faire les deux, dit Kane d'un air joyeux.

Je prends une bouchée de l'omelette et manque de gémir.

— D'accord, d'accord, si tu continues à cuisiner comme ça.

— Pot-de-vin accepté, dit Chris avec un grand sourire.

Et assise ici, dans cette cuisine, entourée de mes Alphas, je réalise que j'ai maintenant ma propre meute. Un foyer. Des gens qui se dresseront entre moi et tout ce qui me menace. Je ne me souviens pas de la dernière fois où je me suis sentie aussi comblée.

. . .

KANE

— Le type d'hier était la putain de cible la plus stupide qu'on ait attrapée depuis des mois, je grogne, en secouant la tête alors que Chris nous ramène vers la maison. Sérieusement. Qui se cache dans la cave de sa propre mère et commande ensuite une pizza à cette adresse exacte en utilisant son vrai nom ?

Chris ricane, une main nonchalamment posée sur le volant.

— Le même idiot qui a posté sur Facebook qu'il avait violé sa caution. Avec la géolocalisation activée.

— Je veux dire, on apprécie le dévouement à nous faciliter le travail, mais bon sang. Je souris malgré moi en me souvenant de la tête du gars quand on est arrivés. On n'a même pas eu besoin de faire de la surveillance. On est juste allés là-bas, on a frappé à la porte, et sa mère a répondu et a montré les escaliers comme si elle nous indiquait les toilettes.

— Elle était plus qu'énervée, acquiesce Chris en prenant le virage pour l'autoroute. Mais ouais, sa tête quand il nous a vus descendre les escaliers, par contre. Et il a essayé de se cacher derrière un chauffe-eau comme si on n'allait pas voir son gros cul dépasser.

— Mais et ses putains de doigts tachés de Cheetos ?

Le mec laissait des empreintes orange partout comme s'il marquait son territoire.

Je m'étire sur le siège passager, mon dos craque de manière audible.

— N'empêche, j'ai hâte que ce soir soit terminé pour que Hannah puisse vraiment se détendre. Elle a été stressée à mort à propos de cette cérémonie d'illumination du sapin.

— On ne peut pas lui en vouloir après ce qui s'est passé à la parade. L'expression de Chris se durcit légèrement. Cet incendie était un sabotage délibéré et toujours pas de liste de l'équipe là-bas, mais on sait tous que c'était un coup fourré. Elle a terriblement peur que quelque chose d'autre tourne horriblement mal ce soir et détruise sa réputation.

— C'est exactement pour ça qu'on ne la lâche pas. Tous les trois. Pas moyen que Scot ait une autre chance de ruiner son événement. Je tape des doigts sur mon genou, une énergie nerveuse montant en moi. Je veux juste que ce soit fini pour qu'elle puisse profiter de Noël sans ce poids énorme qui pèse sur elle. C'est dans quelques jours à peine, et on n'a même pas encore parlé de ce qu'on va faire.

— Quelque chose de spécial, dit Chris. Elle n'a eu que du stress depuis qu'elle a emménagé ici. Elle mérite d'être fêtée comme il se doit.

— Et si on organisait une fête à la maison ? L'idée prend forme pendant que je parle. On invite Lily et ses Alphas, Ruby et les siens, peut-être d'autres gens de la ville dont Hannah s'est rapprochée. En faire un vrai événement social pour qu'elle n'ait pas l'impression que sa vie a basculé du jour au lendemain et qu'elle a perdu tous ses liens en dehors de nous.

Chris me jette un regard pensif. — C'est une excellente idée, en fait. Elle a mentionné l'autre jour que ses amis lui manquaient. Elle a dit qu'elle se sentait coupable d'être tellement accaparée par le travail et par nous qu'elle n'avait pas eu le temps de les voir.

— Exactement. Un grand festin de Noël, avec tout ce qu'il faut, une célébration digne de ce nom. Dinde, jambon, tous les accompagnements, assez d'alcool pour remplir un bar. L'idée commence sérieusement à me plaire. Il faut que ce soit mémorable. Qu'elle voie qu'être avec nous ne signifie pas renoncer à sa vie, mais l'enrichir.

— Putain, j'ai faim rien que d'y penser. Chris sourit. Ce qui veut dire que demain, on part pour une grosse session de courses en priant le ciel que tout ne soit pas déjà dévalisé.

— Tu crois que les magasins ont encore des dindes de disponibles deux jours avant Noël ?

— Sûrement pas les meilleures. On va peut-être devoir se battre avec une grand-mère pour la dernière volaille correcte.

— Sinon, on en chassera une nous-mêmes. Je ne vais pas servir des nuggets de poulet à notre Oméga pour le dîner de Noël, j'ajoute.

— On pourrait jouer les vrais montagnards. Chasser une dinde, pêcher du poisson, cueillir des légumes.

Nous rions encore tous les deux tandis que Chris s'engage sur notre propriété, le pick-up grondant sur le gravier, et je ne l'écoute que d'une oreille parler du nombre de chaises dont nous aurons besoin pour cette soi-disant fête de Noël. Je pense déjà à la nourriture, aux boissons, et à la possibilité de culpabiliser Noel pour qu'il nous prépare quelque chose, mais Lily est une reine dans son domaine, alors peut-être qu'on commandera simplement à la boulangerie en ville. Puis, quelque chose bouge dans mon champ de vision, et je me fige complètement.

Le portail d'entrée est grand ouvert.

Pas juste poussé par le vent. Pas juste déverrouillé. Grand ouvert. Et de travers. Il pend à un angle qui me dit que quelqu'un y a mis les mains et n'en avait rien à foutre du matériel que nous avons installé.

Mon pouls s'emballe. — Putain, qui est entré par effraction ? Je sors mon téléphone d'un geste sec et j'ouvre notre application de surveillance, passant d'un flux à l'autre. La caméra du portail ne charge pas du tout. Juste un écran noir, mort. — Le flux du portail est coupé, je marmonne, sachant déjà que c'est mauvais signe.

Chris coupe le moteur si brusquement que le gravier gicle dans la cour comme des éclats d'obus. Nous détachons nos ceintures avant même que le pick-up soit complètement à l'arrêt, nos bottes heurtant le sol dans un même souffle. L'adrénaline inonde mon système, vive et pure, me poussant en avant. Chris ne pose pas de questions, il me dépasse d'un coup d'épaule en direction de la porte d'entrée, prêt à la défoncer si elle ne s'ouvre pas.

La porte est fermée. Verrouillée. Parfaitement intacte.

— Regarde ça, dis-je en m'arrêtant net au moment où l'un des flux de la cour avant finit par charger. J'oriente le téléphone vers Chris alors qu'il s'immobilise à côté de moi.

La caméra de la cour avant montre une camionnette blanche sans plaque d'immatriculation remontant notre allée il y a une heure. Aucune hésitation. Aucune tentative de se cacher. Juste un arrêt lent et assuré juste devant notre maison.

Quatre hommes en sortent. Tous vêtus de noir, capuches relevées, gants enfilés. Ils se déplacent vite, sachant exactement ce qu'ils cherchent.

— Et merde, murmure Chris en se penchant. Remets en arrière.

Je rembobine de quelques secondes. Nous regardons de nouveau, quatre hommes, se dirigeant droit vers le côté de la maison. Pas la porte d'entrée. Ils ne vérifient même pas les fenêtres. Droit vers l'arrière.

— Merde, je grogne.

— Continue, dit Chris d'une voix tendue.

Je passe à la caméra suivante, celle qui couvre le côté sud-ouest de la maison. Elle clignote, des parasites grésillent sur l'écran, puis montre les hommes atteignant le coin arrière.

Puis une main apparaît, agrippant l'objectif.

Le flux devient blanc.

Puis se coupe.

— Les caméras arrière sont mortes, dis-je en grinçant des dents. Ils les ont trouvées et détruites.

Chris jure entre ses dents. — Tu es en train de me dire que quatre enfoirés masqués sont entrés sur notre propriété en plein jour, ont coupé nos caméras, et personne n'a rien remarqué ?

— Quelqu'un a remarqué, dis-je en pensant aux rennes disparus. Nous.

Il ne discute pas. Nous nous mettons tous les deux à courir, contournant la maison vers l'arrière, là où les dernières caméras se sont éteintes. L'air semble plus froid ici, plus lourd en quelque sorte. Mon instinct martèle mes côtes comme des tambours de guerre.

Puis je vois que la porte de l'enclos des rennes est grande ouverte, comme si quelqu'un avait arraché les verrous et était passé sans se retourner. Et il n'y a aucun renne en vue.

Mon estomac se noue. Je sprinte vers la grange, dérapant sur la terre durcie par le gel, j'attrape la porte et je l'ouvre d'un coup sec, sachant déjà ce que je vais voir. Rien.

Des stalles vides. Du foin frais. La faible odeur de la nourriture. Pas un seul bois en vue. — Putain ! Le son jaillit de ma gorge, rauque et assez fort pour faire écho. Je sors de la grange en trombe, mon souffle se transformant en un nuage blanc et vif dans le froid.

Chris a essayé la porte arrière de la maison. — Personne n'est entré !

— Ils n'en avaient pas besoin. Je désigne le pâturage vide, ma voix s'abaissant en un grondement mortel. Ils ont pris nos rennes.

L'expression de Chris devient glaciale.

Je m'arrête au portail, mes doigts effleurant le métal, et à la seconde où je vois les dégâts de près, une vague de glace me parcourt les veines. — Les salauds ont coupé les cadenas.

Chris me rejoint un instant plus tard, et à la seconde où ses yeux se posent sur le métal sectionné, toute son expression devient meurtrière. Il passe un pouce sur le bord, la mâchoire crispée. — Connards. Il roule des épaules comme s'il s'échauffait pour un combat. Ils ont coupé le cadenas, ont agi vite et ont pris tous nos animaux. Mais pourquoi ?

Nous croisons nos regards, et son sourcil se lève alors que la réponse me frappe de plein fouet. Une colère brûlante m'envahit les veines. — Et si ce salaud de Scot avait découvert ce que Hannah avait prévu pour ce soir avec les rennes ?

La mâchoire de Chris se serre à s'en rompre. — Corn Dog est censé être la star. Sa voix devient sombre. C'est tout à fait le genre de Scot, de saboter.

— Ceux qui ont fait ça connaissaient les plans de Hannah.

Chris passe une main sur son visage, furieux et réfléchissant vite. — Elle n'en a parlé qu'à l'équipe du conseil. Et à nous. Tu ne penses pas que quelqu'un au conseil…

— A vendu la mèche ? Mon rire est sec et sans humour. Je parie que Scot a payé l'un de ces enfoirés pour lui donner des informations de l'intérieur.

Mon téléphone est dans ma main avant même que je ne le saisisse consciemment. J'appelle Noel. Il répond à la première sonnerie. — Kane ? Qu'est-ce qui s'est passé ?

— Ils sont partis, dis-je.

Un silence. — Qui ?

— Nos rennes.

Chris se rapproche pour que Noel puisse l'entendre. — Quatre connards sont entrés sur la propriété et les ont tous pris. Y compris Corn Dog.

— Tu te fous de ma gueule ? grogne Chris. Je veux dire, le spectacle peut toujours avoir lieu, mais Hannah a promis un spectacle de rennes au conseil, qui a accepté et qui vient voir Corn Dog. Ils sont sur le point de commencer à annoncer le renne magique à la radio pour attirer plus de spectateurs ce soir.

Il y a un moment de silence lourd, mortel. — Merde !

— Écoute, Hannah va complètement péter un câble quand elle l'apprendra.

— Dis-lui qu'on travaille sur une solution, qu'on s'en occupe, mais essaie de la calmer si tu peux. Nous sommes presque certains que Scot a quelque chose à voir avec ça.

— Ce putain de salaud. La voix de Noel devient froide et mortelle, d'une manière que je n'ai entendue qu'une poignée de fois, généralement juste avant que quelqu'un ne finisse à l'hôpital. On ne sait toujours pas où diable il vit vraiment, sinon j'irais lui tordre le cou tout de suite. Je parierais chaque dollar que j'ai qu'on trouverait nos rennes attachés dans son jardin.

Soudain, Chris me saisit le bras assez fort pour y laisser des bleus, ses yeux s'illuminant d'une prise de conscience. Il sort son téléphone, faisant défiler frénétiquement quelque chose de l'autre main.

— Quoi ? lui dis-je en articulant silencieusement.

Il m'arrache mon téléphone des mains et le met sur haut-parleur, tout en continuant à faire défiler sa galerie de photos sur son propre portable. — Hé, Noel, je t'envoie une photo tout de suite. Tu connais les zones montagneuses autour de Whispering Grove bien mieux que Kane et moi. Tu reconnais ce chalet ou quoi que ce soit sur la photo ?

On entend son téléphone vibrer à l'autre bout, puis le silence tandis que Noel examine la photo que Chris lui a envoyée de Scot avec ses deux complices criminels.

— Je n'ai jamais vu ce chalet en particulier. Ce n'est nulle part où je suis allé personnellement, répond Noel après une longue pause. Mais attends, une seconde… cette cascade en arrière-plan. Ce n'est pas super clair sur la photo, mais sa forme, la façon dont elle descend la paroi rocheuse en deux paliers… ça me dit quelque chose. Je n'arrive pas à le situer exactement, mais ça réveille clairement quelque chose dans ma mémoire.

— Tu penses que tu peux le trouver si on vient te chercher tout de suite ? je demande, l'espoir naissant malgré l'urgence et le stress de la situation.

— Ouais, je peux essayer. Si je pense au bon endroit, et je suis sûr à soixante-dix pour cent que c'est le cas, c'est plus profondément dans les bois denses du côté est de la montagne. Probablement à une bonne trentaine de minutes de route de la ville.

— OK, bien. Parfait. On arrive tout de suite pour te récupérer, dis-je en me dirigeant déjà vers le pick-up. Ne bouge pas et tiens Hannah au courant pour nous. Dis-lui… putain, je ne sais pas quoi lui dire qui ne la fera pas complètement paniquer.

— Je m'en occupe, dit Noel, et j'entends la détermination dans sa voix.

— On arrive. Nous raccrochons. Les clés, j'aboie à Chris alors que nous sprintons tous les deux vers le pick-up. Il ne discute pas, il les sort juste de sa poche et me les lance. Je les attrape en l'air d'une main, et nous plongeons dans la cabine, les portières claquant assez fort pour faire trembler la carrosserie.

À l'instant où ma ceinture de sécurité s'enclenche, je fais une marche arrière si rapide que le gravier gicle dans la cour comme des éclats d'obus. Le pick-up dérape légèrement avant de reprendre de l'adhérence, et nous voilà filant sur la route.

J'ai besoin de cette vitesse pour canaliser toute mon énergie violente avant qu'elle n'explose.

— Si Scot a fait du mal à ces rennes, je vais le tuer. Mes mains sont soudées au volant, les tendons tendus, les jointures blanches comme l'os. Lentement. Douloureusement. Je ferai durer ça des jours.

— Mets-toi dans la file, ajoute Chris. Ces animaux font partie de la famille. Il n'a pas seulement volé du bétail. Il a volé notre meute. Et il l'a fait pour punir Hannah. Pour l'humilier. Pour la faire passer pour une incompétente devant toute la putain de ville.

Je grince des dents. Une nouvelle vague de fureur me transperce violemment. — J'en ai marre. On en a marre. Fini d'attendre que les voies officielles s'occupent de lui.

— On met fin à tout ça aujourd'hui. La voix de Chris est neutre, empreinte d'une certitude mortelle. Quoi qu'il en coûte. Il a dépassé toutes les bornes. Hannah est sous notre protection, et on l'a déjà laissé s'en tirer avec trop de choses.

— Complètement d'accord, putain.

Nous filons sur des routes de campagne à une vitesse qui me vaudrait une arrestation n'importe où ailleurs. Je prends un virage si sec que les pneus crissent en signe de protestation. Je m'en fiche. Je traverserais des bâtiments s'il le fallait.

Le soleil peint les montagnes d'or et de feu. C'est magnifique, mais je le remarque à peine. Tout ce à quoi je peux penser, c'est à Corn Dog, aux autres, et à Hannah, ce soir, attendant un moment qui est censé être le sien.

Trois heures pour trouver nos rennes volés, détruire le connard qui les a pris, et donner à Hannah l'inauguration qu'elle mérite.

Aucune pression.

— L'échec n'est pas une option. Hannah compte sur nous. On les piste, on les récupère, on livre Corn Dog avant le début de cette cérémonie. Fin de la discussion, je déclare.

— Et Scot aura exactement ce qu'il mérite pour avoir emmerdé notre Oméga, aboie Chris en faisant craquer son cou.

Qu'il vienne.

22

———

NOEL

Kane conduit à travers la montagne comme un possédé, le pick-up rebondit violemment sur les ornières et les rochers recouverts de neige de ces chemins de terre à peine entretenus, et je suis sur le siège passager, agrippé à la poignée au-dessus de la portière, le regard fixé sur la forêt dense, essayant de reconnaître quelque chose de familier.

— À gauche, près de ce pin tombé, dis-je en désignant un arbre immense fendu en deux, probablement par la foudre.

Kane donne un coup de volant sec sans ralentir, et nous dérapons sur le côté sur la route enneigée avant que les pneus n'accrochent à nouveau dans une gerbe de glace et de gravier.

— Chris avait l'air super emmerdé quand il a tiré la courte paille, dis-je avec un large sourire malgré la tension qui me noue les tripes. Le mec a autant envie que nous de défoncer la gueule de Scot. Je crois même qu'il a un peu pleuré quand il a perdu.

Kane aboie un rire, un rire sombre.

— On lui racontera tout en rentrant. On lui donnera tous les putains de détails pour qu'il puisse vivre ça par procuration. Peut-être même qu'on prendra des photos.

— Mais c'est un sacré coup de poker, quand même, admets-je après un moment, en balayant du regard les arbres de plus en plus denses. La forêt nous oppresse de chaque côté maintenant, ses branches s'étendant à travers la route étroite comme des doigts squelettiques. Ce n'est peut-être même pas là que Scot habite vraiment. Ça pourrait être un chalet quelconque où il est venu une fois pour un week-end, et alors on sera de retour à la case départ, sans rennes, sans temps et avec l'événement d'Hannah complètement foutu.

— Dis pas de conneries, lance Kane sèchement, ses jointures blanchissant sur le volant. Ne pense même pas à ça. Je veux dire, où putain est-ce qu'il pourrait cacher huit rennes volés ? Il ne va pas les garder dans un putain d'appart en ville. Il ne va pas les mettre en pension dans une écurie publique. C'est forcément là.

— Tu as raison. Je me remets à scruter le paysage. C'est juste que je suis mort de trouille. Hannah compte sur nous.

— C'est exactement pour ça qu'on n'échouera pas.

La route se rétrécit encore plus à mesure que nous montons dans les montagnes, les arbres nous pressant de chaque côté, leurs branches chargées de neige raclant contre le pick-up avec des bruits d'ongles sur du métal. Puis, à travers une trouée dans les arbres à peut-être trente mètres devant nous, j'aperçois quelque chose qui n'a rien à faire là.

Du métal. Des formes géométriques. Une construction humaine au milieu de la nature sauvage.

— Là, dis-je en montrant le pare-brise du doigt. Ralentis, putain.

Kane lève le pied de l'accélérateur, et nous nous penchons tous les deux instinctivement en avant pour mieux voir à travers les arbres.

Un chalet se dresse dans une petite clairière taillée dans la forêt, et loin derrière lui se trouve une fine cascade, complètement gelée. Mais l'endroit n'est pas exactement ce à quoi je m'attendais. Toute la propriété est entourée d'une haute clôture en acier, d'au moins deux mètres dix de haut. La clôture est rouillée par endroits, des taches orangées coulant des poteaux, mais elle reste terriblement impressionnante. Le portail d'entrée nous donne une vue dégagée sur le côté de la maison. Plus encore, il y a des caméras de sécurité montées à chaque coin de la clôture, un équipement d'allure professionnelle avec des boîtiers étanches.

Ce n'est pas une retraite rustique à la montagne où l'on vient pour se déconnecter de la civilisation. C'est un putain de camp retranché, sécurisé comme si quelqu'un s'attendait à un assaut.

— C'est quoi ce bordel ? marmonne Kane en garant le pick-up en dehors de la route, à l'orée des arbres, là où l'on ne sera pas immédiatement visibles. Il coupe le moteur.

— Quelque chose cloche. J'observe attentivement ces caméras, j'étudie leur positionnement. Ces caméras devraient pivoter sur leurs supports. Tu vois ces moteurs en dessous ? Ce sont des modèles panoramiques et inclinables. Mais elles sont complètement immobiles. Elles n'ont pas bougé une seule fois.

— L'endroit est trop calme aussi, observe Kane. Pas de générateur en marche, pas de bruit d'activité, pas de fumée qui sort de la cheminée alors qu'il gèle. L'endroit a l'air abandonné, à part cette clôture.

Nous sortons tous les deux du véhicule, en refermant les portières aussi doucement que possible, et nous nous approchons à travers le couvert dense des arbres.

La clôture est vraiment bizarre pour un endroit aussi isolé. Qui a besoin d'un tel niveau de sécurité ici, au milieu de nulle part, à des kilomètres du plus proche voisin, à moins de cacher quelque chose de grave ? Quelque chose d'illégal ?

J'attrape mes clés en métal et je les lance sur les fils électriques qui longent la clôture, à environ trois mètres de distance.

Elles heurtent le métal dans un cliquetis, puis tombent. Rien. Pas d'étincelles, pas de bourdonnement électrique, pas d'alarme hurlante. Un silence complet, à l'exception du vent qui hurle et des arbres qui bruissent dans la forêt. Je vais ramasser mes clés et les empoche.

Kane s'approche, guettant le moindre signe de mouvement aux fenêtres du chalet, puis plaque la paume de sa main directement contre la clôture métallique.

Il la maintient ainsi pendant plusieurs longues secondes, pour tester, puis se retourne vers moi et secoue la tête.

— Froid. Pas le moindre courant qui passe. Pas de vibration, pas de chaleur, rien.

Alors que nous nous approchons furtivement du portail d'entrée, passant d'arbre en arbre pour rester à couvert, en nous tenant baissés, j'aperçois un mouvement près du porche du chalet.

Un grand type costaud, vêtu d'un pantalon foncé et d'une veste. Il a l'air de s'ennuyer ferme, il regarde son téléphone, sa posture est complètement paresseuse et détendue, de toute évidence il ne s'attend pas à ce que quelqu'un se pointe ici, en pleine nature.

— On ne va pas passer par ce portail, murmure Kane.

— Par le côté. Par derrière. Reste silencieux et discret. Nous nous enfonçons plus profondément dans les arbres, contournant la propriété et longeant la clôture, jusqu'à ce que nous trouvions une petite zone où l'angle des caméras crée un angle mort naturel. Le système de sécurité est peut-être en panne, mais ça ne sert à rien de prendre des risques stupides si quelqu'un surveille sur une alimentation de secours ou une batterie.

Je saisis les barres supérieures de la clôture, teste la répartition de mon poids, puis je me hisse et passe par-dessus d'un seul mouvement fluide. Mes bottes touchent le sol de l'autre côté avec à peine un murmure. Kane me suit, mais le métal gémit légèrement sous son poids plus lourd et sa carrure.

Nous nous figeons complètement, nous ne respirons même plus, à l'écoute du moindre indice qui pourrait indiquer que nous avons été entendus.

Rien. Le garde sur le porche est toujours absorbé par son téléphone.

Kane marche délibérément sur une branche sèche à moitié enfouie dans la neige, la cassant avec un craquement qui résonne comme un coup de feu dans le silence.

La tête du garde se redresse immédiatement, son téléphone oublié. Il se redresse de sa posture avachie et se tourne, scrutant la cour dans notre direction avec des yeux soudainement alertes.

— Qui est là ? C'est une propriété privée !

Il commence à marcher vers notre position, contournant le chalet.

On le laisse approcher jusqu'à ce qu'il passe le coin du chalet, et on est juste là.

Au moment où sa silhouette dépasse le mur du chalet, Kane bondit en avant, tel un élan de force brute. Il envoie un poing dans le visage du garde avec assez de force pour lui couper le souffle d'un seul coup sec.

Les yeux du garde s'écarquillent. Sa bouche s'ouvre pour gémir. Je suis déjà passé derrière lui, et je passe mon bras autour de sa gorge, mon autre main se verrouillant sur l'arrière de sa tête, mon avant-bras lui coupant les carotides. Sa trachée reste dégagée, mais l'afflux de sang vers son cerveau s'arrête instantanément.

Il se débat violemment, essayant de donner des coups de coude en arrière, mais Kane lui attrape les bras et les immobilise.

— Doucement, marmonne Kane. C'est l'heure de la sieste.

Je resserre ma prise.

Trois secondes.

Deux.

Une.

Toute combativité quitte son corps. Ses genoux fléchissent. Je le dépose au sol.

Kane s'accroupit, le fouille... pas d'armes, pas de radio, juste un téléphone prépayé bon marché.

— Amateur, marmonne-t-il en écrasant le téléphone sous sa botte.

Je traîne le garde inconscient dans l'ombre, derrière une pile de bois de chauffage, et je vérifie son pouls par habitude. Régulier. Il sera inconscient pendant un bon moment. Puis je lui serre les poignets et les chevilles avec des serflex.

Nous nous approchons de la maison principale, et la porte s'ouvre sans effort. La structure est sombre à l'intérieur, aucune lumière visible, pas de courant qui bourdonne, aucun son électronique. Bizarre pour une journée d'hiver dans les montagnes, alors qu'on s'attendrait à ce que le chauffage fonctionne en permanence.

Nous nous glissons à l'intérieur, accueillis par une odeur de sueur rance et de corps mal lavés, de bière éventée et de fumée de cigarette. Le salon est miteux mais semble avoir été habité récemment. Des bouteilles de bière vides sont éparpillées sur une table basse. Des boîtes de pizza empilées dans un coin, des taches de graisse s'étalant sur le carton. Un canapé avec des taches suspectes qui ressemblent à du sang séché.

Ce n'est pas un chalet de chasse de week-end. Des gens vivent ici à plein temps, et à la dure.

De la cuisine, plus loin dans la maison, j'entends un craquement distinct, ce son spécifique de quelqu'un qui marche sur une lame de plancher qui grince en essayant d'être silencieux. Un homme sort et se fige complètement quand il nous trouve là.

— Putain de merde. C'est Carl Brenner, je murmure. Le choc me secoue. Carl est un type en cavale qu'on chasse activement depuis trois mois. Il a fui après des accusations de vol à main armée, avec une caution de cinquante mille dollars. Il a complètement disparu des radars, pas d'utilisation de carte de crédit, pas de contacts familiaux, aucun associé connu n'a rien donné.

Et il est là, putain, planté au milieu de ce chalet de montagne paumé.

Les yeux de Carl s'écarquillent en réponse, et il détale aussitôt vers la cuisine.

Je suis plus rapide.

Je le plaque avant qu'il ait fait trois pas, enfonçant mon épaule dans le bas de son dos et nous projetant tous les deux violemment au sol. L'impact lui vide les poumons dans un sifflement. On a pris l'habitude de neutraliser les connards sans armes à feu ni lames si possible… ça nous évite les procès.

Je saisis son poignet, le tords derrière son dos, et il se cambre de douleur, puis je lui cogne la tête contre le sol une fois, assez fort pour l'étourdir. Il devient flasque.

Kane lui attache les poignets derrière le dos avec un serflex, puis fait de même avec ses chevilles, en serrant le plastique assez fort pour laisser des marques.

On le pousse derrière le canapé, hors de vue du couloir.

Du fond de la maison, des voix nous parviennent.

— Pourquoi est-ce que tous les systèmes sont encore en panne ? Je croyais que tu avais dit que c'était juste un disjoncteur.

— Le réseau a sauté, mec. Tout le tableau électrique est foutu. Qu'est-ce que le patron fout ? Ça fait plus d'une heure qu'on est dans le noir à se geler le cul.

— On aurait dû rester en ville. Au moins, là-bas, on avait du chauffage et de l'eau courante.

Deux hommes sortent du couloir et entrent dans la pièce principale, toujours en train de parler, sans faire attention, puis ils nous voient et tout change. Ce sont de sacrés costauds.

Le premier, crâne rasé, une cicatrice sur le visage allant de la tempe à la mâchoire, facilement cent quinze kilos de pur muscle, évalue la situation en une fraction de seconde.

— Qui êtes-vous, putain ?

Le second, aux longs cheveux sombres attachés en arrière, déplace son poids en une posture de combat.

— Vos bonnes fées, grogne Kane.

Puis, c'est le chaos.

Le garde chauve bouge le premier, attrapant une lourde lampe de poche en métal sur une table d'appoint et la balançant vers la tête de Kane avec une force brutale. Kane esquive avec fluidité, et la lampe de poche siffle dans le vide, là où son crâne se trouvait une demi-seconde plus tôt.

Il remonte son coude et le plante dans les côtes du type avec une force telle que j'entends réellement quelque chose craquer, des côtes qui se brisent ou du cartilage qui se sépare.

Le garde grogne de douleur mais ne tombe pas, balançant un revers du poing qui attrape l'épaule de Kane avec un bruit sourd et mat.

Pendant ce temps, l'homme aux cheveux sombres me charge comme un linebacker avec une envie de mourir, tête baissée, bras écartés, essayant de me projeter à travers le mur. Je pivote brusquement sur le côté, mais pas assez vite, et son épaule heurte mes côtes avec la force d'un bélier. Je trébuche, une douleur fulgurante me transperce le flanc, et je grogne, titubant d'un pas, le souffle court dans ma poitrine.

Il ne s'en sort pas indemne non plus. Il s'écrase contre le mur, ce qui le déséquilibre alors que le plâtre se fissure sous l'impact, une pluie de morceaux de cloison sèche s'abattant autour de lui.

Je me retourne d'instinct, ignorant la brûlure dans mes côtes, et j'attrape sa veste avant qu'il ne puisse complètement se repousser du mur. Mon genou s'enfonce dans son rein une fois. Deux fois. Une troisième fois. Rapide et vicieux.

Il pousse un hurlement étranglé, plus animal qu'humain, sa colonne vertébrale se pliant alors qu'il essaie de se tourner vers moi.

Je l'attrape et utilise son propre élan contre lui, le projetant à travers la pièce contre le mur opposé. Sa tête rebondit sur la cloison sèche avec un bruit sourd et écœurant, et il glisse vers le bas, laissant une bosse visible et une traînée de sang.

Mais il n'est pas K.O. Il secoue la tête comme un chien qui s'ébroue et commence à se relever. Merde !

Le garde chauve échange toujours des coups avec Kane. L'homme attrape un couteau de cuisine sur une table d'appoint près d'un canapé.

— Sérieusement ? Kane a l'air presque amusé malgré sa respiration haletante. Tu ramènes un couteau dans ce genre de combat ? C'est ça, ta stratégie ?

Le garde ne perd pas son souffle à répondre. Il se jette en avant avec la lame dans une estocade étonnamment habile visant le ventre de Kane. Ce type a une formation au couteau, il sait ce qu'il fait.

Mon adversaire se relève, du sang coulant de son nez et d'une coupure au-dessus de son œil. Son expression est meurtrière. Il me fonce dessus à nouveau avec un rugissement, une rage à l'état pur.

Je le laisse approcher, puis je plonge, j'enroule mes bras autour de ses deux jambes et je pousse vers l'avant, lui fauchant les pieds. Il s'écrase sur le dos avant même de comprendre ce qui lui arrive. Je me précipite dans son dos et lui fais un étranglement arrière, mon avant-bras sur sa gorge. Il doit rejoindre son ami dehors et perdre connaissance. Il se débat, m'assène des coups de poing à la tête… salaud, mais il s'affaiblit vite.

Kane recule d'un bond pour éviter une lame sifflante, mais le fil de celle-ci accroche sa veste et lui entaille probablement la chair. Il ne bronche même pas. Il contre-attaque immédiatement avec deux coups de poing brutaux portés en succession rapide, l'un à la gorge et le second à la mâchoire. Le garde émet un horrible bruit d'étouffement, puis ses genoux flageolent et il s'effondre comme si on avait coupé ses ficelles, le couteau s'écrasant sur le carrelage dans un bruit sec.

Je relâche mon type, qui est devenu flasque dans mes bras, et je le laisse tomber.

— Ça va ? demande Kane, respirant fortement et tenant son avant-bras là où le couteau l'a coupé. Du sang suinte entre ses doigts, mais ça n'a pas l'air d'être une artère.

— Je suis debout, dis-je en haletant, mes côtes me lançant là où le premier assaut m'a touché. Et toi ?

— Pareil. La coupure n'est pas profonde.

Avant que nous puissions reprendre notre souffle correctement ou évaluer nos blessures, j'entends d'autres bruits de pas venant de l'arrière de la maison, des bottes lourdes sur du parquet, se déplaçant rapidement.

Quelqu'un approche, il a probablement entendu la bagarre.

— Putain ! Je sors mon Taser de ma ceinture, les mains tremblant légèrement à cause de l'adrénaline, et à la seconde où il débouche du couloir, je le touche en plein torse sans hésiter.

Les sondes l'atteignent à la poitrine et il convulse, chaque muscle se contractant, puis s'effondre au sol, secoué de spasmes.

— Putain, je n'ai pas l'énergie pour un autre combat à mains nues, là, maintenant, je marmonne en changeant la cartouche du Taser avec des doigts maladroits.

— On est deux.

Nous traînons les quatre corps inconscients dans la cuisine — ils sont lourds comme des enclumes, un vrai poids mort — et les attachons ensemble avec des serre-câbles, en tas contre les placards.

Kane examine maintenant attentivement les visages des criminels, sortant son téléphone de sa main valide et ouvrant notre liste de primes actives. Il fait défiler les photos méthodiquement, comparant les visages à ceux des hommes que nous venons de neutraliser.

Son expression change, ses yeux s'écarquillent. — Noel... ce ne sont pas des types au hasard qui vivent ici.

— Qu'est-ce que tu veux dire ?

— Ils sont sur notre liste. Il lève son téléphone pour que je puisse voir l'écran. Carl Brenner, cinquante mille dollars de caution pour vol à main armée. Le chauve est recherché pour voies de fait graves et tentative de meurtre, soixante-quinze mille. Celui avec les cheveux noirs est recherché pour trafic de drogue, cent mille. Et je suis sûr que ce nouveau est aussi sur la liste.

Je me penche pour vérifier, et il a tout à fait raison. Ils correspondent à nos affaires en cours. — Pourquoi putain est-ce que des criminels recherchés se cache-raient tous au même endroit ? C'est tout le contraire d'une bonne stratégie.

Le regard de Kane se durcit de compréhen-sion. — Cette maison les rassemble. Quelqu'un regroupe des criminels recherchés au même endroit, exprès.

— Une putain de planque pour fugitifs, je souffle, alors que la situation devient claire.

— Quelqu'un qui profite d'avoir des criminels recherchés dans sa poche, ajoute Kane. Des gens qui lui doivent tout, qui n'ont nulle part ailleurs où aller, et qui feront tout ce qu'on leur dira parce que l'alternative, c'est la prison.

Nous fouillons le reste de la maison rapidement et silencieusement, passant de pièce en pièce sans trouver personne d'autre.

Des chambres avec des matelas jetés directement sur le sol nu. Un mobilier minimal, juste le strict nécessaire. Des emballages de nourriture vides et des ordures entassées dans les coins. Tout l'endroit pue le renfermé, comme quand trop de gens vivent dans un espace trop petit sans une hygiène suffisante.

À l'arrière de la maison, il y a une porte légèrement entrouverte, un courant d'air froid passant par l'ouverture.

Nous échangeons un regard, puis nous nous glissons prudemment dehors sur une véranda. Dehors, dans un petit enclos à peut-être une dizaine de mètres de l'arrière de la maison, entouré d'une clôture construite à la hâte avec des planches de récupération et du fil de fer, se trouvent nos rennes. Ils sont serrés les uns contre les autres, nerveux, tapant du sabot et s'agitant sans cesse, mais ils sont vivants. Dieu merci, nous les avons trouvés.

— On est au bon putain d'endroit, murmure Kane.

Un grand bruit résonne de l'intérieur de la maison, le son de quelque chose de lourd qui s'écrase et de métal qui racle.

— C'était quoi, ça, bordel ? Nous nous précipitons à l'intérieur, traversons la maison en suivant le bruit jusqu'à une autre pièce, du côté opposé à notre entrée.

J'abaisse la poignée et la porte s'ouvre.

Corn Dog se tient fièrement dans la pièce, au milieu des restes brisés de ce qui fut un classeur métallique, entouré de débris.

— Mais qu'est-ce que… ? je marmonne.

On dirait qu'il a mâchouillé avec enthousiasme des fils électriques pendant d'un tableau électrique détruit, fixé au mur. La moitié du tableau est complètement arrachée, exposant des composants morts qui lancent des étincelles, ce qui explique pourquoi toute la propriété n'a plus de courant.

Des papiers sont éparpillés partout, les mêmes qu'il a déchiquetés avec ses dents. Et dans sa gueule, en ce moment même, se trouve un épais livre de comptes, aux pages déchirées et trempées de bave de renne.

— Oh, mon Dieu, gémit Kane.

— Quel putain de héros, j'ajoute, en commençant à rire doucement malgré tout — la douleur dans mes côtes, le sang sur mon visage, la folie absolue de cette situation.

Kane se jette en avant et arrache le registre de la gueule de Corn Dog. Les pages s'ouvrent alors que Kane le tient, et nous nous penchons tous les deux pour le lire.

Des colonnes de chiffres bien nets. Des noms, dont certains que je reconnais comme étant ceux des criminels que nous venons de rencontrer, d'autres non. Des échéanciers de paiement avec des dates et des montants.

Professionnel. Détaillé. Méticuleux.

Corn Dog est à mes côtés, et je le caresse. — Bon

garçon, tu as détruit leur installation électrique. Je lève les yeux. Qu'est-ce qui se passe ici, putain ?

Kane me donne le livre tandis qu'il se met à ouvrir les tiroirs et les placards de la pièce, ses mouvements frénétiques. Il y a des liasses d'argent liquide enveloppées dans des bandes de papier. Des billets de cent dollars, certains encore dans leurs emballages de banque.

— Il y a facilement plus d'un million qui traîne ici, déclare Kane, la voix tendue. Peut-être plus. Qui garde autant de liquide sur soi ?

— Quelqu'un à la tête d'une entreprise criminelle sérieuse. Le blanchiment d'argent correspond au profil. Sans jeu de mots. Je souris.

— Tu penses que c'est ce qui se passe ici ? demande Kane. Se servir de ces criminels qu'il cache. Blanchir d'énormes sommes d'argent à travers eux, les faisant passer pour des travailleurs légitimes avec des fiches de paie. Donc ce livre est un registre complet de blanchiment d'argent. Putain !

— Si Scot est derrière tout ça, il ne se contentait pas de saboter les événements de Hannah par pure vengeance, je murmure, alors que je commence à comprendre. Scot sabotait tout pour de l'argent.

Des bruits de pas retentissent quelque part dans la maison. Nos têtes se tournent simultanément vers la porte. Avant que nous puissions bouger, la porte s'ouvre en grand. Et ce putain de Scot apparaît dans l'embrasure, flanqué de deux autres gardes, armes déjà dégainées et pointées droit sur nous.

Bien sûr que c'est lui le chef. Putain !

Pendant un instant figé, personne ne bouge. Les yeux de Scot observent la scène, Corn Dog près du panneau électrique détruit, le registre dans ma main, l'argent visible dans les tiroirs ouverts.

Son visage se tord de fureur. — Vous deux, fils de pute, vous ne pouvez pas vous occuper de vos putains d'affaires, hein ? Sa voix est venimeuse, dégoulinante de haine. Il fallait que vous fourriez votre nez là où il ne faut pas. Il fallait que vous jouiez les héros pour cette garce ingrate.

Les armes des gardes sont stables, la prise professionnelle, les doigts sur les gâchettes. Ce ne sont pas des amateurs.

Nous sommes en infériorité numérique et nous le savons.

— Au sol. Maintenant ! ordonne un garde.

Kane et moi échangeons un regard. Nous pourrions essayer de nous battre, mais l'un de nous, si ce n'est les deux, se ferait tirer dessus avant de les atteindre.

Nous nous mettons à genoux.

— Choix judicieux, dit Scot, entrant vraiment dans la pièce tandis que ses gardes nous fouillent et prennent nos téléphones, nos lames et nos Tasers. J'aimerais autant éviter de mettre du sang partout sur mon registre à moitié détruit. Ce sont des documents importants. Il s'approche et me l'arrache des mains. Ce putain de renne a saccagé cette pièce.

Je souris, adorant Corn Dog pour être un petit renne si malicieux.

— Tu diriges un réseau criminel, déclare Kane sans détour, ce n'est pas une question. Tu utilises des fugitifs comme ton armée personnelle. Tu les caches aux forces de l'ordre en échange de leur loyauté et de leur travail.

Scot sourit, et c'est un sourire laid. — Quelqu'un a bien fait ses devoirs. Pas que ça ait de l'importance maintenant. Vous n'allez partager vos découvertes avec personne.

— Blanchiment d'argent, j'ajoute, pour essayer de le faire parler.

— C'est en fait assez élégant quand on y pense, répond Scot, avec un air presque fier. Ces gens sont désespérés. Ils feraient n'importe quoi pour éviter la prison. Travailler pour rien, ne poser aucune question, disparaître quand on le leur dit. Et s'ils posent problème ? Il hausse les épaules. Il y en a plein d'autres d'où ils viennent.

— Et saboter les événements de Hannah ? demande Kane, sa voix dangereuse malgré notre situation.

Le visage de Scot se tord de pure haine, toute prétention de civilité disparaissant. Ses lèvres se retroussent sur ses dents. — J'ai aidé Giuseppe à développer cette entreprise. Moi. Pas une putain d'Oméga qui s'est pointée en battant des cils et en jouant les demoiselles en détresse. Elle n'était que le joli visage que j'ai fait venir pour charmer les clients et bien paraître sur les photos.

— C'est complètement faux et tu le sais, je dis. Tu n'es qu'un connard jaloux et aigri qui n'a pas supporté qu'elle te rejette.

Sa mâchoire se crispe. — Tout est à moi maintenant. L'entreprise, les contrats, la réputation, tout. Et bientôt ? Hannah elle-même sera à moi aussi.

La façon dont il prononce son nom me fait me tendre, tandis que la fureur me brûle les veines.

Le rire de Kane est cruel et moqueur. — Elle préférerait coucher dans un égout rempli de rats et de maladies plutôt que de te laisser la toucher. Tu la dégoûtes.

Les yeux de Scot deviennent glacials, et je vois quelque chose se briser derrière eux, le mince vernis de santé mentale qu'il maintenait.

— On s'en branle de ce qu'elle veut ? lance-t-il. Sans vous deux et son autre Alpha de compagnie, elle n'aura nulle part où aller. Pas de protection. Pas de système de soutien. Elle sera vulnérable et seule, et je serai là pour ramasser les morceaux. Pour la réconforter et la consoler. Elle apprendra à apprécier ce que je peux lui donner.

— Va te faire foutre, gronde Kane.

Scot rit comme une hyène. — C'est un mauvais timing, cependant, pour vous. Nous avons une livraison à réceptionner dans vingt minutes, des clients importants, on ne peut pas reporter. On n'avait pas besoin de cette complication maintenant.

Il lance un regard furieux aux gardes qui l'encadrent, tous deux nous visant toujours. — Emmenez-les derrière, au fond des bois où le sol est assez meuble pour creuser. Finissez-les là-bas, faites ça proprement, puis enterrez les corps où personne ne les trouvera jamais. Prenez aussi tous ces putains de rennes.

Corn Dog bêle de colère de l'autre côté de la pièce, tapant des sabots comme s'il comprenait exactement ce qui est dit.

Puis nous l'entendons tous, un klaxon de voiture qui

retentit à plusieurs reprises à l'extérieur, insistant et agaçant.

— C'est quoi ce bordel ? La tête de Scot se tourne brusquement vers la porte, l'irritation évidente sur son visage.

— Ils sont en avance. Il pointe les gardes du doigt. Vous deux, ligotez ces connards maintenant. Vite.

Les gardes s'exécutent immédiatement. Des serre-câbles mordent nos poignets avant que nous puissions nous débattre, puis nos chevilles, des mains brutales nous forçant à nous mettre sur le ventre. Le plancher froid s'enfonce dans ma joue alors qu'ils serrent tout brutalement.

— Bien, maintenant venez avec moi ! Scot se détourne, les gardes sur ses talons, et ferme la porte derrière eux.

— Putain, siffle Kane.

— Il nous faut un plan. Vite.

Nous cherchons tous les deux frénétiquement autour de nous quelque chose d'utile, constatant que la pièce est un vrai bazar.

Puis je le sens, un souffle d'air chaud contre mon bras. Je lève la tête juste assez pour voir Corn Dog debout au-dessus de Kane, le regardant avec ces yeux d'une intelligence troublante, ses petites narines de renne se dilatant alors qu'il renifle le long du serre-câble qui s'enfonce dans son poignet.

Kane le remarque aussi. — Hé, mon pote… Sa voix est basse. Si tu *veux* mâcher quelque chose, tu peux mâcher ce lien.

Corn Dog cligne des yeux une fois. Deux fois. Puis il

baisse la tête et prend très délibérément le lien en plastique entre ses dents.

— Oh, merde, je murmure. Il le fait vraiment.

Une forte traction. Kane sursaute. — Bon sang, je sens bien ses dents. Doucement, mon pote, ne prends pas la main avec…

Corn Dog se déplace, trouve une meilleure prise, puis mord avec de petits craquements déterminés. Le plastique se tend. Gémit. Puis — *snap.*

Les poignets de Kane se libèrent.

— Putain de merde, oui, souffle-t-il en ramenant ses bras vers l'avant pour frotter sa peau à vif. Puis Corn Dog trottine derrière lui.

Il est sur pied en un instant, sautillant jusqu'au bureau de la pièce, fouillant dans les tiroirs jusqu'à ce qu'il trouve une vieille paire de ciseaux. Il tranche les liens autour de ses chevilles. Une fois libre, il s'approche et me libère.

À la seconde où je suis libre, le sang afflue de nouveau dans mes mains avec une piqûre douloureuse. Je grogne et me masse les poignets pour aider la circulation à revenir tandis que je me mets sur pied. Nous nous dirigeons vers la porte.

Kane s'accroupit et caresse Corn Dog. — Non, mon grand. Tu restes ici. On revient tout de suite. Il referme doucement la porte sur le renne.

Nous n'attendons pas. Nous sommes déjà en mouvement, rapides et silencieux, nous glissant hors de la pièce comme des ombres traquant quelque chose qui n'aurait jamais dû toucher à ce qui est à nous. Chacun de nos pas est chargé d'une intention meurtrière.

Le couloir débouche sur le salon, sombre et sentant le renfermé, et c'est là que Kane me tapote le bras et pointe quelque chose du doigt.

Nos armes, stupidement posées sur une table d'appoint à côté du canapé.

Portables. Lames. Tasers.

Comme un matin de Noël pour des chasseurs de primes remontés à bloc. Putains d'idiots.

Nous prenons tout. Kane vérifie la charge de son Taser comme s'il mourait d'envie de s'en servir. Nous nous accroupissons et nous nous glissons vers la porte d'entrée, en restant dans l'ombre.

À travers la porte entrouverte, nous apercevons Scot sur le porche, qui regarde un van noir s'éloigner sur le chemin de terre enneigé. Deux gardes se tiennent dans le jardin, le dos complètement tourné, détendus, inconscients du fait que nous sommes juste derrière eux.

Parfait.

Je lève la main, mes doigts comptant en silence — trois… deux…

À « un », Kane bouge le premier.

Rapide. Mortel. Magnifique.

Nous sortons de derrière le cadre de la porte, nos lames décrivant des arcs identiques dans les airs.

Poc.

Nous plantons nos deux lames proprement dans le dos des gardes, inclinées pour les faire tomber rapidement. Les hommes sont secoués d'un sursaut avec des cris de surprise avant de s'effondrer le visage dans la neige, pris de convulsions et haletants. Ils sont à terre, pas morts, mais bel et bien hors d'état de nuire.

Scot entend le bruit et se retourne brusquement, la main déjà dans son manteau. Je vois la forme d'une arme, je vois sa main s'enrouler autour et commencer à la sortir —

Je déclenche le Taser.

Les sondes le touchent en plein dans le mille, pile dans l'entrejambe.

L'effet est instantané et foutrement glorieux.

Les yeux de Scot s'écarquillent, exorbités d'incrédulité, avant que l'électricité ne le déchire. Ses genoux flageolent, sa colonne vertébrale se cambre, et il pousse un cri aigu et étranglé qui se situe quelque part entre celui d'une autruche à l'agonie et celui d'un homme qu'on gave de regrets de force.

L'arme lui glisse de la main. Dégringole sur les planches de bois.

Son corps entier est saisi de convulsions, se secouant si violemment en tombant sur le dos que la neige s'agite autour de lui.

Kane éclate de rire. Il se peut que je rie aussi. Difficile à dire avec tous ces hurlements.

Quand le courant s'arrête, Scot reste étendu là, gémissant dans une flaque pathétique de sueur et de douleur. Nous n'avons pas le temps de savourer.

— On n'a plus beaucoup de temps, marmonne Kane en scrutant la lisière des arbres. Il faut ramener Corn Dog sur la place du village, maintenant.

— Ouais. J'attrape Scot par le col et le traîne sur le

porche comme un sac poubelle. Mais ce connard ne va nulle part.

Nous le tirons dans le jardin vers le pin près de la maison. Il essaie de se débattre, donnant de faibles coups de pied.

— Vous pouvez pas — putain — vous pouvez pas faire ça, halète-t-il.

Kane le plaque face contre le tronc.

— Si, je peux, dit Kane. Et je vais le faire.

Scot crachote alors que nous le faisons pivoter, lui tirons les bras en arrière et lui serrons les poignets avec un collier de serrage autour de l'écorce rugueuse, le fixant à l'arbre. Il tire sur ses liens, sa peau s'écorchant à vif, mais il n'ira nulle part.

Il pleure encore à cause du Taser, et maintenant il jure à travers ses larmes.

— Vous êtes morts — vous êtes morts tous les deux — vous croyez que vous pouvez —

Kane le frappe au rein, assez fort pour le plier en deux.

— Ça, c'est pour avoir fait du mal à Hannah, grogne-t-il.

Scot s'étouffe. — Vous — putain — de psychopathes —

Je le frappe une fois à la mâchoire. Coup contrôlé. Précis. Assez pour le faire taire, pas assez pour l'assommer.

— Et ça, dis-je froidement, c'est pour avoir essayé de ruiner sa carrière.

Scot reste suspendu là, haletant, bavoulinant sur les racines du pin, encore secoué par les contrecoups.

Je sors mon téléphone et compose le 911 pendant que Kane s'occupe des deux armoires à glace qui tentent de se relever. Il leur passe des colliers de serrage et récupère nos lames. Une opératrice répond immédiatement. — Services d'urgence —

— Noel Saxon à l'appareil, dis-je d'une voix sèche et professionnelle. Permis de chasseur de primes 4728. Je signale une planque de criminels à ces coordonnées — je les énumère à l'aide du GPS de mon téléphone. — Plusieurs fugitifs avec des mandats d'arrêt actifs. Séquestration illégale. Blanchiment d'argent. Suspects armés maîtrisés. La cible principale, Scot Giordano, est immobilisée sur place.

L'opératrice a l'air abasourdie. — Monsieur, pouvez-vous rester sur les lieux —

— Non, je la coupe. Nous avons une obligation critique et urgente. Les suspects sont sécurisés et ne partiront pas. Envoyez le shérif et tous les adjoints disponibles.

Je raccroche avant qu'elle puisse protester.

— Va chercher le camion, dit Kane. Je vais chercher Corn Dog. Les autres sont bien trop gros pour être entassés à l'arrière.

— Ouais, j'acquiesce, la poitrine encore soulevée. On les laisse ici. Ils sont assez en sécurité dans l'enclos jusqu'à ce que le shérif arrive. J'appellerai pour leur dire que les animaux nous appartiennent et que nous reviendrons après avoir ramené Corn Dog à Hannah.

— Ils voudront nos dépositions de toute façon. Kane est déjà parti, traversant le jardin.

Je sprinte vers le portail d'entrée, mes bottes martelant le sol enneigé, l'adrénaline toujours brûlante. Le temps que je positionne l'avant du camion dans l'allée en direction de la maison, Kane sort en trombe de la cabane avec Corn Dog dans les bras, le portant comme un bambin qui pique une crise.

Je m'arrête en catastrophe.

Kane ouvre brusquement la portière arrière et pousse le renne à l'intérieur. Corn Dog se met immédiatement à tourner trois fois sur lui-même frénétiquement sur la banquette, ses sabots tambourinant contre la sellerie comme si on le lançait dans l'espace.

Il monte et claque la portière.

— On est bons ?, je demande.

— Roule, dit Kane. Avant qu'il ne défonce la vitre à coups de sabots.

Corn Dog est déjà en train de grimper sur la banquette arrière, son nez pressé entre les appuie-tête, son souffle embuant ma nuque. Il pousse son museau contre ma joue comme s'il essayait de fusionner nos crânes.

— Mon grand… hé… un peu d'espace personnel, je marmonne en repoussant doucement son museau. Tu es adorable, mais j'ai besoin de voir la route.

Corn Dog répond en me léchant l'oreille.

Kane rit doucement. — Il est excité.

— C'est une brute, je rétorque en agrippant le volant. Attache-le.

Kane se penche à l'arrière, se débattant avec lui, puis soupire. — Ça ne va pas le faire. Il se laisse retomber sur son siège. Il voyage en liberté. Contente-toi de conduire. Puis il attrape la trousse de premiers secours dans la boîte à gants et enroule de la gaze autour de son avant-bras, là où il a été coupé par le couteau de ce connard.

Je jette un dernier regard vers le jardin où Scot est toujours attaché à l'arbre, se tortillant comme un ver de terre géant et furieux, hurlant des insultes, et j'adore lui avoir allumé l'entrejambe avec un Taser.

Il nous voit faire marche arrière et hurle quelque chose d'étouffé et de furieux. Quelque chose à propos de vengeance. Quelque chose à propos d'avocats.

Je m'en fiche, et je démarre en trombe.

Les sabots de Corn Dog dérapent sur la banquette, et il pousse un cri surpris avant de planter joyeusement ses deux pattes avant sur la console centrale comme s'il était le putain de copilote.

— On sauve Noël, mon grand, je lui dis, les yeux sur la route, le cœur battant la chamade. Essaie de ne pas casser le camion avant qu'on arrive.

Kane se penche en arrière pour le stabiliser. — Hannah va péter un plomb quand elle va nous voir.

— Elle a intérêt, je marmonne en appuyant sur l'accélérateur. On arrive en force.

Mon téléphone vibre. Chris. J'active le haut-parleur et j'essaie d'éloigner le museau de Corn Dog de mon épaule. — Ouais ?

— Où est-ce que vous êtes, putain ? Vous les avez trouvés ? Tout le monde est en vie ? Hannah est sur le point de commencer à hyperventiler et à faire les cent pas. Parle-moi.

— On les a trouvés, dis-je en prenant un virage

serré. On rentre tout de suite. Tous les rennes sont là et bien vivants.

— Dieu merci. Et Scot ?

— Emballé comme un cadeau pour le shérif. C'est toute une histoire qui implique du blanchiment d'argent, une planque pleine de fugitifs et Corn Dog qui a rongé leurs câbles. C'est une longue histoire. On vous expliquera quand on… Corn Dog, arrête de mâcher ma chemise tout de suite.

Le renne attrape fermement mon col et tire. Fort. Je me plie pratiquement en arrière par-dessus la console centrale. On fait une embardée pendant un instant.

Il ne lâche prise que pour donner un coup de tête au téléphone dans ma main, ce qui déclenche Dieu sait combien de réglages à la fois. Mon écran s'allume, puis il fait défiler des trucs, puis ouvre cinq applications d'affilée comme s'il était possédé. Puis le téléphone envoie un texto et raccroche au nez de Chris.

Asjkdfh aide rennelkjsdf CORN putain sdkjfhksjdf CAMION ksjdhf. Un grand n'importe quoi de film d'horreur en version texte-voix.

— Merde, donne-moi ce téléphone, déclare Kane en me l'arrachant de la main.

Chris rappelle instantanément. — Tu as fait un AVC ?, aboie-t-il.

— Ce n'était pas moi, dis-je, en enlevant ses sabots de la console centrale, empêchant Corn Dog de grimper complètement dessus avant qu'il ne puisse piétiner le levier de vitesse. C'était Corn Dog. Il t'a envoyé un texto. Avec sa tête.

Kane rit doucement, secouant la tête. — Il est intelligent, mais pas de manière utile.

La vitre du passager arrière s'abaisse dans un bourdonnement doux et joyeux, et soudain sa tête est sortie du camion comme un très grand, très enthousiaste golden retriever.

— Noel, ferme sa fenêtre. Ferme-la, gémit Kane, en essayant d'attraper Corn Dog sans se prendre un coup de sabot dans les dents.

— Bon sang, ce renne, grogne Kane, et j'appuie sur tous les boutons sauf le bon. Pourquoi il y a autant de boutons sur cette foutue portière ?

Le vent s'engouffre dans l'habitacle. Les oreilles de Corn Dog battent follement. Sa langue pend, comme s'il n'avait jamais été aussi heureux de sa vie.

Chris est toujours en haut-parleur. — Qu'est-ce qui se passe ? Votre renne a sauté du camion ?

— Il ne va pas sauter, je lance brusquement — puis je doute immédiatement de moi alors que Corn Dog se déporte vers l'avant comme s'il pouvait absolument sauter. Kane réussit enfin à le faire rentrer, et j'appuie sur le bouton de la vitre arrière. Dieu merci.

Corn Dog me lèche le haut de l'oreille en signe de protestation. Je jure que mon âme quitte mon corps pendant une seconde.

— Chris, dis-je en me ressaisissant pendant que Corn Dog essaie de mettre ses sabots avant sur mes épaules comme un bambin, combien de temps il nous reste ?

— Vingt minutes avant le début de la cérémonie, répond Chris. Peut-être moins. Hannah fait semblant d'aller bien, mais elle a le même regard que tu as juste avant de démolir un suspect.

J'expire entre mes dents. Vingt minutes. On a à peine le temps de respirer, et on est dans un camion avec un renne qui essaie actuellement de nous faire avoir un accident.

— On va y arriver, marmonne Kane.

— On est obligés, dis-je en resserrant ma prise sur le volant. Et si Corn Dog détruit ce camion, on s'en occupera plus tard.

Corn Dog brame bruyamment derrière nous, puis plonge le nez dans un tas de vestes comme s'il creusait un terrier pour l'hiver.

Le camion fait une petite embardée.

Et nous continuons à conduire comme des fous vers la ville, nos phares perçant l'obscurité, priant pour ne pas arriver trop tard pour sauver tout l'événement de Hannah.

Corn Dog plonge soudainement vers l'avant, me heurte le coude, et nous zigzaguons sur toute la route.

— Arrête de bouger, déclare Kane en le repoussant à l'arrière.

Je ris malgré tout — la douleur dans mes côtes et la folie absolue de conduire sur une route de montagne avec un renne déjanté dans notre camion.

23

HANNAH

La place du village est noire de monde, et je suis à deux doigts de perdre complètement la tête.

Les familles se pressent sur chaque centimètre carré disponible devant l'énorme sapin de Noël, les enfants juchés sur les épaules de leurs parents, les couples blottis les uns contre les autres pour partager leur chaleur corporelle. La chorale chante des chants de Noël pour meubler l'attente un peu gênante, leurs voix s'élevant dans l'air vif de la nuit, et le ciel au-dessus est noir et constellé d'étoiles.

C'est parfait. Les décorations que j'ai passé des semaines à coordonner. L'atmosphère et la foule sont exactement ce que je voulais.

Sauf que mon renne n'est pas là.

Mon attraction vedette, celle qui, avais-je promis au conseil, allait époustoufler tout le monde — actuellement portée disparue quelque part entre un chalet dans la montagne et cette place.

Je vais vomir. Ou m'évanouir. Ou les deux, dans un ordre que je n'ai pas encore déterminé.

— Ils sont en route, me dit Chris à voix basse, son bras enroulé autour de mes épaules. Sa chaleur solide est la seule chose qui m'empêche de m'effondrer. Ils ne vont plus tarder.

Cette légère tension qui perce dans sa voix me dit qu'il est tout aussi inquiet que moi, mais qu'il arrive mieux à le cacher.

Je consulte mon téléphone pour ce qui doit être la centième fois. Aucun nouveau message. Le dernier texto de Kane disait juste « On roule vite » avec environ dix-sept points d'exclamation et ce qui, je crois, devait être un émoji de renne, mais qui est sorti comme un cheval coiffé d'un chapeau de fête.

Margaret, la conseillère municipale qui a alterné entre mon plus grand soutien et ma critique la plus sévère tout au long de ce processus, s'approche avec ce sourire pincé qui signifie qu'une mauvaise nouvelle est enrobée de politesse professionnelle.

Mon estomac se noue.

— Hannah. Elle consulte sa montre. Il faut vraiment commencer. Le programme prévoyait que l'illumination commence il y a dix minutes. Nous ne pouvons pas faire attendre tout le monde plus longtemps. Les parents ont des enfants qui doivent aller se coucher, les personnes âgées prennent froid et, franchement, les gens commencent à s'impatienter.

Je redresse le dos et insuffle dans ma voix toute la confiance que je ne possède pas. — Encore quelques minutes. C'est promis. Nous commençons très bientôt.

— C'est ce que vous m'avez dit il y a cinq minutes.

— Et nous voilà cinq minutes plus près que ce soit vrai.

Elle hausse un sourcil, mais je tiens bon, conservant une expression agréable et professionnelle même si mes entrailles mènent une véritable rébellion.

— Faites-moi confiance, j'ajoute, car j'ai apparemment perdu tout instinct de conservation. L'attente en vaudra la peine.

L'expression de Margaret indique qu'elle n'est pas du tout convaincue, mais elle hoche la tête sèchement et se retire vers l'endroit où les autres membres du conseil sont regroupés comme une volée d'oiseaux moralisateurs, consultant tous leurs montres et échangeant des regards entendus.

Dès qu'elle est hors de portée de voix, je m'affale contre Chris. — Je suis en train de mourir. C'est ça, la sensation de mourir.

— Tout va bien se passer.

— Mes organes se liquéfient à cause du stress. Je le sens.

Il a un petit rire. — Ce n'est pas comme ça que les organes fonctionnent.

Je vérifie à nouveau mon téléphone. Toujours rien. — Et s'ils n'arrivaient pas ? S'il s'était passé quelque chose ? Si Scot avait encore fait un sale coup et qu'ils étaient blessés ou...

— Hé. Chris me tourne vers lui et pose ses mains sur mes épaules. Ils arrivent. Kane et Noel sont les meilleurs dans ce qu'ils font. Si quelqu'un peut accomplir un miracle, ce sont bien eux.

Je me force à vraiment regarder la foule au lieu de ne voir qu'un ramassis de visages anxiogènes. Des enfants rient, pointent les décorations du doigt, les yeux écarquillés d'émerveillement. Des couples se balancent au son de la chorale. Les gens sourient, sincèrement heureux d'être là.

C'est moi qui ai fait ça. J'ai tout coordonné. Quoi qu'il arrive avec le renne, ce moment existe grâce à mon travail.

Ça aide. Un peu.

— Merci, je murmure. J'avais vraiment besoin d'entendre ça.

— Je sais. Il dépose un baiser sur ma tempe.

Mes yeux ne cessent de regarder vers la rue en bordure de la place, cherchant désespérément le moindre signe d'un pick-up familier, de visages connus ou d'un certain renne fauteur de troubles qui a intérêt à apprécier tout ce que j'ai enduré pour lui.

Puis, je les vois.

Kane et Noel, courant à toutes jambes dans la rue en direction de la place, comme s'ils étaient poursuivis par des démons.

Et Noel porte Corn Dog dans ses bras. Les pattes de l'animal pendent maladroitement, sa tête ballottant à chaque foulée puissante de Noel.

Le soulagement m'envahit. Je fais un pouce en l'air à Margaret avec beaucoup trop d'enthousiasme, et je la vois faire signe à quelqu'un près de la sono. La musique de la chorale commence à changer, entamant la marche que nous avions répétée.

— Ils sont arrivés, souffle Chris.

Noel atteint le bord de la foule, haletant, le visage couvert de sueur malgré la température glaciale, et pose Corn Dog au sol…

Et Corn Dog détale aussitôt.

— Non, non, non… Mon cœur s'effondre.

Le renne se met à courir, se faufilant entre les spectateurs surpris qui s'écartent de son chemin avec des cris de surprise et des rires nerveux.

Chris est déjà en mouvement, prêt à le rattraper, sauf que…

Attends.

Corn Dog court droit sur moi.

Pas en s'enfuyant dans la foule pour semer le chaos, ni vers les stands de nourriture ou les décorations scintillantes. Droit vers l'endroit où je me tiens, près de la scène, comme si j'étais un phare qui le rappelait à la maison.

Les gens le pointent du doigt, les téléphones apparaissent de partout pour immortaliser l'instant. Les enfants piaillent de joie, criant : « Rudolph ! Rudolph ! » même s'il n'a pas le nez rouge.

Je m'avance et m'agenouille sur les pavés froids. — Viens ici, mon grand ! Allez, viens !

Il se précipite vers moi comme si j'étais la seule personne au monde qui comptait, ses sabots martelant les pierres débarrassées de la neige, et j'ai à peine le temps de me préparer avant qu'il ne soit là. Il me renverse presque complètement, son élan nous emportant tous les deux en arrière, mais je parviens à rester droite et à passer mes bras autour de son cou.

Il me lèche le visage avec sa langue rêche, et je

ris. — Oh, tu m'as manqué aussi, espèce de créature ridicule. Je suis si contente que tu aies pu venir.

Il pousse ce bêlement joyeux, se blottissant contre moi comme si nous avions été séparés pendant des années au lieu de quelques heures, et je jurerais sur tout ce que je possède que ce renne est en train de sourire.

Les flashs crépitent de partout. Tout le monde regarde et filme, et pour une fois, cette attention ne me donne pas envie de me cacher dans un trou.

— D'accord, superstar, je lui murmure à l'oreille. Prêt à faire ton numéro ? Ne me ridiculise pas.

Je me lève et le fais monter sur la petite rampe menant à la scène, en avançant lentement pour qu'il me suive sans résistance. Il est remarquablement sage, probablement épuisé par l'aventure de folie qu'il a vécue aujourd'hui. J'aurai toute l'histoire plus tard, et quelque chose me dit qu'elle va être complètement dingue.

Sur le côté de l'immense sapin – qui semble s'étirer à l'infini dans le ciel nocturne, orné de milliers de décorations et enroulé de guirlandes pour l'instant éteintes – se trouve l'accessoire que nous avons installé plus tôt. Un magnifique chariot rouge conçu pour ressembler au traîneau du Père Noël.

Je saisis les rênes en cuir munies de clochettes et le harnais décoratif, que j'attache soigneusement autour du corps de Corn Dog pour donner l'impression qu'il tire le traîneau. Les clochettes tintent doucement à ses mouvements, et la foule roucoule d'admiration.

— Regardez-le ! s'écrie quelqu'un. Il est adorable !

— Maman, c'est vraiment un des rennes du Père Noël ?

Corn Dog semble comprendre qu'on l'admire, car il se redresse et lève la tête d'un air royal. Bien sûr qu'il aime être le centre de l'attention. C'est tout à fait le style de Corn Dog.

Il se met à renifler le sapin avec une concentration intense, son nez travaillant d'arrache-pied, et je redirige gentiment son attention avant qu'il ne puisse essayer de manger les décorations. — Pas ce soir, mon grand. On a fait trop de chemin pour que tu gâches tout en grignotant les décorations, je chuchote.

Chris me fait un clin d'œil depuis sa position de l'autre côté de l'arbre. Il tient la console d'éclairage, prêt à opérer sa magie à mon signal.

La musique de fête s'éteint dans le silence.

Mon cœur bat si fort que je l'entends dans mes oreilles. Je me tiens plus droite dans ma robe rouge, un modèle ajusté avec un décolleté en cœur, et j'ajuste ma posture dans mes talons rouges. Mes cheveux, doucement bouclés, tombent librement sur mon visage, et je suis soudain très consciente du nombre de personnes qui me fixent.

Des centaines de visages. Des familles. Des enfants. Les membres du conseil avec leurs yeux critiques. Mes Alphas qui me regardent avec fierté.

J'active le petit micro épinglé à mon décolleté.

— Bonsoir tout le monde, et bienvenue à la cérémonie annuelle d'illumination du sapin de Whispering Grove !

La foule applaudit, et une certaine quiétude s'installe dans ma poitrine. Je peux le faire. Je suis née pour faire ça.

— Pour ceux qui ne me connaissent pas, je suis Hannah Parker, et j'ai eu l'incroyable honneur de coordonner les célébrations des fêtes de cette année. Et quelles célébrations amusantes nous avons eues.

D'autres acclamations. Mes épaules se détendent un peu.

— Whispering Grove est un endroit spécial. Une communauté magnifique où j'ai connu plus de gentillesse, plus de chaleur et plus d'authentique esprit de Noël que je n'aurais jamais cru possible.

Je jette un regard à Kane et Noel dans le public, puis à Chris près du sapin, et mon cœur s'emballe.

— Noël est une période où l'on se souvient des personnes que l'on aime et où l'on célèbre à quel point elles comptent pour nous. C'est une période pour la famille, que ce soit celle dans laquelle nous sommes nés ou celle que nous avons choisie en chemin. C'est une période de gratitude, d'espoir, et pour croire que la magie est réelle.

La foule s'est tue, attentive, et des larmes inattendues me piquent les yeux.

— Cette année, j'ai trouvé ma famille. J'ai trouvé mon foyer. Et j'ai trouvé la magie dans les endroits les plus inattendus.

Corn Dog se redresse au son de ma voix et me donne un petit coup de tête.

— En parlant de ça, nous avons la chance incroyable d'avoir un invité très spécial ce soir. L'un des propres rennes du Père Noël a fait tout le chemin depuis le pôle Nord pour nous aider à illuminer notre sapin.

Les enfants dans le public se mettent à bondir d'excitation. — Il est encore en formation, et il s'appelle Corn Dog. Il va donc nous faire l'honneur d'allumer nos lumières cette année. Tout le monde, s'il vous plaît, réservez-lui un accueil chaleureux, digne de Whispering Grove !

Je le désigne d'un geste ample, et il lève la tête comme s'il savait exactement ce qui se passait.

La foule explose, les enfants criant son nom.

Corn Dog se tourne pour les regarder et pousse un bêlement fort et fier qui résonne sur la place.

Les enfants perdent complètement la tête.

Je me déplace pour me tenir avec lui devant le sapin de Noël, au bord de la scène, afin que tout le monde ait une vue dégagée. Je me positionne de son côté opposé pour qu'il soit entre moi et le public. Ce soir, c'est lui la star, pas moi.

— Êtes-vous tous prêts ? je crie.

— OUI !

La musique reprend, plus douce maintenant, une douce mélodie instrumentale de Noël.

— Faisons le décompte ensemble ! À partir de trois !

La foule se joint immédiatement à nous, des centaines de voix à l'unisson.

— TROIS ! je pousse Corn Dog, le guidant plus près du sapin d'une main sur son harnais.

— DEUX ! je sors une petite friandise de ma poche, la mousse qu'il adore, et la tiens près d'une décoration spéciale que nous avons placée à hauteur de ses yeux. C'est une grande boule scintillante qui brille plus que toutes les autres, conçue spécialement pour attirer son attention.

— UN ! je lui montre la friandise juste contre la boule et Corn Dog, béni soit son cœur de gourmand, pousse son museau avec force contre ma main et directement sur la décoration.

Au moment où il la touche, les lumières jaillissent.

Elles partent du bas de l'arbre et montent en une vague d'éclat, des milliers de lumières blanc chaud et dorées filant vers le ciel, en spirale autour du tronc massif, illuminant chaque branche jusqu'à ce que le sapin tout entier soit embrasé de magie.

L'étoile tout en haut s'illumine en dernier, un phare que l'on peut voir à des kilomètres à la ronde, j'en suis sûre.

Je jette un coup d'œil à Chris, qui me fait un clin d'œil et empoche discrètement la télécommande. La foule éclate dans les acclamations les plus fortes que j'aie jamais entendues.

Applaudissements, cris d'enfants, la chorale qui entame un chant de Noël triomphant. Les gens s'enlacent, prennent des photos, pointent le magnifique sapin avec de l'émerveillement sur leur visage.

Je caresse le cou de Corn Dog, des larmes coulant maintenant sur mon visage. — C'est bien. Tu es un si bon garçon.

Il se frotte contre moi, cherchant probablement d'autres friandises, et je lui donne un autre morceau de mousse parce qu'il l'a amplement mérité.

— À tous, un très joyeux Noël ! dis-je dans le micro, et la foule répond par une autre vague d'acclamations.

J'éteins le micro, et soudain, la partie officielle est terminée et je peux de nouveau respirer.

Chris apparaît immédiatement à mes côtés et me serre dans ses bras. — Tu as été incroyable. Tu as vraiment tout déchiré.

— Je n'aurais pas pu le faire sans…

— Hannah.

Je me retourne pour voir Margaret, du conseil municipal, s'approcher, et mon estomac se noue de nouveau. Je descends donc rapidement de la scène pour aller à sa rencontre.

— Vous m'avez surprise ce soir, Hannah. Sa voix est mesurée, ne trahissant rien. — J'ai été sincèrement inquiète pendant un moment. Quand la cérémonie a été retardée, quand nous ne savions pas ce qui se passait… j'ai cru que vous alliez tous nous décevoir.

J'avale ma salive difficilement. — Je comprends. Il y a eu des complications inattendues.

— Mais vous les avez gérées avec grâce. Un petit sourire sincère apparaît sur son visage. — Ce moment avec le renne était superbe. Les enfants parleront de ce Noël pendant des années. Bien joué. Vraiment.

Un soulagement m'envahit. — Merci. Cela représente tout pour moi.

— Joyeux Noël, Hannah. Elle me fait un bref signe de tête, puis se retourne et repart vers les autres membres du conseil.

Je ne sais pas si cela signifie que nous obtiendrons le contrat de cinq ans, mais là, à cet instant, j'ai fait de mon mieux. C'est tout ce que l'on peut faire.

Kane et Noel se matérialisent à mes côtés et, avant que je puisse dire quoi que ce soit, ils m'embrassent tous les deux, Kane sur mes lèvres, un baiser persistant et chaleureux, Noel sur mon cou, juste en dessous de mon oreille, d'une manière qui me fait frissonner.

— C'était la chose la plus sexy que j'aie jamais vue, murmure Kane contre ma bouche. — Toi, commandant cette scène et la foule... Je vais y penser pendant des semaines.

— Je n'arrivais pas à te quitter des yeux, ajoute Noel. — Chaque personne sur cette place était complètement captivée.

Mes joues s'empourprent. — Je n'aurais rien pu faire sans vous deux. Peu importe ce que vous avez traversé pour amener Corn Dog ici...

Ils échangent l'un de ces regards lourds de sous-entendus qui me dit que *peu importe* ce qu'ils ont traversé, c'était probablement illégal, violent, ou profondément stupide.

— On te racontera tout, promet Kane. — Mais ça demande de l'alcool.

— J'ai hâte, dis-je, et je le pense.

Nous restons là quelques minutes, tous les quatre blottis au bord de la place. La chorale est passée à des chants plus doux maintenant, les voix flottant avec la neige, les familles regroupées sous la lueur du sapin. Les enfants font encore la queue pour des photos avec le sapin et Corn Dog sur la scène, qui prend la pose, semblant adorer l'attention. Chris est tout près, gardant un œil sur lui.

Et pour la première fois depuis des semaines, je n'ai plus l'impression d'avoir la poitrine écrasée.

Le reste de la soirée se déroule sans encombre. La foule s'attarde, dégustant du chocolat chaud et profitant des stands environnants, et bientôt, l'équipe s'occupe du démontage exactement comme je les ai formés à le faire.

Finalement, la file d'attente diminue et Corn Dog n'est officiellement plus en service. Chris descend de la petite scène, la main sur le licol de Corn Dog, le renne trottant fièrement à ses côtés comme s'il venait de gagner un prix. — On devrait probablement le ramener à la maison avant qu'il ne décide de casser quelque chose, dit-il en s'arrêtant à côté de moi. — Il a ce regard.

— Il a toujours ce regard de tueur, marmonne Noel.

— D'accord, dis-je en expirant alors que la foule commence à se disperser et que la chorale range ses partitions. — Tout s'est très bien passé. Je suis épuisée. Rentrons à la maison.

Chris hoche la tête. — Ouais. Chargeons Corn Dog et mettons-nous en route.

Kane et Noel se mettent au pas à nos côtés alors que nous nous dirigeons vers la camionnette.

— Tous les quatre dans la camionnette avec lui, dit Kane en secouant la tête avec un rire. — Le trajet va être amusant.

Noel ricane. — *Amusant*, c'est le mot.

Je plisse les yeux en les regardant tous les deux. — Pourquoi vous parlez comme ça ?

Kane lève les mains. — Pour rien. Juste… prépare-toi.

— À quoi ? je regarde de l'un à l'autre, déconcertée. — C'est un renne, pas un démon.

Les deux hommes gloussent.

Corn Dog me donne soudain un coup de museau

dans la hanche comme s'il voulait de l'attention sur-le-champ.

Kane rit de plus belle. — Ouais. Bonne chance avec ça.

Les deux hommes se contentent de monter à l'avant de la camionnette, tandis que Chris m'ouvre la portière arrière. Je saute à l'intérieur, et il passe de l'autre côté avec Corn Dog, le poussant à côté de moi, puis il monte.

— Ouais, lance Noel depuis le siège passager, — et on te souhaite vraiment bonne chance.

Corn Dog pousse un grognement fort et fier, comme s'il était absolument d'accord.

Je jette un coup d'œil à Chris.

Il hausse les épaules, impuissant. — On va trouver une solution.

— Vous êtes prêts, derrière ? demande Kane depuis le siège du conducteur, souriant dans le rétroviseur.

— Prêts à quoi ? je demande, légèrement inquiète.

— Au voyage le plus dingue de ta vie.

La camionnette s'éloigne du trottoir. Pendant une trentaine de secondes, tout va bien.

Puis Kane prend le premier virage, et Corn Dog ne fait pas que tanguer ; il se *projette* de côté sur moi, ses sabots grimpant sur la banquette comme s'il essayait d'escalader une falaise.

Je pousse un cri. — Mais qu'est-ce que… Corn Dog, assis ! Ou… peu importe l'équivalent de « assis » pour un renne !

Il ignore tous les sons qui sortent de ma bouche et essaie de grimper par-dessus moi, son corps étonnamment fort me plaquant contre mon siège. Sa queue, qui ne devrait pas être aussi puissante, se met à frapper Chris en pleine mâchoire.

Il grogne et essaie de le repousser.

— C'est ce qu'on a subi pendant le sauvetage ! crie Noel depuis l'avant, riant si fort qu'il a à peine le souffle pour parler. — Bienvenue au cirque !

Corn Dog décide que la fenêtre semble être la partie la plus intéressante de la camionnette et coince sa tête entre Kane et Noel, ses sabots avant raclant contre la console centrale. Kane jure alors que le nez de Corn Dog atterrit presque dans son oreille.

— Banquette arrière ! Chris essaie de le tirer par le harnais. — Reste. Sur. La. Banquette. Arrière !

Corn Dog s'en fiche. Il lèche maintenant le cou de Noel avec un enthousiasme humide, ce qui me va tant qu'il ne grimpe pas sur moi.

— Maîtrise ton renne ! aboie Noel en le repoussant.

— Ce *n'est pas* mon renne ! rétorque Chris, essayant de décoller Corn Dog de lui comme s'il était un bambin en pleine crise de sucre.

C'est alors que Corn Dog abandonne complètement l'avant et s'effondre *directement* sur les genoux de Chris. — Descends ! halète-t-il. — Descends ! Espèce de brute !

Il s'installe juste plus fermement, comme si Chris était son trône personnel. Son menton repose sur sa poitrine.

Puis Kane prend un autre virage modeste — mais apparemment, même *ça*, c'est trop — et Corn Dog glisse sur le côté, entraînant Chris avec lui, me coinçant contre lui.

— Conduis plus droit ! je demande, ma voix étouffée sous un renne.

— Je *conduis* droit ! crie Kane en riant.

Noel rit si fort qu'il a une main agrippée à son ventre et l'autre appuyée sur le siège. — Arrêtez... arrêtez de parler... vous allez me tuer.

Corn Dog choisit ce moment pour attraper le bas de la chemise en flanelle de Chris entre ses dents et *tirer*. Fort.

Chris est projeté en avant, à moitié étranglé par ses propres vêtements. — LÂCHE ! J'ai besoin de cette chemise ! Hé... HÉ !

Corn Dog tire une dernière fois sur la chemise, arrache un bouton, puis se désintéresse immédiatement comme un petit criminel à fourrure.

Noel se retourne juste à temps pour filmer Corn Dog qui essaie de pousser la vitre arrière avec son museau, embuant la vitre avec des reniflements théâtraux.

— Oh, ça, c'est de l'or, dit Noel en caquetant. — Miracle de Noël. Je vais faire un montage.

— Je vous déteste tous, je siffle, en essayant de pousser une cuisse de renne de ma cage thoracique. — Chacun d'entre vous.

Chris postillonne. — Tu peux... Hannah... lui dire d'arrêter de me frapper avec son cul ?

Je le foudroie du regard. — Oui, bien sûr, laisse-moi juste raisonner la créature sauvage qui m'utilise actuellement comme matelas.

Kane croise mon regard dans le rétroviseur, les yeux

chaleureux et amusés. — Bienvenue dans la vie de meute, ma belle.

Et d'une manière ou d'une autre, malgré tout — le renne qui nous écrase, Chris couvert de poils et d'une chemise bavée, Noel qui filme comme si c'était le moment le plus amusant de sa vie, et Kane qui essaie de maîtriser la camionnette tout en ricanant — je sens quelque chose s'installer en moi.

Quelque chose de chaud et de stable.

Ma vie ne sera plus jamais ennuyeuse.

Et honnêtement ? Avec ces hommes ?

Je n'échangerais ça pour rien au monde.

24

HANNAH

C'est le jour de Noël, et je suis debout devant la fenêtre du salon, à regarder de gros flocons de neige tomber comme dans une boule à neige féérique, et je souris si fort que mon visage pourrait se fendre en deux.

C'est ma vie maintenant. Cette vie douillette, un peu chaotique. La maison est entièrement décorée, et quand je dis entièrement, je pèse mes mots. Des guirlandes s'enroulent autour de chaque rampe. Des lumières scintillent à chaque fenêtre, car apparemment, les mecs ne font pas dans la subtilité. Une musique de Noël est diffusée doucement par les haut-parleurs.

Et puis il y a l'odeur. Oh mon Dieu. Toute la maison embaume, c'est absolument divin, grâce aux rôtis que les mecs préparent. J'ai fait des fournées de sablés en forme de flocons et de rennes tout à l'heure, et ils refroidissent sur des grilles dans la cuisine, saupoudrés de sucre glace et semblant presque trop jolis pour être mangés.

Presque. J'en ai déjà mangé trois. Le contrôle qualité, c'est important.

Tout semble ridiculement parfait. Confortable d'une manière qui me fait soupçonner que l'univers me prépare quelque chose de terrible pour compenser. Mais je choisis d'ignorer mes tendances pessimistes et de simplement profiter de ce moment.

J'ai officiellement emménagé maintenant. Entièrement, complètement, toutes-mes-affaires-sont-là, j'ai emménagé avec mes trois Alphas. J'ai ma propre chambre pour l'instant, jusqu'à ce que nous trouvions les meilleurs arrangements pour dormir, car je sais que les mecs adorent quand nous sommes tous ensemble pour les grands marathons de sexe, mais avoir ces moments en tête-à-tête avec chacun d'eux est inoubliable.

Et tout semble si juste que ça en est terrifiant, ce qui est probablement quelque chose dont je devrais discuter avec un psy, sauf que je suis trop occupée à être follement heureuse. Je suis aussi toujours sur mon petit nuage après l'appel d'hier.

Giuseppe a enfin appelé après des jours passés à vérifier mon téléphone toutes les cinq minutes comme une adolescente obsédée qui attend le texto de son béguin. Et il m'a annoncé une nouvelle si bonne que j'ai littéralement hurlé et fait peur à Corn Dog, qui se tenait dehors, près de la fenêtre, à ce moment-là.

Le conseil municipal a été si impressionné par la cérémonie d'illumination du sapin qu'il lui a offert le contrat de cinq ans. Pas seulement offert, mais ils ont spécifiquement demandé que ce soit moi qui coordonne tous leurs événements majeurs à l'avenir.

Ce qu'ils ne savent pas, c'est que je suis sur le point de reprendre toute l'entreprise.

Alors me voilà, bientôt propriétaire officielle de Confettis & Boulettes de Viande Organisation d'Événements. Les avocats doivent encore finaliser la paperasse après les fêtes, car apparemment même les bonnes nouvelles nécessitent de la bureaucratie, mais c'est en train de se faire.

C'est vraiment, réellement en train de se produire, pincez-moi, je dois rêver.

Pendant ce temps, Scot est tellement noyé sous les ennuis judiciaires qu'il ne reverra probablement pas Whispering Grove de sitôt. Blanchiment d'argent. Recel de fugitifs. Exploitation d'une planque pour criminels. Et une dizaine d'autres accusations dont je ne me souviens même plus tant la liste était longue.

Et comme c'est un lâche en plus d'être un criminel, il a paniqué à la seconde où les choses sont devenues sérieuses et a tenté d'obtenir une certaine clémence en balançant le membre du conseil qui l'avait tuyauté sur l'utilisation des rennes lors de la cérémonie d'illumination. Il s'est avéré que c'était une nouvelle recrue du conseil, complètement dépassée. Scot a pensé que le dénoncer lui sauverait la peau.

Ça n'a pas marché. La recrue a été renvoyée sur-le-champ et pourrait faire face à ses propres accusations.

De plus, quand nous avons enfin obtenu la liste complète de tous ceux qui avaient accès aux chars du défilé, devinez quel nom était tout en haut ?

Exactement. Celui de Scot.

Alors ajoutez sabotage et mise en danger de la vie d'autrui à sa collection grandissante de crimes. Le conseil poursuit également ses propres poursuites pénales pour rupture de contrat et mise en danger du public.

Le karma n'est pas seulement réel ; il est méticuleux et apparemment rancunier.

Je me détourne de la fenêtre et contemple mes trois Alphas dispersés dans la cuisine et la salle à manger, et quelque chose de chaleureux et de ridiculement tendre fleurit dans ma poitrine.

Chris est aux fourneaux, arrosant ce qui doit être une dinde de près de dix kilos avec une concentration digne d'un démineur. Kane met la table avec un nombre absurde d'assiettes et de décorations. Et Noel coupe des légumes au comptoir.

Ces hommes. Mes hommes. Mon monde. Mon tout.

Mon Dieu, je suis devenue une de ces personnes éperdument amoureuses à en vomir, dont je me moquais autrefois. La Hannah du passé serait tellement déçue par la Hannah du présent.

Mais la Hannah du présent s'en fiche royalement. Je ne peux plus imaginer ma vie sans eux.

Je me dirige vers la cuisine, me faufilant entre eux.

— Bon, qu'est-ce que je peux faire pour aider ? Je me sens complètement inutile à juste rester là à admirer la vue.

Tous les trois arrêtent immédiatement ce qu'ils font et convergent vers moi comme si j'avais activé une sorte de balise pour Alphas. C'est flatteur de voir à quel point ils sont parfois synchronisés.

Chris s'essuie les mains sur un torchon et me tire contre sa poitrine. Kane m'enlace par-derrière, ses bras s'enroulant autour de ma taille. Noel s'approche sur le côté, et soudain je suis complètement entourée de chaleur, de muscles et du mélange enivrant de leurs odeurs.

Je suis peut-être un peu obsédée par le fait d'être entourée comme ça. Je me sens en sécurité, chérie et absolument adorée d'une manière que je n'avais jamais connue avant eux.

— Contente-toi de te détendre, murmure Chris contre mes cheveux. Tu as travaillé sans relâche pendant des semaines. Laisse-nous nous occuper de tout pour une fois.

— Mais je veux aider…

— Tu peux aider en te relaxant, l'interrompt Kane en déposant un baiser sur mon cou. Un concept révolutionnaire pour toi, je sais.

— Nous t'adorons, dit Chris en déposant un baiser sur mon front. Mais tu dois apprendre à rester tranquille de temps en temps.

— Rester tranquille, c'est pour les gens qui n'ont pas de tendances anxieuses et perfectionnistes, l'informé-je. Je suis organisatrice d'événements. On ne fait pas dans l'immobilité.

— Aujourd'hui, si.

Je suis sur le point de protester davantage quand je réalise que j'aime vraiment être ici dans leurs bras, entourée par eux, à écouter de la musique de Noël et à sentir la nourriture incroyable qu'ils cuisinent pour nos amis et notre famille.

Très bien. Je peux me détendre. Pendant quelques minutes. Peut-être.

— En fait, dis-je, ma voix sortant plus douce que prévu. Puisque vous êtes tous là et que j'ai votre attention… je veux vous dire quelque chose.

Ils s'immobilisent tous immédiatement, m'accordant leur attention la plus totale.

— Je suis définitivement, complètement, stupidement, follement amoureuse de vous trois. Les mots se bousculent pour sortir. Tellement que je pourrais me mettre à pleurer maintenant rien qu'en y pensant, ce qui est embarrassant parce que je ne suis pas une pleurnicheuse. Je ne sais pas exactement quand c'est arrivé, peut-être progressivement, peut-être d'un seul coup comme une sorte d'embuscade émotionnelle, mais je suis si ridiculement amoureuse de vous que je suis légitimement en colère que nous ne nous soyons pas rencontrés plus tôt pour que j'aie pu avoir cette vie incroyable plus tôt.

Silence pendant environ trois secondes.

Puis Chris relève mon visage et m'embrasse si passionnément que mes genoux flageolent et je dois m'agripper à sa chemise pour rester debout. Quand il se détache, il dit :

— Je t'aime aussi. Tellement que ça me fait peur parfois. Genre, je ne savais pas que j'étais capable de ressentir autant pour une autre personne jusqu'à ce que tu apparaisses et que tu mettes tout mon monde sens dessus dessous.

— Je suis complètement dingue de toi, ajoute Kane. Je n'ai jamais pensé que je trouverais cet amour dévorant, celui dont on ne peut se passer. Mais ensuite, tu as fait irruption dans nos vies.

Noel prend mon visage entre ses mains.

— Tu es mon tout. Mon amour. Mon âme. Mon oxygène. La personne que je ne savais même pas que je cherchais jusqu'à ce que tu sois juste devant moi. Je t'aime plus que les mots ne peuvent le dire, et pourtant je suis très doué avec les mots.

Maintenant, je pleure, des larmes coulent sur mon visage alors que je souris comme une parfaite idiote.

— En fait, m'interrompt Kane, en échangeant des regards lourds de sens avec les deux autres, ce qui me rend immédiatement méfiante. Puisque nous déclarons notre amour et que nous devenons tous émotifs et fleur bleue, nous voulons te donner ton cadeau de Noël.

Mon visage s'illumine aussitôt, mes larmes oubliées.

— Oh ! Oui ! Je suis excitée et extrêmement curieuse. Et aussi un peu effrayée par la façon dont vous vous regardez tous, comme si vous prépariez un coup.

— Ferme les yeux, ordonne Kane.

Je plisse les yeux en les regardant.

— Qu'est-ce que vous avez fait ?

— Fais-le, ma belle. Fais-nous confiance.

Je ferme les yeux, principalement parce que la curiosité me tue. Des mains me guident — un Alpha de chaque côté, un derrière moi qui me dirige doucement. J'entends des portes s'ouvrir, des bruits de pas sur différentes surfaces, puis il y a ce changement de température et de qualité de l'air.

— On est dans le garage ?

— On ne triche pas, prévient Chris.

— Je ne triche pas ! J'ai les yeux fermés ! J'utilise juste un raisonnement déductif de base et du bon sens !

— Trop intelligente pour ton propre bien, marmonne Kane, mais j'entends le sourire dans sa voix.

— C'est une de mes qualités les plus charmantes.

Nous nous arrêtons de bouger, et je sens les trois hommes se positionner autour de moi.

— D'accord, déclare Noel, ses mains sur mes épaules pour me stabiliser. Ouvre les yeux.

Je suis leurs instructions, et je reste bouche bée.

Là, dans le garage, brillant sous les néons comme dans une publicité automobile, se trouve une magnifique Jeep Wrangler rouge. Pas n'importe quel rouge, mais un rouge pomme d'amour, profond et riche. Des jantes et des garnitures noires qui font encore plus ressortir le rouge. Des vitres teintées. Et un énorme nœud rouge posé sur le capot, comme dans un film de Noël.

— Oh mon Dieu, je souffle, ma voix sortant d'un ton ridiculement aigu. Qu'est-ce que c'est ? Vous l'avez volée ? On va se faire arrêter ?

Tous les trois arborent un large sourire, comme s'ils venaient de gagner au loto.

— C'est ta nouvelle voiture, dit Chris simplement, comme s'il annonçait qu'on mange une pizza pour le dîner au lieu de m'offrir une nouvelle voiture incroyable. Il te faut quelque chose de fiable si tu vis ici, dans les montagnes. Cette Honda devait disparaître.

— D'ailleurs, on s'en est déjà débarrassés, ajoute Kane d'un air bien trop joyeux.

Je me retourne vivement pour les dévisager, la bouche bée.

— On l'a échangée, dit Noel, sans l'ombre d'un remords. On t'a pris ça à la place. Il brandit un jeu de clés qu'il fait se balancer devant moi. Joyeux Noël.

Je suis figée sur place, sous le choc, souriant à pleines dents. C'est tellement parfait.

Puis ils me serrent tous les trois dans leurs bras en un câlin collectif qui me soulève presque du sol, et je pleure à nouveau. Apparemment, c'est ma nouvelle lubie.

— Je peux voir comment c'est à l'intérieur avant de m'effondrer complètement en larmes ? Ma voix sort avec un couinement embarrassant.

Ils me portent presque jusqu'à la voiture, et Chris ouvre la portière côté conducteur avec un grand geste théâtral, comme s'il me présentait à la famille royale.

L'intérieur est absolument magnifique. Des sièges en cuir noir. Un tableau de bord moderne avec toutes les fonctionnalités technologiques que je pourrais souhaiter et plusieurs dont j'ignorais même l'existence. Cette odeur de voiture neuve que j'adore. Je grimpe sur le siège conducteur, passant mes mains sur le volant, et tous les trois se pressent autour de la portière ouverte, me regardant avec des expressions identiques de satisfaction.

— C'est incroyable, je murmure, car apparemment j'ai perdu la capacité de parler à un volume normal. Merci. À vous tous. C'est le plus beau cadeau que j'aie jamais reçu de toute ma vie, et ça inclut le Easy-Bake Oven que j'ai eu à sept ans.

— On a plein de place pour Corn Dog à l'arrière, je fais remarquer en désignant la banquette.

— NON ! disent-ils tous les trois à l'unisson parfait. J'éclate de rire.

C'est à ce moment-là que la sonnette retentit depuis l'intérieur de la maison, interrompant notre moment. — Les invités arrivent, murmure Chris. Il est temps d'être des humains sociables au lieu de faire des crises de larmes dans un garage à cause d'une voiture.

Je sors de la Jeep, et nous rentrons par la porte communicante. Je suis encore un peu abasourdie par le cadeau alors que je sprinte pratiquement jusqu'à l'entrée principale et que j'ouvre la porte.

Lily se tient là avec des plateaux de pâtisseries empilés si haut dans ses bras que je suis étonnée qu'elle puisse voir par-dessus. Et à côté d'elle, il y a papa, tout sourire.

— Je suis si content de voir enfin ta nouvelle maison, Hannah, dit papa.

— Je suis si contente que vous soyez là. Je me jette sur lui pour le serrer dans mes bras, manquant de faire tomber les plateaux des bras de Lily au passage. Entrez !

Derrière Lily se trouvent ses trois Alphas, Archer, James et Hunter. Archer a un sac à langer et des jouets à la main, tandis que James et Hunter portent chacun leurs magnifiques petits jumeaux dans des couffins.

— On a apporté la moitié de la boulangerie, annonce Lily, en tendant les plateaux à quiconque a les mains libres.

Tout le monde parle et rit en même temps, se déplaçant vers la cuisine pour poser les choses, et je m'extasie devant Sage et Blake, qui font les bruits de bébé les plus mignons. Ce sont les petites choses les plus précieuses. Sage porte de minuscules bois de renne, tandis que Blake est vêtu d'une grenouillère en pain d'épices. Mon cœur fond complètement.

— Oh mon Dieu, venez ici, je chuchote, en sortant Blake de son couffin pendant que Hunter tend Sage à Chris. Blake me regarde avec ses grands yeux endormis, puis laisse échapper un doux gazouillis qui me fait complètement craquer. Vous êtes d'une mignonnerie illégale, vous deux, je leur dis, en embrassant le front chaud de Blake et en chatouillant le pied de Sage jusqu'à ce qu'elle donne des coups de pied joyeusement.

James et Hunter entrent derrière moi, chargés de sacs à langer et de divers équipements pour bébé.

— Où peut-on installer le tapis de jeu ? demande James.

— J'ai fait de la place près des canapés, dis-je, en déplaçant Blake sur ma hanche et en pointant avec ma main libre. Juste là, avec une vue parfaite sur le sapin.

Hunter étouffe un rire et commence à dérouler le tapis de jeu. Je m'agenouille pour l'aider, faisant toujours rebondir doucement Blake sur mon genou pendant que Sage babille dans les bras de Chris. Toute la maison semble différente maintenant, plus chaleureuse, plus pleine, vivante d'une manière dont je n'avais pas réalisé qu'elle manquait jusqu'à cet instant précis.

Je finis par rendre Blake à James, lissant le devant de son minuscule pyjama avant de le lâcher. Quand je me relève, mon regard se pose sur Chris, non loin. Il berce Sage sans effort, une grande main soutenant son petit dos, son expression douce d'une manière qui me coupe le souffle.

Il est *beau* avec un bébé.

Dangereusement beau.

Son regard glisse vers le mien, lent et entendu, une chaleur qui couve sous la douceur. — Tu as des envies, ma belle ? murmure-t-il.

Mon visage s'enflamme instantanément. Je fais comme si de rien n'était en riant — du moins, j'essaie — mais à l'intérieur, quelque chose de chaud, de terrifiant et de tellement *juste* se déploie dans ma poitrine.

Mon Dieu.

Peut-être bien.

Je me lève et vais voir qui d'autre a besoin de mon aide avant d'entraîner Chris à l'étage en disant qu'on doit s'entraîner à faire des bébés. Le temps passe de cette manière étrange qu'il a dans les fêtes, où l'on lève les yeux et soudain deux heures se sont écoulées. D'autres amis arrivent, Ruby avec ses trois Alphas, qui sont immédiatement recrutés pour aider Kane à installer des chaises supplémentaires. D'autres personnes de la ville avec qui je me suis liée d'amitié pendant l'organisation d'événements, et les amis de mes hommes.

La maison se remplit de voix et de rires. Les gens se dispersent, certains attroupés autour de la table de la salle à manger, d'autres s'appropriant les canapés, des groupes debout dans la cuisine, goûtant aux apéritifs, tandis que les gars apportent les dernières touches au festin.

La sonnette retentit à nouveau, et comme je suis la plus proche, je vais ouvrir, m'attendant peut-être à d'autres voisins ou à l'accompagnateur de quelqu'un qui se serait perdu.

À la place, une femme que je n'ai jamais vue se tient sur le porche, et mon cerveau bugue complètement en essayant de l'assimiler. Elle est… sublime. D'une beauté insolente, de cette manière désinvolte qui me donne envie de vérifier ma coiffure et de me demander si je n'ai pas de la nourriture entre les dents.

Des cheveux blond vénitien descendent en douces vagues jusqu'à sa taille. Les yeux les plus verts que j'aie jamais vus, de véritables émeraudes. Un fard à paupières sombre et spectaculaire, de longs cils et un rouge à lèvres brillant de la teinte parfaite. Un ras-de-cou en cuir noir qui réussit à être élégant plutôt que rebelle.

Elle porte un crop top court sous un épais manteau blanc qui pend, ouvert malgré la température glaciale. Un jean bleu foncé est posé bas sur ses hanches, et un piercing au nombril scintille.

On dirait qu'elle vient de descendre d'un podium et qu'elle a décidé de s'encanailler avec nous, les gens normaux, le temps d'une journée.

— Salut, je réussis à dire, en essayant de ne pas paraître aussi intimidée que je le suis. Tu es là pour la fête ?

Elle rit, et c'est un son sincère. — Tu dois être Hannah, n'est-ce pas ?

Je cligne des yeux, décontenancée. — C'est moi. On

se connaît ? J'ai organisé un événement pour toi ? Je suis nulle pour reconnaître les visages quand les gens ne sont pas en train de me hurler dessus à propos des décorations.

Elle entre sans attendre d'invitation et me prend dans ses bras. Elle sent le parfum cher et quelque chose de mentholé.

Je reste là, lui tapotant maladroitement le dos, complètement confuse mais aussi extrêmement curieuse de savoir qui est cette magnifique inconnue qui me serre dans ses bras.

— Je suis Adelaide, dit-elle enfin en se reculant avec un grand sourire. La sœur de Chris.

— Oh. Mon cerveau traite l'information. OH ! Salut ! Waouh ! Entre, je t'en prie ! C'est juste que... il ne t'a jamais mentionnée. Genre, pas une seule fois. Je ne savais pas qu'il avait une sœur.

Elle rit de nouveau, enlevant son manteau pour révéler encore plus son crop top. — Ouais, Chris n'est pas très doué pour partager des informations personnelles. Mais j'avais prévenu les trois gars que je venais. D'après ce que Noel a dit, Chris a été un peu préoccupé par sa nouvelle Oméga pour se souvenir de me mentionner. Elle sourit. Je ne peux pas lui en vouloir. Tu es exactement aussi magnifique que Noel t'a décrite.

Je n'arrive pas à m'arrêter de sourire. — Oh, vous discutez souvent, toi et Noel ? J'essaie vraiment de ne pas paraître jalouse. Pourquoi serais-je jalouse ? Elle est juste absurdement magnifique et apparemment, elle parle régulièrement à l'un de mes Alphas, et j'ai lu assez de romances pour savoir que les mecs ont toujours un béguin secret pour la sœur sexy de leur meilleur ami.

Mais je suis ridicule. Totalement ridicule.

Adelaide doit déceler quelque chose dans mon ton — ou sur mon visage, qui n'a jamais su cacher mes émotions — car elle me donne un petit coup de coude enjoué.

— Ne t'inquiète pas. Noel a toujours été comme un grand frère agaçant pour moi. Rien de plus, ça ne le sera jamais, et franchement, rien que l'idée me donne la nausée. Elle fait une grimace de dégoût exagérée. Je lui demande parfois conseil, parce qu'il a beaucoup plus de patience que Chris et qu'il est légèrement moins susceptible de frapper d'abord et de poser des questions ensuite.

Le soulagement m'envahit si vite que j'en ai la tête qui tourne. — Oh, tant mieux. Enfin... non pas que j'étais inquiète. Parce que je ne l'étais pas. Je suis très sûre de moi, pleine de confiance et pas du tout du genre à trop réfléchir...

— Tu étais totalement jalouse, m'interrompt Adelaide avec un sourire encore plus large. C'est mignon. La famille de Chris est ta famille maintenant, ce qui veut dire que je suis aussi ta famille. Que tu le veuilles ou non.

Quelque chose de réconfortant éclôt dans ma poitrine. — Je te veux, c'est certain. Bienvenue chez les fous.

L'expression d'Adelaide s'adoucit. — Merci. Ça me touche beaucoup. Ça fait vraiment du bien de savoir qu'il a enfin trouvé quelqu'un qui le rend heureux. Chris est perdu depuis si longtemps, tu sais ? À la dérive. Mais je comprends pourquoi il est complètement fou de toi.

Avant que je ne puisse répondre, Chris apparaît dans le couloir.

— Adelaide ? Sa voix est surprise, mais sincèrement heureuse. Tu es vraiment venue. Je pensais que tu ne le ferais pas, vu que tu n'as jamais rappelé ni répondu à aucun de mes quinze messages.

Adelaide hausse un sourcil. — Quelqu'un est en manque d'attention, à ce que je vois.

— Quelqu'un s'inquiétait pour sa sœur.

— Eh bien, me voilà. Elle écarte les bras de façon théâtrale. En chair et en os. Surprise ?

Il traverse la pièce en trois longues enjambées et l'enveloppe dans une étreinte si forte que ses bottes décollent de quelques centimètres du sol. Adelaide laisse échapper un petit rire contre son torse, enlaçant ses bras autour de lui avec le genre de soulagement que l'on ne ressent qu'en revoyant une personne qu'on n'a pas vue depuis trop longtemps.

— Pas possible, dit Noel en arrivant de la cuisine, une bière à la main. Tu ne nous as pas prévenus que tu débarquais ce soir.

Kane apparaît juste derrière lui, s'essuyant les mains sur un torchon. — Adelaide, jubile-t-il, en l'attirant dans ses bras pour une deuxième étreinte dès que Chris la laisse respirer. Bon sang, tu choisis toujours les soirs les plus mouvementés.

Elle s'esclaffe. — J'aime faire une entrée remarquée.

— Tu aimes surtout semer la pagaille, réplique Noel,

en l'embrassant affectueusement sur le sommet du crâne avant de tirer sur une de ses boucles. Tu sors toujours avec ce connard de Denver ?

Adelaide lève les yeux au ciel si fort qu'ils manquent de lui sortir des orbites. — S'il te plaît. C'est fini depuis des mois.

— Dieu merci, dit Kane. Sa tête ne m'est jamais revenue.

— Tu ne l'as jamais rencontré, rétorque-t-elle.

— Pas la peine. En théorie, sa tête me dérangeait déjà.

Elle rit tandis que Chris l'étudie attentivement, plissant les yeux face à l'épuisement qu'elle essaie de dissimuler. Elle lui lance un regard qui veut dire *Pas ici, pas maintenant*, et il lui serre l'épaule une fois, promettant silencieusement de ne pas la pousser à bout.

Kane passe un bras autour de son cou, la tirant contre lui. — Bienvenue. Il y a des tonnes de bouffe, et il faut qu'on mange avant que Corn Dog n'essaie de tout dévorer.

Adelaide grogne. — S'il te plaît, dis-moi que tu plaisantes.

— Non, affirme Noel.

Son rire est plus éclatant cette fois, mais une tension subsiste en dessous.

Chris dit : — Viens, sœurette, laisse-moi monter tes sacs dans la chambre d'amis.

— Je n'ai pas grand-chose, dit Adelaide avec un haussement d'épaules désinvolte qui semble un peu forcé. Je ne reste pas longtemps, tu sais comment je suis.

J'ai des endroits où aller, des gens à rencontrer, des aventures à vivre.

L'expression de Chris se durcit. — D'accord. Bien sûr.

Ils disparaissent à l'étage, et je me tourne immédiatement vers Noel et Kane. — Bon, c'est quoi le problème entre ces deux-là ? Parce que c'était bizarre et gênant, et j'ai besoin de toute l'histoire.

Noel soupire, passant une main dans ses longs cheveux. — En gros, Chris l'a protégée pendant leur enfance contre le harcèlement dont elle était souvent victime.

— Mais ensuite, Chris a eu besoin de construire sa propre vie, poursuit Kane. Et Adelaide voulait son indépendance. Alors elle a suivi son chemin, et Chris le sien. Maintenant, il y a cette tension étrange entre eux où on sent qu'ils s'aiment, mais aucun ne sait comment combler le fossé qui les sépare.

Mon cœur se serre en entendant ça. — C'est horrible.

— Il leur suffirait de se parler, ajoute Noel. Vraiment se parler, pas juste des banalités du genre « comment ça va ? ». Mais aucun des deux ne veut faire le premier pas.

— Eh bien, si elle reste ici, je pourrai peut-être aider, dis-je, des plans se formant déjà dans ma tête. Apprendre à la connaître, gagner sa confiance, découvrir ce qui se passe vraiment.

Tous les deux me dévisagent avec tant d'affection que mes joues s'échauffent.

— C'est pour ça qu'on t'aime, murmure Kane, en

déposant un baiser sur ma bouche. Tu veux immédiatement arranger les choses et aider les gens.

— C'est probablement maladif, mais on fait avec ce qu'on a, je réponds.

Nous rejoignons la fête, et bientôt, Chris et Adelaide redescendent. Elle gravite immédiatement vers Lily et Ruby, et en quelques minutes, les trois femmes rient comme si elles se connaissaient depuis des années.

Noel commence à découper la dinde sur la table de la salle à manger, et tout le monde se rassemble pour le regarder et l'encourager comme s'il s'agissait d'un événement sportif. C'est chaotique, bruyant et absolument parfait.

Plus tard, après avoir mangé de quoi nourrir une petite armée et que tout le monde est affalé dans un coma post-prandial, j'attrape Lily pour lui montrer ma nouvelle Jeep.

— Il faut que tu voies ce cadeau, je lui dis, en la traînant presque jusqu'au garage. C'est dément. Genre, complètement dément.

Nous traversons le couloir quand nous entendons la voix d'Adelaide venant d'une des pièces sur le côté — le bureau, je crois. Elle est au téléphone, sa voix basse mais audible dans le couloir silencieux.

Lily et moi nous figeons, échangeant un regard.

— Oui, je suis là. Je suis en sécurité. Tu peux arrêter de t'inquiéter autant ? Le ton d'Adelaide est affectueux mais exaspéré. Je ne resterai pas assez longtemps pour qu'il se passe quoi que ce soit. Je vais faire ce que je suis venue faire, et ensuite je serai partie.

Elle fait une pause, écoutant son interlocuteur.

— Je sais. Je tiens ma parole. Quand est-ce que je ne l'ai pas fait ? Chris ne sait rien de tout ça, et je compte bien faire en sorte que ça reste ainsi. Il vaut mieux qu'il ne sache pas.

Une autre pause.

— OK, je t'ai entendu les cinquante premières fois. Oui, je fais attention. Oui, je comprends les risques. Oui, je sais…

Silence pendant que l'autre personne parle.

— Je sais ce qui est en jeu. Sa voix se fait encore plus basse, presque un murmure. Je ne suis pas stupide. Je sais exactement ce qui arrivera si ça tourne mal. Mais ça n'arrivera pas. Je serai prudente.

Encore le silence.

— Il faut que je te laisse. Sa voix s'adoucit. Je t'aime aussi. L'appel se termine.

Lily et moi nous fixons, les yeux grands ouverts et choqués, et nous nous précipitons immédiatement vers le garage avant qu'Adelaide ne nous surprenne en train d'écouter aux portes comme des fouineuses. Nous franchissons la porte du garage en trombe et la refermons derrière nous, toutes deux essoufflées.

— C'était quoi ce bordel ? chuchote Lily, bien que nous soyons seules maintenant.

— Il se passe quelque chose, je chuchote en retour. Elle avait l'air un peu effrayée.

— Tu vas le dire à Chris ?

Je me mords la lèvre, en réfléchissant. — Je ne sais pas encore. Je dois d'abord comprendre ce qui se passe. Si je lui dis maintenant, sans contexte, ça risque juste de faire fuir Adelaide, et on ne saura jamais dans quel pétrin elle est.

— Tu penses qu'elle a des ennuis ?

— Tu as entendu cette conversation ? Elle est clairement dans le pétrin.

Lily hoche lentement la tête. — D'accord. Alors, c'est quoi le plan ?

— Je vais apprendre à la connaître. Gagner sa confiance. Découvrir ce qu'elle cache et si je dois le dire à Chris ou si je peux l'aider à gérer ça discrètement. Elle fait partie de la famille maintenant, ce qui veut dire qu'elle est aussi sous ma responsabilité.

— Bon plan.

Je prends une grande inspiration, repoussant pour l'instant le mystérieux appel d'Adelaide au fond de mon esprit. — Bon, assez parlé de secrets potentiellement dangereux. Laisse-moi te montrer ce cadeau absolument ridicule qui fait passer tes hommes pour des nuls en comparaison.

J'allume les lumières avec un geste théâtral, et la Jeep luit sous les néons.

Lily pousse un véritable cri strident. — Oh, merde, Hannah ! Tu es sérieuse ? Elle est magnifique !

Nous grimpons toutes les deux dessus comme des gamines excitées, et je lui montre toutes les fonctionnalités quand la porte du garage s'ouvre et que mes trois hommes apparaissent, nous cherchant clairement.

— Fête secrète dans le garage ? demande Kane avec un grand sourire.

— Je frime juste avec le meilleur cadeau de Noël de tous les temps, dis-je, incapable d'arrêter de sourire. Et je fais aussi passer les Alphas de Lily pour des nuls, ce qui est un bonus.

Lily se tourne vers eux, les mains sur les hanches. — Vous placez la barre incroyablement haut, les gars. Qu'est-ce que vous allez lui offrir pour son anniversaire, à ce rythme ? Une île privée ? Un palais ? Un petit pays ?

Ils rient tous, et je me laisse tomber dans leurs bras qui m'attendent, les laissant m'entourer à nouveau.

— Il faut que j'aille dire à mes hommes qu'ils doivent sérieusement relever le niveau, dit Lily, toujours souriante alors qu'elle retourne à l'intérieur.

Quand elle est partie et qu'il ne reste que nous quatre dans le garage silencieux, je lève les yeux vers eux trois, qui me regardent avec tant d'amour, de fierté et de bonheur que je pourrais pleurer à nouveau.

— C'est notre premier Noël en tant que famille, dit Chris.

Je fonds contre eux, et nous restons là un long moment, à nous serrer les uns contre les autres tandis que la neige continue de tomber abondamment dehors et que la musique et les rires étouffés nous parviennent de la maison.

C'est ça, un foyer et une famille. Pas le bâtiment, pas l'endroit, mais ces gens. Ce sentiment. Et quels que soient les défis à venir, je sais que je peux les affronter parce que je ne suis plus seule.

Je les ai. Ils m'ont. Et ensemble, rien ne peut nous arrêter.

Même si cela signifie gérer de mystérieux secrets de famille et des rennes aux tendances destructrices. Mais ça, c'est un problème pour demain. Aujourd'hui, il s'agit de célébrer tout ce que nous avons construit ensemble.

Et c'est absolument, parfaitement, merveilleusement imparfait.

Tout comme nous.

HANNAH

Un mois plus tard, et je me retrouve en Suède sans la moindre idée de ce qui se passe.

Enfin, ce n'est pas tout à fait exact. Je sais que nous sommes en Suède parce que j'ai vu mon billet d'avion. Et nous avons voyagé longtemps, entre les vols, les escales, un autre vol, puis un trajet en voiture à travers une nature sauvage de plus en plus enneigée qui semblait tout droit sortie d'un polar nordique.

Mais au-delà de ces faits géographiques de base, je suis dans le flou le plus total.

Mes trois Alphas sont restés exaspérément bouche cousue pendant tout le trajet. Chaque fois que je demandais où nous allions, ils échangeaient ces regards suffisants et disaient : « Tu verras. »

À. Chaque. Fois.

Alors me voilà, sortant d'un Uber devant ce qui semble être l'entrée d'un hôtel, la neige tombant douce-ment autour de nous en gros flocons paresseux, l'air si froid qu'il me brûle les poumons de la manière la plus rafraîchissante qui soit.

Il fait nuit, mais il y a des lumières devant nous. Des lueurs dorées et chaleureuses s'échappant des fenêtres, des lanternes bordant des sentiers recouverts de neige, tout scintille et pétille sur le paysage blanc immaculé.

Mon cœur bat déjà la chamade, plein d'impatience. Quoi que ce soit, où qu'ils m'aient emmenée, je sens au plus profond de moi que ce sera spécial.

Devant nous se dresse une grande structure en forme d'arche qui semble faite de neige et de glace, illuminée de l'intérieur, d'où sa lueur bleu pâle qui se détache sur le ciel nocturne. Comme un portail vers un autre monde.

— Traverse-la, dit Chris, son souffle formant des nuages dans l'air glacial. Ses yeux brillent d'une excitation à peine contenue. Continue tout droit, ma belle.

Les garçons tirent nos bagages derrière eux, et je suis trop hypnotisée pour faire autre chose qu'obéir. Je passe sous l'arche et m'engage sur un sentier enneigé, et j'ai immédiatement l'impression d'être entrée dans un conte de fées.

Des bâtiments nous flanquent de chaque côté, des restaurants aux fenêtres couvertes de givre, où des gens rient autour d'un repas, la lueur des bougies vacillant sur leurs tables. Une petite boutique avec des articles artisanaux exposés en vitrine, tout a l'air douillet et accueillant. Des structures aux allures de chalets qui rayonnent de chaleur, la fumée s'enroulant hors des cheminées.

Tout revêt cette qualité magique et surnaturelle,

comme si nous étions entrés dans une boule à neige ou une illustration de livre de contes qui aurait pris vie.

Mais nous ne nous arrêtons dans aucun de ces endroits.

— Continue, m'encourage Kane derrière moi. Tout droit, mon bébé.

Mes bottes crissent sur la neige immaculée, ma respiration s'accélère à chaque pas tandis que l'impatience monte dans ma poitrine.

Une structure se dresse devant nous. La façade du bâtiment s'arrondit vers l'extérieur comme un dôme, et l'ensemble semble être fait de neige et de glace. Pas décoré pour ressembler à de la neige et de la glace — réellement construit avec. La structure s'étend vers l'extérieur en courbes organiques, basse et large plutôt que haute, épousant le paysage comme si elle y avait poussé naturellement. Une douce lumière bleue émane de l'intérieur, faisant briller l'ensemble d'une lueur éthérée contre le ciel sombre.

De grandes portes doubles marquent l'entrée, simples et élégantes, et je peux voir des gens entrer et sortir, leur souffle créant des nuages tandis qu'ils passent de l'extérieur gelé à ce qui se trouve à l'intérieur.

Mon cœur bat si fort que je le sens dans ma gorge.

— Oh mon Dieu, je murmure, et ma voix sort tremblante, alors que je me tourne vers les garçons. C'est... est-ce que nous sommes...

Je n'arrive même pas à finir ma phrase, car mon cerveau est en proie à un mélange d'espoir, d'incrédulité et de joie immense.

— Continue, dit doucement Noel, sa main se posant dans le creux de mes reins. C'est encore mieux à l'intérieur.

Je tremble en approchant de ces portes. À chaque pas, la réalité de l'endroit où je me trouve s'ancre plus profondément en moi, et des larmes me piquent les yeux.

Chris et Kane saisissent chacun une poignée de porte et les ouvrent, s'écartant pour me laisser entrer la première.

Je franchis le seuil, et j'ai le souffle complètement coupé. Le hall d'entrée s'étend devant moi, et chaque surface est sculptée dans la glace.

Les murs s'élèvent dans un blanc bleuté lisse et cristallin qui capte l'éclairage soigneusement placé et le renvoie dans mille directions. Le plafond forme une voûte au-dessus de ma tête, et mon souffle forme des nuages qui dérivent vers le haut dans l'espace gelé. Le sol sous mes pieds est aussi de la glace, texturée pour l'adhérence mais incontestablement de l'eau gelée.

D'imposants piliers s'alignent en deux rangées sur toute la longueur du hall d'entrée, chacun étant une œuvre d'art. L'un est couvert de délicats motifs de flocons de neige si complexes qu'ils ressemblent à de la dentelle. Un autre présente des vignes grimpantes figées dans une floraison éternelle. Un troisième dépeint ce qui ressemble à des aurores boréales en vagues fluides et ondulantes.

J'avance plus profondément, tournant lentement sur moi-même, essayant de tout embrasser du regard en même temps et échouant complètement parce qu'il y a trop de beauté à absorber.

Il y a d'autres clients ici, des gens qui déambulent avec les mêmes expressions émerveillées que je dois arborer, des membres du personnel en parkas chaudes dirigeant la circulation avec une aisance consommée. Une réception plus loin est sculptée dans la glace, avec de vrais humains debout derrière, comme si tout cela était parfaitement normal.

Ce qui, pour eux, l'est probablement.

Mais pour moi...

Je me tourne vers mes hommes, et quelque chose se brise dans ma poitrine. Toutes les émotions que j'avais retenues — l'anticipation du voyage, la confiance que je leur avais accordée pour m'emmener dans un endroit spécial, la réalité écrasante de l'endroit où je me trouve — me submergent d'un coup.

Mes yeux me brûlent. Ma gorge est serrée. Mes mains tremblent.

— Nous sommes à l'hôtel de glace, je parviens à dire, et ma voix se brise sur chaque mot. Nous sommes vraiment à l'hôtel de glace en Suède.

Ils sourient tous, d'immenses sourires satisfaits et fiers qui leur donnent l'air de garçons qui viennent de réussir la plus grande surprise du monde.

— Surprise, disent-ils à l'unisson, puis ils m'entourent, m'attirant dans une étreinte chaleureuse.

Je pleure de bonheur maintenant, et je me fiche complètement d'avoir l'air d'un désastre devant tous ces étrangers.

— Tu m'as dit un jour, murmure Kane contre mes

cheveux, ses bras serrés autour de moi, quel serait l'événement de tes rêves à organiser. Tu te souviens de ce que tu as dit ?

Je hoche la tête et lève les yeux vers lui. J'avais divagué pendant probablement vingt minutes sur des sculptures de glace, des orchestres, des fontaines de champagne et des lieux si élaborés qu'ils en coupaient le souffle.

— Nous avons décidé de t'amener à ton premier événement de glace en tant qu'invitée, poursuit Kane. Pour que tu puisses vivre la magie avant de créer ta propre version.

Je pleure encore plus maintenant, ce qui est probablement dangereux étant donné les températures glaciales, mais je suis physiquement incapable de m'arrêter. — Je suis tellement émotive, je halète en riant, car l'alternative est de sangloter à chaudes larmes. Je vous aime tellement, tous. C'est tout ce dont j'ai toujours rêvé, et plus encore. Je n'ai pas les mots pour dire ce que cela signifie pour moi.

Chris essuie mes larmes avec ses pouces, son contact doux. — Nous voulions t'offrir quelque chose que tu n'oublierais jamais.

— Mission accomplie. J'ai un hoquet, ce qui est très séduisant. Je n'arrive pas à croire que vous m'ayez vraiment emmenée ici. Je n'aurais jamais fait ça pour moi. J'aurais dit que c'était trop cher ou trop peu pratique ou que nous devrions économiser l'argent pour quelque chose de raisonnable, et j'aurais simplement continué à en rêver pour toujours au lieu de le vivre vraiment.

— C'est exactement pour ça qu'on l'a fait, dit Noel en

déposant un baiser sur mon front. Parce que tu mérites que tes rêves deviennent réalité. Pas un jour. Pas éventuellement. Maintenant.

— Vous trois, vous allez me gâcher, je parviens à dire. Je vais devenir une de ces Omégas pourries gâtées qui s'attendent à des surprises internationales élaborées de façon régulière.

— Bien, dit fermement Kane. C'est le but.

Je pleure un peu plus, parce qu'apparemment c'est ce que je suis devenue : une personne qui fond en larmes devant les grands gestes romantiques.

Kane finit par s'excuser pour s'occuper de l'enregistrement, tandis que Chris et Noel restent avec moi, me laissant errer dans le hall et m'extasier sur tout. Je touche les murs, sentant le froid s'infiltrer à travers mes gants. J'examine les piliers de près, m'émerveillant du savoir-faire. Je regarde d'autres invités avoir les mêmes réactions subjuguées.

— Comment ont-ils pu construire ça ? je demande en passant la main le long d'une colonne sculptée. Comment est-ce structurellement possible ? Ça défie tout ce que je sais sur l'architecture et la physique.

— Ils le reconstruisent chaque année, m'explique Chris, son bras autour de ma taille. Une nouvelle construction chaque hiver avec de nouveaux designs. Quand le printemps arrive, il fond et retourne à la rivière d'où il vient.

— C'est la chose la plus belle et la plus déchirante que j'aie jamais entendue. Tout ce travail et ce talent artistique, et ça... disparaît, tout simplement ?

— Ça le rend plus précieux, dit Noel. De savoir que ça ne durera pas éternellement.

Kane revient avec des cartes-clés et un membre du personnel en parka chaude qui se présente comme étant Elsa, ce qui me donne une envie irrépressible de faire une blague sur *Frozen*, mais je parviens à me retenir.

Nous la suivons à travers des couloirs entièrement sculptés dans la glace, croisant d'autres clients et des portes menant à d'autres suites. Les murs de cette section sont décorés de scènes de la nature. Une zone représente des vagues de l'océan figées en plein déferlement, et une autre une scène de forêt avec des arbres et des animaux.

— C'est votre première fois dans un hôtel de glace ? demande Elsa, remarquant clairement mon incapacité à cesser de tout toucher et de haleter à intervalles réguliers.

— C'est si évident que ça ?

— Vous avez le regard. Elle le dit gentiment, avec la patience de quelqu'un qui a guidé des milliers de touristes émerveillés. Tout le monde a cette expression la première fois. On ne croit jamais vraiment que c'est réel avant d'être dedans.

— Je n'y crois toujours pas. Une partie de mon cerveau continue d'insister que c'est un rêve élaboré et que je vais me réveiller d'une seconde à l'autre.

— Ce ne sera pas le cas, m'assure-t-elle. Mais je comprends ce sentiment.

Nous arrivons à notre suite, et Elsa ouvre la porte. Je rentre, et mes genoux flageolent littéralement.

L'entrée comporte des bancs sculptés dans la glace

avec d'épaisses peaux de bêtes pour s'asseoir, une petite table de glace et des alcôves sculptées où nous pouvons ranger nos vêtements et nos affaires. Il y a même une porte menant à ce qu'Elsa explique être une salle de bain chauffée.

Mais le chef-d'œuvre se trouve au fond de la pièce.

Une entrée voûtée sculptée dans la glace mène à ce que l'on ne peut décrire que comme une alcôve de couchage. L'arche est flanquée de deux sculptures époustouflantes. Un loup d'un côté, féroce et magnifique, chaque poil semblant avoir été sculpté en détail, et un oiseau de l'autre, les ailes élégamment repliées contre son corps, la tête tournée comme pour veiller sur quiconque entre.

Et au-delà de cette arche se trouve un lit énorme, assez grand pour que quatre personnes puissent y dormir confortablement, couvert de tant de couvertures et de jetés en fourrure qu'il ressemble à un nuage de luxe. Un éclairage bleu doux fait tout briller comme si nous dormions à l'intérieur d'une pierre précieuse.

— Les sacs de couchage sont dans l'armoire ici, explique Elsa, en nous montrant une alcôve sculptée avec un équipement de couchage thermique spécialisé. La température de la chambre se maintient autour de moins cinq degrés Celsius, donc vous voudrez suivre attentivement les instructions de superposition. La salle de bain, derrière cette porte, est chauffée à des températures normales, et vous pourrez vous y réchauffer chaque fois que nécessaire.

Je l'écoute à peine. Je suis trop occupée à me promener dans l'espace, à toucher la sculpture du loup, à passer mes doigts le long de l'arche sculptée, à fixer le lit qui semble sorti d'un conte de fées hivernal.

La salle de bain est visible par une ouverture, et je jette un coup d'œil à l'intérieur pour découvrir d'autres œuvres d'art de glace — des murs avec des sculptures décoratives de loups et d'animaux de la forêt qui correspondent au thème de notre chambre, et ce qui semble être une structure de glace entourant une baignoire chauffée normale.

Quand Elsa part enfin après avoir expliqué environ cinquante choses dont je ne me souviendrai jamais, je me tourne vers mes Alphas.

— J'adore cette chambre, j'annonce, ma voix résonnant légèrement contre les murs gelés. J'adore cet hôtel. J'adore la Suède. J'adore la glace comme matériau de construction. J'adore absolument tout de ce moment, et je le garderai en moi pour le restant de ma vie. Et je vous aime tellement tous les trois.

Ils me regardent avec ces expressions tendres qui font palpiter mon cœur.

— Nous sommes ravis que ça te plaise, ajoute Kane avec un sourire diabolique.

— Si ça me plaît ? Je vais écrire des poèmes sur cette chambre. Des mauvais poèmes. Des poèmes qui riment. Voilà à quel point ça me plaît.

— Pitié, ne fais pas ça, dit Noel. Tes talents créatifs sont ailleurs.

Je ris. — C'est méchant. Mais juste.

Chris a disparu dans l'espace salle de bains, et quand il en ressort, il tient la plus belle robe que j'aie jamais vue de toute ma vie. Elle est bleu glacier — évidemment, car ces hommes ont le sens du détail — avec des manches longues et un col montant bordé de fausse fourrure blanche et douce. Le tissu scintille comme s'il était tissé de lumière d'étoiles et de cristaux de givre, captant la lueur ambiante de la pièce et la renvoyant en minuscules étincelles à chaque mouvement.

Dans son autre main, il tient un masque assorti, décoré de cristaux et de petites plumes blanches, clairement conçu pour un événement formel et magique.

— C'est pour moi ? Ma voix n'est qu'un murmure.

— Nous avons des places pour un bal masqué au bar de glace ce soir, dit Chris, et il y a ce sourire satisfait sur son visage qui me dit qu'il attendait de révéler cette partie. Ils organisent un événement spécial, et nous avons des billets. Après les cocktails, nous dînons, et ensuite il y a un bal.

Je produis un son qui se situe entre un cri de joie et un sanglot.

— Est-ce que c'est vraiment ma vie ?

— Absolument, confirme Kane en me volant un baiser.

— On devrait se préparer, ajoute Noel, se penchant aussi pour m'embrasser. Ça commence dans une heure.

Je me dirige déjà vers Chris, tendant la main vers la robe. — Pourquoi vous ne me le dites que maintenant ? J'ai besoin de temps ! Je dois me coiffer ! Je dois trouver un maquillage qui aille avec ce masque ! J'ai besoin d'un moment pour réaliser que je vis dans un roman d'amour !

Ils se moquent gentiment de moi tous les trois.

Je serre la robe contre ma poitrine, de nouveau

submergée par l'émotion. — Honnêtement, je ne sais pas comment je pourrai jamais vous remercier pour ça, je chuchote. C'est… tout ce que je n'aurais jamais cru avoir. Je ne me suis même pas autorisée à *vouloir* quelque chose comme ça. Et vous, vous… Ma voix se brise. Vous me l'avez donné.

Noel s'avance le premier, comme s'il approchait quelque chose de sacré. Il encadre mon visage de ses grandes mains calleuses, m'obligeant à lever les yeux vers lui. — Tu n'as pas à nous remercier, dit-il douce-ment. Ce n'est pas comme ça que ça marche. Nous te choisissons. Nous continuons de te choisir. Et te donner les choses que tu ne pensais pas mériter ? Son pouce caresse ma joue. C'est notre privilège, Hannah.

Mon cœur fait un bond. Mon Dieu, il le pense vraiment.

Puis il m'embrasse, lentement, longuement, une promesse déposée directement sur ma bouche. Le genre de baiser qui me laisse tremblante quand il se retire.

Chris est là et dépose un baiser le long de ma mâchoire, son souffle chaud traînant derrière lui. — Tu n'as aucune idée, murmure-t-il, à quel point il est facile de te donner. À quel point c'est bon. Sa main glisse le long de mon bras, ses doigts s'emmêlant brièvement aux miens. Laisse-nous te gâter un peu, ma belle.

Puis les paumes de Kane se posent sur mes hanches, m'attirant contre la chaleur de son torse. Il presse sa bouche sur le côté de ma tête, un lent contact de ses lèvres qui fait fondre ma colonne vertébrale. — Tu trouves que c'est déjà beaucoup ? gronde-t-il contre ma peau. Attends de voir. On n'en est qu'à l'échauffement.

Un rire m'échappe, à moitié essoufflé, à moitié désespéré de rester debout sous toute cette attention.

Ils m'entourent — me touchant, me réclamant sans avoir besoin de marquer un seul centimètre de ma peau.

C'est vertigineux. C'est parfait.

Kane se blottit contre ma tempe. — Vas-y, ma belle, dit-il d'une voix basse. Va t'habiller.

La main de Chris me tapote la fesse. — Nous avons un bal auquel assister, ajoute-t-il avec un sourire en coin. Et crois-moi… nous comptons bien être ceux qui te déballeront plus tard.

Tout mon corps s'embrase. Et pour la première fois de ma vie, je n'ai pas l'impression d'être celle qui reçoit un cadeau. Mais d'être *moi-même* le cadeau qu'ils ont hâte de chérir.

Je flotte jusqu'à la salle de bains sur un nuage de bonheur. — Tu te rends compte que c'est en train d'arriver ? je demande au loup sculpté en estompant mon fard à paupières. Parce que moi, non.

La robe me va parfaitement. Mes cheveux tombent en boucles souples sur mes épaules et ma poitrine, quelques mèches encadrant mon visage.

Quand je place enfin le masque et que je me regarde dans le miroir, j'ai le souffle coupé.

Je pourrais être une princesse des glaces. Quelqu'un qui a sa place dans les salles de bal et les palais. Avec une profonde inspiration, j'ajuste mon masque une dernière fois et je sors de la salle de bains.

Mes trois Alphas attendent, et je manque de m'écrouler.

Ils sont tous en costumes de soirée, parfaitement

taillés pour souligner leurs larges épaules et leurs carrures puissantes. Chris en gris anthracite qui fait ressortir ses yeux verts. Kane en bleu nuit qui le rend encore plus dangereux que d'habitude. Noel en noir classique, ses longs cheveux sombres attachés en arrière, lui donnant l'air d'un ange déchu.

Chacun porte un loup noir sur les yeux, et l'effet est absolument dévastateur. On dirait des agents secrets. Des méchants d'un roman gothique. Tous les fantasmes que j'ai jamais eus incarnés en chair et en os.

— Votre Majesté, dit Noel en posant un genou à terre devant moi. Vous honorez de votre présence nous, pauvres mortels.

Je ris, le son se répercutant sur les murs de glace. Il prend ma main et presse un baiser sur mes jointures avant de se relever avec grâce.

Chris et Kane se rapprochent comme s'ils l'avaient prévu, mais je sais que non. Ils… orbitent simplement autour de moi. Leurs grandes mains effleurant chaque parcelle de peau qu'ils peuvent atteindre. Les lèvres de Chris frôlent mon épaule nue où l'encolure a glissé. La bouche de Kane trouve la courbe de mon cou. Leurs doigts parcourent ma taille, lents et admiratifs.

— Tu es si belle, murmure Chris contre ma peau, son souffle chaud et distrayant.

Un frisson parcourt ma colonne vertébrale. — Cette robe était le bon choix. Je craignais que le bleu ne soit trop cliché, étant donné le lieu, mais… sa paume glisse sur le tissu de ma hanche, assez lentement pour me faire inspirer brusquement… elle est parfaite. Tu es parfaite.

J'ai un sourire en coin. Chris embrasse de nouveau

mon épaule. Les mains de Kane se resserrent sur ma taille tandis qu'il dit : — On devrait t'emmener à ce bal avant de ruiner ta coiffure, ta robe et ton maquillage si soigneusement appliqué.

— Ruiner mon maquillage semble inévitable, je rétorque, les joues chaudes.

Noel ouvre le long manteau blanc qu'ils ont dû m'apporter. Col en fausse fourrure. Des poignets aussi doux que des nuages. Il le drape sur mes épaules. Je m'y blottis en gémissant de chaleur.

— Vous avez vraiment pensé à tout, je murmure.

— On a essayé, dit Chris en m'offrant son bras. Il y a une fierté subtile et dévastatrice dans sa voix. Viens avec nous.

Je prends son bras. Kane m'offre son autre bras avec un petit sourire malicieux. Noel se met au pas derrière nous, sa paume chaude et possessive au creux de mes reins.

Nous traversons les couloirs de glace comme si nous étions des membres de la royauté se rendant à un événement d'État. D'autres clients nous croisent — certains en tenue de soirée, se dirigeant clairement vers la même destination, d'autres en vêtements décontractés explorant l'hôtel — et absolument tous se retournent pour nous regarder.

Nous devons former un sacré tableau. Les trois Alphas massifs dans leurs costumes sombres et leurs masques, et moi dans ma robe bleu glacier scintillante, l'air de m'être échappée d'un conte de fées hivernal.

Je ne me suis jamais sentie aussi belle. Aussi chérie. Autant à ma place.

Le bar de glace se trouve dans une section séparée de l'hôtel, et lorsque nous franchissons l'entrée, je dois m'arrêter et juste respirer parce que c'est trop à assimiler d'un coup.

L'espace entier est sculpté dans la glace — murs, sièges, bar, verres, tout — mais il a été décoré pour le bal masqué avec une incroyable virtuosité. Des sculptures de glace de danseurs figés au milieu d'une valse sont disposées dans la pièce, si détaillées que je peux voir les expressions sur leurs visages, le mouvement de leurs robes et de leurs queues-de-pie. Le bar lui-même est une immense structure de glace avec un éclairage bleu doux intégré à l'intérieur, des bouteilles d'alcool refroidissant dans des niches sculptées qui brillent comme des trésors.

— On commence par des verres, dit Noel, déjà en mode mission. Parce que nous sommes dans un bar de glace et que ne pas le faire serait à la limite de l'offense. Il désigne un menu. Ils utilisent des mûres des marais, des airelles et de l'aquavit. Je suis partant.

Il disparaît en direction du bar.

Chris, Kane et moi trouvons une table près d'une énorme sculpture de glace représentant un renard polaire. Elle est si finement sculptée que je jurerais qu'elle nous observe. Je passe mes doigts sur la surface gelée de la table, m'émerveillant encore du fait que cet endroit est entièrement fait d'eau, de froid et de magie. Une magie éphémère.

Noel revient, portant quatre verres en glace en forme de pierres précieuses facettées. Le mien contient un cocktail de couleur prune foncé qui luit légèrement sous les lumières, garni de baies congelées et d'un éclat de menthe cristallisée. Les boissons des hommes sont ambrées et riches, tourbillonnant d'herbes piégées dans la glace comme des spécimens préhistoriques.

Chris lève son verre avec un lent sourire qui me frappe quelque part dans le bas du ventre. — À Hannah. Qui a fait suffisamment confiance à trois chasseurs de primes pour monter dans un avion sans savoir où elle atterrirait.

Kane sourit. — À nous. Pour avoir survécu à l'interrogatoire qu'elle nous a fait subir. J'ai encore des bleus à l'ego.

Noel lève son verre en dernier. — À tous les endroits où nous irons après ça. Parce que ce n'est que le début.

Je lève le mien, le froid s'infiltrant à travers mes gants. — À mes trois Alphas, qui ont réussi à faire d'un voyage surprise à l'autre bout du monde la chose la plus attentionnée que l'on ait jamais faite pour moi. Quel que soit votre objectif… vous avez réussi.

Ils rient, et lorsque nous buvons, le goût est irréel. Doux. Acidulé. Réconfortant d'une manière qui semble se déployer à l'intérieur de ma cage thoracique et faire de la place pour quelque chose de nouveau.

Chris glisse son bras le long du dossier de ma chaise, ses doigts effleurant mon épaule. — Voilà à quoi ressemble ta vie maintenant, dit-il doucement.

Kane se rapproche, sa paume descendant le long de ma colonne vertébrale avec une douce possession. — Nous sommes là. Totalement. Sans peur. Sans hésitation. Tu es à nous, et nous sommes à toi.

Noel sourit de l'autre côté de la table. — Tu es

coincée avec nous. Définitivement. On a vérifié le contrat et tout le reste.

Je ris. Le son est clair et brillant, rebondissant sur les murs de glace et se mêlant à la musique douce qui flotte dans l'espace. C'est comme si la glace elle-même portait le son vers le haut et le dispersait autour de nous.

Pendant un instant, tout s'efface. Le monde, le passé, l'incertitude. Tout ce que je ressens, c'est leur chaleur pressée contre mes flancs, leur attention entièrement et complètement posée sur moi, la beauté surréaliste du palais de glace scintillant, et cette certitude qui éclot lentement en moi.

Le bonheur n'est pas comme je l'imaginais. Il n'est pas bruyant ou spectaculaire. Ce n'est pas quelque chose de fragile que je dois tenir fermement avant qu'il ne me glisse entre les doigts.

C'est de la chaleur dans un monde gelé, c'est se sentir soutenue même quand j'ai peur. C'est cet amour qui fait fondre tout ce que je croyais savoir sur ma vie.

Je me tourne vers eux, le cœur plein, et je murmure : — Je suis avec vous pour de bon.

Le souffle de Chris se coupe. Kane s'immobilise. Le sourire de Noel est captivant. Et ils se resserrent autour de moi, nos verres s'entrechoquant doucement comme une promesse qui se forme dans le froid.

Pour la première fois de ma vie, je n'ai pas peur de garder quelque chose de merveilleux.

Et je ne le laisserai jamais partir.

SCÈNE BONUS

HANNAH

Trois mois que je suis rentrée de Suède, et ma vie s'est transformée en quelque chose que je reconnais à peine.

Le genre de vie où je me réveille chaque matin, prise en sandwich entre des corps d'Alphas chauds, et où je me demande ce que j'ai bien pu faire dans une vie antérieure pour mériter un tel bonheur.

Confetti & Meatballs Event Planning a littéralement explosé. La nouvelle s'est répandue concernant la cérémonie d'illumination du sapin, puis le sauvetage de la parade, et enfin la façon dont j'ai géré chaque crise que Scot m'a balancée avec grâce et professionnalisme. Bon, peut-être pas la grâce, mais sans aucun doute une détermination acharnée que les gens semblent respecter.

Maintenant, mon carnet de commandes est plein pour les dix-huit prochains mois.

Tellement plein, en fait, que j'ai dû embaucher. Trois Alphas, plus précisément, travaillent maintenant avec moi tout en continuant leur activité de chasseurs de primes à côté. Il s'avère que les hommes capables de traquer des criminels et de négocier avec de dangereux fugitifs sont aussi excellents pour mater les fournisseurs difficiles et gérer des délais impossibles.

Qui l'eût cru ?

J'adore les avoir encore plus à mes côtés. Voir Kane embobiner un fleuriste pour une livraison de dernière minute. Regarder Chris intimider un traiteur pour qu'il honore son devis initial. Noel charmant các directeur de salle pour nous obtenir de meilleurs tarifs.

Nous formons une équipe incroyable.

En ce moment, je me tiens dans le plus magnifique lieu de mariage que j'aie jamais vu, observant les derniers préparatifs se mettre en place pour le mariage de mon amie Emma.

Emma est une autrice de romance à succès qui vit ici, à Whispering Grove. Elle écrit de grandes histoires d'amour épiques, et maintenant, elle vit son propre conte de fées avec ses trois Alphas : Atlas, le chef des pompiers, ainsi que River et Levi.

Quand ils l'ont demandée en mariage, Emma savait exactement ce qu'elle voulait. Un vrai mariage, grandiose, sans regarder à la dépense, qui rivaliserait avec tout ce qu'elle avait pu écrire dans ses livres.

Et elle le voulait à Savor Functions. Le tout nouveau lieu événementiel géré par les mêmes types qui tiennent le restaurant Savor en ville, de loin l'établissement le plus populaire et le plus acclamé par la critique de toute la région. Le nouveau site est complet deux ans à l'avance, avec une liste d'attente encore plus longue.

Obtenir une date pour Emma ici semblait impossible.

Mais je ne crois plus à l'impossible.

Lily connaît Cindy, l'Oméga des hommes qui dirigent l'empire Savor, et elle a fait jouer ses relations. A demandé des faveurs. A usé de la magie fraternelle qu'elle possède. Et, par miracle, nous avons trouvé un week-end qui convenait.

Je ferais n'importe quoi pour mes clients, et quand Emma a demandé ce lieu spécifique — le domaine au pied des montagnes, avec le paysage qui s'étend à perte de vue et le service traiteur de classe mondiale assuré par Arrow lui-même — j'ai fait en sorte que ça se produise.

Alors, debout ici à regarder tout se mettre en place, je ressens une vague de fierté si intense qu'elle me monte presque les larmes aux yeux. Le lieu est spectaculaire. Au loin se dresse le manoir de Cindy et de ses Alphas, une vaste propriété qui semble sortie d'un magazine d'architecture. Mais nous sommes plus loin sur le domaine maintenant, dans une section qui a été transformée en un paradis pour les mariages.

L'espace de la cérémonie est installé sous un énorme chêne, ses branches s'étalant largement comme une cathédrale offerte par la nature. Le printemps a tout ramené à la vie, des fleurs recouvrent les arbres voisins de nuages roses et blancs, des oiseaux chantent depuis des perchoirs cachés, l'air est doux du parfum des fleurs et du renouveau.

Le soleil entame sa lente descente vers les montagnes, projetant des couleurs qu'aucun photographe ne pourrait pleinement capturer — des ors, des roses et des lavandes douces qui peignent le paysage comme une aquarelle. Et celui qu'Emma a engagé mitraille de photos les hommes qui attendent leur fiancée avec le célébrant.

Des chaises blanches sont disposées en rangées de chaque côté d'une allée pavée, chacune ornée de rubans ivoire et vert sauge qui flottent doucement dans la brise. L'allée elle-même est bordée de compositions de fleurs printanières — des pivoines, des roses et de la verdure retombante qui débordent de hauts vases en verre.

Au bout de l'allée, sous le chêne, une arche a été construite à partir de branches torsadées et tissées de fleurs supplémentaires, un cadre pour le moment où Emma épousera enfin ses hommes.

Et en parlant de ses hommes, Atlas, River et Levi sont déjà en position, droits et terriblement beaux dans leurs costumes sur mesure. Atlas, avec sa carrure massive et sa peau bronzée, a tout du héros protecteur. River, avec ses cheveux blonds foncés un peu longs et son sourire facile. Levi, avec ses traits fins et son regard intense. Et les chaises sont remplies d'invités.

Je suis si incroyablement heureuse pour eux.

Une musique douce s'échappe de haut-parleurs cachés, et tout est parfait. Chaque détail est exactement comme Emma l'avait imaginé, précisément comme nous l'avions prévu.

Je balaie une dernière fois les lieux du regard, vérifiant si quelque chose ne va pas, mais il n'y a rien. Juste de la beauté, de l'attente et la promesse d'un amour sur le point d'être célébré.

Il est temps d'aller chercher la mariée… ou du moins d'attendre son arrivée.

Je me retourne et me dirige vers l'allée, traversant la pelouse, mes talons claquant sur le chemin de pierre. Ma robe pour aujourd'hui est d'un rose tendre qui capte la lumière déclinante du soleil, ajustée au niveau du buste avec un haut de style corset, puis descendant en une jupe fluide qui voltige autour de mes genoux à chaque pas. Les manches sont longues et transparentes, ajoutant de l'élégance sans être écrasantes, and mes cheveux sont relevés, avec quelques mèches qui s'échappent pour encadrer mon visage.

Je me sens belle. Ce qui n'est pas peu dire, car aujourd'hui, il ne s'agit pas du tout de moi.

À proximité, l'immense salle de réception se dresse avec ses portes d'entrée ouvertes, prête pour la fête. C'est un bâtiment magnifique conçu uniquement pour des événements comme celui-ci, doté d'une cuisine professionnelle complète, de toutes les commodités dont on pourrait rêver, de chambres à l'étage, le tout de première classe.

Le prix m'a fait pleurer quand je l'ai vu pour la première fois, mais Emma et ses Alphas n'ont même pas sourcillé. Quand on est une autrice à succès avec trois partenaires qui réussissent, apparemment, les questions de budget deviennent quelque peu hors de propos.

En approchant de la zone d'arrivée, j'aperçois Arrow, le propriétaire de Savor, debout près de l'entrée, s'occupant visiblement de la coordination de dernière minute. Il porte un pantalon sombre sur mesure et une chemise blanche impeccable qui ne fait absolument rien pour cacher les muscles en dessous — et il en a beaucoup. Cet homme est bâti comme une statue grecque, avec des cheveux blonds foncés portés longs et lâches autour de son visage.

Ses yeux bruns me trouvent alors que j'approche, et ce sourire facile s'étale sur son beau visage.

— La voilà, dit-il, sa voix profonde et chaleureuse. La femme qui a rendu tout cela possible.

— J'ai eu beaucoup d'aide, réponds-je, bien que je sourie. Votre équipe a été incroyable. Honnêtement, travailler avec Savor a été la collaboration la plus facile que j'aie jamais eue avec un fournisseur.

— Notre but est de satisfaire. Il fait une petite révérence, les bras croisés, ayant tout l'air de l'Alpha dangereux qu'il était probablement avant de devenir légitime. Il y a quelque chose chez lui, chez tous les hommes de Cindy, en fait, qui me rappelle mes propres Alphas. Ce côté brut. Cette impression qu'ils ont vu des choses, fait des choses, survécu à des choses.

D'anciens motards, m'a dit Lily. Du genre dangereux. Ils sont arrivés avec un bagage, des aspérités et un passé compliqué.

Exactement como mes trois hommes.

Peut-être que c'est pour ça qu'on s'entend tous si bien.

— Tout est prêt, poursuit Arrow. Cindy s'occupe de la musique avec le DJ, la cuisine est préparée pour la réception, le bar est approvisionné. On est parés au décollage dès que la mariée arrivera.

— Elle sera là dans une quinzaine de minutes, je

confirme en vérifiant mon téléphone. Son chauffeur vient de m'envoyer un SMS.

— Je dois dire, Hannah, que travailler avec toi a été rafraîchissant. La plupart des coordinateurs d'événements sont des cauchemars. Exigeants, hypercontrôleurs, à appeler à trois heures du matin pour la couleur des serviettes.

— Oh, j'ai très certainement déjà appelé des gens à trois heures du matin pour la couleur des serviettes, j'avoue. Simplement, pas vous. Pas encore. Laissez-moi du temps.

Il rit, et le son est profond, riche et sincèrement amusé. — Je te crois sur parole.

Une paire de bras m'entoure par-derrière, et je ne sursaute même pas, car je connais ce parfum, ce toucher, cette présence.

Noel.

— Vous sympathisez sans moi ? murmure-t-il contre mon oreille, et il y a une possessivité taquine dans sa voix qui me fait frissonner.

— On discutait juste de l'événement, dis-je innocemment.

— Mmm. Il n'a pas l'air convaincu. Ses bras se resserrent autour de ma taille. N'oublie pas avec qui tu rentres ce soir, me taquine-t-il.

Je pivote légèrement pour lever les yeux vers lui, souriant. — C'est de la jalousie que je détecte ?

Noel glousse et fait un clin d'œil à Arrow, qui éclate de rire.

— Sur ce... ajoute Arrow. Je devrais rentrer m'assurer que le personnel de cuisine n'a pas de crise de dernière minute. Bonne chance pour la cérémonie, Hannah. Et Noel… Il hoche la tête vers mon Alpha avec un sourire entendu. N'essaie pas de trop la distraire. Elle a une mariée à gérer.

— Rien de promis ! lui lance Noel alors qu'Arrow disparaît dans la salle de réception.

Je me tourne complètement dans les bras de Noel, admirant sa personne. Il est impeccablement habillé — un costume sombre qui moule sa grande silhouette et une chemise blanche ouverte au col parce qu'il refuse de porter une cravate, sauf si la vie de quelqu'un en dépend. Ses cheveux sont tirés en arrière, et ses yeux bleus captivants sont entièrement concentrés sur moi.

— T'ai-je dit à quel point tu es splendide aujourd'-hui ? demande-t-il, ses mains glissant pour se poser sur mes hanches.

— Tu l'as fait. Seulement sept fois, en fait. Bien en deçà de ton quota habituel.

— Sept ? Il a l'air sincèrement affligé. C'est inaccep-table. Je me relâche.

— La journée a été chargée. Je te pardonne.

— Non, non. Il faut rectifier cela immédiatement. Il incline la tête pour déposer un baiser sur mon cou, juste sous mon oreille. Splendide. Un autre baiser sur ma mâchoire. Éblouissante. Un autre au coin de ma bouche. Absolument à couper le souffle.

— Nous avons un mariage à organiser, lui rappelé-je, bien que je penche la tête pour lui donner un meilleur accès, car apparemment, je n'ai aucune maîtrise de moi-même. La mariée est presque là.

— *Presque* est le mot clé. Ses lèvres trouvent ce point sensible sur mon cou, et mes genoux flageolent. Je discutais à l'instant à l'intérieur avec les deux autres hommes de Cindy, Holt et Luke. Savais-tu qu'ils envisagent de développer la partie événementielle de leur entreprise ? Ils veulent discuter de partenariats potentiels avec nous.

Voilà qui a le don de capter mon attention.

— Vraiment ? Un partenariat avec Savor ?

— Des événements communs. De la promotion croisée. Mettre à profit notre expertise en matière d'organisation avec l'excellence de leur lieu et de leur service traiteur.

Il continue de m'embrasser dans le cou entre chaque mot, ce qui est très déstabilisant.

— Ce serait énorme pour l'entreprise.

— Ce serait incroyable. Rien que leur réputation nous apporterait tellement de nouveaux clients.

— Tu vois ? Je ne suis pas seulement un beau gosse. Je démarche aussi en ton nom.

— Mon héros.

Il se recule pour me regarder, et une lueur brûlante danse maintenant dans ses yeux.

— Viens avec moi.

— Noel…

— Juste pour quelques minutes.

Il me tire déjà vers la salle de réception.

— Pour quoi faire ?

Le sourire qu'il m'adresse est purement diabolique.

— Pour que tu me remercies comme il se doit pour ce démarchage.

— Noel !

Je ris alors qu'il me fait passer les portes de la salle de réception, traverser l'élégante installation, et qu'il m'entraîne vers les escaliers qui mènent à l'étage supérieur.

— Nous n'avons pas le temps pour ça !

— Si, tout à fait. J'ai tout calculé très soigneusement.

— Vraiment ?

— Je suis très bon en maths quand j'ai la bonne motivation.

Nous nous pressons maintenant, moi essayant de suivre avec mes talons, tous deux souriants comme des adolescents qui s'éclipsent au bal de promo. Il me conduit à l'une des chambres de l'étage que nous avons réservées spécifiquement pour les changements de tenue rapides et les situations d'urgence.

Je suppose que ça compte comme une urgence. Une urgence créée par Noel, mais une urgence quand même.

À l'instant où la porte se referme derrière nous, sa bouche est sur la mienne. Le baiser est magnifique. Profond, dévorant et absolument irrésistible. Je me noie dans son odeur, mes doigts agrippant sa chemise, le tirant plus près alors qu'il n'y a plus d'espace entre nous.

Mon corps réagit avec une rapidité embarrassante. Trois mois que ça dure, et je réagis toujours à mes Alphas comme si j'étais affamée de leur contact. Peut-être que ce sera toujours comme ça.

Il me fait reculer jusqu'à ce que je sois pressée contre la fenêtre, dont de lourds rideaux en dentelle couvrent la vitre, puis il me fait pivoter doucement, tirant mes hanches en arrière.

— Fais le guet, me murmure-t-il à l'oreille alors que

mon regard se lève vers l'allée au loin. Dis-moi quand la voiture de la mariée apparaît.

— Tu es incorrigible.

— Et tu adores ça.

C'est vrai. Mon Dieu, c'est tellement vrai.

Ses mains sont partout. Ma robe glisse, ses lèvres descendent le long de ma colonne vertébrale, et je m'agrippe au cadre de la fenêtre pour rester debout.

— On pourrait attendre la fin de la cérémonie, parviens-je à dire, bien que ma voix soit haletante.

— Ça aussi, on le fera.

Sa voix est rauque de désir.

— Mais je n'ai aucune patience quand il s'agit de toi. Jamais eu. Jamais je n'en aurai.

— Ça va être un problème quand nous serons vieux.

— Je te courrai encore après à quatre-vingt-dix ans. Tu devras juste te déplacer plus lentement pour que je puisse t'attraper.

Je ris, mais mon rire se transforme en un hoquet de surprise quand sa main s'abat sur ma fesse, ferme, possessive. Une chaleur me traverse si vite que la tête me tourne. Il en profite immédiatement, soulevant l'arrière de ma robe jusqu'à ma taille et faisant glisser lentement ma culotte le long de mes jambes. L'air frais frappe ma peau, puis sa bouche est sur moi, ses lèvres effleurant l'arrière de ma cuisse alors que je me libère du tissu.

Ses mains glissent entre mes cuisses, et je fonds, ma colonne vertébrale se cambrant alors qu'il écarte mes jambes avec un toucher qui frôle le péché. Le monde disparaît. Mon souffle se coince. Le faible son de la musique provenant du jardin filtre à travers la fenêtre, mais il est insignifiant comparé à la glissade brûlante de ses doigts et au frottement de sa mâchoire contre ma hanche.

— Tu vas me tuer, je murmure, à mi-chemin entre le rire et le gémissement, alors qu'il se presse plus près encore.

Il mordille faussement ma fesse, et je pousse un petit cri alors qu'il se redresse derrière moi.

— Je veux juste t'entendre crier pour moi, dit-il, d'une voix basse et dangereuse, et le son de sa braguette qui s'ouvre derrière moi envoie un frisson directement au plus profond de moi.

En bas, Kane et Chris traînent nonchalamment au bord de l'allée, bavardant, incroyablement beaux dans leurs costumes et complètement inconscients de la façon dont Noel est sur le point de me démolir au-dessus de leurs têtes.

Noel courbe sa main autour de ma hanche, me guidant fermement vers l'avant jusqu'à ce que mes paumes se posent contre le cadre de la fenêtre.

— Bien, ma belle, murmure-t-il. Toujours si facile à vénérer.

Rien que ces mots me font trembler, tandis que ses doigts remontent plus haut, trouvant mon feu. Il glisse ses doigts entre mes lèvres, là où je suis complètement trempée. Il grogne en enfonçant deux doigts en moi, et je pousse un cri.

— C'est comme ça que tu aimes ? me taquine-t-il, les faisant aller et venir rapidement en moi.

Je ne trouve plus ma voix, je suis complètement à la

dérive. Il ne lui faut pas longtemps pour retirer ses doigts et enfoncer son énorme bite en moi. Sans cérémonie, sans pause, juste une prise de possession rapide, et ça me va très bien.

— Tiens-bon, ordonne-t-il tandis que son emprise se resserre sur mes hanches.

Et il me baise sauvagement, donnant des coups de reins sans s'arrêter, respirant lourdement.

Je me balance d'avant en arrière, ronronnant sous lui, aimant la profondeur de ses coups, à quel point il m'étire. Et il n'y a aucun ralentissement, juste un rythme plus rapide.

— Putain, grogne-t-il. Quand Kane et Chris vont savoir que je t'ai baisée, ils vont devenir fous. Ça va être tellement bon.

— T-tu n'es pas obligé de l-leur dire.

Il rit comme si je venais de lui demander l'impossible.

À travers le brouillard de mon excitation grandissante, je garde les yeux fixés sur l'allée. Guettant la limousine. Essayant de me souvenir que j'ai des responsabilités. Qu'une mariée compte sur moi. Que je suis censée être une professionnelle.

Mais Noel rend très difficile de se souvenir d'autre chose que de la façon dont il baise bien.

Et puis je vois l'élégante voiture blanche tourner dans l'allée, approchant du lieu.

— La mariée est...

Les mots se brisent dans ma gorge alors que le plaisir me coupe le souffle et chasse chaque pensée de ma tête. Cela commence bas, une spirale tendue qui se détend d'un seul coup, une chaleur montant en vrille le long de ma colonne vertébrale jusqu'à ce que tout mon corps se cambre. Mes doigts se serrent autour du cadre de la fenêtre, mes cuisses tremblent, et je ne peux retenir le gémissement impuissant et étranglé qui m'échappe.

Ses mains me stabilisent à chaque seconde, me soutenant, m'ancrant au sol alors que les répliques continuent de déferler, de petites étincelles qui me dissolvent en pure sensation.

Au moment où cela s'apaise enfin, je suis flasque, haletante, le pouls battant la chamade. Ma peau picote encore partout où il me touche, et je jure que je peux encore sentir l'écho de l'orgasme vibrer en moi.

Noel me tient fermement, ses bras enroulés autour de moi, me redressant alors qu'il retire sa bite de moi. Puis ses lèvres trouvent mon cou.

— C'était comment ? Plus tard, on continuera pour que je puisse te remplir de tout mon sperme.

Je ris, toujours essoufflée, toujours flottant. En bas, j'aperçois Kane et Chris qui se dirigent vers la voiture, prêts à aider la mariée et son cortège.

Il nous reste peut-être deux minutes avant que je doive être en bas.

— Il faut qu'on y aille, dis-je, sans toutefois faire le moindre mouvement pour quitter ses bras.

— En effet.

Il ne bouge pas non plus.

— La mariée…

— Peut attendre trente secondes de plus pendant que je te tiens dans mes bras.

Je me penche en arrière contre sa poitrine quand Noel effleure mon oreille de ses lèvres.

— Tu veux ça aussi ? Un mariage. Avec nous.

La question me prend complètement au dépourvu. De toutes les choses que j'aurais pu imaginer qu'il dise après ce que nous venions de faire, *ça* ne figurait pas sur la liste.

Mon souffle se bloque dans mes poumons. Les mariages ne sont pas une attente pour les meutes compatibles par l'odeur. Des marques, des morsures... l'instinct nous lie. Les cérémonies sont optionnelles, jolies, symboliques, inutiles.

Je ne m'étais jamais vraiment permis de l'imaginer. Mais à la seconde où il pose la question... une image jaillit dans mon esprit, si rapide et si vive que je me mets à sourire.

Des guirlandes lumineuses suspendues au-dessus de nos têtes. Eux trois en costume. Moi dans une robe douce, chatoyante et *magnifique*. Leurs mains sur moi. Leurs vœux. Une célébration de notre union.

Ma poitrine se réchauffe, trop fort, trop vite. Noel enroule complètement un bras autour de ma taille, me serrant fort contre lui.

— Tu le veux, murmure-t-il.

Pas une question. Une certitude.

— Peut-être, je chuchote, les joues en feu. Je... je ne me suis jamais permis d'y penser. Mais maintenant, j'y pense. Et... ça sonne bien.

Le son qu'il émet en réponse est un grognement doux et satisfait contre ma nuque.

— Alors un jour, ma chérie, nous te donnerons la

version de ce rêve que tu voudras. Tous les trois à tes côtés. C'est une promesse.

Mon cœur fait un véritable saut périlleux. Je me dégage de ses bras avant d'imploser, attrapant ma culotte par terre et l'enfilant, encore picotante de partout. Il remet son pantalon en place et me regarde avec ce sourire lent et possessif qui me fait toujours fondre.

— Il faut vraiment que j'y aille, dis-je, en me penchant pour un baiser rapide.

Il me rend mon baiser — profond, lent, possessif.

— Faisons de ce mariage un événement parfait, murmure-t-il contre mes lèvres.

Il prend ma main alors que nous nous précipitons vers les escaliers, lui donnant une dernière pression avant de la lâcher.

— On en reparlera plus tard, avec Chris et Kane aussi, dit-il doucement.

Et alors que je me hâte de descendre vers la cérémonie, les joues rouges, la robe parfaite, le cœur battant de quelque chose qui ressemble étrangement à de la joie, une pensée s'épanouit, brillante et irrépressible…

Avant, je rêvais petit, parce que je pensais que c'était tout ce que je méritais.

Maintenant… avec eux ?

J'ai le droit de tout vouloir.

Et pour la première fois de ma vie, je crois que je pourrais bien tout obtenir.

NOUÉ SOUS LE GUI

UN ROMAN DE WHISPERING GROVE

Qu'y a-t-il de pire que tout perdre ? Devoir s'accoupler pour tout garder.

Il me reste vingt et un jours avant la veille de Noël pour trouver un compagnon — sinon, mon bar ira à mon cousin avide de pouvoir. Vingt et un jours pour renier tout ce en quoi je crois, à commencer par mon indépendance. Vingt et un jours avant que le testament de ma tante ne ruine tout.

Heureusement, ma meilleure amie a un plan : trois rendez-vous à l'aveugle, trois semaines, trois Alphas qui font hurler mes instincts d'Oméga.

Un brasseur taciturne aux mains expertes et au regard dangereux.

Un aventurier sauvage, amateur de plein air, dont le sourire
promet des nuits sans fin.

Un expert en sécurité sombre et troublant, dont les ténèbres
répondent aux miennes.

On dit que certains Omégas ont besoin de trois points
d'ancrage.

Moi ? Je dis que je n'ai besoin de personne.

Dommage que mes chaleurs ne soient pas de cet avis.

À PROPOS DE HARLEY KNIGHT

Bonjour, je suis Harley Knight ! Je suis une auteure de romans d'amour complètement passionnée par les livres, l'écriture et les fins heureuses. J'adore créer des histoires remplies d'émotion, de passion et de personnages inoubliables qui vous accompagnent bien après la dernière page. Quand je n'écris pas, vous me trouverez plongée dans un bon livre ou en train d'imaginer ma prochaine grande aventure. Pour moi, rien n'est plus beau que de façonner des histoires d'amour qui nous rappellent pourquoi l'amour vaut la peine qu'on se batte pour lui.

www.ingramcontent.com/pod-product-compliance
Lightning Source LLC
Chambersburg PA
CBHW070810190726
48292CB00006B/1955